第三只眼看港城

中国文明城市张家港精彩解读

魏欣 著

一个客家人来到张家港 创业生活在美好的第二家乡
为张家港后来居上而惊叹 为张家港精神弘扬而呐喊 为首倡文明城市创建而点赞
花儿为什么这样红 港城为什么这样美
客家人就用第三只眼看港城 看港城赶超发展的天时地利人和
问港城规模经济如何走出去 探新兴城市文化品牌塑造的新路子 究港城城市现代化的生动轨迹
共同探寻港城张家港的奥秘

北京燕山出版社
BEIJING YANSHAN PRESS

图书在版编目（CIP）数据

第三只眼看港城：中国文明城市张家港精彩解读/魏欣著.--北京：北京燕山出版社，2015.3

ISBN 978-7-5402-3739-4

Ⅰ.①第… Ⅱ.①魏… Ⅲ.①散文集-中国-当代 Ⅳ.①1267

中国版本图书馆CIP数据核字（2015）第037259号

第三只眼看港城：中国文明城市张家港精彩解读

作　　者	魏　欣
责任编辑	刘少辉
封面设计	蒋静华
彩页设计	丁科娟
责任照排	赵　倩
责任校对	缪健佳　褚森萍
出版发行	北京燕山出版社
地　　址	北京市西城区陶然亭路53号　邮编 100054
联系电话	010-65240431
经　　销	新华书店
印　　刷	江阴金马印刷有限公司
开　　本	787mm×1092mm 1/16
印　　张	22.5
字　　数	300千
版次印次	2015年3月第1版　2015年3月第1次印刷
定　　价	39.00元

版权所有　盗版必究

看看港城张家港 190 多项国家级荣誉

全国文明城市四连冠

全国科技进步先进市六连冠　　全国文化先进市

中国十佳优质生活城市　　　　首批全国建设健康城市试点城市

联合国人居奖　　全国双拥模范城五连冠

全国社会治安综合治理先进集体

国家可再生能源建筑应用示范县（市）　　首批国家生态文明建设试点城市

全国县域经济基本竞争力百强县（市）第一方阵　　全国科技实力百强县（市）第二名

国家生态市　　　　首个全国环境保护模范城市

全国百强县（市）前三甲　　全球首个国际卫生港　　首批全国慈善城市

国家知识产权示范创建市　　中国制造业最优投资环境城市

首批全国村民自治模范市　　全国最大的县域内河口岸　　中国民间文化艺术之乡

国家卫生城市　　国家园林城市

中国人居环境范例奖　　国家可持续发展实验区

全国村务公开民主管理示范单位　　全国养老服务示范单位　　全国幼儿教育先进市

全国未成年人思想道德建设工作先进城市　　中国吴歌之乡　　全国阳光体育先进市

…… …… ……

序

张家港是个好地方。

当好友魏欣给我的一本清样书《第三只眼看港城——中国文明城市张家港精彩解读》放在我的案头时,我脑海里涌现了这句话。

翻看着这本图书,我对张家港的印象更加清晰明朗起来。我曾经多次到张家港访问考察,走过了张家港的香山、双山岛、暨阳湖等不少地方,也大致了解了张家港的发展历程和诸多成就。张家港的美丽整洁、繁荣发达和张家港人的热情好客、文明有道给我留下了深刻印象。

上天赋予了张家港江南水乡的润泽和灵气,张家港人又孕育了"团结拼搏,负重奋进,自加压力,敢于争先"的张家港精神,使张家港这个新兴的城市后来居上,成为了全国文明城市,成为了全国明星城市,直到今天,张家港已经拥有国家级荣誉达190多项,更不用说省级荣誉了。所以,走遍了全中国乃至世界的我也不由得为张家港赞叹和骄傲。

其实很多初到张家港的人都有我这种朦朦胧胧的美好感觉,但要往深处说,却还真说不出来。今天,细细翻阅这部《第三只眼看港城》书稿,我不禁震惊了。好友魏欣是一个来自赣南那片红土地的客家人,一个在张家港工作创业的新张家港人。他给我的感觉是谦虚而又好学,热情而又稳重,点子多而又肯干事,没想到竟然对张家港有着这么深厚的感情,对张家港有着这么深刻的了解。这部新著从浅入深、由表及里广泛地阐述了张家港的自然景观和风土人情,深刻地分析了张家港跨越发展的天时地利人和,创新地研究探索着保税区发展的路径,哲学地思考着张家港精神的孕育传承

发展，像《张家港精神的哲学思考》《新兴城市文化品牌建设的新路子》《张家港城市现代化进程研究》等篇章无不体现了作者独特的思考和见解。作为一个美籍华人，我读后也深深感到增进了许多对张家港的认识。一首《如果，我们在张家港相遇》诗歌则基本把张家港的名胜景观一网打尽，读后就像跟着作者游了一遍张家港，对张家港的喜爱和自豪之情油然而生。更加难得的是，作者还边写边发，以微博这种当下流行的形式先期在网络上发布、传播，不知不觉中宣传了张家港，塑造了张家港城市形象。可以说，这本书既是了解张家港的好教材，又是宣传张家港的好窗口。

作为一个美籍华人，身处异国他乡，我希望我的祖国繁荣强大。看到张家港，我感觉看到了希望。如果让我也用"第三只眼"看张家港，我要感谢张家港给了人们一个生活创业的水乡沃土；要感谢张家港人团结拼搏争一流的努力，为后人创造了一个生机勃勃的新兴城市；也要感谢像作者这样的许许多多的张家港人，正是他们在张家港这片沃土中拼搏奋斗，为张家港的发展出汗出力、出谋划策，才有了张家港更加美好的今天和明天。

一个包容的城市才有美好的明天；一个兼容的企业才有蓬勃的活力；一个圆融的家庭才有和谐的生活；一个通融的个人才有发展的空间。张家港正是如此，兼收并蓄，融会贯通，这就是新兴城市应该有的精神之一。

祝愿张家港的明天会更好！

是为序。

Dec. 30, 2014，亚特兰大

（潘湧：美籍华人，北京清华大学建筑系毕业，现任美国东西方文化交流基金会主席、美国斯达健康产业集团总裁。旅美30余年，在欧美主要国家积累了广泛而高端的社会资源，在美国主流社会中拥有良好的口碑和影响力。）

看看港城张家港50多年来的发展数据

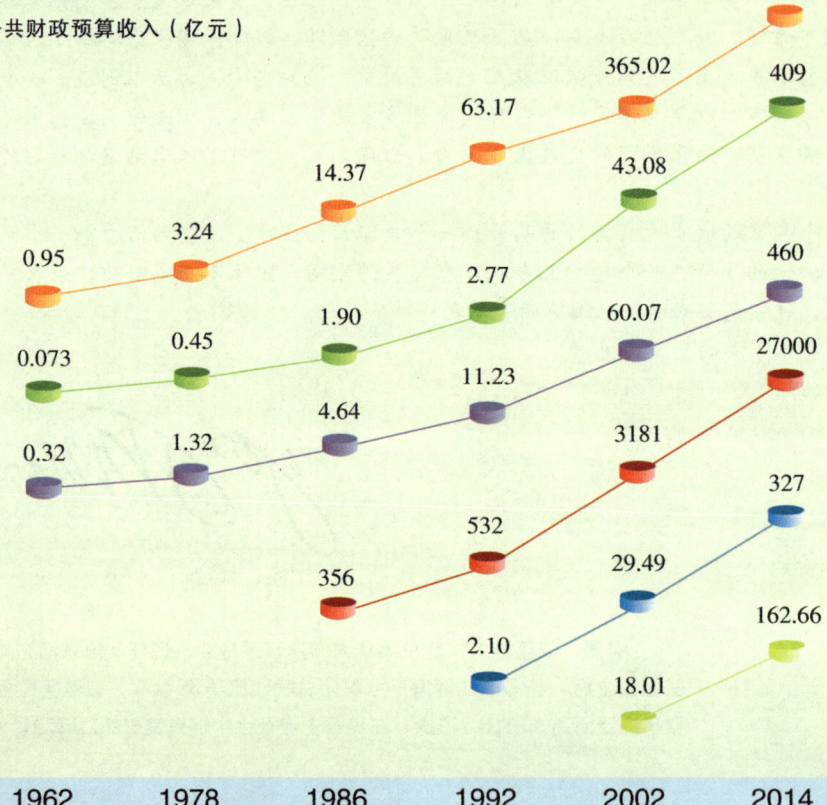

目录

序　　　　潘湧

第一篇　客家来人

开了微博，还是得写点什么！写什么呢？思来想去，就写一个客家人对港城张家港的认识吧。美其名曰《第三只眼看港城》。开始吧！谈一点一个客家人在全国明星城市张家港的成长和发展！用我这个外地人的眼睛来观察中国文明城市张家港的方方面面，记录有感悟的点点滴滴！博友们，先鼓掌啊！

当然得先从客家人说起。作为汉族在世界上分布范围广阔、影响深远的民系之一，客家人有着悠远的传承历史，由中原士族传播四方；有着独特的民居建筑，著名的土楼就是其中一种；还有着最传统的中原文化和风俗，更有着灿若群星的伟人和英杰了。朋友们，想知道吗？

003　谁是客家？
005　客家民居
007　客家文化
009　客家民谣
011　再为客家

第二篇　初识港城

初识港城是在一张地图上，我的目光顺着母亲河长江顺流而下，在那江尾海头，只见长江拐了个大弯后，豁然开朗，从此江面一下子宽阔了起来，奔流到海不复回。仔细一看，那个拐弯点就是张家港。亲，不信你可以对照地图看看哦！

张家港有什么独特的地方呢？江海平原，江南水乡，乡镇企业，学校漂亮；待人热情，方言多样，精明精细，面子亮堂……这些，都是我初到港城的印象。当然，我还看到了港城处处洋溢着水文化，想到了港城后来居上的天时地利人和，还有那闻名全国的张家港精神。朋友们，是不是令人神往？

015　初识张家港是在地图上
017　致我们曾经靓丽的青春
019　第一次自行车环游张家港
021　再致我们终已逝去的青春
024　张家港人的房子情结
026　张家港人的面子心理
028　张家港人特别精明精细
030　张家港人待客热情
035　水文化滋养了张家港人独特的个性
042　张家港赶超发展的天时地利人和
050　港城的天时地利人和凝聚成了张家港精神

第三篇　　再读港城

　　只是因为喜欢上了港城，最终我在张家港安居乐业了。在党校做了几年讲师后，毅然参加了一次考"官"，最终以笔试面试双第一的成绩轻松过关。先后在市委党史办、市委研究室、张家港保税区、张家港日报社等单位任职，这给予了我许多学习创新的机会。

　　在这个新篇章里，为了让朋友们更深入地了解张家港，我将有重点地以专题的形式将我以前开设的讲座，发表的文章及通讯报道以微博形式予以改编转发，并保持其基本框架，最后再以长微博形式全文发布。涉及港城的历史、文化、经济、城建等方面。这种形式好不好？朋友们，给个建议哦。

057　张家港，一个年轻而又古老的地方
061　沙洲地区在抗战时期的重要作用
068　东渡精神与张家港精神
076　张家港城市形象塑造"三步走"战略
084　张家港，打造水文化新品牌
089　文明张家港品牌的深刻内涵
098　张闻明，一个城市文明品牌的炼造
105　一个保税区和一座"自由港"新城的崛起
110　张家港保税区加冕"国家生态工业示范园"
113　张家港保税区的"心"服务
119　沙工之"香"何处来？

第四篇　　途说港城

"如果，我们在张家港相遇，我们一定要一直留下，创业、生活、白相相，从此我们再也没有了忧伤，只有时光刻下无限美好的港城印象……"风情双山岛，花海常阴沙；恬庄古镇美，香山聆风塔。美丽的张家港，真是人居典范啊。博友们，一起看看吧！

接下来开始《途说港城》了。在这里，我将把我这几年在张家港走走看看写的散文随笔转发出来，和大家一起看看说说港城的山山水水，人文景象。人在旅途，人生路上，我们走过路过，是不是也应该留下一点印记呢？

　　127　如果，我们在张家港相遇
　　132　花海常阴沙，我的梦之家
　　135　香山聆风
　　148　再见恬庄
　　156　乡音何在
　　164　Let's go，张家港购物公园
　　167　池塘深处
　　169　夜走虞山

第五篇　　深读港城

《途说港城》还在途中，"行吟暨阳"正当其时。因此，《途说港城》只能边走边说。《深读港城》正好全面开始，从张家港精神、张家港文化、张家港经济、张家港保税区乃至张家港城市现代化等各方面进行深入思考研究，全面分析张家港，深度解读张家港。各位博友，继续赞起来！

调查研究是我的工作，深入思考是我的兴趣。所以，我调查，我思考，我用"第三只眼"认认真真地看港城；所以，我以我的调查为基础写报告，我以我的思考为基础作讲座。宣传张家港经验，弘扬张家港精神，我这个客家人乐在其中！只是，有没有深度呢？还是您说了算。

　　173　张家港精神的哲学思考
　　183　张家港精神，力量之源，发展之魂
　　201　张家港市规模经济发展研究
　　217　张家港企业"走出去"的战略思考
　　236　沿江开发与保税区现象

252　新兴城市文化品牌建设的新路子
263　张家港城市现代化进程研究

第六篇　　爱我港城

作为一个客家人，我来到了张家港，张家港就是我的第二家乡。从此，我创业、生活在张家港，成为了一个新张家港人；从此，我深深地爱上了张家港，爱上了这个生机勃勃的文明城市。为了张家港更好更快地发展，无论是什么时候，无论在什么岗位，我都尽心尽力建言献策。自豪的是，许多建言融入了文明港城规划建设中。

2011年，我专门整理了十多条建言献策发表在《张家港日报》上。这些，都是一个新市民对张家港深深眷恋的一份真情所在，也是一个客家人对新家乡的一份责任所在。这里，再将一些建言献策奉献给大家，一家之言，请方家指正。亲们，谢谢大家的支持哦。

297　我为港城献一计1：集中建设张家港历史文化主题公园
299　我为港城献一计2：创新设计张家港旅游城市标志
301　我为港城献一计3：出奇制胜移植一个石林世界
303　我为港城献一计4：利用上海世博会契机，加快保税区
　　　　　　　　　　　"走出去"步伐
307　我为港城献一计5：学习新加坡：不求最大，但求最佳
309　我为港城献一计6：学习新加坡：规划先行，突出个性
311　我为港城献一计7：学习新加坡：和谐美丽，凸显特色
313　我为港城献一计8：学习新加坡：环境优美，功能完备
315　我为港城献一计9：学习新加坡：强化管理，执法如山
317　我为港城献一计10：学习新加坡：以人为本，同建共管

并非后记

跋　　　　丁宏

第一篇 客家来人

开了微博,还是得写点什么!写什么呢?思来想去,就写一个客家人对港城张家港的认识吧。美其名曰《第三只眼看港城》。开始吧!谈一点一个客家人在全国明星城市张家港的成长和发展!用我这个外地人的眼睛来观察中国文明城市张家港的方方面面,记录有感悟的点点滴滴!博友们,先鼓掌啊!

当然得先从客家人说起。作为汉族在世界上分布范围广阔、影响深远的民系之一,客家人有着悠远的传承历史,由中原士族传播四方;有着独特的民居建筑,著名的土楼就是其中一种;还有着最传统的中原文化和风俗,更有着灿若群星的伟人和英杰了。朋友们,想知道吗?

① 本篇导读

- ◆ 谁是客家?
- ◆ 客家民居
- ◆ 客家文化
- ◆ 客家民谣
- ◆ 再为客家

谁是客家？

我是一个客家人！

啥？客家？没听说还有这个少数民族啊？是哪里冒出来的？

NO，客家不是少数民族！而是我国最大的民族汉族！是汉族的一个重要分支！

要用一个客家人的眼睛看文明城市张家港，还得先了解一下汉族的重要民系——客家！

那就听我慢慢说来！2013-06-21 20:29:39（第一条微博发布时间）

我专门百度了一下。客家是一个具有显著特征的汉族分支族群，也是世界上分布范围广阔、影响深远的民系之一。从西晋五胡乱华、永嘉之乱开始，中原汉族居民大举南迁，抵达粤赣闽三地交界处，与当地土著居民杂处，互通婚姻，经过千年演化最终形成相对稳定的客家民系。

此后，客家人又以梅州、惠州、汀州等地为基地，大量外迁到华南各省、港澳台、南洋乃至世界各地。福建省宁化县石壁是客家传说民系形成的中心地域，被称为"客家祖地"。2011年，我回江西老家还专门自驾车20分钟到临近的宁化县石壁镇的"客家祖祠"瞻仰了一番。江西赣州府地区被誉为孕育客家民系的第一块热土、客家文化的摇篮。我的老家江西省赣州市石城县则被称为客家通衢。

客家是汉民族中最有血性的族群。国有乱局，邦有危难，客家人总是挺身而出。从宋末群王抗元、明末抗清、收复台湾，再到清末抗日抗法，无不有客家人忠义、义无反顾的身影。近现代客家"六次崛起"，大批人杰促进了中国的历史进程。第一次，是被视为"客家人的革命"的太平天国起义；第二次，是客家人作为中坚之一的"戊戌变法"运动；第三次，是客家人作为主体的"辛亥革命"；第四次，是发生在客属地苏区根据地的土地革命；第五次，是作为世界反法西斯战争的东部战场——中国的抗日战争；第六次，则是中华人民共和国的创立，开国元戎中有一大批客家领袖与战将。

客家人非常团结合作，在中国大陆多居于闽、粤、赣地区，有浓厚的丘陵文化特色，客家人也被称为"丘陵上的民族"。客家文化特点是耕读传家，带有古代汉族文化的特点，有古汉文化活化石之誉。作为中原汉族移民，在漫长岁月里，筚路蓝缕，颠沛流离，历尽艰辛，不断融合当地原住居民而演变和发展，成为拥有7000万人口（2010年，不含不会说客家语的客家后裔）的大民系。在一般人看来，正是由于迁移者具有的特质，客家人体现为富有冒险精神、不满现状等，因此客家名人辈出。

说起客家名人，那真是灿若星辰！远的不说。近代中国孙中山、廖仲恺、宋庆龄、朱德、邓小平、叶剑英、叶挺、胡耀邦、陈寅恪、郭沫若、卢嘉锡，新加坡李光耀、吴作栋，泰国他信·西那瓦、泰国首位女总理英拉·西那瓦，南洋著名华侨商人、报业家和慈善家胡文虎、胡文豹，我国港澳台地区宋美龄、田家炳、曾宪梓、张国荣、钟楚红、李惠堂、丘逢甲、吴汤兴、吴伯雄、马英九等杰出人士都是客家人的代表。

有人说：有太阳的地方就有中国人，有中国人的地方就有客家人。还有人说：哪里有阳光，哪里就有客家人；哪里有一片土地，客家人就在哪里聚族而居，艰苦创业，繁衍后代，于是客家人行走天下，移民世界。客家人到现在，据估计，海内外客家人约有一亿两千万左右，香港地区有三分之一的华人是客家人；台湾地区有五分之一到四分之一的人口是客家人。在内地，除闽、赣、粤三省外，湖南、广西、四川等省都有相当数量的客家人。在海外，东南亚各国，澳大利亚、美国、加拿大等国家，也都有很多客家人。

由此可见，客家民系，根在中国，传播四方。

客家民居

客家民居建筑的风格和形式,在不同的历史时期和不同的地区有不同的变化,有圆寨、围龙屋、走马楼和四角楼等。其中最具代表性的是围龙屋。围龙屋是一种富有中原特色的典型客家民居建筑,客家围龙屋与北京的"四合院"、陕西的"窑洞"、广西的"杆栏式"和云南的"一颗印",合称为中国最具乡土风情五大传统住宅建筑形式,被中外建筑学界称为中国民居建筑的五大特色之一。

据历史学家考察,这种民宅建筑与中原贵族大院屋形十分相似,这是有其历史渊源的。客家先民原系中原汉人,因战乱、灾荒等原因辗转南迁赣、粤、闽交界山区落籍繁衍。客家先民南迁定居岭南后,不但传播了中原的先进耕作技术,而且建筑民宅保持了原有的传统风格。小时候记忆中的老家,就是这种房子!可惜的是后来在新农村建设中大量地被拆了!

客家人是古代从中原繁盛地区迁到南方的,他们的居住地大多在偏僻、边远的山区,为了防备盗匪的骚扰,还建造了营垒式住宅。在建房中掺石灰,用糯米饭、鸡蛋清作黏合剂,以竹片、木条作筋骨,夯筑起墙厚1米、高15米以上的土楼。它们大多为3至6层楼,一百至二百多间房屋如橘瓣状排列,布局均匀,雄伟壮观。大部分土楼有两三百年甚至五六百年的历史,经受无数次的地震撼动、风雨侵蚀以及炮火攻击而安然无恙,显示了客家传统建筑文化的独特魅力。

土楼有圆形和方形等多种。由于客家先民崇尚圆形,认为圆是吉祥、幸福和安宁的象征,因此,土楼围成圆形的不少。最有名的当属福建永定"四菜一汤"土楼!前几年去参观过,确实令人震撼!其夯土建筑高达五层楼,几百间房屋围在其中,一个家族几十家住在里面,固若金汤!他们的特点不仅是坚实牢固,设计科学,而且冬暖夏凉,通风良好!看到巍然矗立的土楼,我们不得不佩服客家先祖的伟大创造力!令人赞叹啊!

我小时候就是住在围龙屋的村落。客家人一般聚族而居。一个村的人大都是同宗同姓,排起辈分来,都是叔伯爷孙。每个小村庄都有祭奠祖宗和办红白喜事的公共厅堂。每个大村则可能坐落着宗族祠堂。平时红白喜事在厅堂举办,众多人家齐开伙,大摆流水宴席。许多儿童则开心地在村围里东奔西跑,热闹极了!

而宗族祠堂则要等到春节或者重大活动时才开放!祠堂建筑高大宏伟,有的大宗族祠堂往往雕梁画栋,几进院落,很是精美!记得小时候有一年春节守岁,就是在祠堂里看着电影度过的!可以想见祠堂之大!

随着新农村建设,老的围龙屋不见了,取而代之的是千篇一律的多层小楼!有的甚至建到四五层!前几年回老家,按照童年的记忆寻找记忆中高大的祠堂,却发现在众多四层甚至五层小楼的映衬下,感觉祠堂变得小了许多,远远看去,再也没有高大威猛的感觉了!只有走近祠堂跟前,才能寻到一点儿时的印象!

可惜可惜,老家的围龙屋不见了,那种穿家入户的环境也没有了。我一直心痛,在新农村建设中,如果不好好规划,老村落那种美丽不再,新村落的乱搭乱建和错乱建设却常常冒出。那么,我们失去的不仅仅是美丽的老屋,还有更多的民风民俗和客家文化!

老家的魏氏宗祠"溯源堂"距今有三百多年,已成为危房,应乡政府和宗亲要求现已拆除。今年,部分宗亲奔走召唤重建宗祠,曰:祖先择善开基创业,后裔理当继往开来!自古魏氏才华横溢,功名显赫光彩——信陵世泽,明鉴家声;公忠体国,机警能文。忠贞唐宰相,理学宋名儒!秉承先祖美德,"溯源堂"定能成为祭祀先灵、敦本睦族、交友联谊、同谋发展的美好场所!为此,我也积极响应捐赠部分善款和图书。相信新的祠堂一定能将魏氏美德再度发扬光大!

客家文化

客家文化是以中原汉文化为主体的移民文化，所以它不仅具有中原文化的深厚底蕴，而且还具有作为移民这一特殊群体所具有的文化面貌。其主体是汉文化，因此她更多保持着汉文化的基本特征，但在不少方面也受到土著文化的影响，这就使客家成为既不同于土著又不完全等同于中原汉民的一个汉族民系。

客家文化中所具有的十分强烈的寻根意识与乡土意识，正是移民在离开祖居地之后所表现出来的对原有文化的眷恋。也正是由于客家人有很长一段漂泊流离的经历及到达定居地以后所面临的种种困境，从而锤炼出客家人坚韧不拔的意志、勇于开拓的精神、勤劳朴实的品格。同时，客家人还具有善于用血缘、亲缘、地缘等各种条件建立同宗、同乡、同一文化内相互合作关系的团体主义精神。

客家还保留了汉族最传统的汉语。客家方言是汉语八大方言之一，分布地域很广。各地的客家人，虽然所说的客家话有些差异，但相互间不会出现交际上的困难，因为客家话尽管有许多不同的变体或曰次方言，其基本特征却大体相同。其核心正是北方中原的古汉语。

客家方言在不同的地方有不同的叫法。在粤东叫福广话、岭东话和广东话（闽、赣迁川的，同样以"广东人"自称）。广东客家粤桂交区叫涯话、麻介话、新民话。在浙江叫"汀州腔"（来自客家祖籍福建汀州）。这些通称客家话。

记得小时候我们上学叫学书，太阳叫日头，月亮叫月光，星星叫天星，打雷叫响雷公，上午叫昼辰，下午叫晡辰，晚上叫夜辰，去年叫旧年，明天叫天光，吃饭叫食，稀饭叫粥，等等。主要特点是发音与用词都保留了中原古汉语特点！客家方言也是中国古汉语的最好传承！

客家还有崇九风俗：客家话"九"与"久"同音，故客家人把"九"视为"吉祥"的象征。建新房，挑选与九相关的日子，如初九、十八等。所建楼房的层数和房间数也是九的倍数，认为这样可以长久同居共处。"九"在客家人的婚姻嫁娶中显得尤为重要，男女双方相亲、换帖，一般都选与九有关的日子，聘金尾数、迎亲人数及礼品数等都要带"九"。客家人做寿，所用菜都暗切"三、六、九"，如三鲜汤、韭菜豆腐、重阳(九九)寿糕等。

由于"九"与"韭"谐音，小孩破学启蒙都要食韭菜。客家山歌也用韭喻九，如："燕子含泥过九江，妹子送郎出外乡，九月九日种韭菜，两人交情久久长。"客家人对九的重视，还表现在把正月初九视为良辰吉日。春节后，出门做工、经商的人一般要到初九这天才离家启程，期望在新的一年里吉祥如意，兴旺发达。

当然，客家还有自己的美食，最有名的是梅菜扣肉和酿豆腐，最独特的是客家擂茶。在我国博大精深的茶艺中，擂茶是一枝独秀的奇葩，这一习俗一般只在客家人中存在。在客家的歌谣里很多都会唱到擂茶。在我老家，还有逢年过节才有的肉丸和薯粉饺子，都是我小时候的最爱啊。

客家的这些文化，不知不觉潜移默化地影响着我。所以，到现在，我突然发现，我对9还真是情有独钟！手机号多是与9有关。熟悉我的朋友可以看看，是不是啊？遗憾的是，由于早年就出去读书了，对客家的各种民风民俗了解还是不多，所以，当我自己当家做主的时候，已经没有办法将那些传统习俗传承下去了。

虽然我已经是一个再次客居港城的客家人，虽然我已经把客家的民风民俗忘得差不多了，但是，我仍然在不断地寻根问祖。在2011年国庆长假回赣南老家的时候，我专门找到了一套魏氏家谱带了过来。并且，利用现代复制印刷技术复制了几套，分送给自己的兄弟姐妹等人。人啊，没什么不能没根，忘什么不能忘本啊！

客家民谣

接下来,发一点客家民谣。唤醒我客家人记忆的恰是这些小时候耳熟能详的童谣。

月光华华1:月光哇哇,细妹煲茶,阿哥兜凳,大伯食茶。茶又香,酒又浓,吃到大伯面绯红。舐螺祇,舐板盖。鸡公砦谷狗踏碓。鲫鱼上水猫野菜。老妹入园摘小菜。

月光华华2:月光华华,点火烧茶。茶一杯,酒一杯,嘀嘀嗒嗒讨新妇。讨个新妇矮墩墩,蒸个饭子香喷喷;讨个新妇高喃喃,挑担谷子好清闲;讨个新妇笑哂哂,三餐唔食肚唔饥;讨个新妇嘴嘟嘟,欢喜食甜也食苦。食得苦,唔怕苦。唔怕苦,脱得苦,有福享。有福享,要回想。

数字歌:一一一,松树尾上一管笔;两两两,两子亲家打巴掌;三三三,脱去棉袄换单衫;四四四,两子亲家打斗趣;五五五,五月十五好嫁女;六六六,河背村庄火烧屋;七七七,天公落水深过膝;八八八,穷苦人家兜粥钵;九九九,两子亲家林老酒;十十十,起耙打来软习习。

月光光1:月光光,照厅堂,骑竹马,上莲塘,莲塘背,种韭菜,韭菜花,结亲家。亲家门前一口塘,蓄的鲤嫲八尺长,大的煮了伴酒食,细的卖了讨妇娘。

月光光2:月光光,秀才郎,船来等,轿来扛。一扛扛到河中心,虾公毛蟹拜观音。观音脚下一朵花,拿给阿妹转外家,转去外家笑哈哈!

客家的这些童谣,生动地反映了客家地区的文化背景、风土习俗和审美情趣,它在一代又一代客家人口耳相授下,起到了传承客家文化的作用,既给客家人的童年带来了欢乐,也对客家人精神气质的形成有着重要作用。客家童谣和客家山歌，都是客家文学的奇葩。它还是客家人用来教育儿童，使之健康成长的一种好教材。

说实话，这些童谣，对我来说，大多数只是似曾相识燕归来的感觉，让我还能记得的不多了。只是，当我看到这些童谣，就自然而然非常亲切，也会想起童年的那些快乐时光。小时候有一年春节，我带着一帮小孩子在围龙屋里走家串户，给各位大爷大叔婶婶姑姑等拜年。拱个手，作个揖，说几句好话，收获的是长辈们的欢笑，还有很多的家产小吃！

最后再发一首我至今还记得的童谣！

月光光3：月光光，秀才郎，骑白马，过祠堂。祠堂中，好栽葱，葱发芽，好煮茶。梨花白，茶花红，杀只鸡公做两筒。这筒好，那筒好，这筒留来归大嫂，那筒留来归细嫂。大嫂归来会管家，细嫂归来会绣花。

流传在客家的《月光光》童谣还是很多的！我一直唱着这样的童谣长大，在客家的围龙屋里奔跑欢歌，吃着客家的擂茶，说着客家话，听着客家山歌看着客家戏……可是，直到上大学之前，我一直不知道客家，更不知道自己是客家人！小时候，看到邻近的客家祖源地福建石壁穿着客家服饰来赶集的客家人，还很稀奇，追着她们看！

直到上大学，有一年看电视，看到中央电视台转播的世界客家恳亲大会文艺晚会，一个《月光光》童谣表演节目，一下子激发了我潜藏在内心深处生生不息的客家情怀！这不是我小时候唱的童谣吗？难道我是客家人？什么是客家人？客家人都来自哪里？带着许多疑问，我走进了图书馆，在浩瀚的图书中探寻客家之谜！

再为客家

在浩瀚的图书馆里，我寻找着客家南迁之路。沿着客家南迁之路，我知道了有一群中原士族，因为战乱或者天灾，举族南迁，不远万里，来到了闽西、赣南、粤北，以后又漂洋过海到了台湾、南洋、东南亚一带。不论走到哪里，他们不仅很快和当地土著融合，而且反客为主，把中原的文化传统精心呵护传承着，在那庄严的祠堂里，在那代代续写的家谱中，中华文明得以发扬光大，汉民族精神传承久远！

而今，我们来到了新兴文明城市张家港，再次客居港城。有着崇文重教的客家人在这异地他乡特别重视乡情。说几个发生在港城的客家人的小故事。一次和客家乡亲聚会，一桌子人是越吃越多。刚出去一个，又进来一帮。不论熟悉否，见面是老乡。老乡见老乡，笑语响堂堂。你说大家和，欢聚乡情长。这一桌，有上市公司老总，有外企民企高管，有学校医院专家，有政府机关人员，不论什么身份，大家都是来自客家故乡。

席中大家说起了在港城见老乡的情景。宋总说的故事一：初次创业，要找会计师，巧了，和接待他的会计事务所所长谈得分外投机，越听越感觉就是老乡，心中忐忑不敢说，弱弱地问：你来自何方？江西。江西的何方？赣州。同志，我终于找到组织了，我们就是客家老乡啊！站起换茶重新见，还有什么不好谈？握手协作，干！

叶总说的故事二：2006年刚到张家港来创业的时候，有一次在一个小饭店吃饭，突然听见旁边一桌有熟悉的乡音，没有犹豫，没有忐忑，端起酒杯走过去，用方言问：老乡？答：yes。这可正是天王盖地虎，宝塔镇河妖。两桌并一桌，开席重开宴。乡音响大厅，老板傻了眼！

郭博士说的故事三：长年在他乡，分外思故乡。有一个在张家港创业的老乡开车在路上，突然看见一辆赣B的轿车在前面，赶紧超车来到前面停下，拦车，敲窗，能看看你的驾驶证吗？驾驶员一头雾水，茫然地递上驾驶证。一看，好了，兄弟，走吧，喝酒去。他乡遇老乡，心情不一样。偶尔发点狂，其实也无妨！

我说的故事四：每逢佳节倍思亲。1994年大年三十，初来乍到的几个老乡相约在我宿舍吃个团圆饭。有公安局的辛警官、人民医院的王护士、饶护士、中医院的李护士等，大家一起看着春节晚会，一起吃着电火锅的年夜饭，过上了一个客家人在港城的独特新年。大年初一，又一大早相约登香山，遥祝家乡父老新年快乐。人在他乡虽是客，家乡恩情莫能忘啊。

还有很多客家老乡在港城的趣事。有孩子上学报到碰到的，有在医院看病遇见的，有审批服务发现的……相遇的形式很多样，客家乡情永不变。这就是客家人，重情重义的客家人，无论到了哪里，都能落地生根，创业在一起，凝聚在一起。客家人来了，我们又会怎样来看港城呢？

我是客家人。我骄傲，我自豪，我赞叹。我为客家有孙中山、朱德、邓小平、叶剑英等一代伟人骄傲；我为客家有新加坡李光耀、吴作栋、泰国他信·西那瓦、英拉·西那瓦等政界雄才自豪；我为客家有曾宪梓、田家炳、缪寿良等商界英才赞叹！今天，作为一个客家人，我来到了全国文明城市张家港，我当然带着"第三只眼"来看张家港！

《第三只眼看港城》第一篇章《客家来人》微博至此，可以告一段落了。接下来应该是正式开始看港城了。在以后的微博里，我将以一个新张家港人的视角来看张家港的方方面面，历史、文化、经济、科技、城市、山水、自然、生态等等。可以分为《初识港城》《再读港城》《途说港城》《深读港城》《爱我港城》等新篇章。为了阅读方便，除了开篇第一条微博保留了发布时间外，其它均未按照微博格式排版，而是按照文章段落排版。朋友们，鼓掌！

2014清明石城新田魏氏宗祠重建落成

客家通衢石城的围龙屋

长江流域最大的国际商港——张家港港

第二篇　初识港城

　　初识港城是在一张地图上，我的目光顺着母亲河长江顺流而下，在那江尾海头，只见长江拐了个大弯后，豁然开朗，从此江面一下子宽阔了起来，奔流到海不复回。仔细一看，那个拐弯点就是张家港。亲，不信你可以对照地图看看哦！

　　张家港有什么独特的地方呢？江海平原，江南水乡，乡镇企业，学校漂亮；待人热情，方言多样，精明精细，面子亮堂……这些，都是我初到港城的印象。当然，我还看到了港城处处洋溢着水文化，想到了港城后来居上的天时地利人和，还有那闻名全国的张家港精神。朋友们，是不是令人神往？

② 本篇导读

- ◆初识张家港是在地图上
- ◆致我们曾经靓丽的青春
- ◆第一次自行车环游张家港
- ◆再致我们终已逝去的青春
- ◆张家港人的房子情结
- ◆张家港人的面子心理
- ◆张家港人特别精明精细
- ◆张家港人待客热情
- ◆水文化滋养了张家港人独特的个性
- ◆张家港赶超发展的天时地利人和
- ◆港城的天时地利人和凝聚成了张家港精神

初识张家港是在地图上

1989年，那一年我还在读大学。暑假的时候想找个地方去看看，写篇调查报告。因为与港城有点渊源，于是就先找出地图看港城。顺着长江看长三角，先让我喜欢的是常熟。常熟有山有水，而且，从地图上看，虞山和尚湖形状基本一样，虞山倒扣在尚湖，可以说是严丝合缝。真是大自然的鬼斧神工啊，造就了常熟的人杰地灵。

对港城的兴趣在于母亲河长江、港口、平原、长三角，这些都是中部地区的我所非常向往的。看了地图，很清晰地看见长江到此拐了个大弯，从此江面一下子宽阔了起来，奔流到海不复回。看惯了山峦起伏，走惯了上坡下坡，的确无法想象一马平川是什么感觉。从来没出过远门的我更是难以想象这种感觉。于是，带着这种神往第一次来到港城。

坐火车，转汽车，先到上海，才发现一个问题，张家港方向有两个不同的车次，到张家港市和张家港港。真的糊涂了。由于车不多，最终还是从常熟中转了一下，才辗转来到港城。首先看见的是一条条小河、一排排小楼和一座座烟囱，最让我喜欢的是那和一座座烟囱在一起的企业水塔，造型独特，像蘑菇一样，绘上各种螺旋形图案，就变成了一道风景。我知道，这种水塔最早是在深圳大学出现的，后来才在全国遍地开花了。

到了港城后，一马平川的平原倒是看不出来，只因站得不够高（后来看航拍就非常清楚了）。放眼望去，只看见到处都是村庄、住房。老家的村庄是依山而建，这里的村庄是临河而筑。老家的村庄成团组状，这里的村庄多成线形，一排排整整齐齐，仿佛列队的士兵。密密麻麻的村庄告诉我这里的人口密度肯定不一般。

港城给我更多震撼的是每个乡镇、甚至每个村落到处都是厂房。而且派头都还不小，如，张家港市友谊汽车厂、张家港市汽车附件厂。看厂名还以为是哪个国家大型企业呢，真正深入一看，才知道其实规模都不大，就是一个发展中的乡镇企业罢了。可是对于我们中部的人来说，罕见！

港城让我吃惊的还有学校。每个乡镇的学校基本上建设得都比较漂亮。相对于当时的周边环境来说，学校可以说是每个乡镇较好的房子之一。操场、球场甚至灯光球场一应俱全，这说明了港城对教育的重视。直到现在，港城每个乡镇仍经常异地新建学校，每个乡镇的学校都是崭新漂亮的。

那个暑假在港城逗留时间并不长，但却让我对乡镇企业有了全新的认识，对开放地区的学校教育也有了全新的认识。回校后写了一篇调研报告，还被学校评为优秀调研报告，自己也被评为了暑期社会实践先进。这算是港城带给我的第一份荣誉，从此以后，我和张家港结下了不解之缘，她也带给了我更多的荣誉，直到今天在港城安家落户，生根发芽。

因为这个第一印象，大学毕业后，我就直接来到了张家港工作。对港城的认识也就多了许多，深刻了许多。刚到港城，我在兆丰镇，每次要到市区去，坐方便车，普通话问：是到市区的吗？方言答：到杨舍到杨舍，快上来。再问：是到市区吗？答：是的，到杨舍，快上来。我就很奇怪，为什么不直接说到市区或者城里呢？

后来，我才知道，这里的市区所在地叫杨舍镇，到杨舍就是到市区，害得我直担心坐车坐错了。在其他地方和我老家，县城多是直接叫城里，清楚明白，外地人也不患糊涂。可是在港城不行，比如你想到长江边的港口，就不能坐车到港口，因为有一个港口镇，其实是在常熟交界处，离港口远着呢。只是上千年前，原来的港口镇真是长江江边的港口。像这样的名称真容易搞混啊。

沧海桑田，物是人非。自然界的变化实在太大了，正是各处地名名称留下了许多自然变化的痕迹。后来，当我接触到史志工作的时候，才认识到地名也是一种文化，而且是一个地方很重要的历史地情文化。所以，民政部门专门有地名办公室，负责核准有关新地名。后来，我们还编纂了一部《张家港地名志》。现今，随着城市发展，很多有意思的老地名消亡了，真的很可惜。

致我们曾经靓丽的青春

初到港城,在一所艺术中学当老师。外地来的新老师,老师们和同学们都很新奇。自己也是年轻,双十年华,讲课生动,创新不断,尊重学生,关心学生,颇得同学们喜欢。校长也很是关心,尤其是年轻的孙伟宏校长,更是把我当成了小兄弟。中秋节,我在他家过,春节假期,我还是在他家过。是他手把手教会了我吃螃蟹,教会我怎么追女孩和谈恋爱。还有顾行老师、陆志纯老师、施毓高老师等,对我这个新人都特别关爱,给我留下了许多美好记忆。

在港城,我经历了美好的初恋。那是一个乍暖还寒的季节。南通师范学院来了一批实习生,三四十个人,那里面有一个气质清新美丽的女生,带给我不一样的感觉。都是年轻人,聚众聊过几次天后,大家的个性才华也就清楚了。之后的每个晚上她都会到我的办公室政教处"看报纸",两个文艺青年谈理想、谈人生、谈文学,谈得不亦乐乎,就是不谈爱情。连隔壁教务处汤主任也很知趣地不再来找我给我们空间了,而后知后觉的我直到她们实习快结束时才醒悟过来,啊,我的初恋来临了!

在港城,我第一次和女孩看电影。一个下午放学后,吃过晚饭,我们一前一后出了校门。只是怕她同学们的"羡慕嫉妒恨"的眼神。走过老街开始搀着手,来到新街我们手拉手。我不怕街上熟人的眼光,因为我要让大家看看我的眼光。电影放了什么都不记得了,只记得我们还有不断的话语在聊着,聊着,一直聊到天昏地暗,海枯石烂。

在港城,我留下了我铭心的初吻。那是在蓝蓝的天空白云飘,风和日丽江水潮的美好季节,我骑车带着她来到了长江边。江水正处于退潮枯水期,茫茫的芦苇滩黄黄的。我们一起躺在奔涌的长江边,谈情说爱,喃喃细语。说了什么也记不得了，只记得突然我们安静了下来，我看着她，她看着我，听着江水滔滔，哼着民间小调，就这样，不知不觉吻到了一起，让我理解了世间情为何物！啊，我的初吻在长江边！于是，我在我初识港城的地图册上认真地在长江这个最后的拐弯处画上了一个记号。因为，那里有我的初恋，有我神圣的初吻！

初恋，是心有灵犀的感觉；初恋，是一见如故的倾向。初恋是那么神圣！有了初恋，我们才知道感情的宝贵；有了初恋，我们才知道男女的相吸；有了初恋，我们才走向了更加成熟；有了初恋，我们才知道初恋的记忆是那么美好。不论结果如何，恋过了，爱过了，刻骨铭心过了，这份美好的记忆就永远留在心田，直到永远！

初恋，是单纯纯洁的爱；初恋，是刻骨铭心的情感。一些人会为了初恋坚持到底，一些人是迫不得已地选择离开。虽然很多人都不能与初恋的人一起步入婚姻的殿堂，但初恋的味道却在分手的刹那连同苦涩一起深埋进心里。初恋为什么难忘？第一次恋爱是美好的，最初的感动、那段纯真而朦胧的爱恋，单纯得没有掺杂太多的因素。即使很多人还没有真正地理解爱情，大多以失败告终，初恋那一场青春的盛宴依然让我们深深地存放在记忆深处。大多数人，无论一生之中经历多少次的爱恋，丰富得数不过来的情感经历，或者只有寥寥几次恋爱经验，初恋都是最难以忘记的一段。

初恋最后还是初恋。初恋之所以叫初恋，正是最后的恋人不是初恋。分手了还能不能成为朋友？很多人认为不能。其实，如果是真爱，当然能。只有真爱他（她），就是希望他（她）过得好，过得开心，即使因为各种原因不能在一起，也完全可以成为关爱他（她）一生的朋友。如深爱林徽因的金岳霖，一生未娶，和林徽因、梁思成夫妇志趣相投，交情也深，一直是毗邻而居，三人毫无芥蒂。所以，我的初恋给了我初恋的美好回忆。多年后，在另一个城市作为女作家的初恋女友也成为了我的好朋友。

第一次自行车环游张家港

我喜欢有事没事骑着自行车走街串巷瞎走,我喜欢在这样的瞎走中了解港城的每一个角落,每一个方面。正是因为常常这样骑行,我对张家港的每个乡镇、每个小巷都有一定的认识。在港城的第一个春节,我没有回老家,三个高中学生陪我,花了整整三天一起骑车环游张家港一圈。三个学生后来均有出息,成了老板或老师。

大年初二开始出发,沿着港城最北边的长江江堤走。那时的江堤上长满了草,不像现在这样是平整的柏油路。从西界港通沙汽渡沿着江堤一直向西,顶着凛冽的西风,我们前行。途中,看见几艘废弃在江滩的船,还有渔民看护鱼的茅草屋。于是,我们站在船前、茅屋前,拍下了一张颇有历史沧桑感的照片。那时江边码头不多,所以曲曲折折地畅通骑行一直到港区。天黑下来了,我们找了个家庭旅社住下来。因为是春节,连饭店也没有开门,只好买了点饼干充饥,过了个别样的新春佳节。

第二天,我们又不走大路走小路,一路歪歪扭扭地向着"华夏第一村"华西村骑去。到了华西,游览了独具特色的华西农民公园,看到了最具乡土风情的二十四孝泥土雕塑。虽然都是泥土塑造的,而且一看就是农民塑造的,极其粗糙和简单,但却非常独特,非常有意思,对农民来说,的确是很好的乡土教材。中饭后,我们从忙着新春请客的农家房前屋后向港城南部的塘桥妙桥骑行。

晚上住在妙桥。两天没好好吃饭了,我们不得不找到了一个学生家,正好他家在春节请客,于是我们两天来吃上了第一顿热乎乎的丰盛晚饭。妙桥学生不少,第三天知道我们到了的学生纷纷邀请我们去做客。不能留下来吃饭了,于是,临走的时候,我们每个人的口袋里都灌满了农家干果和糖果,港城人待客的热情我有了初次体会。

　　这一次的环游港城，让我对港城有了一个较为全面的了解，也在我的人生中留下了非常深刻的记忆。从此，我喜欢上了驴行，喜欢和驴友一起户外爬山。于是，我的QQ名称为寻古探幽，更写了一首古体诗《寻古探幽》：

寻古探幽问苍穹，
山色空蒙隐葱茏。
梅兰松竹望江青，
日月星辰映山红。
行百里路半九十，
读万卷书全不同。
古往今来多少事，
高歌笑谈行走中。

　　此诗在微博上发布后，迎来了众多博友的赞。博友褚森萍更是以"寻古探幽"为头，写了一首藏头诗：寻仙不知路，古木无问处。探得佳景在，幽深何处度。我也在微博上应和写了一首藏头诗，更符合我的理想志趣：

寻追唐宋风，
古韵今正红。
探问明清事，
幽径向大同。

　　读万卷书不如行万里路，生命在行走中得到延伸，知识在行走中得到巩固，毅力在行走中得到淬炼。而感悟在行走中形成，观点在行走中炼就，品德在行走中升华。

再致我们终已逝去的青春

　　青年教师越来越多了，俊男靓女越来越多了。于是乎，学校变得更加热闹起来。青年人在一起，唱唱跳跳，喝喝闹闹，不亦乐乎。年轻人在一起，恋爱是永恒的主题。有男追女的，有女追男的，有暗恋不开言的，有明恋死缠烂打的，借着各种各样的联谊活动，恋爱奏鸣曲开始了新的演奏。

　　记忆最深刻的是，值此青年人人多热闹的时机，我倡导成立了全国第一个乡镇世界语协会。与一帮志同道合的朋友印刷邀请书，走访苏州、省世界语协会的领导前辈们，策划成立大会，开设世界语培训班，忙得不亦乐乎。活动也得到了兆丰镇党委、政府和团委的支持。兆丰镇党委书记金少章大力支持，兆丰文化中心站长郭宗泰、姜理新更是无偿提供了协会上课的教室和活动会场。

　　虽然会员囊括了兆丰中小学、幼儿园及医院、种子场的年轻人，但是大多数人并不知道世界语是什么东西，也不一定理解世界语的世界大同精神，可是这又有什么关系呢？它并不妨碍年轻人的热情参与。因为，青年人需要一个互相认识和交往的平台，在活动中认识，在夜校上升华，因此促成几对恋人，不是很好的事情吗？

　　作为世界语协会会长的我，其实也和其他青年人一样，对世界语的认识还是很肤浅，但是对世界大同的精神却很理解和赞同，因为这个，我才不遗余力去宣传推广它。有关活动信息和论文在全国世界语协会会刊《世界》上还发表了几篇。1992年，我参加了在青岛举行的第五届太平洋地区世界语大会，这也是我第一次参加国际大会。

　　和来自世界各地的世界语朋友们一起开会活动，有着同样的精神，说着同样的话语，不亦快哉！虽然过去了20年，但至今仍然印象深刻，我记得当时代表青岛市政府致欢迎辞的青岛市长正是现在的全国政协主席俞正声；我记得认识了来自湖北孝感的一位大学老师鲁定元教授，同吃同住同行，一起参与俄罗斯、日本、韩国等团组的活动，后来一直通信联系多年。

又是一年春节。青年老师们不走亲戚走朋友。我们一行青年老师浩浩荡荡骑自行车横穿港城，到张家港本地老师家吃饭。晨阳的潘老师家，东莱的朱老师家，长江边的何老师家，还有锦丰的杨老师家，南丰的高老师家，等等，每家都是杀鸡宰鹅，精心准备，热情非常。作为一个新张家港人，我再次体会到了港城人在接待客人方面的热情和大方。

遥想当年青春时，几多故事正开始。兆丰的几年青春年少，让我对港城有了最初的认识。很快，我就从乡镇到了市区工作。然而，没想到的是，与兆丰的缘分却没有断，反而加深了。到市区工作后的第一个春节假期，我回到兆丰看望老同事，就在大街上，只听见一声清脆的问候：老师好！回首一望，一个清纯靓丽的女孩就在眼前。众里寻他千百度，蓦然回首，那人却在回眸处。就是她了，最终她成为了我的爱人。

简单聊聊，知道曾经做过我学生的她，毕业后到了市区工作。冥冥中自有天注定。当即我决定到她家做客，因为春节期间不需要理由。后来我们多次聊到一个情景，那就是我似乎曾经在梦中到她家做客过，甚至我都知道她家三楼的样子，还有一张桌子。不知道这算不算是缘分呢？后来，当别人说我们是师生恋时，我总是不承认，因为我们不是在校时谈恋爱的，当然不算了。当有人问我怎么恋爱的？我常常开玩笑说：就是在马路上碰到的啊，所以也算是马路缘分吧。缘分其实就是那一个回眸，那一声问候啊。

青春是美好的，青春是快乐的。我们也有《致青春》里热情迎接的学长校长，也有《小时代》里捧着脸盆下面条的同事舍人……青春的故事多姿多彩，即使有着眼泪，有着心酸，但更多的是欢笑，是憧憬，是快乐。或许还年轻，有点轻狂，或许还稚嫩，有点浮躁，但那如水流动的青春，还是奏响了美好的旋律，生命的音符弹出了青春的乐章，激起了历史的回响。正如后来有一次三月天，户外行，重走徽杭古道，行走六十里，看遍一年春光，有感而发，赋词一曲新乐章《江城子·古道行》：

接天青石雾中藏，行苍苍，路茫茫。
天地玄黄，却说慨而慷。
快马春风春草漾，抬眼望，再翱翔！
遥思往昔弄潮忙，货精装，马蹄扬。
南去北来，俱是走行商。
古往今来高速路，三千里，万年长。

初到港城，我忘不了那些热情的港城同事，忘不了那些单身快乐的日子。组织成立全国首个乡镇世界语协会，开办世界语夜校，全镇的青年男女团聚在一起，何其热闹？到乡下捉龙虾、钓鱼、照蚕虫（港城正月十五的一个民俗活动），过年骑自行车横穿张家港，到处吃农家饭，这些都永远地留在了年轻的记忆里。致我们终将逝去的青春，亲爱的朋友们，你还记得吗？

初到港城，我忘不了港城给我的那些荣誉，更忘不了那些关爱鼓舞我的师长。正是由于他们的关心鼓励，我年年都写一点东西，诗歌、随笔、论文、舞台剧，乃至摄影作品，积极参与全市各种征文征稿活动，未曾想到的是常常获评一等奖及特等奖。这极大地激发了我的自信和动力，也让我更加深情和深入地关注港城张家港。

初到港城，我才体会，张家港人热情的背后还是有着对外地人莫名的轻视；走进村镇，我才发现，港城的乡镇企业远没有名称那样气派；望着田野，我才知道，江南水乡土壤的确特别肥沃；聆听村民，我才认识，在平原生活的异常勤劳辛苦；走进民居，我才思考，港城每一座小楼风光的后面其实都包含着港城人勤劳奔波、省吃俭用、东挪西借的辛酸苦涩。张家港人，还是有着许许多多的不同之处啊。

 第三只眼看港城

张家港人的房子情结

　　港城人对于房子有着不同寻常的关注。一辈子奔波劳碌，一辈子省吃俭用，一辈子苦思冥想，就为了有一个房子。五十年代是草房，七十年代是平房，八九十年代起楼房，新世纪住城市化小区。可以说每20年港城就迎来一轮翻建房屋的高潮。而今看看张家港的小楼有点落后了，那是因为是20多年前的建筑，现在因为城乡一体化规划，不允许翻建啊。

　　树要有根，鸟要有巢，人要有家。中国人对房子的情结可谓非比寻常，张家港人更是如此。票子可以没有，车子可以不要，娘子可以晚找，唯有房子，那是一辈子的大事。有了房子就有了依托，有了房子就有了安身立命之所，生活才有了最基本的保障，迎娶才有了基本的条件。房子是家的前提，家是幸福的源泉。

　　《资治通鉴》就曾说"富者有弥望之田，贫者无立锥之地"。张家港人不论贫富，一律梦寐以求房子。小孩刚工作，要想成家，先得有个自己的房子；老人退休了，要想过得好，还是得有自己的房子。房子已经成为了港城人躲不过的坎。以至于港城房价高居全国前列。这还是在没有外人炒房，没有游资推手的情况下。可怕可叹啊！

　　所谓"嫁"，就是女人有了自己的家，就是嫁。2008年，一部超现实电视剧《蜗居》红遍大江南北，让人深思。中国自2003年开始进入高房价时代，高房价下中国人生存状况的各种无奈和苍凉正是《蜗居》的真实蓝本。《蜗居》生动地告诉我们，男人没了，女人还可以拥有一套房子，房子比男人靠得住。

　　在今天的中国，男人没有一套像样的房子，若想讨个老婆，可谓天方夜谭，痴人说梦。所以，一个客家人刚到张家港，谈何房子？这样也就理解了港

城人不高兴女儿嫁外地人的初衷了。呜呼哀哉,可悲乎,我不得不像千百年前的诗圣杜甫一样,喊一声"安得广厦千万间,大庇天下寒士俱欢颜"。

　　看看港城人的先民,大多是"穷奔沙滩富奔城"的移民,对其房子情结就更好理解了。初来乍到,风里来雨里去,能有一个草窝就很不错了。由此产生了特别强烈的房子意识,基本上可说是视房如命。从草房到瓦房到楼房,每过20年就折腾一次,只是为了房子更好一点,住得更加宽敞一点,对外更有面子一点。

环境优美的居住小区　　魏欣 摄

张家港人的面子心理

港城人对于面子有着不同寻常的关注。在中国民间流传着一句话,叫作"死要面子,活受罪"。大意是说,我们中国人往往可以为了脸面而忍辱负重。宁可自己吃大亏吃闷亏,也要在面子上过得去。似乎这样就使自己在周围的人中有尊严,有"面子",被人看得起。这个特征在张家港尤其明显,颇得近邻上海人的影响或者真传。

比如港城人建房子,那可是一个重要的面子工程,一定得和左邻右舍保持"高度"一致。不管有钱没钱,既然要建房,那就非得和邻居的房一样高,最好也一样宽敞。为此,在农村还经常有人为了邻居的房子比自家房子高那么一尺、宽那么一尺而大吵大闹,直到鸡飞狗跳,甚至反目成仇。为什么,就是因为面子和风水啊。

比如港城人的婚礼,那又是一个重要的面子工程。凡是娶媳嫁女的一定要大大地操办一番。规模越来越大,排场越来越讲究。你办60桌,我就100桌;你请两天客,我请三天半。不论有没有必要,有没有经济能力,为了脸面都得硬撑,要的就是"人活一张脸,树活一张皮"。以至于港城每个高级酒店都得整个豪华宴会厅才行。

比如港城学生的上学,那又是父母们的重要面子工程。独生子女总被父母看得特别重要,都希望自家子女能"成龙成凤",长大了能给自己挣面子,学业也就被父母们看得非常重要了。比孩子学的乐器才艺,比孩子学的奥数才华,比上的重点学校,最终我们常常看到同事、邻居、亲戚间为孩子考上大学的知名度而攀比。

还有些父母为了让自己的孩子有个良好的受教育环境,以为出国留学就能使自己的孩子成为真正的人才。港城经济基础不错，于是乎，有条件的家庭将子女送出国学习，没条件的家庭创造条件也要送孩子出国。许多次参加婚宴，视频一介绍，竟然有很多对新人都是在海外留学时认识的港城人。尤其是在英国，据说有一个港城圈。

港城人对面子的极端注重恰恰说明了过去里子的不厚实，恰恰说明了以前心理的不自信。因为都是一同穷过来的，都是一同苦过来的，所以更加注重我要过得比你好，更加注重我要比你有面子。往深层心理分析，这恰恰是自卑心理在作祟，越是自卑越是把面子看得格外重要。不知道这种说法是否能从心理学的角度上去解释面子情结。

港城人的这种爱面子造成了待人处事的一种陋习，那就是不服气、不服帖。你比我有钱，我不要看你；你比我没钱，我看不起你。所以，港城人之间相处不容易，尤其是邻居就更不容易了。所以，哪怕没钱，房子也要起得漂漂亮亮的，里面空空荡荡就无所谓了，不然要被别人看不起；所以，哪怕关系不好，乔迁酒也要办得热热闹闹，显得我有人气。看看，张家港人也真的不容易啊！

当然，爱面子、讲面子不仅张家港人如此，国人也是如此。鲁迅先生曾经说过："面子是中国精神的纲领。"几年前到南京大学MPA培训，翟学伟教授对中国人的面子心理作了极其深刻的剖析。中国确实是个极注重面子的国度。奥运会、世博会可谓是建国以来最有面子的盛会。举国办奥运，举国办世博，都要办成有史以来最好的，人数最多的。关键是我们倍有面子啊！

张家港人特别精明精细

港城人对于精细有着不同寻常的做法。来到张家港，会发现港城人的若干特质排序，列于第一的当是"精明"和"精细"。人很精明，精明的人做事特别精细。这包含了精干、精练、精致、灵活、聪明、细致和细腻。例如港城虽然土地肥沃，但是农田建设都是整整齐齐的，对农业精耕细作，曾经成为全国三麦高产的典型。

精明和精细不是一种价值，而是一种素质。对港城人而言，这是在近百年的寸土必争垦荒中磨砺陶冶出的一种生存能力。因为，港城毕竟是新开垦出来的土地，而且人口密度很大。即使是平原，地少人多的现象仍然存在。这样的环境下，你的生存必须要精细化耕作才能够生产出足够的粮食来养活自己、养活家人。

精明和精细，冰冻三尺，非一日而成。人们阅历丰富，环顾周边，有磅礴大气，有混沌未眠，有囫囵吞枣，有小家碧玉，有尽善尽终，但是，一个精明和精细的人，的确是群类珍品。有人说：细节决定成败。又有人说：战略决定成败。我觉得在大战略已定的情况下，细节还是决定成败的。张家港就是一个讲究细节的城市，使得这个城市具有很多的现代元素。

精明精细成就精巧精美。港城人的精明和精细也是在现实环境中磨炼出来的。所以，港城人非常善于建设参观展览的"点"，一个个各具特色、各行各业的盆景点位。港城后来接待了数百万的参观学习的人，来参观的人感觉一切都是那么的清新、洁净，无不佩服港城人的精细。每一个参观的地方不仅仅是代表某个方面的典型，更是一个非常精细的典型。从入口到出口，从吃饭到休憩，从标志到介绍，每一个细节都经得住推敲，每一个环节都经过了仔细考虑。所以有人说，港城就是一个大花园，每个参观点就是一个小盆景。

港城人的精明不同于上海人的精明。上海人的精明和精细是任何地方的人比不了的。比如，上海人做事情特别细致和细腻，穿着精细，吃的也精细。上海人排斥那些低层次，对上海没有借鉴意义的东西。但是，也有很多人认为，上海人"精明不高明"。也就是说，上海人的精明不是着眼于大势，看不到大局，缺少北京人的高屋建瓴。

港城人的精明体现在城市管理上，那就是整洁干净了。在张家港，虽然到处是施工工地，却很少有尘土飞扬，工地的围栏都搞得"山清水绿"（图画），几个月就要修整粉刷一次。土方车离开工地前，必有专人用高压水龙洗干净每个轮胎上的泥土。甚至每个公交候车厅，每个广告橱窗都有人非常认真地清洗消毒。干净整洁全国无出其右者。

看看张家港的每一个广场，你就会发现港城人的精细。每一个镇都有一个广场，每一个广场都是一个盆景。布局精致，做工精细，美丽到极致。整个张家港就是一个大盆景。难怪过去张家港定位为"海派、生态、精致"的"黄金口岸，人居典范"。但是，不能不说，精致的盆景远看有气势，近看尚粗糙，细看却还是缺乏大气啊。

看看港城的绿化，你就会发现港城人的精细。港城在绿化上那是非常舍得投入，最多的一年种树就花了10个亿，现在每年基本上也得投入三四个亿。港城就那么大，没有山，树种到哪里呢？主要种在大路两边。每条路基本规划了50米的绿化带，做起了景观绿化。太湖假山、树木盆景、花草红叶，将路两边当成了公园。而且过几年还得精细化提升一下。绿地、树木、现代房屋，交相辉映，用一句流行的话来说，就是美丽得让人窒息！不得不佩服，精明精细的港城人在这方面的下力气和花功夫啊。

 第三只眼看港城

张家港人待客热情

港城的待人接客有着不同寻常的热情。中国人请客吃饭，往往要一桌子菜，七大碟八大碗的，结果剩下一大半。一是中国人特好客，生怕客人吃不好，如果客人把饭菜全部吃光了，就会很不安，认为没招待好客人，所以宁可把饭菜剩下倒掉；二是自己不够自信，怕人家说自己穷，说自己小气。其实，这一待客之道，也是中国几千年文化的产物。

港城人在这方面尤其如此。有客自远方来，港城人热情有加，陪参观，陪宴请，那些都是不在话下的。尤其是1995年张家港成为全国两个文明建设典型后，全国到港城参观学习的团队不计其数。当时我在市委党校，主要工作就是陪同参观。党校大院里每天晚上都停满了来自全国各地的大巴小巴，党校宾馆天天客满。如果不提前预约根本就没有空房。

后来张家港又是第一批全国文明城市、第一批全国生态市等等。荣誉一个接一个，虽然不再像1995、1996年那样忙碌，但参观接待可以说就没有停过。为此，市委市政府还专门成立了接待办，负责统筹安排接待。每一批重要客人来到，总是先有前站安排，看点看路定路线，重要的还要掐着时间专门按照参观路线走一遍，确保分秒不差。张家港对接待的重视，直到今天，仍然如是。

那时候，我还写了一篇言论发表在《张家港日报》上，算是最早对港城接待的理解吧。

接待也是塑造形象

楚人

全国精神文明建设经验交流会召开后，全国各地各条线慕名

而来参观学习的人越来越多。如何处理好工作与接待的关系，成为许多单位面临的一个新问题。

从心理学角度看，繁重的接待工作确实容易使人产生厌倦、懈怠情绪。因而，一不留神笑脸就变了模样，介绍敷衍了事。然而，具有张家港精神的人是决不容许这种厌倦、懈怠情绪存在的。全国各地参观学习的人的到来，是对我们工作的鞭策和激励，我们岂能在形象问题上含糊？在这方面，市委党校做出了榜样。他们不但进一步搞好环境绿化美化，优化外部形象，而且安排了一名副校长专门负责接待工作，向每一位来宾作综合介绍；又安排两位老师做兼职导游，全程陪同参观保税区、港口码头等，并热情周到地安排好来宾的吃饭住宿。他们以优良的接待赢得了全国各地来宾的交口称赞。

全国学习张家港，给我们带来了又一次加快发展的机遇，我们在这次新机遇面前，不但要更加开拓进取，大干快上，让张家港每一个地方都经得起看；而且要更加严于律己，戒骄戒躁，让每一个来宾都从张家港人身上感受到张家港精神的魅力，让每一个张家港人都成为张家港形象的缩影。

我们早就提出了"人人都是张家港形象，人人都是投资环境"的口号，现在正是检验我们每一个人的时候了。

(《张家港日报》 1995-11-24 第3版)

港城人待客热情还突出表现在宴请劝酒上。酒宴好酒好菜备好，酒桌上宾主坐好，还没有开始吃东西，先开始敬酒。很快就一圈酒敬下来。没有点酒量那是根本不行啊。单独敬好了还有捉对再敬，捉对好了提个名目再敬，最怕的是点将上台。这种待客的热乎劲儿，会让你热血沸腾。

港城不仅酒文化特别热情，而且还有制胜法宝。那就是港城地产名酒百年老字号沙洲优黄黄酒。黄酒其实也是米酒，暖胃养颜。全国三大黄酒，沙洲优黄位列全国黄酒市场前三名。苏南一带沙洲优黄绝对领先。

沙洲优黄是个百年老店了，在光绪年间就已形成一定的规模和影响。属鲜明江南水乡特色的半干、半甜型黄酒，其酒色泽橙红，酒体协调，清亮透明，醇厚爽口，芳香浓郁。由于其具有丰富的营养价值：富含18种以上的氨基酸，很快在长江三角洲风行起来，寻常百姓都以每天饮一杯黄酒为时尚。我来到港城后很快也喜欢上了这种黄酒。

这种口感颇似家乡自酿米酒酒酿的黄酒，口感微甜，入口很好喝，像饮料一样。可是毕竟是黄酒，不知道的很容易喝多，如果喝多了还是有不小后劲的。所以不知道的人不小心就被喝晕了。外地来的客人在港城人的热情主导下，不论怎样，都留下了港城人热情好客的深刻印象。

港城人的热情好客，有顺口溜曰：东北虎，西北狼，喝不过江南小绵羊。正是这种热情好客之风，让港城产生了一支强大的营销队伍，带来了技术人才，带出了技术队伍，还带出了销售团队，更拓展了销售业务。在乡镇企业开创初期，这种酒桌上的文化无疑还是发挥了重要作用的。

港城人热情好客，这与上海人大不相同。虽然张家港与上海很近很近，交通相连，语言相通，但是港城人为人待客和上海人大不一样。众所周知，上海人待人"淡"。虽然上海人对安排客人许多细节上的问题，都会考虑得非常周全。但是就应酬来讲，上海人不习惯劝酒，也很少上白酒，桌面上虽彬彬有礼，喝酒却基本冷冷清清。

上海的这种酒文化会让一些客人觉得虽然有礼却还嫌"冷"。有一次重庆保税港区客人到长三角考察，先是宁波、上海，接着来到港城。在晚宴上，硬是被港城人激发出了火热的激情，喝醉了还高兴万分，感动十分。后来才知道，他们被上海人的"冷接待"给冻着了，冰火两重天，比较之下，对港城人的热情就特别感动。

其实，像上海的那种待客之道才是我们需要的。应该学习西方的待客之道。西方最高级的宴会也只有4道菜，还包括汤在内。那些大资本家、大政治家，会用面包将流出来的鸡蛋黄擦得干干净净，一点东西都不浪费。这其实也是自信的表现啊。多少年了，才不怕谁说他们穷呢。

现在中国的经济发达了，生活条件也好了，温饱问题已经解决。港城的生活水平已经与发达国家和地区差不多，那么我们也应该有这个自信，不要怕别人说什么，劝酒要热情，喝酒要随意，点菜要节约，剩菜应打包。不要怕人家说你穷。须知道，中国是一个资源紧缺型的国家，我们要建设节约型社会，该省的要省，省下的就是财富，留下的都是未来发展的资源。

2012年，全国倡导餐饮文明，提倡勤劳节俭等传统美德。为此，我专门写了"弘扬中华美德漫谈"系列言论在《张家港日报》2012年8月连续刊发。

"餐饮文明"势在必行
——弘扬中华美德漫谈
楚人

我们常常看见这样一些场景：

在豪华宾馆的豪华包厢中，主人客人热闹非凡，一大桌珍馐美馔，一圈人觥筹交错，一个个推杯换盏，一时间杯光壶影，杯来盏往中酒酣耳热，有的醉眼迷离，有的口吐狂言，有点乱舞乱跳，更有的"现场直播"，直接就吐了……而一大桌精美菜肴，浪费更多。其情其景，让人看得惊心，痛心，更伤心。

问主人：为什么要这么铺张浪费？

曰：菜少了显得我们小气，不敬酒显不出我们的热情好客，不敬好酒更可能办不好事。

问客人：为什么要这么狂饮滥喝？

曰：不喝就是对不住主人的热情，不喝更怕伤了感情，所以，哪怕喝伤身体也只能继续。

确实如此，我们经常听到这样一些顺口溜："感情深一口闷，感情浅舔一舔"，结果是"不喝不喝又喝了，少喝少喝喝多了，不醉不醉喝醉了"，最后"喝伤了身体喝伤了胃，喝得老婆背靠背"。

中国历来以饮食丰富而闻名世界，这原本是中国古代文明的产物，也是中华文明的一个表现。本来，亲朋好友欢聚一堂，吃

 第三只眼看港城

吃饭、喝喝酒、聊聊天，其乐融融，是一个好事。然而，当吃饭变成了暴饮暴食，当饮酒变成了狂轰滥炸，美好的饮食文化变了味道。更多的是糟蹋了粮食、浪费了美酒、伤害了身体。

在旧社会，吃喝本是贵族老爷的享受，"朱门酒肉臭，路有冻死骨"正是其写照，呈现"几家高楼饮美酒，几家流落在街头"的状况，其少部分人海吃海饮的结果是天翻地覆被革了命；在过去物质贫乏的时期，本身处于吃不饱的情况下，逢年过节或者婚丧喜事，亲朋好友碰到一起，借此大吃大喝一顿，这是物质匮乏的结果，虽然不好，情有可原；如今，随着社会的不断进步，我们生活条件好了，物质极大地丰富了，可以说不愁吃不愁穿。当此之时，响亮提出餐饮文明的号召，不仅是我们整个民族饮食文化发展的一个延续，更是对整个中华文明的继承与发扬，看似小事，其实影响深远，可谓正当其时，势在必行。

一个地方发展环境越好、文明程度越高，餐饮文明建设就越先进；发展环境越差、文明程度越低，餐饮文明建设就越落后。现在，不说欧美发达国家和地区，就是在上海、广东等开放前沿，多敬酒、不劝酒，多吃菜、不浪费已经成为一种新风尚。这不仅反映了一个地方的党风政风、市民素质，更反映了一个地方的文明程度。我们张家港素以文明城市而声名远播，我们的餐桌饮食更应该文明起来，吃得生态，喝得节制，喝酒文明，敬酒客气。做到不奢侈、不浪费，精心精细，热情客气，保持清醒，恰到好处。我们相信，当港城餐桌文明升格为城市的主流文化之时，文明的张家港必将更加文明。

暴饮暴食可以休矣，"餐饮文明"势在必行。在我市深入推进文明城市创建的时候，我们期待着新的餐饮文明时代乘风到来。

(《张家港日报》 2012-08-31 第4版)

水文化滋养了张家港人独特的个性

一、张家港人对于水有着不同寻常的亲近和爱护

张家港多水。是典型的江南水乡，也是鱼米之乡。河道纵横，除了紧靠长江外，全市有大小河道4900多条，竖的叫河，横的叫套或港。大的河道叫干河，笔直笔直，多是当年战天斗地时人山人海人工开挖的。现在成为了张家港的主要内河航线。历史久远的天然河道就是张家港了，从港区经江阴再回到港城凤凰后奔常熟而去，直到东海。

张家港虽然是水乡，但河多却少湖泊。这一点和苏南其他水乡颇为不同。其他地方如常熟、昆山和吴江都是湖泊众多，水泽遍地。唯有同样是江南水乡的港城没有天然湖泊。现在市区有名的暨阳湖，那也是2002年修建沿江高速时集中取土挖出来的人工湖，水面达1000亩，加上周边四五平方公里综合开发，投入几十亿，成为了港城生态新城区。

暨阳湖看着不小了，但和常熟尚湖、昆山阳澄湖、吴江汾湖一比，明显又是一个盆景。不过，对于缺山少湖等自然旅游资源的港城来说，人工湖也是湖。毕竟还能挖出来，也不容易啊。现在更是挖出"瘾"来了，北部新开挖一个沙洲湖，景观建设已现雏形。凤凰山下凤凰湖，香山脚下香山湖……估计未来还有更多的湖泊应运而生。

张家港人爱水。你看，没有湖就人工开挖，没有河道也人工开挖，像几条干河，像城西新区三纵三横水系，像南环河等，都是港城人开挖出来的。而且每年冬季都要疏浚河道，每条河道每过几年总要重新疏浚一次，让其更加畅通无阻。现在，更是投入20多亿在建设大排大放的港城水系自我循环系统，让港

城的水时不时用长江水冲洗一遍。

一方水土养一方人。港城的水的确很养人。表面看，养的是皮肤等外在东西。我的一位原同事新望，后来去了北京，曾任《中国改革》主编，经济观察研究院院长。他最初从西北甘肃兰州来，三十多岁的人乍看还以为是四五十岁，没想到在张家港喝了港城水，经过这方水土滋养后，过了两年再看他，看着硬是年轻了十岁。

深入看，滋养的是性格特征。古人曾经说过："近山则诚，近水则灵。"意思就是水的本质使人个性更加灵巧、变通。山性使人诚实，水势使人和气，使大家能够走在一起，能够汇聚在一起。所以，水乡港城人对于水有着更深的亲近和柔情。是水冲积出了大片沙洲和沃土，是水给予了舟船运输的便利，是水带来了沿江港口工业的发展。

的确，水啊，对临江而居的张家港人来说是再亲切不过了。无论是冲滩成陆的地理运动，还是两岸联动的声声号角，或者沿江开发的滚滚春潮，都离不开水。水文化是张家港的一根文脉，代代共存，生生不息。水之坚韧，水之流动，水之包容，水之灵性，既用宽阔温暖的胸膛包容人间万象，又用豪迈奔放的气概荡涤世间污浊。难怪《尚书》中说到天地五行时，把水列为第一，认为"水曰润下，润下作咸"。

水之坚韧，百转千回，百绕不折，滴水穿石，呼唤张家港人的务实为本；水之流动，一波一波前赴后继，一浪一浪勇往直前，呼唤张家港人的锐意进取；水之包容，海纳百川，有容乃大，江湖并蓄，有吞有吐，呼唤张家港人的精诚团结；水之灵性，夏为雨，冬为雪，化而生气，凝而成冰，呼唤张家港人的开拓创新。

二、张家港人的精明精细植根于港城的水文化

港城位于苏州太湖，又濒临长江东海，归根到底还是水文化影响。港城水文化兼容长江文化、运河文化、太湖文化、海洋文化于一体，因而和苏南的湖泊、内河水文化颇有区别。平静如镜的水和奔涌如潮的水互相激荡，两者交

融，最终形成了港城独特的水文化和张家港精神。

中国作协副主席、著名报告文学家何建明在《我的天堂》里描绘了江湖河塘的特点：滚滚长江，汹涌奔流，呈现的是一种勇往向前的力量；浩淼太湖，碧波万顷，呈现的是一种宽阔坦荡的胸襟；潺潺河流，川流不息，呈现的是一种通达四方的追求；粼粼溪塘，吸风纳雨，呈现的是一种平和融合的气度。写得真是精彩。

那个被张家港水土滋养过的同事新望写过《水文化批判》一文，总结了古代"吴"人的四个特点：勤劳、精巧、阴柔、秩序。这些特点背后的意思就是比较顺从，比较会算计，基本上是集权度比较高、控制比较大，地方征税也比较重，形成了这里人比较讲究秩序，比较阴柔和顺从。还有历史上历来对皇权比较认同。说得颇有道理，但也有一定片面性。

我认为港城的水文化和苏南水文化还是颇有区别的。其特点正是勤劳、柔韧、包容、细腻。港城的水不仅仅是太湖水、运河水，有包容柔韧的特点，还有长江水、东海风，有着不畏困难，勇往直前的特点，港城人也不仅仅是江南人、无锡人，还有很多江北人、老沙人和崇明人，最后都融合在一起，成为了拼搏向前的港城人。

港城说到底就是江海文化和河湖文化的交融点。长江天堑成就的舟楫之利，带来了大江南北的文化交流和共同发展，长江滋润着港城，沟通了祖国东西的文化和经贸交流；东海带来博大开放的胸怀，和来自太平洋的浩瀚信息。

湖泊和江河一样，是孕育和滋养人类文明的摇篮。太湖深秀，水面烟波浩瀚，峰峦缥缈灵秀，是我国著名的风景区之一。大运河是沟通南北交通运输的重要渠道，长期起着交流、融合、开放的作用。港城位于江海文化和河湖文化的交汇点。这些深刻地影响着港城人格的形成与发展，影响着港城经济的孕育和发展。

港城人与水结合得尤其好，可以说是港城之水与水一般的港城人，人水合一，水人一体，这些特别是从港城特有的地名港、浦、河、浜、塘、圩等地名就可以看出。在港城的历史地理上，这种水的文化比比皆是。

江湖河塘组合在一起，既可以是一种放扬，又可以是一种吸纳；既可以是一种选择，又可以是一种决断；既可以冒险，又可以避险。是理性下的激情，是激情下的理性。这种独特性组成了港城人独特而绚丽的性格。那性格既是豪放的，又是柔美的；既是开放的，又是含蓄的；既是粗犷的，又是细腻的。是豪放中的柔美，是柔美中的豪放；是开放中的含蓄，是含蓄中的开放；是粗犷中的细腻，是细腻中的粗犷。

三、张家港这方水土滋养了张家港人

正是港城这方水土才滋养了这种性格，使港城成为了中国乡镇企业的发源地之一。改革开放之前，张家港社队企业就有着一定的规模，和上海、南京的交通也比较方便。这时候，水见缝就钻的特性就显现了，很多乡镇企业都是周末的时候从上海请"周末工程师"来指导生产，所以乡镇企业也叫"缝隙经济""拾遗经济"。计划经济都是搞大众生产，很简单、标准化的产品。但是民众需要的是差别性的产品，符合自己需求的、自己偏好的私人订制产品。为了满足更多人的偏好，乡镇企业得以快速发展，当时有"半壁江山"之称。

正是港城这种水土才滋养了张家港精神。张家港精神根植于吴文化，又有明显的沙洲文化的烙印。这种文化特征，集中表现为精明勤勉、吃苦耐劳、经世致用、勇于创新。张家港人在改革开放实践中，特别是在精神文明建设过程中，巧妙地将吴文化的精髓保留，去其糟粕，并且促使江南文化和沙洲文化交汇融通，将江南人和沙洲人的优点结合起来，最终使张家港人的思想理念进化成为独特的张家港精神。

正是港城这方水土才滋养了港城人。港城人很有挑战意识，但挑战的都不是小事。他们喜欢竞争，当看见一个强势之事（人）出现的时候，他们会不安，会嫉妒，接着会有危机意识，然后改变自身，暗自想超过对方，直到成功地赶超跨越，才能安心和满足。港城大多数人不喜欢平静，更讨厌平淡，有时候也喜欢刺激，好像那样的人生才精彩。

港城人敢于攀登高峰！港城人很胆大，他们敢于投资、敢于冒险、敢于办事，所以他们敢于办厂。港城人是办厂起家的。港城人不计较鸡毛蒜皮，他们也来不及想鸡毛蒜皮。港城人能干大事，他们也善于把大事办好。港城人正派，从不把精力用在勾心斗角上，也不跟人玩心眼。港城人很正直，他们从不说三道四，他不会把你打死后再踏上一只脚。

张家港人的这种争先意识在今天各单位争创服务品牌上可见一斑。在今天港城各机关分外重视机关服务品牌建设的时候，我想起了多年前写的一篇言论《单位也要创"名牌"》。看起来我还是很有远见的啊。看看现在，不正是这样吗？每个机关都创立了服务品牌，每年还要评比十佳机关服务品牌。交通局的"阳光e驾"、城管局的"城市管家"、人社局的"人为本　心为民"、计生委的"助您好孕"、公安局的"走访送"等，都已成为了服务名牌。

单位也要创"名牌"

楚人

现在，我市许多企业都在实施名牌战略，创名牌产品，争市场，令人兴奋。然而笔者认为，不但企业产品要创名牌，企事业单位也要创名牌。比如，创名牌学校，创名牌医院，创名牌邮局等等。

近年来，张家港市82万市民在以市委秦振华书记为首的领导班子的领导下，发扬张家港精神，高起点、高标准地发展经济，建设港城，塑造港城新形象，使张家港市成了全国的典型。过去国内熟悉张家港的人不多，现在是名闻遐迩；而且张家港的知名度正转化为港城"二次创业"的强大精神动力和良好外部环境。

对于张家港这张"名牌"，我们每个单位不但要像爱护眼睛那样去保护好，而且更应该利用这张"名牌"，创造出本单位在全省和全国的"名牌"地位，争当全国行业典型。如果全市每个单位都去争创全国同行业中的"名牌"，那么，张家港典型地位就会更牢固，张家港市"二次创业"的成果也就会更辉煌。

(《张家港日报》 1997-02-17 第2版)

港城人有极强的生育观念，这在全国，除了大中城市，没有人能跟她相比。港城人的生育观跟内地、跟其他地方存在着天地般的悬殊。在港城，30来岁的年轻人无论男女，绝大多数是独苗——这在我国，尤其在农村，是你能想象的吗？这"不可思议"的"天下第一难事儿"在港城太普通、太平常，谁也不会把它放在心上。港城人是把"一生只生一个孩子"化为"村规民约"与民俗习惯了。这，有谁还能与之相匹敌？

港城人能正确地面对"生"，同样也更能勇敢地面对"死"。港城人死后没有一个不是火化的。港城人死后大多没有墓碑，没有坟墓，没有棺材。他们死后一律化为土灰，很多进入安息堂。港城人平安地来，又平淡地去。港城人心态很平和，因而他们也都很高寿，平均期望寿命达到81.6岁。至2014年末，在港城，百岁以上的老人就有160人，他们多住在四世同堂的家里，或者各自乡村的老年公寓里。

港城没有城乡差别的概念，因为港城城乡基本一体化了。港城人有自己的个性，愿意张扬，也不排斥他人的个性，觉得那是自由，是性格，更是潜力。但港城人也瞧不起外地人，因为他们讨厌不讲文明的人；港城人也瞧不起大上海、南京，港城人会说大都市只是在面积上比苏、锡、常各城市大些罢了，实际上，这些大城市有什么好？环境脏、道路堵、办事难，很多港城人硬是一辈子不愿意离开港城。

这就是张家港，地处长江奔腾入海之前的咽喉要道，千百年来她一面伸展双臂接纳上游奔腾而下的滔滔长江水，一面又挺胸迎接潮生潮落的东海潮汐，豪迈、开拓是其特征；地处太湖和长江的交会之处，一面是内河湖塘的兼容并蓄，一面是大江大河的大浪淘沙，兼容、精细是其表象。可以说水就是港城的灵魂，长江就是港城联结五湖四海的纽带。

以水为媒，以长江为纽带，港城毅然扛起了传承与弘扬长江文化的大旗，从2004年开始，年年举办中国（张家港）长江文化艺术节，从"写、画、唱、摄、看"等多角度演绎长江文化，越办越红火！长江文化艺术节和长江文化博物馆，正是对长江流域12个省、市、自治区戏曲、文化和民间艺术进行搜集、保存、繁荣和展示的一个全国性平台。

2013年7月24日，2013中国（张家港）长江文化艺术节微电影大赛启动了。我在启动仪式现场，看到著名导演李少红、张建亚等共同启动。今年的主题是寻找长江文化符号。长江文化符号有很多很多！昆曲、川剧以及长江号子，三星堆、河姆渡乃至张家港东山村，滕王阁、岳阳楼还有黄鹤楼，等等。多年后，我期待"张家港"也成为中国长江文化的一个符号！我祝愿中国（张家港）长江文化艺术节越办越好！

这就是张家港，现在可是声名远播！全国文明城市、全国双拥模范城市、全国生态城市、全国园林城市，中国人居范例奖、联合国人居奖，等等，国家级荣誉就有190多项！省级荣誉更是数不胜数！可以说，只要国家、省开展过的评比，差不多都曾获奖；各个部门，差不多都是名列前茅。作为一个建县仅52年的新兴城市，佩服！

据了解，张家港的发展及出名是1986年撤县建市后，尤其是1992年开始的近20多年，可以说真正是突飞猛进，超常规、跨越式发展的。从苏南的老幺发展到全国百强县的老三，从一个小乡镇发展成为一个现代化的中等城市，从名不见经传的"边角料"发展成为全国闻名的明星城市，张家港，20年走了其他城市100年甚至更长时间的发展之路，后来居上！

作为一个客家人，我上世纪90年代初来到张家港，可以说是看着张家港突飞猛进，实现美丽蜕变的，从一个"丑小鸭"变成了"白天鹅"。很多时候还亲身经历参与了一些事件，也多次聆听了带领张家港市后来居上的秦振华老书记的殷切教诲。从家乡来到陌生的他乡，从中部来到开放的东部，从农村来到现代化城市，其实我们都会带着好奇的眼光看这个地方！它有什么好？人漂不漂亮？老乡多不多？收入高不高？说话懂不懂？所有的这些，都让我们思量！亲爱的游子啊，你说呢？因此，我常常用"第三只眼"看张家港，思考张家港，花儿为什么这样红，港城为什么这样赞？为什么你的发展就这么快呢？

 第三只眼看港城

张家港赶超发展的天时地利人和

一、张家港赶超发展的天时

张家港能后来居上、跨越发展，追根溯源，还是离不开"天时地利人和"。先说天时。1978年十一届三中全会后，中国迎来了改革开放的历史新时期。世界发展的天时也变了，我们发展的环境氛围变了。我说最大的不同就是时代变了。时代从战争与革命的时代进入以"和平与发展"为主题的时代，这是国际关系当中最大的变化。这个变化之后带来很多的影响。

我们看到《联合国宪章》国际法准则承认了主权平等的原则。中国人一百年奋斗在国际上有什么平等的地位？主权平等的原则为《联合国宪章》国际法准则是了不起的成果。大家想想看，鸦片战争的时候，中国同列强能够有主权平等吗？做不到。所以主权平等被承认、被肯定，尽管现在完全做到不容易，但是能在法律上肯定就很了不起。制定宪章的时候，联合国会员国50个国家，现在是193个。没有主权平等的原则不会有这样大的变化。

同时，经济全球化，生产的四大要素在全球流动。商品、资本、技术、人才，没有这个行吗？世界不变化中国发展不起来，大家想想鸦片战争以后中国何尝不想发展？最典型的例子是中国要实现现代化，1861年到1894年33年的洋务运动，洋务运动的领导者李鸿章、曾国藩、左宗棠、张之洞等人抛开历史的偏见，这些人都是一些相当有远见、有胆识的政治家。当时洋务运动用的办法，我们现在开放的地方也在用，如派学生出国留学、引进先进技术等。当时甚至连小孩子都派出去了，派了160个幼童到美国去学习，其中产生了民国的第一位总理唐绍仪，产生了铁道大师詹天佑。但是，洋务运动为什么失败了？

因为当时的世界是旧世界，今天中国人看世界一定要看到世界变了，世界不变化中国不可能大发展。

今天，世界已经成为地球村，合作永远大于对抗，这就是新的天时。特别是1992年正是邓小平"南方谈话"的重要时期，举国上下迎来了一次大开发、大发展的历史时期。张家港的老书记秦振华先知先觉，提前感悟捕捉到了这个千载难逢的历史机遇，大胆提出了"三超一争"发展目标，一下子在苏南掀起了一股你追我赶的浪潮，被称为"苏南跃出六只虎"！

当然，天时不仅仅是对张家港人而言，举国上下应该说都是在改革开放的大背景下发展，都是在邓小平"南方谈话"后跨越，都是在新世纪时期追赶。同样的时期，同样的机遇，有的地方抓住了，实现了跨越；有的地方错过了，停滞不前。抓住机遇是功臣，错过机遇是罪人。可见，天时大家有，就看谁抓住。由此可见，天时并不是张家港跨越赶超的主因。

二、张家港赶超发展的地利

再说地利。"滚滚长江东逝水，浪花淘出张家港。"这是我写过的一篇文章的开头词。的确，万里长江在奔涌入海之前拐了最后一个美丽的大弯，留下了一个天然良港——张家港港，成就了一个新兴港口城市——张家港市。张家港市地处江尾海头，位于中国长江和沿海两大经济开发带的交汇处，地利可谓得天独厚！

张家港有着天然良港张家港港，黄金水道长江在此敞开胸怀，至此江面突然变宽，浩浩荡荡流向大海，造就了张家港"不冻不淤，深水贴岸，安全避风"的天然良港，可与我国南北沿海及世界各港通航。境内拥有全长66.8公里的长江岸线，建有万吨级泊位74个，1982年成为长江流域第一批对外开放的国家一类口岸之一。

站在双山岛东望，沿江港口群宛如一条蓄势腾飞的巨龙，龙头是国际商港张家港港，龙身是永嘉集装箱码头、保税区长江国际码头、苏润码头，企业自建的东海粮油码头、统一食品码头、优尼科液化气码头、壳牌油库码头、浦项钢铁码头、越洋货物码头、奔辉码头等。一眼望去，龙门架塔吊绵延不断，万吨巨轮紧紧相连，煞是气派。

张家港口岸能承接集装箱、钢材、木材、矿石、粮油、煤炭、化工和件杂货等不同货种的装卸、储运和中转业务。辟有至欧洲、北美、中东和日本、韩国及香港地区等20多条国际集装箱航线，与世界140多个港口有货运往来。进口大豆、木材、羊毛、化工品和出口大米等均居全国前茅，是江苏整车进出口最多的口岸之一。

滔滔的长江带给了张家港江海水运物流的极大优势，经济发达的长三角广阔腹地，让张家港物流货源充足。所以，张家港这个1968年才开港的小港，很快成为了长江内河第一大港。2006年，其吞吐量首超亿吨，2012年，口岸货物吞吐量更是达到2.5亿吨，集装箱运量150万标箱。乘长风破万里浪，这就是我们的张家港！

水路说完说空路！今天（2013.6.28）正好自驾车到东面的上海虹桥国际机场，距离125公里，历时90分钟。以前驾驶员开车时最快75分钟。而另一个南面的苏南硕放国际机场更近，高速直达，45分钟即可。西面常州还有个奔牛机场，也只有60分钟路程。再远点还有南京禄口国际机场。几个机场都曾乘机，时间还是很清楚的。众多机场环绕港城四周，都在一小时圈内，空运方便之极！

说起虹桥机场，用第三只眼看上海，上海一度还是有点小家子气的。10多年前，上海只有虹桥机场。而虹桥机场离苏州很近。出机场马上就能看到一个高炮广告"苏州欢迎您"。据说上海人很不爽，机场好像变成了苏州的机场。而苏南也确实借此为经济腾飞插上了翅膀。于是，上海新建机场时，把机场搬到最东边的浦东去了。

没想到，机场离不开腹地。苏南去浦东机场一下子增加了2小时路程，苏南人不爽，于是联合建设了苏南硕放国际机场。本来应该是上海的人流物流被分流了，上海人又受不了了。10多年后，再次将虹桥机场重新建大，又回到了苏州门口和硕放机场竞争。你瞧，这个折腾劲。如果虹桥机场老早建大，也许就不会有硕放机场了。

人无远见，必有近忧！上海作为一个大都市，如果没有海纳百川的胸怀，怎么能担当起长三角发展的龙头呢！其实，每个城市都是这样，城市要发展，还得有引进人才、留住人才、用好人才的胸怀和本领才行。进而，我们每个人也一样，人要进步，也得有博览群书、博采众长的胸怀，这样，我们才能更好地走向未来！

空港如此之多，如此之近，使得张家港如虎添翼。的确，一个大城市的机场距离远的多有1个小时路程。所以，张家港周边的硕放机场、奔牛机场，乃至虹桥机场，可以说都是自己家门口的机场，给港城带来了极大便利。对此，很多港城的投资商深有体会。

水路、空路之后还有陆路。张家港的陆路交通和长三角一样，道路四通八达，路网密布。包括乡村道路，很多都是柏油化的6车道高等级公路。还有沿江高速（S38）和锡通高速（S19）一横一纵两条高速交错，正在建设的疏港高速更是围着港城西边转。张家港的每个乡镇上高速都仅需20分钟即可。众多路网构成了港城交通的便利枢纽。

张杨公路可以说是港城交通的代表。这条全长40多公里、横贯东西、连接市区与张家港港区的大道，上世纪90年代初准备修建时，原定建双向四车道，后来市领导组团赴南方考察后，拓宽了视野，当即决定投资3亿改建为宽70米的双向六车道。要知道，当时张家港市财政收入仅为2.77亿元，可用财力只有3000万元。面对外界的舆论压力，张家港硬是用一年多时间负重建成。这在当时可是空前的。事实证明，此路历经20年不落后，直到今天，成为了港城最繁忙的交通主干线。

建设张杨公路，还有点故事。这边已经开始边设计、边开工了，秦振华老书记带着一批人去了深圳、珠海学习考察。就在考察路上，一个电话打回来，道路总工程师立即将道路放宽到了双向六车道，还加上两边宽阔的非机动车道。这一改，被个别领导骂了一通；这一改，却省掉了20多年的修修补补。可见，眼界决定境界啊！

就剩下铁路了。本来非常遗憾，港城不通铁路。而且，北边的长江也成为了天然障碍。没想到，2009年，筹备已久的沪通铁路过江通道突然被曝光已改道张家港了。当我第一时间知道这个消息后，立即在"金港热线"论坛上发布好消息：张家港即将建设公铁两用长江大桥了！因为我知道，这对港城来说，不仅仅是个梦想，更是腾飞的新翅膀。

铁路还不止一条。沪通铁路之外，沿江高铁、苏通嘉城际铁路也将陆续开工建设。沪通铁路公路大桥和江南枢纽落地张家港，港城从此成为了铁路枢纽港，张家港交通枢纽地位正在确立。所有这些都为张家港市的"地利"带来了更加有利的发展条件。让我们拭目以待，看港城，明日海陆空联动，轮船、火车、汽车、飞机联运，谁能敌！

港城有如此好的海陆空交通优势，有上海、南京、苏州、无锡、常州、南通等众多大城市环抱其中，有纵横交错的江河、高速和未来的高铁及空港密布其间，又身处长三角咽喉要地、地理中心，其"地利"真是得天独厚。在港城后来居上的发展中，显然不可忽视。第三只眼看港城，我可是看得清清楚楚、明明白白啊！

其实，港城的"地利"还不仅仅是交通和区位，还有港城是长江冲积平原，土地肥沃，河道纵横，真正是江南鱼米之乡。刚来港城的时候，看到一马平川的田野，平平整整，好像是画出来的；河道众多，运输的船舶云集，畅行其中，好一幅江南田园美景啊！走在美丽的田野上，看着百舸争流，我很是激动了一下。刚从丘陵山区来到平原的人大概都有这种体会吧。一马平川，一望无垠，天苍苍，地茫茫，感觉非常广阔。只是看得久了，发现没有波澜起伏，没有移步换景，其实也很无聊啊。所以，在这平原地区，哪怕是一个小土堆，也能成为一座名山。张家港的香山、南通的狼山就是这样的名山。傲立江边，大有舍我其谁的气概！

三、张家港赶超发展的人和

发展的主要决定因素在于人。决定一个地方发展的根本原因还是"人和"。说到人和，张家港最为出名的，那就是张家港精神。张家港闻名全国就是因为张家港精神，张家港后来居上最主要的原因也是有张家港精神。因此，张家港精神有必要大说特说，后面我将在《深读港城》中好好说道说道，这里，先说一些微观认识。

　　外地人到张家港，首先接触张家港人，会发现张家港人确实很文明热情。上个月有个南方老人来张家港旅游，和我说起在港城坐车问路，感慨良多，说港城公交热情周到，港城百姓热心谦虚，和南方城市完全不一样。不像有些地方人那样冷漠，不像有些司机那样烦躁，张家港人回答问题总是尽量用普通话，细心周到，不厌其烦。

　　在这里，老人的一张老脸就是一张名片，外地人的口音就是说明，无论公交司机还是警察城管，总是热心地给予帮助。外地人不知道的是，这里还有12345热线，无论什么问题都可以问，大到投诉举报，小到吃饭打的，管道堵塞排不了水，钥匙没带进不了门，出差坐车不明时间，等等，一个电话，会事无巨细地告诉你。

　　当然，现在看到的是张家港文明城市20多年熏陶教育养成的结果。真正深入到社区农村，老百姓还是形形色色的。而且，从骨子里，他们对外地人的一种轻视也都存在。就是说话间，不知不觉有一种除了张家港是好地方外，其他地方都不值一提，不值一看的感觉。很多张家港人说，在港城呆久了，到什么地方都没劲。

　　可是，当年轻的女孩一旦喜欢上了你，开始朦朦胧胧地约会时，你会发现，那种对外地人的歧视和防范就出现了。甚至，大家一致看好的一对，在其父母眼里那也是不可能的。私下里，他们的说法是：我女儿嫁不出去啊？找一个外地人！看，这就是港城人过去骨子里的看法。直到现在，这种看法还时不时偶尔露狰狞！

　　在张家港，这种看不起外地和外地人的观念颇深，记得大学毕业来到张家港工作后，就对这种轻视外地人的观念感触良多。为此，还专门写过一篇《何必言称江北人》的言论刊发于《张家港日报》（1995年2月15日第2版）。这也是与《张家港日报》的第一次缘分啊。现全文微博转发，算是温故知新，再次敲一下警钟吧。

何必言称江北人

楚人

来张家港久了，就听到许多"江北人"的戏称。开始不以为意。长江之北的人为江北人，理所当然，可后来，却听出了许多轻视来，才颇以为奇怪了。

前些天与几位张家港人一起去南通办事，沿路总听人提到江北人。汽车抛锚了，"江北人连路都修不好"。逛商场去，"江北人有啥好东西"。就是最后到南通农贸市场捡便宜买了一些熟食带回家，还要说"江北人不会弄吃的，烧得不好"。

一口一个"江北人"，仿佛自己是智者圣人，而江北人都是愚夫蠢货似的，由此很有感想。的确，苏南比苏北现在富了不少，生活条件好了，与苏北拉开了一点距离，但大可不必财大气粗，做那种势利人呀！一有钱就翘起尾巴，觉得老子天下第一，其他人不在话下，百无一是，这恐怕不是进步的兆头吧？须知道，苏南也不过是比苏北早走了一步而已，长江后浪推前浪，未来的发展趋势还是个未知数呢！而且，"江北人"固然今天比较穷，可比苏南富的也大有人在，如广东福建，如美国日本。为什么不与他们比？

古人说，满招损，谦受益。我们应该深思了，在今天我们大开城门诚招天下客商的时候，我们怎样才能真正做到笑迎天下客，满意在张家港呢？

（《张家港日报》 1995-02-15 第2版）

一个包容的城市才有美好的明天；一个兼容的企业才会有蓬勃的活力；一个圆融的家庭才有和谐的生活；一个通融的为人才有发展的空间。兼收并蓄，融会贯通，这就是我们来到新城市的体会之一。

上海因为包容了苏北、宁波的人流，用100多年成为了东方梦幻大都市；

深圳因为包容了全国的人流，用30多年实现了从小渔村到现代化都市的蜕变。哪个城市人流如注，哪个城市就活力充沛；哪个城市人去楼空，哪个城市就变成了"死城"。全国660多个城市，有多少在转型升级，兼容并蓄，积累着活力呢？

张家港其实也是这样的移民城市。往上追溯三代，港城市民多是外地人。苏北人最多，来自通州、启东、海门、如皋和靖江等地。他们来到张家港这个新兴的长江冲积沙洲平原，垦荒、耕种、繁衍，让张家港渐渐成为了苏南粮仓，也形成了独特的沙上文化和沙上精神。生活在港城的人不断融合，不断发展，成为了今天的张家港人。

移民历来都是非常辛苦的，移民沙洲的农民更是苦上加苦。所以，港城的百姓有着吃苦耐劳、勤俭节约的本质特征。移民历来都是要付出更多的，穷奔沙滩的移民付出了更多更多。风里来，雨里去，像拓荒牛一样，开垦耕耘着这片新兴的土地。所以，我们深刻理解深圳市政府门口为什么要塑造一个拓荒牛主题雕塑了。

港城的人除了北部区域是来自于苏北、江南的移民外，还有南部地域是原来常熟、江阴、无锡地区人。所以，港城的方言就有四五种之多。现在，随着改革开放，更多天南地北的人来到了港城发展，港城也以海纳百川的胸怀接纳了60多万新市民，在很多方面给予了新市民同等的待遇和许多的关怀，这也是"人和"啊。

港城的天时地利人和凝聚成了张家港精神

人是要有点精神的。自古以来，中国就不缺乏精神，苏武的爱国精神，文天祥的报国精神，范仲淹的求学精神……到了近代，中国更是精神辈出，伟大的长征精神、延安精神，再到今天的抗洪精神、张家港精神，等等，都使我们有了前进的动力和强大的精神支撑，让我们战胜了一切困难，取得了一个又一个胜利。

1995年5月13日，江泽民同志亲临张家港视察，欣然挥毫为张家港精神题词。同年10月18日，中宣部和国务院办公厅在张家港召开全国精神文明建设经验交流会，《人民日报》当天发表评论员文章《伟大理论的成功实践》。自此，张家港经验走向全国，"团结拼搏，负重奋进，自加压力，敢于争先"的张家港精神响彻大江南北。

张家港精神是港城极其宝贵的精神财富，是港城的发展之魂、力量之源。国务院原副总理、原江苏省委书记回良玉指出：张家港精神就是有"团结拼搏"的士气，"负重奋进"的志气，"自加压力"的勇气和"敢于争先"的锐气。国家副主席、原江苏省委书记李源潮对张家港精神赞誉有加，誉之为江苏三大法宝之一。

从革命老区江西来到东部开发新区港城，我一直在思考这样的问题：张家港为什么能够超常跨越发展并后来居上？张家港精神为什么具有生生不息的强大生命力并能产生巨大的魅力效应？这里我已经分析了港城的"天时地利人和"。只是，天时不如地利，地利不如人和。港城发展最关键最核心的还是"人和"。

有了"天时"，我们就有了抢先发展的历史机遇；有了"地利"，我们就有了加快发展的区位优势；只有有了"人和"，我们才会有超常规、跨越式发展的可能。张家港的天时地利人和凝聚成了张家港精神，才会有张家港人团结拼搏抢机遇，负重奋进抓发展，自加压力高目标，敢于争先大发展的争先创优之举。天时地利是客观条件，人和精神是主观因素！

精神是这样凝聚的。看参加的两个活动就可见一斑。

2013年7月5日，全省全民阅读工作经验交流会在港城召开。最是书香能致远。阅读是我们每一个人与生俱来的潜能，只要我们有心，每个人都会是很好的读者！古话说：开卷有益。让我们开始阅读、学会阅读、坚持阅读吧，博览群书，将会使我们挖掘更多潜能，丰富更多思想，升华更多精神，最终必将受益终身！

没有个体的阅读，就不可能有心灵的成长；没有"小家"的阅读，就不可能有公民素质的集体提高；没有"大家"的阅读，就不可能有城市软实力与核心竞争力的提升。张家港这座新兴城市在书香城市建设上可谓倍加用力。阅读熏陶着张家港人的精神！

从市图书馆到全国首个县级少儿图书馆，从镇图书馆到村农家书屋，还有流动书屋。看看永联村图书馆，1500平方米的图书馆内，分设服务区、期刊区、藏书区、阅览区以及拥有50多台电脑的电子阅览区。馆内收藏了社会科学、政治法律、文学艺术、农技百科等22大类约30000册图书，甚至还有全国很多省份的报纸。

有书香的城市，有阅读氛围的城市，是令人向往的美丽城市。爱阅读的人，有书香气息的人，是令人尊敬的美丽好人。正是这种致力于全民阅读的深入推进，港城人被书香熏陶出了与众不同的文化气息，更淬炼出了全国闻名的张家港精神。这些，不正是张家港能够赶超跨越的"人和"吗？

2009年的世界读书日，《张家港日报》记者魏新阳专门来采访我。我谈了一点对于读书的认识，作为专访刊发在报上，在这里再发一下，也纪念每年的世界读书日。

读书是开启成功之门的钥匙

伟大的文学家高尔基曾经说过:"书籍是人类进步的阶梯。"这是对整个人类而言。对我们个人而言,我有另外一种理解:读书是开启成功之门的钥匙。闲淡时,读书能够使自己充实,为走向成功做好准备;忙碌时,读书能够使自己清醒,为更好地工作和进步提供源源不断的动力。

从小,我就喜欢读书,什么类型的书都喜欢拿来翻阅,上了高中、大学,虽然学习紧了,但是阅读,我一直将其作为自己的兴趣爱好保留着。阅读,不仅开阔了我的视野,也让我学到了不少兴趣特长,更让我在工作上获得了种种机遇。我常常对自己说,千万不要因为年轻好玩或工作忙碌而牺牲读书的时间。可以这样说,读书已经成为我生活的一部分,有时候出去开会旅游,我总不忘买几本好书带回来,每年我也总是将社会反响最大的书买下来,有空的时候好好看看。目前,我家已有藏书2000多册。

现在,虽然工作很紧张,但是我并没有忘记读书学习。很多时候我们往往因为工作太忙太累而忽视了读书学习,觉得学习更累、读书更忙。但我不这样觉得。其实,忙碌之余,每天晚上能够安静地阅读一会儿书,不仅能够让自己保持更加清醒的头脑,还能使自己的心灵受到陶冶、思维得到启迪,从而对各类事物加深理解,对工作思路加快创新,对人生理念加强感悟。

现在我们提倡读书不仅是个人进步的需要,更是时代进步的需要、社会发展的需要。一直以来,党中央都号召全党要认真学习,多读好书。中央领导更是以身作则,带头学习,发挥了表率作用,为全体党员干部做出了榜样。我们张家港市委、市政府也非常注重领导干部的学习教育,每年都要发放重点书目供领导干部选择征订,并组织专家教授做专题讲座。在当今知识大爆炸,建设学习型社会的新时代，知识更新越来越快，社会发展越来越快，我们只有保持良好的学习状态，多读书，读好书，才能做到在思想上与时俱进，工作上开拓创新。

看见报上几个阅读小故事：77岁的汤汉民是庆丰社区"夕阳红"读报小组的发起人之一，"终身读书，书伴终身"，这是汤汉民的人生格言。退休之后，汤汉民组织社区内的退休干部、老教师、老工人等成立了读报小组，每月8日、18日、28日开展读报交流活动，同时不定期举办讲座、研讨会、征文等各类阅读推广活动。

老人们书读得多了，觉得自己还能干更多的事情，于是以"读书"为媒，办起了"校外辅导站"。汤汉民亲自去图书馆了解书籍资源并记录下近100种精彩书目向学生们推荐，还不时地组织学生开展德育座谈，"铭记抗战历史，弘扬民族精神""学习雷锋精神"等一个个主题教育活动相继举办，小朋友们最喜欢了。

徐丰小区的"快乐小书房"受到了社区妈妈们的青睐。每周三下午3点，社区里的妈妈们带着孩子们在社工的帮助下一起看书、听故事、做游戏，"快乐小书房"亲子阅读将大家融洽地联系在了一起。在"快乐小书房"里，不仅有书籍，还有图文并茂的绘本近500册，绘本让孩子进入了一个五彩斑斓的世界。

2013年7月6日，记录永联村发展的报告文学《江边中国》首发！中国作协副主席何建明著。永联发展得好，书写得好！其实永联的发展就是港城的一个缩影。长江冲积出来的一个小村庄，依靠张家港精神，大胆开拓，后来居上，成为了中国最富裕的村之一！看！美丽的永联——华夏第一钢村！有着全国前三的经济实力，上交税收全国村庄第一。说是一个江边小村庄，却地地道道是一个村庄里的小城市。

第三只眼看港城

《第三只眼看港城》，用中部人的眼光看东部地区的发展和人文。因为身处在港城，就对港城多一点述评。其实对于我们从其他地方到东部来发展的人来说，很多感受、感觉是相通的，无论你来自何方，无论你现在在干嘛，"同在异乡为异客"，"于我心有戚戚焉"。我的感觉，我们的感觉，还有什么不能理解的呢？

各位看官，各位听友，说了一点对港城的感性认识，回忆了初来乍到张家港时的感受，又说了说我了解的港城人的特点和港城超常规跨越发展的"天时地利人和"等大道理，所有这些，算是《初识港城》吧。其实，朋友们，我们也算是初识哦。算了算，正好发布《第三只眼看港城》微博一个月了！谢谢博友的鼓励。庆祝一下！

各位博友，特别感谢腾讯博友鲁水、蓝天里的夜、郭静、忆素兰、方如嫣、小钰、白露化霜、简、陈轶铭、偶然、知足者常乐也、不再回眸的苍凉、徐蓉、冰心之乐、dandan、缘如意、朱立建、铃铛、中秋、rain_静、闲来在线、祖安娜、紫气东来、温业艺、与人为善等各位博友的赞；特别感谢新浪博友鼙鼙藏花、香妈妈2015、荷花0508、葛什么、熊熊万丈火、枫叶红似火、天天乐呵、都市伊乡宁、闲人闲心闲语、中国茶艺美学馆、城乡拾零斋、卢文勇书法、当代墨人223、蒲公英dreamfly等博友的转发点赞；特别感谢论坛网友黛尔、无欢、嫩嫩的老豆腐、港城茶人、xiaoqing40、雨露阳光、似水流年ZJG、静水沉沙等跟帖称赞；特别感谢QQ空间上对我支持的游云听风、温暖心灯、梦瑶、王林、君子兰、小雨、雅丽、楚楚、水悠悠、小鱼的梦、桃兮兮、凯平舞蹈、Miss、WW、卡布奇诺、嫣然、妮子、我心歌唱、诚实的月亮、笑口常开、冰颖、雨季、瑜儿、半夏0720、疏星淡月、柳五、月明、墨叶等QQ好友们，是你们的支持给予了我坚持的力量。

丰收的田野

江南水乡常阴沙常兴社区

花园式的乡村小学

乐余镇中心广场

华夏第一钢村——乐园中的永联村

第三篇　再读港城

　　只是因为喜欢上了港城，最终我在张家港安居乐业了。在党校做了几年讲师后，毅然参加了一次考"官"，最终以笔试面试双第一的成绩轻松过关。先后在市委党史办、市委研究室、张家港保税区、张家港日报社等单位任职，这给予了我许多学习创新的机会。

　　在这个新篇章里，为了让朋友们更深入地了解张家港，我将有重点地以专题的形式将我以前开设的讲座、发表的文章及通讯报道以微博形式予以改编转发，并保持其基本框架，最后再以长微博形式全文发布。涉及港城的历史、文化、经济、城建等方面。这种形式好不好？朋友们，给个建议哦。

③ 本篇导读

- ◆ 张家港，一个年轻而又古老的地方
- ◆ 沙洲地区在抗战时期的重要作用
- ◆ 东渡精神与张家港精神
- ◆ 张家港城市形象塑造"三步走"战略
- ◆ 张家港，打造水文化新品牌
- ◆ 文明张家港品牌的深刻内涵
- ◆ 张闻明，一个城市文明品牌的炼造
- ◆ 一个保税区和一座"自由港"新城的崛起
- ◆ 张家港保税区加冕"国家生态工业示范园"
- ◆ 张家港保税区的"心"服务
- ◆ 沙工之"香"何处来？

张家港，一个年轻而又古老的地方

"童鞋"（谐音同学）们，朋友们，安静了，上课啦。今天我们开讲《张家港的昨天·今天·明天》。每次新任公务员或者新进事业编制人员培训，我总是要去开讲第一课：张家港市情讲座。每次开讲第一句话，我总是饱含感情地、低沉地、充满磁性地说：张家港是一个年轻而古老的地方。且听我慢慢说来！

一、张家港是一个年轻的城市

张家港市，位于长江南岸、江苏东部，地处长江和沿海两大经济带交汇处。1962年，从常熟划出14个公社、江阴划出9个公社建立沙洲县，目的是建一个农业大县。建县之初，全县年生产总值还不足亿元，财政收入不过千万，农民年人均分配只有62元，被称作"苏南的苏北"。1986年撤县建市，以境内天然良港——张家港港命名。全市总面积999平方公里，其中陆地面积786平方公里。

全市规划为"一城四片区"，即杨舍中心城区，塘桥片区、金港片区、锦丰片区、乐余片区，下辖8个镇1个现代农业管理区，一个省级双山岛旅游度假区。有175个行政村，现有户籍人口90万，外来常住人口60多万，共有150余万人。可见，张家港的确是一个年轻的城市。建县才52年，建市才28年，恰是青春年少正当年啊。

其实，张家港的年轻还表现在土地上。张家港是长江冲积平原，有一半土地是长江泥沙冲积出来的沙洲。大概可以以张杨公路为界，其北部多是唐代以后成陆的。就是华夏第一钢村永联村也是1970年才围垦出来的新陆地，故又叫

70圩。最年轻的是乐余北部的江心沙,是正在成长的新沙洲,很快又会成为一个江中岛了。

夜读《容斋随笔》,第二则随笔就记述了一件事,《世说》:"郭景纯过江,居于暨阳。墓水不盈百步,时人以为近水,景纯曰:'将当为陆。'今沙涨,去墓数十里皆为桑田。"这里说的郭景纯,就是郭璞,是晋朝名士、文学家。当时他南下后,就住在暨阳,即今张家港市区杨舍镇。可见,张家港的土地很多乃是晋朝后,特别是唐代后涨出来的土地,是典型的长江冲积沙洲。所以,1962年建县才会以"沙洲"为名,直到1986年建市,才改为张家港市。

童鞋们,听听,张家港名字改得好啊。沙洲县,声音沙哑,气势不足,一听让我们想到的是芦苇滩、荒草地、拓荒牛,一想就知道是农业地区。港城也确实成为了全国三麦高产典型。撤县建市弃"沙洲"不用,改名张家港市,声音高昂,气势十足,一听让我们想到的是码头塔吊、轮船奔驰、车流滚滚,一想就是繁忙的港口,现代化的都市。

二、张家港是一个古老的地方

说其古老,一是古代也曾设立过县。晋代,置暨阳县,县治就在杨舍镇。梁代,在暨阳之墟建梁丰县。唐以后,分属江阴、常熟两县。抗日战争时期,中国共产党曾一度在北部沿江地区建立沙洲县,南部及常熟、江阴两县的边界地区设立虞西县(县治今张家港市塘桥镇妙桥街道)。

二是从考古来说,早就有人类活动。境内拥有11处新石器时代遗址,最著名的是:东山村遗址和徐家湾遗址。时间分布在距今2500年至8000年之间,其中南沙东山村遗址的出土文物是长江下游最早的古文化遗址文物,距今已有8000年历史,是太湖流域、也是长江下游地区迄今发现的最早的新石器时代文化遗址,遗址中发现的稻谷,比浙江河姆渡遗址出土的稻谷还早900多年,被列入2009年全国十大考古发现。

三是因为境内文化传承古老。吴文化中保存和传承得最好的吴歌就是张家港的河阳山歌。流传于张家港市凤凰镇河阳山一带,已有千年历史。当地农民在行舟、车水、栽秧、打场和挑担等劳动过程中引吭高歌，代代相传，形成了今天的河阳山歌。其中《斫竹歌》产生于6000多年前。河阳山一带山明水秀，池泾星罗棋布，水塘纵横相通，水草鲜美，树木繁茂。家家有水栈、竹林、果园。"竹篱秋菊、鸡鸣狗吠、鸟语花香、小船欸乃，组成了一片明媚的江南桃源胜景"，说的就是这个地方。因为这种独特的山川地理，故流传出这优美的河阳山歌，也印证了那句话，一方水土养育一方人。2006年5月，包含河阳山歌在内的"吴歌"，经国务院批准，被列入第一批国家级非物质文化遗产名录。

境内还有古黄泗浦，更是唐代鉴真大师第六次成功东渡日本的启航地。据专家考证，黄泗浦在隋唐时期是中国的一个重要海港。鉴真和尚第六次东渡从黄泗浦启航，这是日本第十次遣唐使团的选择。遣唐使团从日本渡海到达中国，就是先在黄泗浦登陆小憩，然后顺长江到扬州，再从陆路奔长安。这里的确是一个成功福地啊。

那时候，黄泗浦可不是现在这样深处内陆，而是就在波涛万顷的江口海域。现在的黄泗浦在张杨公路南边，离着长江10多公里呢，一点也看不出古码头的痕迹了。张家港市规划建设黄泗浦文化生态园，除了有鉴真纪念馆和黄泗浦经幢外，还有几年前拍摄电视连续剧《鉴真东渡》留下的仿古海船，已经成为张家港的一个风景名胜地了，尤其是日本前来朝圣的游客最多，成了中日友谊的一个纽带和桥梁。

三、张家港是一个成功的福地

年轻的城市给了年轻的我机会，让我体会到港城选拔人才的公开公平公正。第一次是1995年进市委党校，我被从中学政治老师中海选出来，作为优秀年轻教师特批跨系统进入了党校。真的非常感谢党校的吴一凡校长、秦豪校长和尤建中校长及原教研室陈建明主任。素不相识的他们让我这个连党校大门朝哪里开都不知道的人直接调入了党校，还未报到又先送我去省委党校参加培训。并且很快培养成为中共党员，提拔成为中层干部，这些都为我参加公推公选奠定了基础条件。第二次是2001年参加公推公选，我经过政审、笔试、面

 第三只眼看港城

试、体检等六个环节,最终以笔试、面试双第一的成绩轻松过关,之后又从市委史志办到研究室,再到张家港保税区等部门。每个部门的领头人如下东方秘书长、季冬主任、袁驾云主任和刘忠华主任等,无不对我这个客家人关爱有加,引领我成长。谢谢你,张家港人!

多岗位的历练,让我对港城的过去现在未来都有着较为全面的认识和一定的研究。市委党校的讲师生涯让我对港城有了一个初步认识;市委史志办让我对港城昨天的历史有了更多了解;市委研究室让我对港城的现在和明天作了不少的调研和思考;保税区让我对国家级特殊经济区有了更为深刻的理解;日报社则让我有了更多时间从港城发展的新闻报道中思考未来。谢谢你,张家港!

无论是在哪里,为港城更好的发展建言献策一直是我不懈的追求。当政协委员的时候,我积极地撰写提案参政议政;在市委研究室的时候,我积极调查研究,为市委决策做好参谋;在保税区的时候,我仍然到各地参观学习,积极提出自己的建议。而值得欣慰的是:很多建言得到了市委市政府的重视。

如曾经建议"策划组织'外国驻华商会(协会)看港城'活动",后来就作为2009年中国张家港长江文化艺术节的系列活动之一,邀请了世界各国驻华商会(协会)到张家港看环境,看园区,看企业,看项目,期间穿插"张家港市情介绍会""张家港企业家座谈会""在港外资企业家见面酒会"等商务活动,从而让各驻华商会(协会)更多地了解张家港,让张家港更好地与外国驻华商会(协会)建立良好协作关系,充分发挥商会(协会)信息丰富、沟通便利、服务专业的优势,提高招商引资的成功率,真正实现张家港招商引资、招才引智体制机制的转型升级。如2005年对张家港文化发展和文化品牌建设的建言,很多都已经成为现实,更多的民间文化专才、乡土文化名人得到了扶持和激励,更多的文化古迹得到了整修和建设,更多的小型特色博物馆、艺术馆等文化设施网络正在兴起,更多的高雅文化和群众文化得到了弘扬传承,打造了长江文化品牌、鉴真东渡品牌等,建设成为书法名城、民间文艺之乡、中国山歌之乡等。祝福你,张家港!

沙洲地区在抗战时期的重要作用

古老的暨阳县、梁丰县由于史料少，没有好好去研究。只是知道我们现在的路名、桥名都用上了这些老县名。梁丰生态园四座大桥梁，分别以暨阳、梁丰、沙洲、张家港为名，也是一种历史文化的传承啊。历史上离我们最近的是抗日战争时期中国共产党建立的沙洲县地下抗日民主政府。在抗日战争时期，沙洲地区有什么重要战略地位呢？

沙洲地区（现张家港市）地处长江下游南岸，地理环境独特，沿江岸线长达百里，江堤外是茫茫芦苇滩，河港、小流漕密布其中，是江南水乡游击战明来暗去、能进能退、迂回周旋的好地方，历来都是兵家必争之地。抗日战争时期境内曾建立沙洲县、虞西县。无论在抗日战争时期还是解放战争时期，沙洲沿江地区都是我党我军的重要交通线，是南进北撤的重要战略通道。

一、控制港口，设卡收税，支援江抗东路部队和地方给养

抗日战争初期，日军不仅加强军事封锁，还实行经济封锁，绞尽脑汁阻止东路抗日根据地的开辟发展。铁路运输全被控制，主要公路港口也设立了据点。但是仍有一些商人假借外商旗号进入长江，从沙洲沿江张家港、护漕港和太字圩港等港口向苏南各地偷运货物。

为此，中共东路特委指示沙洲党政组织，充分发挥地理优势，发动群众，开展反经济封锁斗争。1940年10月，沙洲县成立了江防管理局和江防大队。12月，江抗东路特委派蔡悲鸿到沙洲，先后任沙洲县办事处主任、县长，并兼江防管理局局长。他充分发挥政权力量和江防大队的武装力量，控制了沙洲境内

从张家港到十一圩港的各个港口及轮船公司，设卡收税。

太字圩港轮船公司本是由地痞恶棍控制，称霸码头，不服管理。县长蔡悲鸿宣布撤销这个轮船公司，组建"一大轮船公司"。据当时的经理王禹臣回忆，太字圩港的地痞轮船公司撤销后，在县政府的支持下，由他邀一部分在日本鬼子侵占上海后失业的劳动者组织新轮船公司，即"一大轮船公司"。

"一大轮船公司"业务做得很大。除了正常生意外，还为江抗部队运送了大量军用物资和政府用品。如棉布、药材、火油、油印机等。工人不畏风大夜黑进行晚上作业，保证了政府和部队所需物资不受损失。而且，公司除了缴纳税收以外，收到的棚驳费也是60%归政府，40%留给公司。这样，通过控制港口和轮船公司，沙洲地区成为江抗东路的一个重要财源区。

从1940年冬到1941年6月，日军"清乡"前夕，沙洲各港口税收甚为可观，税收量每天约有七八千元到一万元（法币）。当时先后任沙洲办事处副主任、县委书记的杨明德（真名惠永昌）有回忆文章说："沙洲有个江防局，主要负责沿江港口的税收，属江南经济委员会领导。但江防局和沙洲县的关系很密切，党的关系在沙洲县委。沙洲港口税收很大，不光供给十八旅，还支援十六旅和新四军军部，对根据地建设起了很大作用。"

1944年11月，日本帝国主义败局已定。为适应新的斗争形势，苏中区党委决定恢复沙洲县委、县抗日民主政府。经过沙洲县委、县政府重点发展武装和广泛开展抗日统一战线工作的努力，逐步恢复扩大了抗日游击根据地。

在与伪常熟县第十区区长屈重光的谈判后，达成了不妨碍我军在东沙活动、不向群众敲诈勒索，同意我方在十一圩港西岸设卡收税的协议。我方再次通过沙洲港口收税补充军队和地方经费，为解放战争奠定了必要的基础。

在抗日战争时期，新四军江抗东路的部队和地方政府的生存都离不开经济基础，他们必须有较稳定的经费来源和粮草来源。由于沙洲地区濒临长江，港口交通运输业发达，就有设卡收税的基本条件，而且其税源稳定，数量较大。

沙洲县还组织失业者自己办公司，做生意。这无疑更是一个经济高招，既保证了贫困人员的就业和利益，又直接掌握了更多的财源和人力资源。所以，只要条件允许，我党我军总是不忘在沙洲地区开拓财源，以保障部队和地方经费。

二、掩护北撤，接送干部，保护江抗东路主力转移

在抗日战争中，江抗东路是有进有退，既有东进，又有西撤；既有南下，又有北上。正如时任中共东路特委书记张英在1940年11月15日撰文《东路周年纪念感言》中所说："江抗威名在东路的传播，不但在于英勇善战，给敌人以痛击，而且在于顽强坚韧，善于退守，保持力量，能准备第二次的进攻。"（原载1940年11月15日《江南》第3卷第3期）根据形势变化，实施进攻或退守，这既是我党我军的优良传统，也是江抗东路不断发展的基本原因。江抗东路的战略转移，大都以沙洲沿江港口为基点。

抗日战争时期，江抗东路大规模的北撤有两次。第一次是在1941年7月至8月间。由于日伪首先在长江下游进行大规模"清乡"，江南形势日益紧张。7月下旬，新四军六师师部急令坚持内线的部队及地方干部迅速转移北撤。

地处沿江的沙洲人民义不容辞地承担起掩护干部北撤的光荣任务，分别建立了两条经沙洲直达苏北的隐蔽交通线。一条是从江阴祝塘到后塍区的方基坝交通站，越过封锁线到达护漕港联络站。另一条是从常熟王庄经福前东南的黄家港，通过封锁线到锦丰楝树港联络站。经这两条交通线北撤的干部先后达400多人。

此外，还有大批与组织失去联系，主动取道沙洲的江南地区党、政、军人员，在沙洲人民群众掩护下北撤。沙洲沿江人民不顾自身安危，当向导、运物资、筹船只、送粮食、救伤员，为掩护干部北撤甚至献出了宝贵的生命。沙洲地方干部和部队直到10月除留守人员外全部北撤。

第二次大规模北撤是在1945年10月抗日战争胜利之初。当时，中共中央为了尽一切可能争取和平民主的实现，提出"向北发展，向南防御"的方针，主动撤出苏南、浙江、皖南等八个解放区。中共沙洲县委紧急部署北撤准备。全县突击征收了近千石粮食和一部分棉花，抢运了一百余万斤芦苇，征收税款数千万元（法币），在护漕港集中了粮草，控制了船只，迎接浙东主力部队和苏中六分区部队北撤。

10月21日，苏浙军区第二纵队近六千人北撤至沙洲，从七圩港至护漕港之间的各港口渡江北上。不久，六地委书记钱敏和六分区司令包厚昌，率部一百多人从护漕港撤向苏北。锡东、锡北两县的党政军干部和家属约数十人也陆续途经沙洲北撤。至11月下旬，沙洲县委全面完成了接应主力及周边县党政军人员北撤的任务。沙洲党政军干部仍然是坚持到最后才北撤。

掩护江南干部和部队北上是沙洲沿江港口的经常事。除了两次大规模的部队转移外，整个抗日战争时期，还有很多次小规模的部队北上。主要有：

1940年9月上旬，江抗"二团"陈刚率李善生部北上苏北，改编为二纵队九团四、五两个连。

1940年10月，活动在沙洲桥头、十二圩港的江抗一支队在戴克林率领下，携带6万元经费北上参加黄桥决战，为赢得战斗的胜利作出了贡献。

1941年3月5日，由皖南突围的新四军一支队司令傅秋涛等军政干部在沙洲休整数日后从护漕港渡江北上。

1941年至1944年间，苏北抗日武工队和侦察班也多次从沙洲沿江进入苏南和北撤苏北。

由此可见，沙洲沿江港口正是贯通南北的交通要道，加上这里的群众基础较好，理所当然成为江南部队和干部北撤的首选之地。在江抗东路的数次南下北上中，沙洲沿江起到了重要保障作用。

三、沟通南北，反击"清乡"，打破日伪制造的白色恐怖

在苏常太、澄锡虞反"清乡"斗争中，沙洲地区是连接苏南、苏中两块抗日根据地的桥头堡，成为敌我"清乡"、反"清乡"中激烈争夺的战略要地，反"清乡"斗争时间最长、付出代价也最大。

1941年，"清乡"一开始，日伪就从常熟、江阴东西两方面调兵进入沙洲地区，从东起福山，沿盐铁塘、横套河，经张家港至黄田港一线，挖深沟，扎篱笆，筑起了一条近60公里的封锁线，在沿线大小集镇设立据点，日夜巡逻，盘查行人。

8月上旬和9月下旬，日伪又大举增兵沙洲地区，在黄田港、张家港、护漕港和十一圩港等地设立了大小检问所和430多个瞭望哨，严密监视、盘查行人。同时，日军又派舰艇封锁长江，派汽艇在内河游弋，出动坦克、装甲车在公路上巡逻，对沙洲地区进行严密封锁。整个沙洲地区处在白色恐怖之中。

但白色恐怖吓不倒沙洲人民，更吓不倒新四军。早在7月初，何克希、吴仲超即率警卫连和警卫一团到达沙洲。新四军六师十八旅教导大队也同时来到。他们在沙洲地区开展反"清乡"斗争，多次袭击敌人据点，破坏交通线，打破封锁网。9月初，新四军六师师部决定在沙洲建立苏南地区反"清乡"斗争的桥头堡。警卫一团政治处主任包厚昌率领新二连回到沙洲活动。据当时沙洲县的干部康迪回忆说："这次小股武装仅60多人，加上40多个工作人员，浩浩荡荡，煞是威风，群众中越传越神，互相传告新四军回来了，人数有一两万，有说从长江北面过来的，也有说是铁路南面过来的。这种传说，鼓舞了人民的抗日信心，但也惊动了日寇。"

日伪在沙洲地区组织更大规模的"清乡"。即使在形势最紧张的时期，江抗东路部队也多次利用沙洲沿江港口武装穿插到苏南，侦察敌情，镇压汉奸特务，开展抗日宣传，鼓舞人民的抗日斗志。对于南下穿插反"清乡"，包厚昌有着非常深刻的记忆。他于1959年写的《四下江南》一文中，说得非常清楚。"在我的记忆里，有许多难忘的往事，时时闪耀在我的眼前，而抗日战争时期的四下江南，又是一段最难忘的往事。"包厚昌四下江南进行反"清乡"斗争，有三次是在沙洲进入和活动，在敌人的重重封锁中游刃有余。包厚昌在文章中说："这场艰苦英勇的武装反'清乡'斗争，虽然没有打开澄锡虞局面，但对大肆吹嘘'清乡'成绩的敌人是一个重大的打击，粉碎了他们的所谓'江南已无新四军'的谎言。"

除此之外，新四军六师还多次派武工队利用沙洲沿江港口武装穿插。他们每次都在夜晚进入沙洲，发传单、贴布告，镇压汉奸特务，震慑敌人，扩大影响。当时任沙洲县党的特派员的焦康寿回忆道："北撤后，钱敏、包厚昌还派了余静德、朱文海等组成的武装小组多次穿插到护漕港、德积街、太字港和桥头等原我们海沙区、沿江区一带活动，侦察到不少情况，搞到了一批'良民证'，为我们进入江南活动作了准备。"

沿江各地的抗日骨干也纷纷组织不脱产的武装游击小组。到1944年秋天，沙洲沿江一带已经有十多个武装游击小组，为恢复根据地积蓄了力量，坚守了阵地。由此不难看出，沙洲地区沿江独特的地理环境和良好的群众基础为我军南下苏南反"清乡"提供了很大便利，是新四军坐镇苏北，隔着长江反击苏南"清乡"的前沿阵地，在苏南抗战中所起的军事作用不容忽视。

四、建设交通线，传递情报，接送江南子弟和物资北上

由于沙洲沿江地区独特的地理环境，加上这里有良好的群众基础，在整个抗日战争时期，我党在沙洲地区建立的地下交通线远远不止上面讲到的北撤的两条交通线。这些交通线在江抗东路南下北上中起的重要作用也远远不止是接送军队和干部，还起到了很多其他作用。下面列举几条1984年沙洲县党史资料征集委员会办公室采访整理的其他交通线，从中可以看出沙洲沿江交通线的重要作用。

第一条是锦丰店岸交通线。存在于1941年8月至1947年间。其主要作用一是日伪"清乡"后接送澄锡虞、苏常太地区的干部撤往苏北。二是接送南来北往的我党地下工作者。三是运送武器、弹药、报纸、传单到江南。四是给南下武装反"清乡"的武工队当向导，包厚昌第二次下江南就是该交通线接送的。

第二条是东界港交通线。存在于1942年10月至1949年1月。在沙洲东部钱圩岸、郁家桥、七圩港和朝山港等地建立联络点。从江阴船厂专门购买了一条木船，以装运货物为名，来往于大江南北。其主要作用一是接送南来北往的地下交通员。二是为苏北江南办事处递送无锡、常州、沙洲等地的情报。三是运送大批武器、弹药、宣传品、储备券到江南。四是接送南下侦察和北上的干部。

第三条是后塍交通线。存在于1940年10月至1941年10月。其主要作用一是传递我党我军内部信札文件。在"清乡"时期，该交通站人员还伪装成捕鱼的，利用摇网等暗藏信件，有时渡河送信，保证了封锁线南北的信息联络。二是负责上下交通联系。1941年6月，新四军六师十八旅五十三团来到沙洲，由

该交通站联络、接送，使谭震林、江渭清等及时地找到沙洲县政府。三是接送转移或北撤的同志。

这些交通线都是我方南北联络的重要通道。虽然日伪疯狂"扫荡"和"清乡"，妄图切断这些交通线，但是沙洲人民采取种种办法，以鲜血和生命保卫着这些交通线。这些交通线除了接送干部战士、传递情报资料、运送武器物资等作用外，还接送了大量江南子弟北上参加新四军，补充了部队兵员。

1943年下半年，抗日战争形势急剧发展，部队亟须增员。在敌占区动员青年参加新四军，稍有不慎即会被杀害。但是，沙洲党组织在一年多的时间内，还是动员了百余名青年北上参军，通过交通线护送他们到苏北去。

1944年10月10日的《苏中报》第4版就有《江南人渡长江来参军》的报道。江南人北上参加新四军，不仅补充了新四军兵员，更为南下苏南提供了熟悉地理民情的战士，为南下开展武装抗日斗争奠定了好的基础，也为后来大军渡江南下解放沙洲及苏南创造了条件。

可见，沙洲地区通江达海，贯通南北，沿长江岸线长，河港码头多，是沟通东路抗日游击根据地与苏中抗日根据地之间的战略通道。这里群众革命觉悟较高，港口交通运输繁忙，农田富庶肥沃，建立了较多较好的地下交通线网络，在苏南抗日战争中从保障经济来源、保证人员南下北上、组织武装反击敌人、进行情报侦察传递等多方面起到了其他地方不可替代的作用，所有这些无不说明沙洲沿江地区在苏南抗日战争中具有重要战略地位。

今天，沙洲（张家港市）人民继承和发扬革命传统，在改革开放的伟大实践中，塑造并弘扬了不怕困难，敢于争先的张家港精神，经济与社会迅猛发展，人民生活蒸蒸日上，使过去的革命根据地变成了万里长江的一颗璀璨明珠，成为了神州大地的一个黄金口岸、人居典范。

沙洲地区在抗战时期的作用说完了，这是我2002年刚到市委史志办时研究撰写的一篇文章。为此，当时还翻阅了不少老革命的回忆录，更到档案馆查找了不少尘封的历史档案。此文发表在《党史资料与研究》2003年第1期，又被收录在苏州大学出版社2005年出版的《苏南东路抗日根据地论文集》中。

东渡精神与张家港精神

张家港是一片古老的土地,张家港是一个新兴的城市。无论是过去还是现在,张家港人历来就有着一种独特的精神。现在,张家港精神已经全国有名了。古代,鉴真第六次成功东渡日本也是从这里起航的,鉴真一行的东渡精神传承久远。古有东渡精神,今有张家港精神。他们又会有什么样的历史渊源呢?2009年,张家港市召开了纪念鉴真东渡研讨会,我应邀专门撰写了《东渡精神与张家港精神》一文在会上做了专题发言。文章也被收入到《张家港文化丛书》《东渡魂》中。

唐天宝十二年(753年)十月十九日,大唐鉴真和尚应邀东渡传经。他在双目失明的情况下依然率24位弟子第六次东渡,乘遣唐使船从张家港市黄泗浦出发,成功直驶日本,并将中国的佛学、医学、建筑、文学、饮食等华夏文化传播到了日本。鉴真东渡之举,是中国佛教发展史上对外传经的壮举,也是中日两国关系史上千载一时的盛举。

伟大的事业需要并将产生崇高的精神,崇高的精神支撑和推动着伟大的事业。鉴真东渡之举,和玄奘西行取经在中印文化交流史上的意义一样,在中日文化交流史上有着不朽的地位。他的东渡精神,就是传播文明、不惜生命的献身精神,坚定信念、夙志不移的执着精神,不畏艰难、不屈不挠的拼搏精神,突破俗念、敢为人先的开拓精神,努力弘法、普济众生的无私精神。

这种东渡精神与今天的"团结拼搏,负重奋进,自加压力,敢于争先"的张家港精神一样,是我们中华民族一脉相承的自强不息、开拓进取的民族精神,也是张家港市生生不息的发展之魂,更是一笔极其宝贵的精神财富。可以说，东渡精神就是张家港精神的一种历史渊源，张家港精神则是东渡精神在新的历史时代的延续与发展。东渡精神和张家港精神虽然产生和作用的历史时代不同，但是其深刻内涵和精神本质却是相辅相成、辩证融合的。

一、东渡精神契合张家港精神"团结拼搏"的士气

在张家港精神四句话十六个字中，"团结拼搏"排在第一位。张家港的持续健康快速发展，是张家港广大干部群众团结拼搏所创造的奇迹。团结为了拼搏，拼搏需要团结。团结拼搏应当说在张家港的干部群众中已成了人人皆知、个个实践的共识，这种共识首先体现在领导班子中、体现在党员干部队伍中，从而在广大群众中凝聚成一种高昂的士气。

张家港人团结协作，把上上下下的智慧集中起来，把方方面面的力量凝聚起来，把干部群众的积极性、创造性充分发挥起来，从而形成凝心聚力谋发展，团结实干不争论的良好氛围。领导班子充满活力，上下左右形成合力，政通人和，群策群力，为官一任，造福一方，这是张家港事业不断从胜利走向胜利的成功奥秘，也是张家港对内有凝聚力、对外有吸引力的魅力所在。

这和鉴真东渡精神一样。应邀东渡传律授法，是鉴真的重任，但要完成东渡这项伟业，却又不是鉴真一人所能承担，必然要在僧俗中组织起一支队伍，凝聚起一种精神，依靠集体的智慧和能量，去破关突隘。鉴真东渡，除荣睿、普照以外的大批僧侣外出并没有得到唐朝政府的许可，用今天的话来说属于"偷渡"。在当时来说，鉴真东渡的目的也不可能被外界所理解，因而必然要遭到种种阻挠。

第一次东渡一切准备就绪，却因为道航和朝鲜籍僧人如海发生争执而祸起萧墙。这次东渡的失败提醒鉴真，办成一件大事，需要各种条件，需要天时地利人和，最关键的是方向要明确，最重要的是团队要团结。人心齐，才能泰山移。因此，鉴真在后来的谋划中，更注重人员的选拔和思想的统一，更注意和官府的沟通与内部的协调。鉴真凭借着自身的人格魅力，不断融合上下左右形成合力，把方方面面的力量凝聚起来，把一群人员的积极性创造性调动出来，

形成了凝心聚力求东渡，团结一心传真经的良好氛围，最终才得以东渡成功，名垂青史。

二、东渡精神契合张家港精神"负重奋进"的志气

张家港的广大干部具有一种强烈的"负重感"，那就是致富人民的重责和率先基本实现现代化的重任。在当初基础差、底子薄、困难大的情况下，张家港人不言难，不低头，也不服输，喊出了争创一流的口号，确立了赶超先进的目标。

面对激烈的市场竞争和沿海、沿边城市你追我赶的发展态势，张家港人自我加压，自我鞭策，勇于发展和改正自身的缺点和不足，善于学习和借鉴先进地区的发展经验和成功做法，不断进行制度创新、科技创新和管理创新，努力拓展发展新思路，增创发展新特色，形成发展新优势，按照科学发展观的要求，积极破解发展难题，加快调整经济结构，转变经济增长方式，提高经济质量和效益。

在每一个发展阶段和重要的转折时期，张家港的广大干部正是靠这种强烈的"负重感"和良好的精神状态，锲而不舍，不懈奋斗，不断向新的目标冲刺，不断战胜挑战赢得发展的。张家港人以负重爬坡、自强不息的精神实现了跨越式发展，很快跻身于先进行列。

而鉴真东渡，拦在他们面前的重压可想而知，有横亘中日之间的沧溟万里，海涛凶险；有僧侣内部的思想分歧，门户之见；有世俗的偏见，官府的阻挠；还有饥饿、病痛、丧徒、背弃、眼盲等种种肉体上、感情上的折磨。风涛恶浪、触礁遇险、断水断粮、酷暑风寒、疾病瘟疫，一重重困难推到他面前；内部纷争、祸起萧墙、世俗偏见、官府阻挠、人心涣散、财力匮乏，一次次压力接踵而至，作为一个普通的人，再坚强的意志毅力也是难以忍受的。

特别是第五次东渡，船漂泊到海南，重返扬州的千里归途中，荣睿病死，普照分手，祥彦诀别，这对一个63岁的老人，是难以想象的打击！这三位忠心弟子始终是东渡的中坚力量，患难与共，生死难离，为此鉴真对荣睿之死，悲

痛得数日不进滴水,几乎昏迷,与普照分手时悲泣说:为传戒律,发愿过海,遂不至日本国。本愿不遂,于是分手,感念天喻!

弟子祥彦在吉安病逝,鉴真抚摸着他的遗体悲呼:"祥啊,祥啊——!"而这时,因遭受暑热瘴气,毒火攻心,致使他双目失明,沉入一片茫茫黑暗,如果此时鉴真稍一动摇,历史就会留下遗憾的一笔。但是鉴真大师"重托、重责、重任"在胸,激发了东渡者的高度责任感和神圣使命感。

面对困难大、矛盾多的情况,他们不言难、不低头、不服输,勇敢确立了东渡的目标,自强不息,负重奋进,知难而进,逆流而上,不断克服困难办成大事,最终战胜挑战走向胜利。鉴真东渡,不仅是向大自然的挑战,也是向自身生命极限的挑战,他的胆魄、智勇、沉着、坚毅,呈现了生命的大气象。

经历失败、挫折、迂回、反思、积聚、重新扬帆挺进的六次回合,鉴真不仅始终用他看到一片的莲花佛国激励自己,还用锲而不舍,负重奋进,自强不息的精神感召大家。鉴真东渡,从天宝元年(742年)到天宝十二年(753年)前后十二载,六次东渡,五次失败,出生入死,历尽艰辛,最后终于到达日本,表现出了惊人的毅力和崇高的精神,这种负重奋进的志气何其壮哉!

三、东渡精神契合张家港精神"自加压力"的勇气

压力是一种客观存在,做任何事情都会有压力。问题是面对压力采取什么态度,是消极萎靡、不思进取,还是自强不息、勤勉奋进。张家港精神的一个可贵特点就在于压力面前不示弱、不懈怠,始终保持一种自强、勤勉、奋进的精神状态,善于变压力为动力,化挑战为机遇,而且在取得较好成绩、有了一定基础之后,还能够自加压力,挑战自我、战胜自我、超越自我,创造出新的业绩和新的成果。"生命不止,自强不息",自立自强历来是中华民族精神之一。

张家港人意识到,创业贵在"不用扬鞭自奋蹄",最大限度调动和发挥人的主观能动性,自觉找压力,将压力变为动力,不断进取,奋发向上。张家港人有句名言"大发展小困难,小发展大困难,不发展更困难""无功即过,慢进则退",这种张家港精神渗透在各项工作中,发挥着激励、鞭策的作用。在张家港

精神激励下，张家港取得了一个又一个好成绩，仅国家级荣誉就有100多项。

再看鉴真大师接受邀请东渡传授戒律时，已是55岁（742年）的佛门高僧了。55岁是成熟的年纪，学识、威望、业绩均已水到渠成。当时鉴真已成为东南戒律宗首，仰为"江淮化主"。作为大明寺的住持，受到众多高僧弟子的爱戴，一呼百应，一应俱全。他完全可以高坐讲坛，享一方福田，为什么偏偏立下东渡宏愿？他也完全可以派出众多高僧弟子中的某位代他讲法授律，为什么果断决定自身践行？难道他不知沧海阻隔，风涛险恶，作了轻率的表态？

据日本奈良时期淡海三船所著《唐大和尚东征传》记载：鉴真正在为众僧讲授戒律时，日僧荣睿、普照呈词恳切，天皇以下臣民皈依佛门之心殷切，佛教界企盼中国传戒大和尚早日赴扶桑授戒。鉴真怦然心动，似有所思，遂问座下众僧："可有人愿去佛法兴隆有缘的日本传法吗？"众僧默然不答。鉴真追问："真的没有人想去吗？"祥彦道："东渡日本，航路遥遥，生死难料，况且修业刚半，谁都回答不得。"鉴真大师毅然表态："是为法事也，何惜身命！诸人不去，我即去耳！"祥彦应道："尊师既去，我愿随行。"有21人报名愿往。

这场对话，看似平淡，实质是何去何从的抉择考验。祥彦申述的不无道理，但和鉴真所站的高度绝然不同。鉴真不是盲目从行，而是从日僧诚恳的邀请中，感到有义不容辞的职责，只要是"法事"，便是高于一切，又"何惜身命"！"诸人不去，我即去耳！"在这场激烈的思想交锋中，可以见到鉴真关爱众生的胸怀和准备牺牲一切的精神，鉴真就是自己给自己压担子，最终战胜自我、超越自我。

鉴真五次航海迭遭失败，加上双目失明，古稀残年，他完全可以以老病为由，拒辞日僧，安度晚年。然而，他却矢志不渝地选择了拼搏海浪，再次自我加压，自讨苦吃，不消靡、不懒散，始终保持一种自强、勤勉、奋进的精神状态，团结僧徒和船工，战胜惊涛骇浪，终于取得了东渡成功。这种自加压力的勇气又是多么宝贵啊。

四、东渡精神契合张家港精神"敢于争先"的锐气

敢于争先是一种锐气、一种境界,这是张家港精神的本质。人是要有一点精神的。邓小平同志说过:"没有一点闯的精神,没有一点'冒'的精神,没有一股气呀、劲呀,就走不出一条好路,走不出一条新路。"

张家港市从一个名不见经传的穷沙洲,到跻身于全国县级市"第一方阵",位居全国综合实力百强县市前列;从九十年代初提出"三超一争"到如今的争当"两个率先"排头兵;从勇夺"全国首家环境保护模范城市"到如今争创"全国第一批生态城市";从一举拿下"全国创建文明城市工作先进城市"到率先建成"全国文明城市",等等。张家港的每一点进步、每一次飞跃,很大程度上讲,靠的就是小平同志讲的那么一股气、一股劲。这股气和劲,就是永不服输、永不满足、永立潮头、敢为人先的锐气。这是一种魄力,更是一种与时俱进、开拓创新的境界。敢于争先,不仅要在宏观环境宽松时抓住机遇、乘势而上,更要在宏观环境偏紧时创造机遇,迎难而上。争先才能率先,从而确保张家港市各项工作走在全省、全国前列。

鉴真大师劈波斩浪,六次东渡,为的是舍身送法,体现的是敢为人先的精神,敢做前人没有做过的事情。鉴真所处的时代,正是我国盛唐时期,中外文化交流频繁。特别是一衣带水的日本,不断派遣使节和留学生到当时的京城长安学习,汲取唐代的文化。其中日本赴唐留学僧人荣睿、普照等,根据日本政府的意愿和日本佛教界的委托,在唐留学期间,注意物色与聘请高僧去日本传戒授律。他们闻知鉴真是当时的律学大师,遂于唐玄宗天宝元年(742年)由中国僧人陪同南下扬州,聘请鉴真赴日传法。当时,东渡日本可谓困难重重,有这种志气的人可谓少之又少。鉴真带着传播文明、弘扬佛法的信念做了前人没有做、不能做、不敢做的宏图伟业。他以极其惊人的毅力,克服重重困难险阻,东渡日本传法最终获得了成功,在中日两国人民中产生了巨大的震撼力。

鉴真这位66岁的失明老人,东渡日本后留居日本十年,辛勤不懈地弘扬佛法,为日本建立了律宗,并对日本的《大藏经》进行校正。他还将中国的建筑、雕塑艺术介绍给日本。在他亲自设计和主持下,在日本奈良建造了"唐招

提寺"。此外,他还治愈日本光明皇太后的眼疾,又亲自以嗅觉鉴定药物,向日本人民介绍了医药知识,传播了语言、文学、书法、印刷术等科学技术,为中日文化交流作出了卓越的贡献,被日本人民誉为"文化之父""律宗之祖"。

可以说,1260多年前,鉴真以开拓性、超前性的言行,以及生后的影响及其辐射,给古今世人带来了很深的思考和极富哲学性的理性回答。正如1963年3月,郭沫若作一七绝《鉴真和尚圆寂一千二百周年纪念》所说:"鉴真盲目航东海,一片精诚照太清。舍己为人传道艺,唐风洋溢奈良城。"

伟大的精神是创造伟大业绩的精神动力。鉴真,在史册上不仅留下一个千古不朽的名字,留下弘扬佛法传授戒律构筑中日文化交流虹桥的光辉业绩,更值得珍视的是在人类文明进步中高扬起人文旗帜,其东渡精神甘泉是子孙万代取之不竭,受之无穷的财富。

今天,东渡精神在新的历史时代,已经成为张家港精神取之不竭的精神源泉。古为今用,精神传承,古老的东渡精神与新生的张家港精神一样,都已经成为张家港跨越发展,超越自我,开创伟业的不竭动力。

链接:鉴真东渡

唐朝时,很多中国人为中日两国人民的交流作出了贡献。他们当中,最突出的是高僧鉴真。他不畏艰险,东渡日本,讲授佛学理论,传播博大精深的中国文化,促进了日本佛学、医学、建筑和雕塑水平的提高,受到中日人民和佛学界的尊敬。

鉴真原姓淳于,十四岁(一说十六岁)于扬州大明寺出家。曾巡游长安、洛阳。回扬州后,修崇福寺、奉法寺等大殿,造塔塑像,宣讲律藏。四十余年间,为俗人剃度,传授戒律,先后达四万余人,江淮间尊为授戒大师。当时,日本佛教戒律不完备,僧人不能按照律仪受戒。733年(日本天平五年),僧人荣睿、普照随遣唐使入唐,邀请高僧去传授戒律。访求十年,决定邀请鉴真。742年(唐天宝元年)鉴真不顾弟子们劝阻,毅然应请,决心东渡。

由于地方官阻挠和海上风涛险恶,先后四次都未能成行。第五次漂流到海南岛,荣睿病死,鉴真双目失明,751年(唐天宝十载)又回到扬州。经过十二年努力,鉴真终于在753年(唐天宝十二载)冬搭乘日本遣唐使团的船从现张家港黄泗浦港出海东渡,于754年1月17日(日本天平胜宝五年十二月二十)到达萨摩国川边郡秋妻屋浦(今鹿儿岛县川边郡秋目浦),一个多月后(754年3月2日)在盛大隆重的欢迎下进入首都奈良。当年(日本天平胜宝六年),鉴真在奈良东大寺设立戒坛,日本僧人约500人在称为"三师七证"的十位和尚参加下受戒,此为日本正规受戒之始。天皇任命鉴真为大僧都,成为日本律宗始祖。759年(日本天平宝字三年)他建立的唐招提寺开基。这座以唐代结构佛殿为蓝本建造的寺庙是世界的一颗明珠,保存至今。鉴真留居日本10年,辛勤不懈地传播唐朝多方面的文化成就。鉴真携带不少佛经、佛像、佛具等到日本,虽已双目失明,还能协助校订写本佛经的讹误,用嗅觉鉴定草药。同行弟子有的擅长雕塑、绘画、建筑等,传播了唐朝文化。763年(日本天平宝字七年、唐广德元年)鉴真圆寂。鉴真死后,其弟子为他制作的坐像,至今仍供奉在寺中,被定为"国宝",一千二百余年来,始终受到日本人民的景仰。1980年,日本曾送这座塑像短期来华,成为中日友好关系史上的佳话。

(摘自《东渡魂》)

 第三只眼看港城

张家港城市形象塑造"三步走"战略

张家港,一个全国文明城市,一个国家生态城市,一个联合国人居奖城市,没想到的却是只有短短52年的建县历史,28年的建市历史。今天,张家港后来居上成为全国前三甲,成为全国明星城市,其到底有什么样的奥秘,走了什么样的路径,才走出了一条赶超跨越的成功之路呢?早在上个世纪,我就开始了思考和研究。

张家港是聪明的,知道因势利导,在大形势下抓住发展机遇;张家港是睿智的,知道因地制宜,在同区域中走出自己的路,最终走出了《张家港城市形象塑造"三步走"战略》。文章刊发于《公共关系》2000年第10期。因为这,2003年7月,我应邀到安徽蚌埠参加首届"中国市县形象建设论坛"作主题发言。《公关世界》2003年第11期再次刊发了这篇文章。

随着我国城市化进程的不断加快,全国涌现了越来越多的新兴城市。一个默默无闻的新城市如何在数以千计的城市中脱颖而出,展现出自己的"新城市魅力",塑造出与众不同的城市形象呢?这正是城市文化建设中的新课题,也是地方领导都关心的新问题。

张家港市作为一个新兴港口工业城市,为我们提供了较好的借鉴。张家港市由一个名不见经传的"边角料"小县一跃成为全国闻名的文明城市,创造出了张家港成就、张家港经验和张家港效应,其正确的城市定位推动了城市文化建设和经济建设,为张家港在全国声名鹊起推波助澜。追根究底,关键是其"三步走"战略定位准确,措施得力。

一、建市之初，定位创建港口城市，奠定经济基础

　　建设城市文化，促进城市发展，最关键的是城市定位。科学的城市定位应该紧密结合城市实际和认准发展方向，找到最佳定位点。作为一个新兴的小城市，盲目求大求全，脱离实际地空喊口号、追逐虚名都是没有意义的。城市要发展，经济是基础。所以一个新兴城市要塑造文化形象，首先应该定位在追求经济和社会迅速发展的方向上。

　　张家港是个十分年轻的城市，建县历史仅有30多年，建市历史更是只有十几年。1962年，由周边两县的"边角料"拼凑出了沙洲县。县城是个破旧的小镇，仅有一条小街，抽支烟的工夫就能来回转上一圈。直到改革开放后，苏南乡镇企业迅猛发展，迫切需要一个外贸港口，经过勘察，在沙洲县境内的张家港港脱颖而出。于是，张家港人以超前的观念抢抓机遇，在1986年撤县设市时弃"沙洲"不用，改名为张家港市，确定了"以港兴市"，建设现代化港口工业城市的目标。

　　应该说，张家港市建市第一步所作的这个城市定位是相当正确的。张家港没有深厚的历史底蕴，由于是长江冲积而成的沙洲，因而老祖宗并未留下多少值得骄傲的东西；也没有现代科技与文化，刚刚建立的新兴城市还未来得及吸收足够的城市文明。

　　然而，张家港人却看出了自身的优势所在，那就是天然良港——张家港港，深水贴岸、不冻不淤和避风的建港好条件，到哪里去找？背后是沃野千里的苏南富裕地区，到哪里去找？还有地处长江三角洲，得长江水陆交通之便利，又到哪里去找？于是，当时的市领导果断决策，围绕港口做好文章，大力发展经济，以港兴市，以市促港。

　　建设大港口，建设大交通，建设大工业。短短几年，省级开发区、沿江开发区和国内唯一的内河港型保税区相继建成，并吸引了美国雪佛龙、英荷壳牌、法国霞日、德国南方、台湾统一、日本三菱等40多个国际大公司的目光和关注。同时，他们更是在建市之初聘请同济大学、清华大学、南京大学等高校的规划专家制定城市规划，并且每隔几年进行一次检查和验证，拿出了"以港

口和保税区为龙头，以四条主干道为骨架，实施五大开发区联动发展"的战略思路。如今张家港的港口城市目标已基本实现。

1999年，张家港港年实际吞吐量1500万吨，全市完成自营进出口总额达14.9亿美元，50%的企业为三资企业和外贸出口企业，60%以上的工业投入源于外资。经济总量不断上升，早已名列全国县（市）前茅。强大的经济实力为张家港市城市发展奠定了扎实的基础。于是，张家港人适时地迈出了塑造城市形象的第二步。

二、发展之中，定位创建卫生城市，奠定可持续发展基础

著名的公共关系学家居易教授曾说过："经济固然是城市形象塑造的重要前提，但绝对不是最重要的前提。最重要的前提应该是城市的特色，是城市本身所具有的那种其他城市所无法替代的个性。"

当张家港市经济发展到一定规模后，张家港市的领导也已经意识到，仅仅建设港口城市是远远不够的。随着我国开放度的加大，许多新兴的沿江沿海城市纷纷打上了"以港兴市"的旗帜，一时间，到处都是"港城"。这样，张家港的特色就不再明显了。下一步该怎么走？张家港人一直就在思考。

很快，他们发现了问题的所在，那就是虽说经济发展了，生活富裕了，但是当地"室内现代化、室外脏乱差"现象却比比皆是。作为一个刚从农村转化过来的新城市，其市民绝大部分是地地道道的农民。在农民转化为市民、再由市民转化为文明市民的过程中，养成市民良好的卫生意识、环境意识、城市意识是一项最基础的工作。

农民的"小农观念"和"脏乱差"的习惯不转变，怎么可能实现城市的现代化和走向世界呢？于是"人可以改造环境，环境可以改造人"的口号很快在张家港喊响。1990年，张家港市率先在江苏省开展了创建国家卫生城市的步伐。用市领导的话来说，创建卫生城市的根本目的在于提高城市的整体水平，提高市民的整体素质。既是改善投资环境，提高城市知名度，促进对外开放的有效途径，又是直接为民办好事办实事，提高人民群众生活质量，实现我们党

全心全意为人民服务宗旨的基本措施。

一张白纸可以画最新最美的图画。张家港人挥起了大手笔，全力实施"整治老区，建设新区，开发港区"的新战略。说了算，定了干，大拆促大建。新建改建了20多条主次干道，拆除了市区的破矮窄小的老旧房，新建建筑400多万平方米，一大批设计独特、造型别致、富有现代气息的高层建筑拔地而起，以个体的新颖多变和整体的协调统一，构成了一座现代都市的框架。

接着又拉开了洁化、绿化、美化、亮化的工作。全体市民齐动手，大搞环境卫生，让城市乡村干净整洁起来；城乡人人都爱绿，种草植树养花，让花草绿树安居下来；家家户户讲卫生，你追我赶搞美化，让房前屋后洁美起来；城镇单位"放光明"，装灯结彩搞创建，让路灯、射灯、霓虹灯亮丽起来。美起来了何止是城市，更是人们的心灵啊。许多人参观后纷纷赞叹：白天看像新加坡，晚上看像小香港，名不虚传。

创建卫生城市是艰苦的，但张家港人心甘情愿。他们通过全方位的宣传，不仅使"人人都是投资形象"成为了每一位张家港人的共识，更认识到仅有表面卫生还不够，还要努力做到"本质卫生"。"既要金山银山，更要绿水青山"，走可持续发展道路。

于是市区所有的污染企业都关停并转了，污水处理厂建成了，烟尘控制区划定了，水污染源治理完成了。大气、噪声、饮用水水质等环境质量指标均遥遥领先。"保护环境，爱我家园"的思想观念深深地烙在了张家港人心中。

辛勤的汗水带来了丰收的硕果，自1990年张家港市提出创建卫生城市目标后，1992年，获"全国卫生城市"称号；1993年，夺得"全国城市综合环境整治优秀奖"；1994年，赢得"国家卫生城市"荣誉称号。1996年，成为我国首个"环境保护模范城市"。而且在以后的复查评比中，常被列为免检单位。

今天，张家港在继续提高城市管理水平和卫生保洁水平的同时，国家卫生城市的要求正在向农村辐射，使农民和城里人一样，拥有洁美环境，感受现代文明。城乡一体化的格局已基本形成，形成了点线面结合，四季常青，三季有花，城在园中，园在城中的生态景观。

城乡环境卫生已做到了"三个一样"，即城镇与农村环境卫生基本一样；检查与不检查基本一样；一年四季保洁程度基本一样。事实证明，张家港市创建卫生城市的第二步走不仅有力地使城市由土变洋，由乡变城，更加促进了农民向市民的转变。这才是城市形象持久的力量源泉。

三、成名之后，定位创建文明城市，奠定现代化城市基础

如果说创建卫生城市美化的是张家港的环境的话，那么，创建文明城市则是在美化张家港人的心灵。创建港口城市、卫生城市给予了张家港富饶、干净、漂亮的物质外表，创建文明城市则是赋予了张家港高贵、典雅的精神灵魂。

古人云："言而无文、行之不远。"一个城市何尝不是这样，倘若缺乏精神文明，漂亮的外表也会黯然失色。城市形象说到底是城市公民形象的体现。因此，张家港在1994年通过国家卫生城市验收后，即在全国率先提出了创建"全国文明城市"的口号。此其时，全国尚没有文明城市的正式称呼，更没有"全国文明城市"的创建标准，但张家港人以敢于争先的勇气自我加压，提出了一个令国人仰止的目标。

全国文明城市怎样创建？前无古人，后有来者。张家港本着以人为本的精神，着力提高全民素质，唤起城乡每一位市民参与城市管理的热心。围绕"共建文明城，争做文明人"的主题，抓硬件，促软件，设计了22个系列活动，使全市时时处处都充满了浓厚的创建氛围，使市民分分秒秒都受到了文明氛围的潜移默化和熏陶教育。

从小做起。没有个人的文明就没有整个单位的文明，没有家庭的文明就没有城市的文明。要提高城市居民和农村农民的文明程度，创建文明小区正是重要途径。张家港市从1994年开始试点，然后逐步在全市推开。首先从农村环境和城市的基础设施抓起，通过创建推动小区道路硬化绿化、家庭庭院净化美化、改水改厕和环卫等硬件设施配套，引导大家创建美好家园。目前全市455个文明小区，基本上达到"八个化"的要求，即道路硬化、四周绿化、环境洁化、家庭净化、风气优化、文化生活健康化、服务社会化和群众性精神文明建设活动系列化。许多小区绿树成荫，花团锦簇，小桥流水，亭台楼阁点缀其

间，犹如花园一般。置身其中，怎不令人心旷神怡，心思文明。

典型示范。榜样的力量是无穷的。张家港人创建文明城从创建一条文明示范街——步行街开始。进入市中心的步行街，道路笔直平坦，整洁宽广；路旁25幢大楼新颖别致，各具特色；门面装潢豪华气派，富丽堂皇；120盆大型花卉盆景组成的绿化错落有致；路灯、轮廓灯、霓虹灯等五彩缤纷，赏心悦目，令人顿生"步入购物天堂、领略人间辉煌"的豪情，体会到高度文明的社会风气，油然产生一种舒适感、满意感和自豪感。在这样的环境中，人的心情得到了陶冶，从而激发出一股"讲文明话、做文明事、当文明人"的强大精神动力。通过这个文明程度和水平大大超过城市平均水准的"城中之城"，向全市产生强大的辐射作用，有力地带动和促进整个城市文明程度的提高，进一步强化了市民的城市意识。如今，步行街早已走向了城市，走向了乡村；也走出了张家港，走向了上海的南京路、南京的湖南路……

文化先行。增强城市的文化底蕴和文化内涵是文明城市创建的题中之意。文化先行，就是既要培育文化渗透力，使经济运行质量体现出较高的文化、科技内涵；同时还要从城市的形象上体现城市的地方特色和与现代化相适应的人文环境。张家港市注重规划，更注重实施，在城市建设中克服了盲目性和无序化问题，使整个城市充分表现出一种和谐统一的文化美。

图书馆、文化馆、博物馆、体育馆、大剧院、青少年宫、新华书店、广电大厦等一幢幢建筑成为城市的窗口，体现出张家港市较高的文化品位；征程、飞虹、和平少女、团结奋飞、远古回音等系列雕塑和公益广告宣传牌、名人名言一条街、文明格言一条廊、文明用语一条路等成为了城市的眼睛，体现了张家港人的精神风貌和审美情趣。全市镇镇建成省级群众文化先进镇，拥有万册图书馆、千人影剧院。并把中宣部提出开展的科技文化卫生"三乡下"活动深化为"三入户"，使3万多户家庭成为"五有家庭"（有100册以上科技文化书籍，2种以上报刊，2幅以上字画，2件以上健身保健器材，2盆以上花卉盆景）。形成了塘桥的围棋、西张的足球、南沙的举重、锦丰的象棋、合兴的乒乓、兆丰的文艺一批特色文化乡镇。1997年被授予"全国文化先进市"称号。

服务第一。创建文明城市的根本目的是让人民生活得更美好。因此，为人民服务正是创建的出发点和落脚点。从群众关心的热点、难点问题抓起，努力为群众多办实事好事，使创建活动成为一个得民心、顺民意的思想工程。张家港市把实行高效优质的机关服务、文明规范的行业服务、方便快捷的社区服务等，作为创建文明城市的一项重要内容。110社会联动网，不仅承担治安功能，更有社会求助服务中心的功能；强大的青年志愿者队伍，成了社区服务的生力军，1997年，张家港市青年志愿者协会被授予"全国青年志愿服务杰出集体"称号；完善的再就业指导中心和服务中心，有力地推动了再就业工程；实施最低生活保障，成立慈善基金，对生活困难户实行"一帮一"结对帮扶，开展"进万家门，暖万人心，知万家情，解万家困"的"扶贫济困"活动等，都使群众对创建文明城市的积极性大大增加。

　　如今住在张家港，市民感到过日子称心，居住环境赏心，出去办事舒心，出门在外放心。正如张家港市委书记蒋宏坤（时任）告诉我们的：先群众而想，先群众而做，解群众之所急，办群众之所盼，是深化创建文明城市的着力点，也是创建工作得到群众拥护、保护旺盛生命力的关键所在。

　　锤炼精神。"团结拼搏、负重奋进、自加压力、敢于争先"的张家港精神，正是张家港人民在改革开放实践中创造的宝贵精神财富。张家港人始终坚持把弘扬这一精神并不断赋予她新的时代内涵，作为推动各项工作的有效抓手。

　　以张家港精神凝聚人心，强化了全市上下一呼百应、同心同德、共创大业的敬业精神；以张家港精神为动力，倡导了全市讲奉献、比贡献、创一流的时代新风；以张家港精神规范行为，使各级干部群众对做什么，不能做和必须做到什么，人人心里都有了一个具体的标尺，从而形成高标准、严要求的行为准则和道德标准。今年，张家港市又全面深入地开展了"双思""三个代表"教育活动，使张家港精神又有了全新的内涵和更大的活力。

　　张家港市"三步走"的城市形象塑造战略，立足实际，目标高远，一步比一步深入，一步比一步有力。通过创建国家卫生城市、全国环境保护模范城市入手，从最初的净化城市和改善城市的生态环境，从美化城市到提高城市的文化品位，从提高市民的文明素质到形成文明有序的社会秩序，张家港的创建不断向纵深推进。创建出形象，创建出繁荣，创建出效益，创建促发展已被实践证明。1991年至今，全市科技、教育、文化、体育、卫生、计生、双拥、环保等40多项工作获全国先进称号。1995年，江泽民同志视察张家港之后，全省"以经济建设为中心，两个文明一起抓"经验交流现场会和全国精神文明建设经验交流会相继召开。1999年9月，又被中央文明委授予"全国文明城市创建工作先进城市"称号，被江苏省委、省政府授予"江苏省文明城市"称号。2002年张家港市又被中央文明委确定为创建全国文明城市试点市，这是唯一一个县级市。全市两个文明建设呈现出既在宏观上协调发展又有微观上成为一体的良好态势。2005年，张家港市经过十年艰辛努力，一举摘得了"全国文明城市"的桂冠，成为全国唯一获此殊荣的县（市）。

张家港市"三步走"的城市文化建设战略，一步一个脚印，一环紧扣一环。创建港口城市奠定经济基础，为创建卫生城市提供物质保障；创建卫生城市奠定可持续发展基础，为创建文明城市，实现基本现代化提供前提保证；而创建文明城市又进一步推动了城市经济、文化、卫生的全方位发展，带来了全国明星城市的优美形象，促进了全国参观学习张家港的热潮；带来了200多家销售收入超亿元的大企业和1400多家三资企业，50家跨国大公司先后落户港城，其中列入世界500强的有19家；带来了2007年GDP超1000亿元、财政收入近200亿元的好效益，促进了全市四个文明建设再上新台阶。

展望未来，张家港人凭着张家港精神，正在将文明城市的创建深化、细化、实化，努力朝着融生态城市、礼仪城市、文化城市、法治城市为一体的现代化文明城市迈进，不断提升城市品位，建设有内涵、有个性、有承载力的精品城市，使张家港建设成为长江三角洲最适宜人居、创业、发展的现代化中等港口工业城市。

未来的张家港，不仅要成为长江三角洲现代化的中等城市，更要成为一个富有特色和竞争实力的港口工业城市，一个富有内涵和独特个性的生态园林城市，一个富有精神和文化底蕴的文明法治城市。

 第三只眼看港城

张家港，打造水文化新品牌

张家港是江南水乡，水资源极其丰富，水文化源远流长。当张家港迈着矫健的步伐开始第三步走的时候，张家港不断挖掘强化水资源的特色，丰富水文化的底蕴，发挥水文化的优势。我为此专门写过一篇《张家港，打造水文化新品牌》的文章，刊载于《公关世界》2005年第1期上。

近年来，以精神文明建设闻名全国的江苏张家港市，正进入了一个城市化的加速发展期。财政收入增长快速，城市建设日新月异，近期又获得了"国家园林城市"、"中国人居环境范例奖"等桂冠。今天，位于长江之尾的张家港，在经济不断提升的进程中，越来越意识到文化对经济的巨大推动力。张家港作为江苏的新兴现代化港口城市，城市文化建设如火如荼，一个更有内涵的城市文化品牌正在兴起。

文化是一个城市的灵魂和血脉，是城市现代化的根基。什么样的文化，塑造什么样的城市。在世界城市之林中，具有独特城市形象的城市，必然是有独特文化底蕴和独特文化印记的城市。那么，张家港到底应该成为怎样的特色文化城市呢？张家港的特色基础可以说很好，"苏南模式""江南水乡""港口工业""精神文明"等都与张家港紧密相连。张家港又是一个建县仅42年的崭新城市，"一张白纸可以画最新最美的图画"，因此笔者认为张家港市应该围绕"现代""创新""文明"做文章，在城市建设上体现"海派、生态、雅致"，在城市理念上突出"现代、创新、文明"，从而打造出自己的新特色。最主要是要抓住张家港的灵气"水"大做文章。张家港缺山，但是张家港濒临长江，属于长江沙洲平原，一马平川，河道纵横，且可以人工开挖运河、湖泊，这是很宝

贵的资源。"智者爱水"，张家港市应该而且正在成为"智者"的乐园。张家港作为"江尾海头"，开始重点在"长江文化"和"水文化"上做文章。张家港市市委书记曹福龙（时任）表示，要打出"长江文化"牌，把长江流域的文化力量聚集起来，使长江流域不仅成为强劲的"经济增长极"，而且也是紧密的"文化核心圈"。

一、壮大"水"产业，夯实文化品牌的基础

先进的文化需要有先进的产业为基础。作为长三角的开放城市，张家港市港口规模优势和临江产业优势明显。张家港口岸于1968年建港，是我国长江流域第一批对外开放的国家一类口岸。张家港市境内拥有长江岸线63.57公里，其中深水岸线33.74公里，是长江沿线拥有深水岸线最多的城市之一。已建万吨级泊位33个，不仅与世界上140多个港口有货运往来，而且全国有90%以上的省市在张家港设有窗口、办有实体。2004年1至10月，张家港口岸完成货物吞吐量5052万吨，海关入库税收94亿元，年内将成为全国首个税收突破百亿元的县域口岸，连续6年居南京关区首位。张家港口岸进口大豆、木材、羊毛、化工品和出口大米等货物量居全国前茅，也是江苏出口汽车整车和散件最多的口岸之一。应该说，张家港市综合开发优势比较突出。今后要配置好沿江资源，尤其是沿江34公里深水岸线资源，把全市区域作为临港经济的发展腹地，突出建好沿江开发区域近150平方公里的大载体，迅速拉开沿江开发的大框架。通过几年的努力，张家港市已经在沿江形成了冶金、纺织、粮油、汽车配件、石化深加工和机电等六大板块，世界500强企业投资张家港沿江的就有14家，逐步成为长江三角洲重要的制造业基地。除此之外，近年来张家港市又围垦土地7800余亩，因地制宜发展特种水产养殖，兴建苗木、草坪基地，下游沿江滩涂正逐步形成自然生态观光农业区。位于长江中心总面积15.6平方公里的双山岛，绿茵满洲，无生产企业、无污染、无噪音，是开发休闲度假旅游的理想场所。张家港市关键是要科学规划未来，依托长江港口，将"水"产业做大做强，从而为张家港市"水文化"建设奠定良好物质基础。

二、建设"水"环境，建造文化品牌的架构

水是城市的财富和资源，体现了城市的生机和形象。张家港在规划时围绕长江做文章，科学建设水景，塑造"江南水乡""现代水城"特色。一是利用国家建设沿江高速公路需要大量用土的机遇，采取集中取土的办法开挖了一个人工湖"暨阳湖"。围绕暨阳湖，张家港市通过国际招标，由美国 Hill studio 公司规划设计了总面积4.41平方公里的暨阳湖生态园区，力争通过几年建设，使之成为既富现代气息，又体现生态园林特色的集旅游、运动、休闲娱乐于一体的休闲度假区、高档居住区和会议中心。二是大力优化水资源配置和保护，注重"水利进城"，沟通内部水系，扩大清水通道，有计划地调整产业和水运布局，加快建设雨污分流工程和污水处理厂，切实加强水污染源的控制，千方百计使市域、市区的水变清。三是突出河道搞建设，规划了"一干河亲水走廊"。许多新建小区在设计上重视水的应用，让贯穿张家港的每一条河道都成为一道亮丽的风景线，让每一个小区都能够体会到"水"的精神。未来更可以在城市建设中科学规划几纵几横的河道风景线。已有河道要拓宽、疏浚、连通，两岸风景统一规划。加快实施二环路外环城河工程、滨江公园和一批人工湖泊，努力把长江风情延伸到市区，使城市更有灵气，更有活力。将来甚至可以开通游艇，让旅游者乘船观看张家港美丽的现代城市风景，将整个张家港市建设成为现代化的"周庄"水城，建设成为全国第一亲水城市。这样，可以一举打破张家港是个旅游资源贫乏地区的传统和狭隘观念，以"现代水城"特色融入大苏州旅游体系，长袖善舞做好长江的文章，融入到大长江旅游体系。在长江旅游带上，有两个国家历史文化名城分布特别密集的区域：西面是金沙江、岷江交汇处，密布着重庆、泸州、宜宾、自贡、乐山、成都、都江堰等7个国家历史文化名城；东面是南京至上海长江两岸密布着南京、扬州、镇江、苏州、常熟、上海等6个国家历史文化名城。张家港市是这个区域的第一大港，完全可以以长江两大港口城市重庆、张家港为两极，以游船为载体，形成贯穿"山城重庆""江城武汉""古都南京""古城苏州""水城张家港"的长江旅游线路，形

成在苏南看"看古镇水乡到周庄，看现代水城到张家港"的鲜明特色，塑造"东方威尼斯是苏州，现代威尼斯是张家港"和"北方冰城哈尔滨，南方水城张家港"的城市品牌。

三、培育"水"文化，丰富文化品牌的内涵

水文化也是一种生态文化。张家港有闻名全国的张家港精神，张家港精神正是水文化的一种体现。据《沙洲县志》记载：张家港人口大部分来自北方。晋至元代，北方曾有几次较大的人口南迁，境内人口逐渐增多。明代以来，随着北部江心沙洲的成陆、围垦，苏北如皋、靖江、南通、海门大批贫苦农民陆续南来围垦定居，使境内人口激增。在发展进程中，张家港在传统上形成江南片和沙洲片的划分。"江南"为古老的太湖平原，居民大都聚族而居，生活相对稳定和富裕，其思想比较保守、刻苦、认真、本分、负责、重规矩、守秩序，民性淳朴刚直，喜武重义；"沙上"属长江三角洲平原，成陆较晚，居民大多来源于如皋、南通、靖江、海门、启东等地，还有不少住在船上的渔民，生活不稳定，也较穷苦，其思想特征是敢于创新、不怕苦、不怕累、锲而不舍、精打细算、精细作业，民性淳和好强，崇文自立。时光流逝，随着统一大家庭沙洲县（张家港市）的建立，人们的经济、文化、情感交流日益密切，各种语言、习俗也正逐步相互渗透。尤其是正直淳朴、奋发向上的民风已成为今天张家港市乡情民俗的鲜明特点。同时整个张家港地区又同属于吴文化区域，吴文化是典型的水文化，且是一种内陆河湖水文化。水是流动的，象征着江南人的活泼、富有生命力。可是江南的水，少有汹涌奔放的气势，故勤劳吃苦是张家港民众基本的价值观，做事求成，具有敬业精神。勤劳者必然节俭、节制，做人、做事追求一种"水性"标准，迎来送往，以柔克刚，能协调，会妥协。擅长竞智和技巧性强的工作。组织制度严密，老百姓各安其分，上下有序。张家港人在改革开放实践中，特别是在精神文明建设过程中，巧妙地将吴文化的精髓保留，去其糟粕，并且促使江南文化和沙洲文化交汇融通，将江南人和沙洲人的优点结合起来，努力克服缺点，最终使张家港人的思想理念进化成为独特

的张家港精神。现在关键是要结合张家港的发展方向和城市特色，提炼出张家港的城市精神。2004年，张家港人以其开阔的视野和超前的理念，开创性地举办长江流域九省市"长江文化"艺术展示周。期间，主办了"长江颂·中国当代著名书法家精品展"，邀请101位全国当今书坛的顶尖人物，其中包括中国书法家协会主席沈鹏，副主席张飙、佟伟、刘艺、尉天池、张虎，以及各省市的书协主席和全国当代著名书法家，以长江流域文化为背景，撷取历代文人墨客歌颂长江的诗词佳句，泼墨挥毫，展示了长江文化艺术的风采。101幅以吟咏长江名诗佳作为主题的书法精品，功力深厚、风格鲜明、张力迭显，令人流连忘返。同时，着力构建长江流域戏剧发展战略联盟，在为期半个月的艺术展示中，邀请了来自上海、重庆、湖南、湖北等7省市的知名地方剧团，陆续上演富有地方特色的沪剧《石榴裙下》、川剧《金子》、花鼓戏《老俵佚事》、楚剧《娘娘千岁》等戏剧精品。还开展了"长江城·长江人，长江名城文化风情电视片展播活动"。长江沿岸的宜宾、九江、重庆、张家港、武汉、上海等10个城市，陆续在张家港电视媒体展播各自的城市风情和文化。张家港市通过"长江文化艺术展示周"，有力地弘扬了长江"水文化"，打造了张家港文化品牌。

总之，张家港市在提升城市的"灵气"、美化城市的"客厅"、擦亮城市的"眼睛"、对待城市的"态度"上，已经用一种新的理念展现给人们的一种全新的品牌形象。张家港市通过大力弘扬"水文化"，努力拓展张家港文化品牌，最终要把张家港建设成为"一个富有特色和竞争实力的港口工业城市，一个富有内涵和独特个性的生态园林城市，一个富有精神和文化底蕴的文明法治城市"。

文明张家港品牌的深刻内涵

塑造城市形象,最关键的是城市定位。张家港市城市发展"三步走"战略,立足实际,目标高远,一步比一步深入,一环紧扣一环。从最初的净化城市到改善城市的生态环境,从美化城市到提高城市的文化品位,从提高市民的文明素质到形成文明有序的社会秩序,张家港的创建不断向纵深推进。当前,张家港城市发展"三步走"战略已经走完了前两步,第三步正在扎实迈进。打造文明张家港,宣传好文明张家港品牌,正是当务之急。我们必须全面深入了解文明张家港的内涵和基础。

一、文明张家港的核心——张家港精神体现了以人为本的人文性

张家港精神是与时俱进的。当前,张家港精神"再教育、再弘扬、再实践"活动,重要的一点就是要赋予张家港精神新内涵,使之更加完善,真正成为促进经济发展和社会进步的强大精神支柱和有力的"助推器"。新内涵和新亮点一定要体现出新时代的特点,体现出党中央的精神,体现出张家港文明建设的实践。那么,张家港精神的新内涵是什么呢?我市对外宣传的新亮点是什么呢?符合上述三点要求的就是——"以人为本"。

一方面,张家港精神本身应该是张家港"人"的精神。

人即劳动者,是社会物质财富和精神财富的创造者。离开了人的生产劳动,社会永远不会进步。回顾过去,张家港几十年来成绩的取得是张家港人自加压力、拼搏奋进的结果,是张家港人智慧和汗水的结晶,更是张家港"人"的精神的有力验证;面对未来,所有的前景需要张家港人团结起来共同去开

拓，更多的困难有待张家港人齐心协力去克服；我们要关注张家港的发展，更应该关注张家港人的发展。我们发展张家港的目的是什么？不就是为了让张家港人过上幸福美满的生活吗？尤其是当经济社会发展到一定阶段时候，我们更应强调人文性。毕竟人为自己的生存而建设创造，同时又不断享有和享受着各项建设创造的成果。世界在人的改造中变得绚丽夺目，社会在人的创造中呈现勃勃生机，人的需要也因此而变得丰富多彩。人又是一切劳动成果最终的和最有资格的评价者，在人的满意不满意，赞成不赞成中，世界与社会不断地向更高、更深、更广的层次迈进，人类幸福生活的境界也不断得到提升。因此，不论是思考，还是行动，人既是其主角，又是其最终目标，以人为本是一切思考和行动的关键，张家港精神是张家港"人"的精神，应该要体现这一主题。

另一方面，新时代张家港精神必须体现"以人为本"的思想。

港城民警走访社区居民　　肖湘 摄

"以人为本"意味着要尊重人，把人当成一切制度安排和政策措施等规范价值得以产生的价值源泉。"以人为本"，是中央根据新世纪新形势新任务的要求提出的一个重要执政理念，是我们经济社会发展长远的指导方针，也是实际工作中必须落实的重要原则。作为全国文明城市的典范，在此方面更应该走在全国的前列。

经过张家港人的建设和发展，张家港正在向基本现代化迈进。张家港精神不仅给全市人民带来了眼前的实惠和好处，而且为全市的改革开放和现代化建设事业奠定了坚实的基础。经过了20年的跨越后，未来张家港的发展是否延续原有的发展路子继续走下去呢？从长远来看，回答是"变"，所以经济要转型升级，城乡要一体发展，人的生活必须与时俱进，即"全面发展"。我们提出的协调张家港、文明张家港都是全面发展，就是要使我们张家港的经济、社会、政治、文化、生态等各个方面都得到均衡发展，使我们的社会既能考虑当前发展的需要，满足当代张家港人的基本需求，又能考虑未来张家港发展的需要，为子孙后代着想，实现可持续发展。为此，我们张家港精神不仅要体现以发展为主题的精神内涵，还要注入"以人为本"的人文性思想。文明张家港的核心正是以人为本，文明张家港的宣传更应引导张家港人既追求各方面的发展，也追求生活质量的提高；既有当前利益的谋求，更有长远利益的储备，共创美好的新港城。

二、文明张家港的实践——城乡一体体现了以人为本的统筹性

随着经济社会发展、文明创建深入，张家港文明创建的重点也在不断创新。进入新世纪，张家港致力于不断缩小城乡文明差距，农村精神文明建设在此基础上不断提速。特别是近几年来，张家港市委市政府一直很重视"以人为本"的发展理念，很多的政策和做法也充分体现了"以人为本"的思想。一些专家说，金钱换不来文明，只有以人为本，将城乡文明建设始终融入群众柴米油盐的细节处，与经济社会发展脉搏共同跳动，文明创建才能落到实处，张家港城乡一体的文明探索给了人们很好的启迪。从我们的日常生活中就可以发现：

少有教。全市科教技教育事业发达，均衡化教育成为全国先进经验。始终坚持"优先发展教育，建设人力资源强市"战略不动摇，加快城乡教育均衡发展步伐，着力提升教育现代化水平，实现了全市教育事业的全面协调可持续发展。2010年教育经费总支出18.86亿元，比2009年增长了5.1%。各类教育协调发展，城乡教育均衡发展，推进了全市教育高位、均衡、优质发展。

老有养。实行了全市统一的社会保障制度，使城镇养老保险覆盖面达99%，新建的老年公寓可以说是全国最佳。2011年，全市13.8万名符合条件的农保人员和被征地农民已经全部告别"农保"进入"城保"，在全国率先实现了城乡基本养老保险并轨，这也标志着城乡二元养老保险制度在我市被彻底破除。

医有保。不仅医保参保率实现全覆盖，而且建立了最好的医院和社区服务中心。全市217个社区卫生服务站和11个社区卫生服务中心，2010年完成门诊、出诊超过240万人次，平均每家要服务1万多人次，约有近70%的居民基本医疗卫生问题是在社区解决的。生病就去社区医院，正在成为张家港居民医疗消费新习惯。

文有乐。"以文化人"，张家港市100%的镇和96%的村已经达到"八个一"的标准，成功打造了公益文艺"村村演"、优秀电影"月月映"、文化广场"周周演"、城乡书场"天天说"等一批特色鲜明的文化活动品牌，将文化熏陶工程落到了实处，张家港农村的文艺活动丰富多彩。

心有灵。在全国县市中最早开始关注新市民，2004年率先成立流动人口服务中心。2007年在全国首先倡导成立了新市民爱心联盟，2010年又在全国首创性地开展了"关爱职工，快乐心灵"大型公益行动，连续两年邀请知名心理专家走进全市各区镇的重点企业，对一线职工进行心理辅导。该行动被评为"中国职工心理健康工程2010年突出贡献奖"。2010年，张家港市开展了"新市民文明绿卡"行动。

人有神。坚持几十年打造诚信城市、道德城市、文明城市，大力弘扬张家港精神，深入挖掘"张闻明"形象，"以市民的理念育农民"，张家港市育一代新人，更育满城市民，为此专门制订了《市民素质提升工程实施计划》，编印了30万册《文明市民读本》。创新成立了公益组织培训中心，全市涌现出300多位道德模范和"身边好人"。

这些不胜枚举的举措,正是张家港市委市政府"以人为本"理念的最好体现。既然我们这样做了,更应该上升到理论和精神的高度,在文明张家港品牌中加以明确和强化,使之成为推动张家港市全面发展的新动力。

三、文明张家港的品牌——对外宣传体现了持之以恒的持久性

张家港对外宣传可以说成效显著,力度很大。从每年一度的长江文化艺术节到每年在中央级媒体的重点宣传报道,无不有声有色,尤其是2013年8月城乡一体文明的集中报道,力度不可谓不大,影响也是深远的。

继续加大力度对外宣传,难度不小,关键是亮点在哪里?切入点是什么?经济发展目前显然还不够亮,周边地区发展态势咄咄逼人;而城乡一体文明又刚刚大规模宣传报道过,再次作为重点来宣传体现不出新亮点;至于其他,尚没有形成核心报道的影响力,一切都是空谈。所以,初步认为,还是张家港市"以人为本"的文明张家港品牌宣传最为给力。一是这个宣传点符合党中央科学发展观,建设和谐社会的宗旨,这样的典型正是媒体所要宣传的重点;二是我市通过多年的文明创建,在人本理念实践上确实有很多方面在全国领先,有实打实的成绩和亮点,关键是要往"人本"这个总的方向上去整合;三是符合我市打造文明张家港,造福全体市民的新目标,"以人为本"的发展之路无疑是最得全体市民的大力拥护和支持的,可以为政府加分。人本实践的包装可以将现在我们精神文明建设的很多亮点集中整合,包括上述少有教,老有养,医有保,文有乐,心有灵,人有神,等等。文明张家港的实践可以重点突出张闻明、道德模范等传统题材和关注市民心理健康、共建共享等新题材的发掘与宣传。在人本实践的宣传过程中,还可以挖掘一些经济发展中的新亮点,如循环经济、生态经济、新兴产业经济等。从而主题鲜明地塑造出一个文明张家港、幸福好市民的新品牌来。

一要发扬传统文化、打造新兴文化,提高文明张家港的吸引力。重视对传统文化的挖掘和提升。一个城市一定要重视传统文化的挖掘和整理,因为一个

城市的文化与市民最近，也最能激励市民。只有文化人活跃，城市的文化才会活跃，软实力提升才能上一个台阶。虽然张家港是座年轻的城市，但也有很多丰富的文化内涵和资源，值得去挖掘和提升。例如我市在挖掘传统文化方面就投入了很大的手笔，凤凰河阳山歌、香山旅游文化景点、2004年以来举办的长江流域民族民间艺术节等，依托长江文化，使得我们这座城市的名气越来越响亮。以后我们要继续坚持一手抓传统和优势文化产业的发展，一手抓新兴文化产业的发展，积极引导社会资本投资文化产业，大力扶持民营文化企业的发展。以高度的文化责任感切实加大对历史文物保护和利用的力度，加强对非物质文化遗产的保护与传承，促使其焕发活力，发挥作用。要注重促进文化与旅游的深度结合，在"特色"上做文章，大力提升都市旅游文化的内涵，不断扩大长江文化的影响力。要切实加强对各类文化人才的培养、引进和使用，鼓励和引导一批有一定文化修养和文化自觉的高校毕业生、机关干部充实到基层文化队伍中去。要以开展文明城区创建活动为总抓手，促进政治建设、经济建设、文化建设、社会建设各项工作协调发展。

二要加强形象宣传、突出城市个性，提高文明张家港的渲染力。这就涉及一个城市的形象问题。其实形象也是城市软实力的重要组成部分。比如谈到北京，那就是文化的代表；谈到上海，那就是经济的典范。人家的形象就代表了一种实力。张家港如果想进一步在全国范围内发光发亮，那就要大力宣传自己。但不能只把眼光局限于本地，而是放眼全国。要让全国人都清晰地知道、了解、认识张家港。

城市建设指标可以量化，GDP也可以量化，但一个城市的软实力却是无法量化的。张家港这个城市既有江南水乡含蓄的韵味，又有现代化城市的奔放张扬，张家港人更是吃苦耐劳、勤奋追求。保持人的性格和精神，也是城市软实力的进步。张家港999平方公里的土地上高楼四起，交通发达，这是张家港人发扬十六个字的张家港精神所取得的成就，如今，文化要发展，要充分树立城市的个性，就必须在更高的层次上诠释弘扬张家港精神，促使我们每一个老百姓保持自加压力的个性，引领我们这座城市走向更高的平台。

三要重视宣传策划，强化品牌牵引，提升文明张家港的核心竞争力。在经济一体化日益发展的今天，无论是企业还是城市间的竞争，都已跨越了最初的产品竞争阶段，开始进入品牌竞争时代。打造城市品牌，形成和提升城市核心竞争"软实力"，已经成为每个城市领导层关注思考的焦点。而一个城市是否拥有国际国内强势和知名品牌，已经成为城市经济实力和竞争力的象征，在某种意义上说也是城市整体品牌提升的一个标志。张家港在推进城市建设发展过程中，一直对此予以了高度的重视，采取多种措施吸引和扶植各类强势产业和活动品牌。

鉴于文明张家港的品牌的深刻内涵和独特魅力，完全可以整合媒体、专家、高层领导进行全方位、多层次、立体式宣传，不仅在经济上加强沙钢、永钢、沙洲优黄、梁丰牛奶、神园葡萄品牌企业的推广和扶持，而且在文化上通过组织一组媒体系列报道，一个北京高层文明张家港、人文新实践汇报会，一篇省委研究室专题调研报告，一篇专题新华内参，一部反映张家港人文精神的影视剧，一套张家港人本实践丛书等，全面提升文明张家港的美誉度和影响力。在大型活动方面，也要注重质量，提高标准，挑选一些高端精品活动来张家港，提升张家港城市形象，提升"软实力"。这样就一定能够形成综合宣传影响力，提升张家港宣传新亮点，拓展张家港精神新内涵。

由此可见，张家港城市文明品牌建设并未停止，而是在不断地创新创优。张家港的文化品牌也越来越丰富，张家港市文化建设内外兼修，城市核心竞争力不断增强。集大剧院、美术馆、图书馆、文化馆、城展馆、科技馆等为一体的文化中心，令人耳目一新；长江文化、东渡文化、河阳文化、香山文化、暨阳文化、沙上文化等地方特色文化得到挖掘保护，在传承中发扬；公共文化服务共享、公共文化设施提升、文化品牌活动"五送"、网格文化特色培育、文艺表演团体扶持、公共图书通借通还、数字信息资源共享、地方戏曲艺术推广等八大文化民生工程，把市民文化福利变成文化权利；首创网格化公共文化服务新模式在全国推广，创建全国首个《书香城市建设指标》评价体系……这座城市的"文化情商"和"文化智慧"让文化建设者赞叹不已。

似湖水的沉静，如江河的奔放，张家港以文化的包容和开放，塑造鲜明的城市个性，在历史、现在、未来的时间长河中烙下独特的印记。2012年，我专门写了"弘扬中华美德漫谈"系列言论，在《张家港日报》2012年8月连续刊发。这里转发《志愿行动，让我同行》，算是告知张家港城市形象塑造"三步走"战略的后续动作吧。

志愿行动，让我同行
——弘扬中华美德漫谈
楚人

近日，笔者看到了以前的一个学生的故事。她身体一直不太好，可以说是个"中药罐子"。然而，令我没有想到的是，时隔多年，她现在不仅身体好了，更成为了一位无偿献血志愿者。从2003年一次偶然的机会，她第一次踏上了献血车，成了一名无偿献血者，走进了无偿献血志愿者的队伍。很快，志愿者们的无私举动深深地感染了她。她又毫不犹豫地加入了志愿者队伍，开始把无偿献血当作己任！去年1月，她作为义工在献血车上细心、耐心、热情地服务着每一位来献血的市民，当听说缺O型血时，她毫不犹豫地再次伸出了自己的手臂，献了400毫升，献完一刻也没有休息，继续投入到当天的志愿者服务工作中。去年12月，她和很多队友一起通过采样加入了中华骨髓库。今年3月份，当她得知"癌症妈妈"小董在苏州第一人民医院急需O型血小板时，她和另一名志愿者匆忙赶赴苏州，为她捐献了10个单位的血小板。从2003年至今，她已献全血8次，机采血小板2次。看完这个故事，在我眼里的那个孱弱的学生形象一下子高大了起来。

志愿者，一个美好的名字；志愿者，一个美丽的心灵。心系他人，关爱生命，以拯救他人的生命为义务，让更多的人点燃生命的希望；帮助他人，回报社会，以让更多人健康快乐为快乐，这是多么美好的愿望和行动啊。这不正是中华民族"老吾老以及人之老，幼吾幼以及人之幼"的传统美德在新时代的新表现吗？

像她这样的志愿者，在我们张家港市，可以说是成千上万，笔者专门google搜索了一下"张家港志愿者"关键字，显示搜索到了376000条结果。随便点点，就有张家港爱心义工志愿者，张家港52爱心联盟，张家港青年志愿者，张家港交通志愿者，张家港法律援助志愿者，张家港网络文明志愿者，张家港无偿献血志愿者，张家港"友邦"志愿者……可以说，全市的每个单位，都有着志愿者美丽的笑脸；港城的每个角落，都有着志愿者活跃的身影。

前几天，《张家港日报》头版通讯报道，全市志愿服务团队多达240支，注册志愿者超过11万人，占全市户籍人口的一成多。他们紧紧围绕关爱空巢老人、关爱新市民、关爱残疾人等方面，形成了18大类志愿服务，充分考虑到各类群众的切身需求，形成了"千树繁花"的志愿服务格局。以"关爱他人、关爱社会、关爱自然"志愿服务活动为载体，全市志愿服务活动逐渐呈现项目化、专业化和常态化发展态势。不知不觉间，张家港，一个志愿之城正在悄然崛起，这个全国文明城市正不断地从中华传统美德中汲取着营养，更加丰富而深刻地充实着文明城市的内涵。

(《张家港日报》 2012-09-03 第3版)

 第三只眼看港城

张闻明，一个城市文明品牌的炼造

又到了一年一度创建文明城市的关键时刻了。张家港虽然是第一批全国文明城市，也是全国文明城市"三连冠"得主，然而，在文明城市创建过程中，从来没有终点，只有不断创新创建的漫漫长路。在张家港的城市品牌中，全国文明城市无疑是品牌中的皇冠，而在文明城市品牌中，"张闻明"无疑是皇冠上的明珠。

"张闻明"，从2003年诞生到今天千万个"张闻明"涌现，屈指一算已经整整十年了。10年前，"张闻明"是个人行为、企业行为，而今天，"张闻明"已经成为了这个城市的共同行动。10年前，"张闻明"是一个善心之举，而今天，"张闻明"已经成为了好人的代名词。这是为什么？我一直关注和思考着这个问题。

为此，前年专门到"张闻明"的发源地中国移动张家港分公司作了深入采访，也了解了张家港好人文化的方方面面，写成了一篇长篇通讯《张闻明，一个城市文明品牌的炼造》刊载于2011年12月21日《张家港日报》上。今天，值此"张闻明"诞生十周年之际，特以微博转发，也是一种特别的纪念吧。

镜头1

汇款人：张家港张闻明。曹丽萍沉思片刻，在汇款单上写下了这样六个字。这是2003年春，张家港移动公司几个共青团员被《挑战》一书中宋芳蓉16年献身山区小学的事迹所感动，于是就组织了一次小小的募捐行动。4月，宋芳蓉和她的学生们突然收到了一份来自千里之外的惊喜：一封热情洋溢的书信和600元助学款。

此后，来自"张闻明"的物品和汇款接连不断……

镜头2

《张闻明，远方的孩子想见您》，这是2003年9月10日《张家港日报》刊发的"寻亲"报道。9月2日，时任张家港市委书记、现任苏州市委常委、副市长曹福龙接到湖北省五峰土家族自治县三坪希望小学校长、全国优秀教师、第七届"中国十大杰出青年"、首届中国"五四青年奖章"获得者宋芳蓉的来信，立即发动全市帮助寻找助学赠物的张家港好心人"张闻明"。

此后，亲人"张闻明"和湖北三坪希望小学，"认亲""探亲"活动经年不断……

镜头3

"虽然我们远在他乡过年，但是我们一样幸福快乐。"这是2007年2月11日，新市民其乐融融地汇集在新市民之家过新年，大家载歌载舞，表演着自编自导的节目，写下新一年的美好愿望挂到了许愿树上。这是张家港移动公司联合市委宣传部、文明办、总工会、流动人口服务中心和杨舍镇等单位，首创的全国第一家关心新市民的爱心公益组织——"中国移动爱暖港城·丰翎时间新市民爱心互助联盟"的第一次活动。

此后，关爱新市民，跨越城市传递张家港之爱等活动年年创新……

镜头4

"您好，这里是张家港心理援助热线，我有什么可以帮助您吗？"2010年7月11日下午，永联文化活动中心彩旗招展，人声鼎沸，由张家港市委宣传部、市文明办、市总工会、市健康办等单位主办，张家港电台和张家港移动公司承办的张家港市"丰翎时间""关爱职工、快乐心灵"大型公益行动启动仪式隆重举行。国内首条县级职工心理援助热线同时开通。

此后，心理学专家援助团连续两年深入全市9个镇的企业举办心理讲座，心理辅导走向了张家港一线职工……

镜头5

"今天您幸福快乐吗，请将您的烦恼大声说出来，让快乐的心情永伴您成长"。2011年8月2日下午，张家港市文化中心星海剧场迎来了一场特殊而隆重的活动,"中国移动幸福你我"张家港市"关爱职工、快乐成长"大型公益行动启动仪式隆重举行,此活动由张家港市委宣传部、市文明办、市工商联(总商会)、市公关协会等共同举办。

此后,工作小组先后走进了南丰、锦丰、乐余等大型乡镇,将幸福快乐的良方带进了机关、企业一线……

镜头6

《"张闻明"是谁?——张家港移动通信公司年轻人资助湖北三坪希望小学的故事》,2011年7月27日,《光明日报》头版头条刊登了长篇通讯,讲述了"张闻明"八年坚守让更多孩子走出大山的生动事迹。

此后,《光明日报》连续刊登了《做好人,筑文明城》《全国各地热议"张闻明"现象》等8篇系列报道。《新华日报》《苏州日报》等纷纷报道"张闻明现象","张闻明"在全国引起广泛影响……

一组蒙太奇的镜头让我们看到了"张闻明"的8年传奇之路,让我们品味了文明张家港"张闻明"品牌的巨大魅力。从一个偶然的机缘到让远隔千里的江南水乡与鄂西深山结成了"文明的牵挂";从一个"个体"的行为到一个城市的好人共同行动;从帮扶一个山村学校到关爱新市民、关爱企业职工……

这就是"张闻明",一个透射着中国移动文化力量的缩影;

这就是"张闻明现象",一道辉映了一个企业的文明光华;

这就是一个企业和一个城市文明品牌的炼造……

是什么源泉催生了"张闻明"行动的诞生?

是什么力量培育了"张闻明"品牌的成长?

我带着这些疑问走进了"张闻明"的发源地张家港移动公司。

一、从关爱自己到关爱他人

走进张家港移动公司,迎面看见的就是"正德厚生 臻于至善"几个大字,这正是移动公司的核心价值理念。张家港移动公司总经理张苏岭告诉记者:"以'责任'和'卓越'为核心价值理念的中国移动企业文化,激励着张家港移动人积极参与公益活动、勇于承担社会责任,通俗地讲,就是用自己的修养来回报社会。"

看看移动公司在这方面做的事情就知道了:为进一步增强员工爱岗敬业和无私奉献的精神,公司每月都会举办"张闻明之星""张闻明班组"评选,每年面向员工及家属举办家庭才艺秀、农场秋收等家庭亲情日活动,至2011年累计160个家庭410个成员怀着企盼激动的心情相聚在一起,充分体验了移动大家庭的人文情怀和"正德厚生"的企业文化。

同时,为进一步增强员工职业心理素质,缓解快速生活节奏的压力,公司还开展了一系列EAP(员工帮助计划)专项活动,特邀心理咨询师分批次为职工开展团体心理辅导,为员工提供"精神福利",有效地提升了员工幸福指数,93.8%员工认为该项目对提高工作激情有积极意义。

张苏岭告诉记者:投入一点钱,关注职工心理健康,让职工接受心理健康辅导,最终的效果就是形成积极向上的企业文化,让职工感受到企业的爱心,从而在内心激发爱心。

"老吾老以及人之老,幼吾幼以及人之幼",小爱最终变成大爱。移动公司内在的这种爱心、真诚、执着、朴素养成,不仅仅引起人们深深的触动和思考,也激发了每一个职工的责任心、爱心和使命感。那个神秘的"张闻明",原团支部书记,现办公室主任曹丽萍告诉记者:"当时以张闻明为名的汇款,其实真的谈不上什么,只是几个团员青年的下意识行动罢了。公司这样关爱我们职工,我们也就想要为社会做点什么。"

二、从偶然行动到必然行为

"我叫张晓东,是'80后',也是第二代'张闻明'。"张家港市移动公司的新任团支部书记告诉记者:"探索更完善的帮扶机制,第二代'张闻明'已开始行动。"张闻明开始跨越三坪希望小学,视野放大到了更多的张家港新市民及广大一线职工身上。

从最初的几百元捐款开始,到13000元再到2005年的100多万元……从最初的关爱个别人开始,到建设希望小学,再到走进社区、走进企业关爱职工。

作为"张闻明"精神的拓展和延续,2007年2月11日,张家港移动公司联合市委宣传部、市文明办、流动人口服务中心等单位首创全国第一家关心新市民的爱心公益组织——"中国移动爱暖港城·丰翎时间新市民爱心互助联盟",围绕"人文素质提升工程",突出对新市民的人文和心灵关怀。开展各种类型主题公益活动,渗透到了张家港社区、乡镇、企事业单位,覆盖60万新市民,赢得了社会广泛赞誉。该活动当年被评为"张家港十大新闻",获2008年度"苏州市新闻报道特别奖"。一直组织这个活动的沈冬萍说:"新市民就是我们的新客户,我们不仅要给予移动的网络服务,更要延伸到爱心服务。"

爱心在不断放大。2010年7月,张家港移动公司与市委宣传部、文明办、总工会等组织"丰翎时间牵手中国移动""关爱职工、快乐心灵"大型公益活动,从关爱新市民进一步放大到关爱全体职工上来。全年9次走进全市各大乡镇、各个企业,广泛宣传普及心理卫生知识,关爱张家港人的心理健康,有力地深化了张家港文明城市内涵。快乐心灵大型公益活动荣获"中国员工心理健康工程"2010年突出贡献奖。作为"关爱职工、快乐心灵"的延续与升华,2011年"中国移动幸福你我"张家港市"关爱职工、快乐成长"大型公益活动走进了全市的主要乡镇。张家港移动总经理助理陆建飞说:"我们就是要由内部职工的心理健康带动社会共同健康,传播大爱理念,共创美好生活。"

张家港移动公司依托"张闻明",将"正德厚生　臻于至善"的核心价值理念内化践行。如今,在张家港移动公司,一线服务人员全部佩戴"张闻明服务使者"胸牌上岗,进社区、进集团,开展"张闻明真情服务月""张闻明新春便民服务"等活动,仅2010年,就深入社区、小学、单位设摊服务2000余次。

"一个企业公民,如果没有爱心、没有社会责任感,是不可能把企业真正做大做强的。承担起应付的社会责任,是中国移动核心价值观的具体体现。我们将把'张闻明'和关爱职工等爱心品牌擦得更亮、打得更响。"张家港移动公司副总徐若海如是说。

"张闻明"激励着一批又一批的公司员工不断成长,8年来,不仅有近20

多名员工先后获得国家、省、市各级荣誉奖项，公司也因此收获了很多荣誉：全国精神文明建设先进单位，国家级模范职工小家、江苏省文明行业、省级"青年文明号"与"巾帼文明示范岗"、江苏省诚信单位等荣誉称号，分公司团支部还荣获中国移动江苏公司"总经理特别奖"。

三、从一个好人到一城好人

使"张闻明"从一个年轻的团队壮大为一座年轻城市的品牌靠的不仅仅是一个企业，还有张家港市千千万万的百姓。

一枝独放不是春，百花齐放春满园。一个好人带动一群好人，一群好人带来满城新风。就是这样一个个可学可见的身边榜样，让张家港充满了文明的力量。

张家港出了个"张闻明"，8年资助湖北三坪希望小学的感人故事，感动了整个苏州乃至全国。《光明日报》写到："8年来，'张闻明'已从张家港移动通信公司团支部的默默奉献，扩展为整座城市的爱心接力。"少女作家郭秦，书橱里收藏着厚厚一沓受捐助孩子的来信；"52kd"论坛上的义拍公告吸引了越来越多的"网络张闻明"们"举牌"；沙钢为汶川地震更是拿出了上亿元的捐款。张家港市大力复制"张闻明"，扶持"张闻明"，将一个企业的"张闻明"繁衍成为了一个城市的经典文明品牌。今年，张家港市委宣传部组织新闻媒体，开设《身边好人"张闻明"》专栏。"好人文化"使张家港树立起"好人有好报"的价值导向，更多的好人群体应运而生。在"好人文化"的推动下，全市志愿者队伍不断壮大，目前已有注册志愿者11万余人，占常住人口的12%。形成了"关爱空巢老人""关爱农民工""关爱残疾人""空巢老人一键通""爱心助学张闻明""保护蓝天碧水"环保行动等志愿服务品牌。

无论是凡人善举，还是大企业慷慨解囊，这一切，都告诉我们，一座真正的"博爱之城"正在孕育成长。

正如苏州大学教授方世南所说的，"张闻明现象"是一个区域性文化现象，具有鲜明的个性特征和时代特征。新时期的张家港文明城市建设，已经踏上了

 第三只眼看港城

从外部环境创建转向城市精神内核塑造的内涵之路。

正如市委书记徐美健（时任）所说的，我市坚持弘扬"好人文化"，宣扬鼓励义行善举、关心照顾道德模范，建立了有助于"好人"成长的激励机制。追求人的文明和人的现代化是张家港市文明城市创建的根本点和落脚点。

"张闻明"，成就了张家港和宋芳蓉这两个文明典型东西互动、共建文明的佳话，同时也生动诠释了中国移动"正德厚生　臻于至善"的企业文化。

"张闻明"，孕育了一个张家港文明代表，还涌现了300多位道德模范和"身边好人"。"张闻明"由"点"到"线"及"面"，形成了城市文明的好人"森林效应"，炼造了一个张家港文明的靓丽品牌。

宋芳蓉（右二）和"张闻明"团队在一起　　庞瑞和 摄

一个保税区和一座"自由港"新城的崛起

张家港是全国文明城市的标兵,有着"两手抓两手都要硬"的作风,有着张闻明这样的精神文明品牌,还有着众多的港城志愿者。张家港是长三角经济发达城市的标兵,有着全国唯一一个内河港型保税区——张家港保税区,有着江苏唯一一个世界500强企业——江苏沙钢集团,还有着众多的上市公司。

我有幸在我国最为开放的特殊经济区张家港保税(港)区管委会工作过两年。亲自学习了保税区无中生有、有中变大、大中创优、优中拓强的发展历程,也参与和策划了众多的活动。例如,由于分管宣传,组织策划了2010张家港保税港区专家咨询高峰会,邀请了国务院发展研究中心对外经济研究部部长张小济,发改委对外经济研究所所长张燕生,商务部宏观院外资部主任马宇,上海市政府发展研究中心、流通经济研究所常务副所长汪亮,江苏省委副秘书长、省委研究室主任黄健,《经济观察报》经济观察研究院院长新望,中国保税区出口加工区协会副秘书长焦建群等众多高层经济专家汇聚一堂,为张家港保税区发展科学把脉、出谋划策。

同时,还组织了北京《经济观察报》、香港《文汇报》《新华日报》江苏电视台等众多新闻媒体走进张家港保税区,专访保税区领导,深入采访企业,深度宣传发展理念,全面展示发展成就,刊发了一系列通讯报道。不少报道我们亲自参与其中,为张家港保税区的发展鼓与呼。

为此,2010年,我还专门主编了《2010 潜力保税港区》一书,将张家港保税(港)区这一年的众多大事和成就整理汇编成书,使之成为像年鉴一样的年度图书。这里从中选择《经济观察报》和香港《文汇报》发表的2篇通讯,以飨博友,由此可管窥一斑,看看张家港保税区今天的发展成就。

《经济观察报》2010年8月16日刊发了我和刘忠华、陈稳合作的《一个保税区和一座"自由港"新城的崛起》通讯。这里全文转发，也庆祝上个月（2013.9）中国（上海）自贸区正式挂牌。全国最早的13家保税区，可以说每一个都是有围网围起来的海关特殊监管区。但张家港保税区很独特，保税区外还配套了开发区，全国独此一家。

作为海关特殊监管区域的保税区，它的发展给区域发展的带动力在哪里？一个铁丝围网内的"弹丸之地"，其对城市发展的辐射作用体现在何方？张家港保税区的发展给了我们一个答案。

1992年，我国长江内河唯一的保税区——张家港保税区经国务院批准成立，保税区所在港口城镇也开始了加速度建设。2008年，张家港保税区转型升级为保税港区。2009年，张家港保税区《滨江新城规划》通过专家论证并启动实施。严格讲，张家港保税区作为我国改革开放制度创新的实践载体之一，她所演绎的并非仅仅是一个狭义区域的制度创新，而是把目前转型后的保税港区与周边城市建设有机结合，打造"自由港"城市。

一、配套载体多元化体现参与经济全球化的时空规律

保税区不等同于一般的经济开发区，但保税区也需要开发区功能的配套。1992年，经国务院批准，张家港市在该市西部港区框定4.1平方公里土地打造中国式自由贸易区，以出口加工、保税仓储、国际贸易和商品展示等四大功能，吸引全球经济要素集聚和流动。这一年，张家港亮出了一张"全国唯一的位于县级市的保税区"名片。

历经10年发展之后，陶氏化学、雪佛龙菲利普斯、杜邦旭化成等世界化工巨头相继落户张家港保税区，依托这些化工龙头企业的辐射带动作用，引领了一个新兴工业配套区的诞生。2001年，经江苏省人民政府批准，张家港保税区设立了江苏扬子江国际化学工业园，作为保税区的工业配套区，规划面积24平

方公里，享受保税区的有关优惠政策，主要发展精细化工、生物医药、工程塑料等。

2004年，国务院批准设立了张家港保税物流园区，作为保税区的配套物流区，主要拓展国际中转、国际配送、国际采购、国际转口贸易等功能。

2008年，张家港保税区与保税物流园区实施区域整合，被国务院批准设立了张家港保税港区，并与邻近的金港镇实行"区镇合一"，确立了滨江新城和香山双山风景区发展构想。

2010年，张家港保税区根据新兴产业的发展需求，经江苏省批准设立了环保新材料产业园区，重点发展环保新材料产业，以及研发和总部经济。同时，规划了段山装备工业园，重点发展重型装备和再制造产业。至此，张家港保税区区域面积达到150平方公里，常住人口17.2万，"一城五区"（滨江新城、保税港区、环保新材料产业园区、扬子江化工园区、段山装备工业园区、香山双山风景区）格局形成。

张家港保税区每一个时间节点的载体建设并非简单的规模扩张，实际上就是我国探索建立自由贸易区的缩影，也是园区经济发展规律中"投入—产出—积累—再投入"的良性循环。从我国建立第一批保税区，到实施区港联动建立保税物流园区，再到推进区域整合建立保税港区，张家港保税区都在每个功能升级的过程中赶上了我国自贸区发展的时空规律。即便到目前为止，我国特殊区域的发展仍然与国外自贸区的建设有一定差距，但现有的保税港区不仅叠加了保税区、出口加工区、保税物流园区乃至港口码头通关的所有政策和功能，也实现了口岸物流与保税物流、保税加工的交织与融合，其功能定位和政策设计已经比较接近国际自由贸易区的形态。

看着张家港保税区始终不曾停止的步伐，仍有很多人带着怀疑和不解的目光：是什么让这个在夹缝中诞生的保税区得以生机勃勃地发展。张家港保税区人用执着而真诚的个性作出了回答，善抓机遇的他们在不断适应国际贸易便利化、自由化的趋势下，让希望变成了现实。

二、在"经营区域"理念下推进产业价值链不断延伸

张家港保税区的发展,从来没有把自身仅仅定位于国务院批准的铁丝围网区域,而是立足江苏沿江开发和服务长江流域产业发展的区域高度实施滚动开发。区域经济的经营理念在张家港保税区得到充分体现。产业培育从单体龙头项目的落户到以一个项目延伸出一条产业链,从企业集群到区域化的产业集聚,最终打造了目前集约化的发展格局。

产业链经营理念加速了园区工业化步伐。张家港保税区始终坚持循环经济"3R"原则,在招商时不仅看项目的先进性和环保性,还看项目在园区产业发展中的"链接性",拉长园区产业链和物质循环链,实现"链式发展",逐渐形成了"低能耗、低排放"的低碳经济发展趋势。目前区内有一半以上企业进入循环经济圈。扬子江国际化学工业园已经在区域层面上形成了水循环、热力循环、工业气体配套、管廊配套等产业链结构。放眼张家港保税区,机械装备、化工等循环经济型产业散布于沿江地带,形成了苏州精细化工、棕榈油、有机硅等多条较具规模的产业链。

产业链延伸了价值链。2009年,张家港保税区完成业务总收入1960亿元,工业开票销售收入552亿元,国内生产总值240亿元,进出口贸易额86亿美元,全口径财政收入31亿元。目前,该区累计批办企业近4300家,其中外资企业430家,包括道康宁、陶氏、瓦克、雪佛龙等22家世界500强企业和11家全球化工50强企业,壮大形成了化工、粮油、纺织、机电等支柱产业。

工业企业的集聚对物流服务体系的需求加速扩大。从2004年保税物流园区获得国务院批准之后,张家港保税区发挥天然良港和深水岸线优势,港口物流业快速发展,几年间汇集了一批具有世界性经营网络和强大供应链管理能力的物流服务提供商,货运量、货值连续多年在全国保税物流园区位居前列。特别是以市场为依托形成的商贸业,使保税区的国际贸易功能得到充分彰显。张家港保税区化工品交易市场注册企业达800多家,2009年,实现成交额234亿元,位列"中国最具竞争力的化工品交易市场"第一名。化工品市场报价从2004年

开始就已成为南京关区的审价依据，并成为国内化工产品的"价格晴雨表"。此外，还建成了纺织原料、粮油、钢材进出口和名贵木材等专业市场，在加快集聚区内货物流、信息流和资金流等方面发挥了巨大作用。

三、一个园区的产业兴盛助推了一座新城的崛起

以港兴市，区港合一；以区促市，区兴市旺。从工业化起步，到临港产业板块的形成，再到配套新城的建设，张家港保税区正在探索的是自由贸易口岸与现代口岸新城的完美结合，走出了一条"保税区有开发区资源配套，开发区有保税区政策支撑"的创新之路。

张家港保税区所在区域是张家港市城市副中心，临港而建。这也是按照张家港市城市发展规划和沿江开发需要，在"一城四片区"的总体框架下，规划在沿江区域建设的3座滨江小城市之一。随着张家港保税区的建设和发展，邻近的金港镇迅速由一个江边小渔村演变为一个新兴港口城市，城市规模随着保税区的发展拓展到18平方公里，现下辖31个行政村和12个社区，有户籍人口近18万人，外来常住人口17万人左右。2009年，全镇完成地区生产总值140亿元，工业销售收入230亿元，实现财政地方一般预算收入6.8亿元，形成了以纺织、机械、化工、冶金四大行业为支柱的行业特色产业。

而今，张家港保税区所在的金港片区，按照城市副中心的定位，实施"区、港、园"结合，以双山生态岛和香山风景区为依托，正在加快建设绿色港口滨江新城。8.49平方公里的新城核心区规划框架基本拉开，年内即将动工建设的沪通铁路也在这里连通。

港口向东，积极对接上海"两大中心"建设和长三角一体化发展规划，张家港保税港区逐步成为大上海"长三角港口群"战略中的重要支撑点，成为洋山港的主要支线港和喂给港，成为上海的物流配送分中心、港口作业分中心和服务结算分中心；城市在西，以保税区为核心的张家港市西部港区，正在探索自由港与城市建设的互动发展，长江流域下游一座以自由贸易为主要特征的滨江城市已经显山露水，逐步形成。

张家港保税区加冕"国家生态工业示范园"

2010年9月22日,香港《文汇报》发表了署名记者徐燕、通讯员魏欣的《张家港保税港区加冕"国家生态工业示范园""低碳"先行 自成新优势》的通讯,在这里可以从另外一个角度了解张家港保税区的生态状态。张家港保税区从建立之初起,就立志打造一个科技领先、环保生态的经济园区。而今,也确实成为了我国最安全环保的化工园区之一。

2010年8月30日,张家港保税区、江苏扬子江国际化学工业园创建国家生态工业示范园区顺利通过国家环保部、商务部、科技部的联合验收。至此,江苏扬子江国际化学工业园成为全国首个通过验收的行业类国家生态工业示范园区,亦被时任江苏省委书记李源潮称赞为"江苏沿江开发经济建设和生态建设同步发展的典范"。

在人们的印象中,化工企业往往与遮天蔽日的黑烟、浓烈刺鼻的异味等严重污染联系在一起。然而,张家港保税港区却坚持多年来"低碳先行"的生态概念,用实际行动颠覆了这一刻板印象。走进张家港保税港区的配套区江苏扬子江国际化工园,数百家驻扎于此的化工企业互为上下游、形成了完整产业链的同时,亦最大限度地保护生态链,实现了资源的可持续利用。

一、资源共享,十个亿打造绿色基础建设

8月30日下午,总投资1000万美元、注册资金500万美元、年产5000吨可再分散乳胶粉的瓦克聚合物系列(张家港)有限公司在扬子江化工园正式竣工

投产。作为世界上最大的可再分散乳胶粉生产厂家,瓦克公司的进驻让扬子江化工园再次散发了对世界化工巨子独具吸引力的魅力。

作为张家港保税港区的配套工业区——江苏扬子江国际化学工业园享有保税区的有关优惠政策,但却没有如其他开发区一样,将土地优惠作为其主要"卖点"。尽管如此,美国陶氏、雪佛龙菲利浦斯、杜邦,日本旭化成,德国瓦克等世界化工业巨头却仍将这里作为寸土必争的投资热土,各自携巨资结伴而来。目前,全球化工行业50强中有11家进驻这里,世界500强企业中有23家已在此落户。谈及这种凝聚力的缘起,瓦克公司一语道破"天机":扬子江化工园通盘考虑几十年的环境保护,几年来投入10个亿致力于一批无害公用设施的建设,既为企业节省了成本,又切实保护了环境。

据介绍,扬子江园区与新加坡胜科水务公司合作,建成日处理能力3.5万吨的污水处理厂,成立张家港保税区胜科新生水有限公司,已完成区域中水回用项目的设计招标工作,工程实施后可年减排COD576吨,年减排悬浮物201.6吨。此外,园区还自建热电厂实行集中供热,供热管网覆盖率达100%。目前,已建成天然气管线长度超过1万米,全区除电厂用煤外,全部利用清洁能源。同时,建有安全环保监控中心、消防中队和全国保税区首家消防特勤中队。新建的危化品车辆停车场将为危化品运输管理提供强有力的支持。园区对所有企业产生的废弃物建立信息交换平台,对少量不能综合利用的,统一送到市工业固废处理中心或危险废物处置中心进行集中安全处置。

二、补链引资,"四个不要"坚持绿色招商

在张家港保税区工作人员的工作过程中,"四个不要"的招商要求早已烂熟于心。"不符合园区产业结构的项目不要,安全本质度差环保风险大的项目不要,投资强度达不到园区要求的项目不要,使用有毒有害化学品的项目不要。"多年来,张家港保税区就是秉持这样一种"绿色招商"理念,将生态和环保作为企业入门的首要条件。

目前,全球最大的有机硅生产商道康宁公司携手全球最大的可再分散乳胶

粉生产商瓦克化学公司，在张家港保税区投资建设的有机硅一体化生产基地形成了具有特色的内部循环体系，该一体化生产基地总投资已超过9亿美元。道康宁公司生产有机硅的副产品甲基三氯硅烷和四氯化硅是瓦克气相二氧化硅公司用来制造二氧化硅的主要原料，副产氯化氢又作为道康宁公司有机硅单体生产的原料，形成了互为上下游的关系。瓦克气相二氧化硅公司生产出来的气相二氧化硅又可作为瓦克硅橡胶公司的原料。事实上，在张家港保税区，实现绿色生产的企业远远不止道康宁公司和瓦克公司两家。

据了解，张家港保税区在现有产业结构与园区产业定位的基础上，从分析产品生产工艺链入手，按照循环经济的理念，对项目类别进行筛选，实行"补链引资"，目前已构建了以东海粮油集团为代表的粮油集群和工业生态链条，以道康宁一体化基地为代表的化工集群和工业生态链条，以双狮精细化工、道康宁、梅塞尔等公司为核心的化工集群和工业生态链条，形成了区域层面的水循环、热力循环、工业气体配套、管廊配套等生态工业链结构。

三、细致入微，精细管理增强环保意识

自2007年起，张家港保税港区就为存在化工异味、环境风险污染元素的企业量身定制了各自的整改时间表。截至目前，共有三家企业完成了整改。长源热电厂就是其中一家，日前宣告顺利完成脱硫整改。其负责人说："张家港保税港区管理层细心、贴心的管理方式，正是园区生态环境保护的重要保障。"

此外，园区还组织对仓储企业进行专项检查，在保税物流园区西区统一建设了7500立方米的事故应急池，统一建设安全卡口，进行化工码头的作业管理以及消防设施、雨污管网的维护保养等措施，从而增强其抗风险能力；形成了企业自有事故应急池、园区污水管网和胜科水务应急系统三级污水应急关口，突发环境污染事件应急救援体系基本建立；定期组织有关企业开展应急预案的演练，指导危化品企业不定期开展事故应急救援演练活动，努力提高应急救援水平；成立了责任关怀行业协会，目前已有20多家企业会员，定期开展研讨，帮助企业解决潜在的困难和问题，有效提升了员工的安全环保意识和技能水平。

张家港保税区的"心"服务

2011年,苏州市行政学会组织编辑《建设服务型政府》一书,为此,我结合张家港保税区的管理与服务,专门写作了《张家港保税区的"心"服务》,被收入在该书中,总结了保税区优化投资环境、打造优质服务品牌的做法。

1992年,张家港保税区成立。江苏省人民政府下发《关于张家港保税区有关问题的通知》(苏政发[1992]162号)明确:"张家港保税区是江苏省的保税区。保税区成立管理委员会,作为省人民政府的派出机构,负责管理保税区内的行政事务。"

从成立之初,张家港保税区作为海关直接监管的特殊经济区域,实行"小政府、大社会"的管理模式,除海关、检验检疫等部门对保税区实行相关的业务管理之外,其余的一切行政事务均由保税区管理委员会实行一揽子管理。建区20年来,张家港保税区取得了翻天覆地的喜人变化,区域形象从昔日的长江滩涂变成了现代化园区,地区生产总值从1993年的20亿元增长到2010年的438亿元,规划面积从建区之初的4.1平方公里拓展到150平方公里。2010年,在第十四届中国国际投资洽谈会上,张家港保税港区荣获"中国最具投资潜力经济园区"称号,位居国家级园区第四位,并一举成为了国家生态工业园区。

张家港保税区跨越式发展令人赞叹,其关键正是在于不断创新的保税区管理体制机制、区内服务型政府的良好作为和优质高效的政府管理和服务。高效的服务型机构设置和管理机制成为张家港市乃至更广大区域内政府转型中领先构造和独具特色的亮点。经过20年的不断实践和创新,成功探索出了一条特殊经济监管区域科学发展、创新发展、跨越发展的新路子。

一、建立保税区管理服务新机制，始终不渝打造服务型政府

建区以来，保税区始终以敢为天下先的张家港精神为动力，以一股敢于干大事的激情，一股勇于创大业的气质和精神，始终不渝地解放思想，深化管理体制机制改革，全力构筑经济发展新格局，全方位开展比学赶超，在全国同类园区中实现了争先进位。张家港保税区20年来的发展表明，统一、精简、规范、高效的管理机制和服务理念是保税区建设和发展的强有力保证。

保税区管委会作为省政府的派出机构，有效地保证了政府对保税区管理的权威性。由管委会行使保税区的最高管理权，避免了政出多门、政策掣肘所带来的弊端。管委会及其下属机构不仅全面负责保税区的行政、监督、检查等职能，还直接参与区内资金筹措和开发建设。这样的管理体制具有极强的政府主导色彩，能充分调动各方力量，整合大量资源，改善投资环境，吸引投资者参与，强力推进保税区的建设和发展。

保税区管理依据的法制化，增强了保税区管理行为的规范化和可预期性。管委会自成立之初起就十分重视管理的法制化和规范化，一方面建立健全各类规章，强调有章可循并依法行政；另一方面严格执行并积极宣传国家的涉外法律法规以及保税区各项政策，使得区内管理公开、透明、公正，大大增强了投资商的投资信心。

保税区管理流程的高效化，增强了保税区管理的竞争力。政府管理的高效本身就是保税区竞争优势的重要组成部分，张家港保税区管理的高效，一方面体现为区内管理机构和人员的精简，与区内运行相关性不大的机构避免入区；另一方面，精简管理和服务流程，对投资项目的申办、建设、运行实行一站式服务，建立了部门受理、内外衔接、首问负责、全程服务的服务模式。自始至终的亲商理念和完善的投资服务环境成为投资商生根发展的重要因素。

保税区管理过程中的优势结合，开拓了保税区管理的创造性。张家港保税区发展的最大成功在于，将外部宏观政策优势资源，与内在体制机制创新有机地结合在一起，在乘数效应的作用下实现了大发展。一方面，始终坚持服务型

政府的建设和完善，强调政府企业化管理、经济建设职能市场化和阳光化运作，对政府职能转向服务型政府的改革，管委会成立伊始便作了难能可贵且意义重大的探索，被实践证明富有极其强大的生命力与创造力，具有显而易见的辐射性和带动力；另一方面，将市场竞争机制内嵌进政府行政管理体系，充分调动和激发出干部员工全心全意谋事业、一心一意求发展的积极性、主动性与创造性。

二、实施"六个统一"管理新模式，积极探索放大区镇合一效应

我国的开发区管理模式经历了公司型—园区型—政区型管理模式的变迁，其中管理效率最高、发展最快的是相对独立封闭的行使一级政府职能的政区型管理模式。

张家港保税区位于张家港市港区镇内，一直以来，两者都是独立行政。保税区管理委员会是江苏省人民政府的派出机构，省政府委托张家港人民政府管辖张家港保税区，而港区镇由张家港市政府直接领导。保税区的快速发展离不开镇政府、村组织的鼎力支持，但是，原来适合农业生产的镇村行政区划已经不适应快速推进的工业化。2003年，在原港区镇的基础上，合并了周边几个镇后，金港镇正式成立，镇区面积达到126平方公里。2008年，为了充分发挥保税区各方面的优势，整合金港镇的资源，达到社会各项事业的全面发展，张家港市委市政府以"规划建设、经济发展、审批权限、财政结算、组织人事管理、社会公共事务管理"六个统一为原则，施行"区镇合一"一体化管理、运行、发展机制。"区镇合一"的"六个统一"的要求包括：（1）统一审批权限。在市级机关行政主管部门充分授权下，由保税区扎口负责区域内经济社会发展、城镇规划建设等审批工作。（2）统一规划建设。由保税区负责区域内城镇建设和工业布局的总体规划。（3）统一经济发展。由保税区统一负责区域内的招商引资和企业服务、管理等工作。（4）统一财政结算。由保税区统一负责区、镇财政的预决算。（5）统一组织人事管理。由保税区统一负责区、镇的组织人事工作。（6）统一社会公共事务管理。由金港镇统一负责区域内的社会公

共事务管理等工作。区镇合一多年来，区镇在规划统筹、项目建设、城市开发、行政效能等方面都取得了明显成效，形成了资源共享，优势互补，协同共进的良好态势。2011年7月，张家港市对大金港管理体制整合再次加力，彻底改革到位，破除壁垒，形成合力，职能也由原来单一的招商引资延伸到招商引资、城市建设、社会事业、旅游开发等方面，全力打造若干个千亿产业基地。

三、打造用"心"服务新理念，全面优化区域投资软环境

如果说硬环境是投资的基础，那么，软环境也是必要条件。张家港保税区牢固树立"软环境就是生产力""为投资者服务就是为发展服务""人人都是软环境"的理念，大力营造"亲商、安商、富商"的浓厚氛围，全方位、全过程、全天候为企业提供各类服务。通过细化服务程序，改进服务方式，拓展服务内容等创新手段，为项目尽快落户园区、为园区项目尽早开工建设、为投产企业发展壮大发挥了积极有效的促进作用。

一是实施"一站式"服务。2001年9月，张家港市率先成立了全省第一家县级行政审批中心，在全国率先建立了"一个窗口对外、一条龙办公"的一站式服务中心。在此引领下，张家港保税区各职能部门于2001年9月在管委会办公大楼内集中办公，实行"一幢楼"集中式服务，"一条龙"服务体系，大力倡导"宁可自己麻烦百次、不让外商麻烦一次"的工作理念，奉行"企业内的事情企业办，企业外的事情我们办"的服务宗旨，去除工作环节上的"梗阻现象"，同时充分运用现代科技手段，大力加强信息化建设，构建电子政务，简化办事程序，提高办事效率，为企业节约办事时间和成本支出。按照"引进之时当保姆、发展之中当助教、成功之后当保安"的要求，对招商引资落户项目，从立项、审批、土地利用、开工建设，到登记注册、正式投产运营，确保项目的顺利实施。

二是强调全过程服务。做好项目前期服务，积极主动与招商部门沟通协调好，早参与、早介入。一方面了解项目的具体情况、个案资料；另一方面，为投资项目做好报批资料的准备，帮助做好各类评审报告，协调解决在报批过程

中出现的环保、安全等企业注册前置条件方面的问题。做好项目工程建设阶段服务。全过程跟踪项目建设，将跟踪服务的责任分解到人，分工程报建、水、电、气等公用设施接通、设备进口、工程竣工验收四大内容，定期汇总项目进度、企业反映的问题困难，再与相关职能部门协调解决。确保了这些项目的顺利开展。对工程中出现的情况与有关部门一起帮助排查工程延期问题、分析原因，协调业主和施工单位矛盾。做好企业投产运行阶段服务。

三是强化部门联动服务。为了更好地为投资者服务，保税区管委会于2003年，建立张家港保税区外商服务中心，2006年更名为张家港保税区投资服务中心，是保税区管委会专门设立的服务机构，也是我国15家保税区中唯一的一家。加强有关部门的联动服务，为投资企业提供从申报、设立、投产运行全过程的全方位服务，受理区内投资企业在设立申报、建设、生产运营过程中存在的困难和问题，并积极帮助企业协调解决，加强部门联动服务，打通障碍，真正为企业排忧解难。

比如，为了解决道康宁项目因工程量大，上下游工艺复杂，工期又偏紧，各生产单元需要分部分区验收、并按顺序进行试生产的难题，服务中心于2009年4月1日联合市环保局、质监局、气象局、安环局、卫生局、消防大队、规划局、劳动局，以及保税区经发局、安环局和规划局召开了"道康宁工程竣工验收协调会"，共同探讨、协调道康宁公司大量工程竣工的分批验收方案，解决了道康宁长期未得到解决的验收难题。同时，针对企业反映比较普遍的水电、招工、劳资、员工住宿和土地管理等五大类问题，及时与相关部门衔接，及时地帮助企业解决难题，确保园区投产企业经营顺利开展。

四是推行"诚、实、活、亲"服务。"诚"，就是做到服务态度求"诚"，对外商"一诺千金"，承诺的事能办的立即办，办就办好；不能办的，细致耐心地解释；不该收的费，坚决不收。把诚意工作延伸于整个服务过程，确保外企反映的意见、建议和问题，个个有回音，事事有着落，务求高效率、高效能。把外商服务中心办成"外企之家"，不仅关注外资企业的投资经营，也关注外资企业管理者在保税区、化工园的生活状况，在为企业创造良好投资环境的同时，积极创造良好的社区环境，充分体现人性化服务，树立良好的诚信政府形象。

"实",就是做到服务作风求"实",切实做好与外商面对面、"零"距离的服务工作,经常下企业,了解情况,分析问题,解决难题,把"一条龙""一门式"服务落到实处。同时,"实"从细微处入手,精心编制保税区和化工园企业的台账、外商档案和外商投资服务指南,开辟外商投资服务信息专栏,开通24小时服务电话,推进电子企业的快速通关、生产企业的生活配套、园区企业的就餐、交通及人才招聘等,真正与外商相知,做"知心朋友",树立实干政府的形象。"活",就是做到服务手段求"活"。服务工作牵涉到方方面面,企业的建设和发展提出的特殊要求,比如在通关、商检、工商、税务等方面,只要不违背大的原则,要尽可能融通,方便企业,灵活处置,做到难事变易,易事变简。坚持由海关、国检、工商、税务等部门参加的联席会议制度,定期召开企业代表座谈会,开展联谊活动,认真研讨企业建设发展过程中出现的困难和问题,加强信息沟通,增进了解和理解,切实帮助企业排忧解难,高效快捷地为企业搞好服务,树立开明政府的形象。同时,加大对上争取力度和对外宣传力度,加强与省直及国家有关部门和新闻单位的沟通联系,勤汇报,多宣传,为保税区加快发展营造良好的政策环境和舆论环境。"亲",就是给予投资商以亲人般的服务。外商远离故土,特别需要人文关怀。深化、细化人性化服务,以情感商,切实帮助解决外商个人生活方面问题,全面摸清掌握企业外籍高管在衣、食、住、行、文化休闲等方面的需求。不断更新和完善园区企业外商高管的个人信息档案,做到:外商生日必访,送上鲜花表祝福;传统节日必访,送去贺卡表慰问;外商子女入学入托情况必过问,做到就近优先安置;外商的生活习俗必过问,做到尊重对方习惯;外商兴趣爱好情况必过问,做到定期开展活动。每年一届的"高管高尔夫球赛"、2008年开始举办的"缘分天空"保税区青年专场活动均被列入历年延续的一个品牌活动。

沙工之"香"何处来?

又是一年开学季。经过高考考验的学子们走上了大学之路。张家港作为一个新兴城市,在人才建设上可谓极具眼光。早在开放之初,在经济还不发达的1984年,就率先创办了全国第一所县办大学——沙洲职业工学院。我国著名科学家、上海大学校长钱伟长教授担任学院名誉院长,书法家、全国人大常委会副委员长胡厥文题写了校名,著名社会学家费孝通教授题写了校训。胡耀邦同志在视察沙工后题写了"沙工犹如扬子水,不尽人才滚滚来"给予肯定。

1984年初,前来张家港市(沙洲县)考察的辽宁省海城县委书记李铁映(兼)、著名社会学家费孝通、科学家钱伟长等有识之士,看到张家港乡镇企业发达后指出,发展经济必须要有自己的科技队伍,并建议张家港自力更生创办高等学府,为乡镇企业和本县经济建设培养人才。从动议到正式开办,只用了短短5个月又10天的时间。1984年7月3日,经江苏省人民政府批准,全国第一所县办大学沙洲职业工学院诞生了。

2006年7月,张家港市委、市政府投资异地建设沙工新校区。2007年9月,新校区交付使用。新校区占地面积856亩,建筑面积28万平方米,绿化面积28.3万平方米,建设总投资为10亿元。学院教学楼、实验楼、图书馆、体育场、体育馆、游泳池、实训楼、行政楼、学生公寓楼等一应俱全,加上也在那里的江苏科技大学苏州理工学院,一个现代化的高校新区矗立在港城北部。

2011年,我刚到报社时,正是即将开学之际,于是专门到沙工去了一趟,挖掘探究"沙工之'香'何处来"。文章写好后,发表在《张家港日报》2011年9月5日开学季。现在又是开学季了,微博转发此文,也是对全国第一所县办大学的一种支持、赞赏和宣传。

开学之际,喜讯传来,沙洲工学院毕业生今年初次就业率再次突破95%。

一所小小的县办高校,在全国高校毕业生就业普遍不景气的情况下,是怎样实现高就业率的?建院27年,发展越来越好,培养的1.6万多名普通专科毕业生,一半以上成为管理和技术骨干,沙工之果为什么这么香?

近日,记者来到沙洲工学院一探究竟。开学了,沙工从暑假的宁静中走向了新的火热。休整了一个假期的学生们回到了美丽的校园,而暑假一直没有休息的老师们还在忙碌地做着准备:安排课程、准备教案、准备军训……主持工作的副院长伍建国教授更是马不停蹄,忙规划,忙会议,忙开学……"在市委市政府的高度重视下,新的院领导班子组建后,我们发展的思路更加清晰了,学院走上了高等职业教育的快车道。2011届毕业生供不应求,初次就业率超过了96%。"伍院长高兴地对记者说。

一、"学校+企业","沙工之香"来自港城沃土

"人才对澳洋集团的发展起着至关重要的作用,集团的管理团队中很多毕业于沙工。澳洋将与沙工携手同行,希望沙工学生到澳洋实践实习,增强才干。"江苏省优秀创业企业家、澳洋集团总裁及沙工兼职教授沈学如说。

作为全国第一所县办大学,沙工的"香"得益于张家港市位于长三角的区域优势,得益于张家港市持续快速健康发展的经济,得益于张家港市15000多家蓬勃壮大的民营企业。自1984年建校以来,校企合作一直是沙工重中之重,甚至为市骨干企业量身定做相关专业和班级。

比如,拥有两个上市子公司的澳洋集团,新兴医药物流发展迅猛,专门在沙工选择40名学生组建"澳洋物流管理班",进行定向培养。副院长伍建国告诉记者:"像这样根据企业需要设置专业的情况对沙工而言非常普遍。走'校企合作、工学结合'的办学道路,是高等职业教育培养创新型高技能人才的基本保障,更是沙工可持续发展的必由之路。"

目前,沙工就业实习基地累计达150家,其中世界500强企业一家(沙钢集

团)、张家港市十大企业集团9家,张家港市百家规模培育企业19家、张家港市骨干型企业22家。同时,很多企业高管也成为了学院专业指导委员会委员、职业导师和兼职教师。

这样校企紧密合作的结果是,沙工的毕业生更具针对性和适用性,到了企业,很快就进入了角色,迅速成长为骨干力量。仅在世界500强沙钢集团,就有287名沙工毕业生,其中1人担任总裁,中层正处4人,中层副处3人,中层副科15人。沙钢集团董事局主席沈文荣表示:"办好沙工是每一个张家港人的责任,也是沙钢的责任,沙钢很欢迎沙工的毕业生,沙工有多少冶金专业毕业生,沙钢就要多少。"

二、"市场+专业","沙工之香"来自专业对路

从1984年建校之初,沙工就确立了"根植张家港、融合张家港、服务张家港"办学宗旨。沙工从最初的建工、纺织、机械专业到现在的电子、机电、物流等专业。建校至今,已先后开设过30多个专业。

院长助理黄中浩告诉记者:"我们所有的专业根据市场需要来设置,所有的专业课程,也是根据张家港产业特点来设置。因此,专业和市场对路,毕业生当然大受欢迎。"像制造业一直是我市的重点产业,每年需求基本都占沙工就业总数的51%左右,机电工程也就成为了沙工的拳头专业。

现在,随着我市服务业的快速发展,沙工又新设置了物流等专业。本着"做精、做优、做出特色的原则",沙工紧密围绕张家港市的产业来设置专业和专业课程,涌现了一批在全市都有影响力的专业和学科带头人。

与东南大学、市科技局共建的"张家港市光机电公共技术服务中心"已是"省级光机电一体化技术服务中心",中心每年承接近10项横向科研课题,去年共申请发明专利6项,实用新型专利10项,并向企业转让发明专利2项;创立苏州市首批服务外包人才培养培训基地,为服务外包和软件产业的发展培训专业技术人才。

专业对了市场,学生岂能不香?多年来沙洲工学院毕业生就业一直保持良

好态势，2009年、2010年年终就业率分别为92.8%、95.37%，2011年毕业生1220名，初次就业率95.74%。"沙工学生就业在张家港市的占80%以上。这样高度密集在一地区就业，反映了我院毕业生同张家港市经济社会发展对人才的需求有很高契合度。"说到这些，黄中浩老师备感自豪。

三、"老师+师傅"，"沙工之香"来自言传身教

"沙工的老师不仅要会当老师，也要会当师傅。车间也是课堂，课堂就在车间。作为老师不能只纸上谈兵，而是要带领学生实战演练，真正生产出合格产品来。去年，沙工实训车间生产的产品总产值就达4000多万元。"副院长伍建国告诉记者。

这是一种全新的教学理念，更好地培养了学生的动手能力和操作技能。沙工的这种教学理念也是在实践中逐步养成的。2006年前，在本科生紧缺的时候，沙工主要是培养综合性人才，实行压缩性本科教育，为我市培养了不少综合性应急人才。

后来，随着高校扩招，沙工及时开展了转变办学思想大讨论，使学校真正往高职教育方向上转变。2007年，学校异地新建后，学院更加坚定了高职办学新路。走进沙工新校园，细心的人会发现，老校区的校名只有五个字"沙洲工学院"，而现在新校区校名才真正写全了"沙洲职业工学院"。

在这样一种教学模式下，沙工的老师都要求是讲师+工程师的"双师型"教授，既能讲课又能操作示范，生产实际产品。全校有教职工319人，其中专任教师205人。新老师到校都先到企业锻炼一年以上，回到学校任教时一般都拿到了不止一项技能证书。目前，专业基础和专业课中"双师"素质教师比例达到70%。

为了让课堂走进车间，沙工共建有2个基础实训中心，5个专业实训中心，包含15个实训基地和45个实训室，一个校内金工实习工厂。这样，每位学生在毕业之前，都能掌握三四门专业的技能证书，成为备受欢迎的"高技能型人才"。

特色就是生命力，老师+师傅的培训模式特别吸引人。今年4月在我市新成

立的德国西马克技术(苏州)有限公司,将在张家港投资1亿美元建设在德国本土之外的最大生产基地,并成为服务于中国及亚洲地区的总部。公司来到张家港之初,就慕名找到沙工,要求联合建设实训车间,为西马克公司轮训技术人才。

四、"技能+素养","沙工之香"来自千锤百炼

"我们的创业设想是开设'熊津化妆品实体店'……"在第二届大学生创业策划大赛上,电信系08级网络班同学们正在侃侃而谈,新颖的创意一举获得一等奖。现在,这个"熊津化妆品实体店"已在运行中。

勤学苦练一技之长仅仅是基础,要想飞得更高,还要锤炼创新意识、创造能力和创业精神等更高的综合素质。为此,沙工每年都要举办创业创新大赛、企业沙盘模拟经营大赛等。大赛在逼真的模拟环境中培养了学生的全局观念,锻炼了实战能力,激发了沙工学生的浓厚创业兴趣。

2011届新毕业学生中,有7名毕业生自主创业,有的开公司、商行,有的开店铺、网店等。创办了张家港安星网络科技有限公司的电信系李鼎昊同学说:"沙工的三年让我学到了很多,培养了我创业的雄心和本领。"像这样创业有为的沙工生还有很多很多……

沙工学生处负责人告诉记者:"我们一直牢固树立'育人为本,德育为先'的思想,重视养成教育,重视心理健康,使沙工毕业生真正成为'下得去、留得住、用得上、有作为'的可用之才。"从入学教育到实训毕业,沙工都有一套非常严格的管理体制;从校园文化活动到心理健康教育,沙工都一套详尽的活动方案,学生的思想素质和心理素质得到了大大提升。

近几年来,沙工更是推出了"到社区服务,做志愿义工"的新举措,锤炼学生的社会责任意识。如今,在杨舍镇的各个社区,总是能够看见热心服务的沙工义工忙里忙外;在假期周末的时候,总有不少戴着小红帽的沙工志愿者活跃在城市的交通道口。多年来,沙工以良好的学风、文明的校纪塑造了学生吃苦耐劳,正确定位,先就业后择业,先学习再创业的良好素质。

沙洲工学院每年都被评为张家港市文明单位,两次获评江苏省文明学校。

就业好招生会更好。"今年沙工新招生1510人，生源质量排在苏州市第4位，在江苏省众多高校中也位列中上游。"伍建国副院长自豪地说，"优秀的生源必将进一步促进沙工毕业生的就业和成才，2012届毕业生预约就业已达68%。在高职教育大旗下，沙工将为地方经济建设培养更多优秀人才。"

从2013年6月5日开通微博，到今天开博整半年了，长篇微博《第三只眼看港城》算算已发表原创微博800多条10万多字。正好发完了《客家来人》《初识港城》《再读港城》3个篇章。接下来将继续发布《途说港城》《深读港城》《爱我港城》3个篇章约15万多字。看似平常最奇崛，成如容易最艰辛。半年，180多天，基本做到了每天发表微博不停歇。现在需要的是坚持和鼓励。坚持就是胜利，坚持就是成功。亲们，博友们，您得继续鼓励赞赞哦！

半年了，长篇微博《第三只眼看港城》也已经到了途中了，就此小憩片刻，做个小结。休整归休整，微博不能停，就发表一些平时看书读到想到的哲思妙语吧，与大家共享。其实，平时周末也转发了一些美图美景的微博，也是一种调节哦。当然也去四处走走，这不，冬日登灵岩山，吟咏七律一曲：

千砖百石砌经年，
一步一年上灵岩。
赏月玩花池畔处，
沉鱼落雁丽人怜。
沉凝智慧吴王井，
馆娃成墟更难眠。
惟见天平红叶染，
姑苏城外碧霞天。

（冶金园）锦丰·沙洲新城中央公园

现代化宜居新城——国家级张家港经济技术开发区

全国第一个内河港型保税区——张家港保税区

繁忙的张家港汽车进出口口岸

第四篇　途说港城

"如果，我们在张家港相遇，我们一定要一直留下，创业、生活、白相相，从此我们再也没有了忧伤，只有时光刻下无限美好的港城印象……"风情双山岛，花海常阴沙；恬庄古镇美，香山聆风塔。美丽的张家港，真是人居典范啊。博友们，一起看看吧！

接下来开始《途说港城》了。在这里，我将把我这几年在张家港走走看看写的散文随笔转发出来，和大家一起看看说说港城的山山水水，人文景象。人在旅途，人生路上，我们走过路过，是不是也应该留下一点印记呢？

4

本篇导读

◆如果，我们在张家港相遇

◆花海常阴沙，我的梦之家

◆香山聆风

◆再见恬庄

◆乡音何在

◆Let's go，张家港购物公园

◆池塘深处

◆夜走虞山

如果，我们在张家港相遇

先发一首《途说港城》开篇诗——《如果，我们在张家港相遇》。

这是2013年8月专门为《途说港城》而作的开篇诗，先在微信发布，后在《张家港日报》发表，得到了热烈反响，前前后后在微信圈转发循环多次，就是过去了半年多后，前几天看见有人又专门进行了整理，并配图转发。2013年底，在"诗歌里的城"朗诵诗征集活动上还给评了个奖，诗歌也收录进了《诗歌里的城》诗集中。今年春天，张家港广播电台主持人听众见面会上，主持人朗诵了这首小诗，影响不是一般的大啊。

如果，我们在张家港相遇，
我们一定要在春天走走人民路，
看港城现代化的高楼建筑，
更有樱花染白了地面，
还有那满是朝霞的天。

如果，我们在张家港相遇，
我们一定要在夏天看看园林路，
就算太阳再大也不怕，
除了有我细心的保护，
还有那么多呵护港城的香樟树。

如果，我们在张家港相遇，
我们一定要在秋天漫步国泰路，
倚靠那静悄悄的休憩石，

看满地银杏叶织成黄金甲,
欣赏驰骋穿行的公共自行车。

如果,我们在张家港相遇,
我们一定要在冬天逛逛步行街,
手牵着手,肩并着肩,
感受大冬天熙熙攘攘的人流和热浪,
赞叹全国第一条步行街的俏模样。

如果,我们在张家港相遇,
我们一定要一起去暨阳湖,
漫步在人工湖的美丽金沙滩,
告诉你螺洲岛的美丽传说,
还有古老暨阳的历史斑斓。

如果,我们在张家港相遇,
我们一定要一起去购物公园,
逛逛沃尔玛,瞄一眼88酒吧,
更要登上景观塔,
俯瞰美丽港城的绝代风华。

如果,我们在张家港相遇,
我们一定要一起去杨舍老街,
从街口吃到街尾,
在女人街里天天像过节,
累了就到焦家老宅歇一歇。

如果,我们在张家港相遇,
我们一定要一起去谷渎港,

搂着你的小蛮腰，
跨上那闻名的青龙古桥，
吹吹来自杨舍堡城的古韵遗风。

如果，我们在张家港相遇，
我们一定要一起游小城河，
徜徉在彩虹桥，
看王府名邸的天际线，
奏响了文明欢快的乐章。

如果，我们在张家港相遇，
我们一定要一起去东渡苑，
对着古黄泗浦经幢祈福：
鉴真大师多保佑，
我们永远不分离。

如果，我们在张家港相遇，
我们一定要一起去永联农耕园，
我骑着耕牛，你化身织女，
毫不犹豫地牵着你的手，
从此再也没有银河这道鸿沟。

如果，我们在张家港相遇，
我们一定要一起去乐余的长江滨，
穿过芦苇荡，听着江水潮，
瞧瞧我们的感情，
可如日夜东流的长江水一样清。

如果，我们在张家港相遇，

我们一定要一起去常阴沙,
倾听十里麦浪,藏身万亩菜花,
从此我们知道了,
鱼米之乡到底是个什么样!

如果,我们在张家港相遇,
我们一定要一起去凤凰古老的恬庄,
撑着油纸伞,漫步在小巷,
穿越榜眼府的历史时光,
从此我们变得不一样。

如果,我们在张家港相遇,
我们一定要一起去锦丰沙洲新城,
漫步在一干河林荫长廊,
迎着来自长江的沙上风,
描绘钢铁新城的新传奇。

如果,我们在张家港相遇,
我们一定要一起去双山岛,
看繁忙的港口百舸争流,
却不及你美丽的眼睛,
诱惑得我天昏地暗,欲说还休。

如果,我们在张家港相遇,
我们一定要一起爬上香山顶,
越过老虎嘴,踏着采香径,
和你勇敢登临聆风塔,
鸟瞰保税区滨江新城的胜景!

如果，我们在张家港相遇，
我们一定要一起去大学城，
在体育场我跑你追，你追我赶，
只是不忍心让你费力气，
让你抓住了大家一起笑嘻嘻。

如果，我们在张家港相遇，
我们一定要一起去文化中心图书馆，
品味着这个城市的书香，
看你迷住众多男生的得意小样，
让我在书香里喝了一碗罗宋汤。

如果，我们在张家港相遇，
我们一定要一起去博物馆，
东山村8000年前的稻谷，
告诉你我长江文明的源远流长，
更有长江文化艺术的传承榜样。

如果，我们在张家港相遇，
我们一定要走走夜晚的这座城市，
霓虹妍丽，溢彩流光，
却比不过你眼中的亮，
那是有缘千里到港城的北斗导航。

如果，我们在张家港相遇，
我们一定要一直留下，
创业、生活、白相相，
从此我们再也没有了忧伤，
只有时光刻下无限美好的港城印象……

花海常阴沙，我的梦之家

"今年看菜花，首选常阴沙。"每天翻开报纸，总是会看到这条宣传语。

自油菜花开花以来，微信微博圈里充满了油菜花的身影。有中国最美花海之称的江西婺源菜花，高低错落的菜花辉映着粉墙黛瓦，就是一幅幅绝美的中国画；有号称中国最美花海第二的泰州兴化垛田菜花，人在水中游，花在水上漂；有新安江两岸的山地菜花，一路游来一路花，转换成一幅山水长卷。看着这些似曾相识的油菜花图，我仿佛又回到了在那菜花里奔走欢笑的时节。

小时候，我是伴随着油菜花长大的。每年春节过后不久，稻田里就会涌出一片片新绿来，那是油菜开始拔节了。慢慢地越长越高，长到齐腰身时，绿色里再漫出一簇簇金黄。哦，油菜花开了，春天到来了。油菜花越开越旺，愈开愈香，直到结出沉甸甸的果实。就这样，在每年的菜花香里，我们渐渐长大。所以，这么多年过去了，我也从乡村到了城市，但我还是会常常去各地看菜花，吮吸那田野的充满晨露的馨香，体会那金黄的充满朝气的快乐。

虽然走过了各种油菜地，看过了不少菜花，但还是一定得去看看身边的美丽花海——常阴沙油菜花。花开季节，我天天这样想着。

这不，这是一个好日子，我们三两好友驾车来到了常阴沙。

沿路郁郁葱葱，多是农田里的麦苗在成长。还有一些迎春的花儿五颜六色地开放着，朦朦胧胧的，让我们仿佛走在梦里的仙境里。

迷迷糊糊中，突然，远方一片金黄夺目而来，沿着路边散开，散开……一片片黄澄澄的油菜花霎时把我们吸引住了。停车，瞩目，映入眼帘的油菜花，像金色的地毯一样飘落人间，给大地披上了黄澄澄的盛装，格外引人瞩目。一簇簇，一畦畦，一片片……风一起，整片的油菜花荡起了一层层细微的波纹，金黄色的花浪便如潮水般涌了出来。更有弥漫着的菜花幽香，或淡雅或浓郁地在空气中，沁人心脾。此时，蜜蜂和蝴蝶更没有闲着，穿梭在花丛中，飞舞在蓝天下，就像远处长江上勇敢的船儿，不管风浪多大，它们总是能稳稳地航行在浪花上。再远处，油菜花高低起伏，起伏的后面隐隐约约可看见一排排白墙黛瓦的江南村庄。噫，这意境，不就是婺源的乡村花海吗？

走进花海，踏着看花的木道，只见整片整片的菜花看上去一尘不染，那充满朝气的黄色，仿佛是春日的阳光沉淀下来了，沉淀在薄薄的花瓣尖上。有的花苞将开欲开，如少女的娇羞，而俏丽枝头的却是成熟而矜持的少妇，完美地袒露在春的每一次抚摸中。它的心，稳稳地静卧在自己的一方净土上，朝着天的方向，吮吸朝露。它的絮，紧紧地簇拥在枝头上，纹丝不动，宛如古朴的村姑，眼神纯净，守住朴素的着装。木道的尽头是观景台，登上观景台向下看，只见平原上的花海中间是纵横交错的河流水道，水道近处若隐若现常阴沙知青馆。看着看花的船儿在其中飘荡，听着看花的人儿在其中歌唱，仿佛如火如荼的知青时代回来了。噫，这景象，不就是兴化的水中花海吗？

常阴沙花海够壮观的，把我的眼睛也看花了。我深呼吸一下，站在一棵菜花前，凝神细看。油菜花就像一支火炬，金黄色的花层层叠叠，像火焰一样跳动着。每一层四片花瓣，整齐地围绕着花蕊，朴实本分。花瓣十分精致，就像雕刻大师精雕细刻出来的。中间的花蕊弯曲着凑在一块，仿佛在说着悄悄话。往下，粗壮的根茎，茂密的叶，有着像栽种它们的农民们一样的淳朴与粗犷。如果一朵一朵地去看，油菜花没有什么特别的地方，细细碎碎的花很难吸引人艳羡的眼球。然而，成畦成片的金黄色一旦弥散开来，便成了一个花的海洋，淹没了田野，淹没了村庄，把常阴沙装裹成了一道秀丽的风景。

看着浓妆艳抹的油菜花，我精神抖擞的站立在田野上，领略大自然的风光，呼吸新鲜的空气。阳光温暖，春风和煦，蓝天澄碧，大地金黄，白云悠然，蜂鸣蝶舞，花香混合着泥土的芬芳，天地犹如一幅洒着金光的风景画，浑然一体，如梦似幻。这情景，只需看上一眼，不由得，我就醉了。

这时，或在花间嬉戏，或在花径漫步，或在田野奔跑，或干脆在触手可及的蓝天白云下，枕着花香，静静一眠，把自己放逐在原野上，身心两忘。或者看着孩子们,在里面打滚,摔跤,捉迷藏……挥洒无邪的童真;或者像那爱好大自然写生的人们,聚精会神地凝望着,手握画笔,一笔一笔地把美丽的油菜花和风景描绘在白纸上,栩栩如生,浑然一体……描绘丰收的希望。

站在这梦境般的图画里,我如痴如醉。迷醉中,突然一只风筝悠然从头顶湛蓝的天空飘过,我的心也向着风筝飞去。风筝牵着我童年的梦,思绪里走动着我童年的身影,不由得吟诵杨万里的诗句:

篱落疏疏小径深,
树头花落未成阴。
儿童急走追黄蝶,
飞入菜花无处寻。

又记起了自己写的那首《如果,我们在张家港相遇》里的几句诗:

如果,我们在张家港相遇,
我们一定要一起去常阴沙,
倾听十里麦浪,藏身万亩菜花,
从此我们知道了,
鱼米之乡到底是个什么样!

狼山含黛,江水含情,村庄古朴,田野殷殷,菜花金黄,百花竞芳……交织成了一幅美丽清新的田园诗画,构成人间最美的桃花源。此刻,什么忧愁烦恼都被荡涤得干干净净,繁忙的工作和生活的压力,一下子随风飘去,无影无踪。欢乐一下子铺天盖地地倾泻下来,包裹了我的心情,一种说不清道不明的美感油然而生,在我的眼里,这里的一切都美了起来,我的一切都美了起来。

我不由得喊出了声:美!美!真美啊!

"美什么呢?快起来吧!"爱人一声呼喊,把我从梦中惊醒,睁开眼,哦,天亮了。新的一天开始了。

梦中的常阴沙花海还是那样栩栩如生。美丽的常阴沙,不正是我的梦之家吗?

香山聆风

一

我爱山。

俗话说："仁者乐山，智者乐水。"我是仁者，因为我尤其爱山。

其实，作为从小在赣南那片山村里长大的人，对山自然有着极其深刻的感情。小时候，家乡的屋后就是一座后龙山，据说还是武夷山的余脉，那是我孩童时代的乐园。山不高，除了生长了松树、樟树之外，还有着一些突兀的怪石林立着，尤其是有一对怪石，我们称之为兄弟石，更是高耸挺立。小时候，总是好奇地爬上那个凸出的石头，作出一副舍我其谁的英雄气概模样。记得五年级时，我学会拍照后，首先就是和弟弟一起来到了后龙山，登上了凸出的兄弟石，拍下了一张伟岸高大的影像。说起这个兄弟石，还有个传说，相传很久很久以前，这两个石柱兄弟要一争高低，于是两个石柱越长越高，直到惊动了天神，一个霹雳，把两个擎天石柱给劈倒了，只留下两个小小的石墩突兀着，告诉人们只有团结携手，才能踏实安稳。

每个山总是有很多美好的传说，哪怕只是一个小小的后龙山。在我的家乡，这样的山何其之多，重峦叠嶂，无论你登上哪个山头，总会发现远方还有一个更高的山头在召唤你。因为这些召唤，我最终走出了大山，来到了长江三角洲平原。

在这一马平川的江南水乡，山已是稀罕之物。在张家港，能够称之为山的，大概就是香山了。还有凤凰山，最多是一个小土坡而已。至于巫山、长山、段山等虽有山名，却是无山体的，也就是留下了一个山的名称罢了。

为了寻找山的踪迹，汲取山的养分，远处的三山五岳走了不少，更是走遍了张家港周边的山峰。东边常熟的最高峰虞山，那是一座文化名山，十里青山半入城，带给了常熟得天独厚的文化底蕴。孔子七十二贤人唯一一个江南的弟子言子就葬在此山。在虞山山下兴福寺喝茶谈古，在虞山峰顶剑门指点江山，在虞山尚湖荡舟赏花，这些都给了我很多美好的回忆。西边江阴最高峰定山则是一座野山，很多年前的一场山火，留下了众多上山救火的机耕路，成了我们驴友一个天然的拉练场。那些爱山的驴友，每周三晚上和周日下午，总是雷打不动地到定山拉练，沿着土路攀登一个又一个山头，行走二三十里，确实挺累人的。我参加了几次拉练后，不由得感叹："好汉坡上说好汉，绝望弯前独彷徨。"登山好汉不是好当的。

至于南边苏州，大大小小的山峰明显多了起来，最高峰是穹窿山，那是孙子练兵的地方，也是乾隆下江南每次都去的名山。我们曾经在那里组织过集体登山比赛活动，分成几个小组，一声"出发"后，争先恐后，你追我赶，最先到达山顶的，不一定是开头跑得最快的；获得登山优胜的，也不一定是实力最强的，而往往是最团结、最互助、最协调的那个小组。

苏州名山众多，有全国四大赏枫地之一的天平山，有吴王别宫灵岩山，有温泉胜地大阳山，还有江南赏梅佳地林屋山，等等。当然，长江边张家港的香山也是苏州名山之一。这些山都并不很高大，海拔最高的也就300多米，然而，江南之山，山不高而名很大，正是体现了"山不在高，有仙则名"。

不由得想起了一首词。那是冬去春来的季节，在一个雪后初晴的日子，我同三五知己来到太湖林屋山，赏太湖林屋梅海，探天下第九洞天，泡西山牛仔温泉。花香阵阵，福地洞天，水汽腾腾。泡着幸福汤，人在水中央，什么都不想，只有山的情结在心中，特填了一曲《浪淘沙》，歌以咏志：

　　　　山色亦葱茏，叠叠重重。
　　　　雪中梅蕊舞春风。漫漫暗香扶我行，醉卧花丛。
　　　　行者总匆匆，难得从容。
　　　　年年岁岁岂相同？何日再分闲半晌，仰望苍穹。

仰望苍穹，张家港的香山又会给我什么启迪呢？我经常仰望香山问我自己，走遍了名山大川，看遍了大小山峰后，面对江南平原的小小香山，我为什么还看个不够？想个不休？

二

在苏州众多的有名无名的山中，我走得最多的当然要说是香山了，甚至还经常晚上去夜登香山。

如果说，虞山应该去"品"，细细品味其历史文化，仔细瞻仰历史古迹；定山应该去"走"，徒步在荒草野路，体验登山的乐趣。那么，唯有香山，只能是去"赏"，春有桃花夏有绿，秋有银杏冬有雪，一年四季，总是有不同的风景等着你去看，等着你去赏。尤其是现在，张家港将唯一的一座香山精心规划建设后，一举成为了国家4A级风景区，可以看见的风景更是时时处处不雷同。就连大上海的旅游者都来了不少，匆匆一游，来不及"品"，说不上"走"，当然只能是赏风景了。

然而，香山走得虽多，我却很少写点什么，最多是有感而发，吟咏一点诗词习作而已。直到今天，在问了自己许多次为什么香山走个不休后，我才真正地想静下来好好走一走，想一想了。那么，就沿着去香山的路径，让我们一起走走看看香山吧。

沿着张杨公路一路往西，黑色的公路远处，一座山峰平地升起，在江南平原上显得尤其突兀。渐渐近了，在快到江阴交界处，南沙街道的一个路口，面向公路一座江南楼阁式牌坊巍然矗立，牌坊上书写着"香山风景区"几个大字，两边还有"仁者乐山，智者乐水"两句话。这就到了香山脚下了。

到了香山，总得先说说香山。以香山为名的全国颇多，简单查看，就有30多个。最有名的当然是北京香山了。然而长江之尾、东海之头的张家港香山，据说是我国境内第一个被称之为"香山"的山。香山不高大，海拔只有136.6米，加上山峰上的聆风塔，也才188.8米，方圆2.5平方公里，算是一个非常小的山头了。但因其虎踞长江边，在一马平川的江南，显得那样伟岸突出。

再往里，便到了香山东门广场。经过改造后的东门广场，显得更大更有气势了。这里是游人前往香山游览的一个主要通道，这里也有一些餐饮、游乐互动等娱乐设施，从而为整个香山景区增加了不少功能。由此进入江南香山公园大门。这里形成了一道参观游览的中轴线，深入挖掘香山历史文化资源，借用唐宋风格新建了香山历史文化展示馆、香山名人诗画碑廊、历史名人雕塑群等景点，赋予了香山更深远的历史文化内涵，形成了一条文化展示廊。远处明香湖波光潋滟湖光好，依次走过明香湖、暗香湖、沁香楼、溢香堤等，又来到了暗香亭，这就踏上了上山的采香径了。抬头望去，聆风塔高耸入云，成了地地道道的最高点。

焕然一新的景区旅游环境和服务设施吸引了大量游客。每个周末，这里都是车满为患，周边来香山游玩的人络绎不绝；每天晚上，住在附近的居民也或开车或步行来到这里，登山锻炼和跳广场舞。山脚下广场人山人海，山顶上广场人声鼎沸，让一贯寂寥的香山变得热闹了起来。香山真的变"香"了。

说起香山的"香"，首先得说香山的由来。传说是春秋时吴王夫差遣美人上山采香而得名。我们不难想象，当古吴国征服古越国后，随着沉鱼落雁的美人西施的到来，吴王夫差正是春风得意马蹄疾。在一个春暖花开的季节，带着西施来到了长江边踏青。到了这里，突然看见江边的这座小山，再看山上风光秀丽，一阵暖风吹来，阵阵花香袭人，美人西施沉醉了。兴之所至，就想上山闻香采花。美人有所求，士兵就赶紧劈山开路，斫出了一条上山的小路。美人闻着花香，寻着野花，追着彩蝶，不知不觉留下了一条采香径，更留下了一座江南名山香山。正是"吴妃当日将香采，此地遗名遂千载"。

美人已走不可留，鸟语花香情更稠。香山引来了更多的文人骚客沿着采香径，登临香山，观光赏游。渐渐形成了广为人知的"香山十八景"，但传说中的大部分景点已荡然无存。现除了有繁花似锦、香草满坡、相传吴王夫差偕美人步行上山的采香径外，还存有傲立孤峰，纵览长江、码头、保税区的望江亭；有怪石丛生、山势险峻的老虎嘴；有徐霞客称为"九天风雨、三峡波涛、观斯尽矣"的桃花涧，还有圣过潭、滴血岩、仙牛背、听松吟等一批天然景区。清人胡文灿有诗云：

> 古柏参天合，空山澹夕曛。
> 冷风吟落叶，独鹤引归云。
> 香径寒花落，飞泉曲涧分。
> 村墟何处是？樵唱隔烟闻。

现在香山由大、小香山组成，树木覆盖率达87%，小香山北部由于以前开山采石，现在形成了一片断壁悬崖。贯穿张家港市东西的张杨公路在这里穿过，成为了张家港市最繁忙的疏港公路。悬崖顶上，一座望江亭翼然耸立。由此处向上看香山，如同一幅清新淡雅的水墨画，郁郁葱葱，迷离空濛，若远若近；向下望长江，波涛滚滚，百舸争流，浩浩的长江和江南水乡完全融为一体，又成为了一副大气磅礴的江涛东流图。

难怪香山这么"香"了。巍巍香山，集天地之精气，蕴山水之灵秀，自古以来就是江南著名的风景旅游胜地和佛教圣地，集政治、军事、宗教、文化于一山。这里充满灵性，浪漫的山水波澜不断，叠翠的峰岭绵绵不绝，巍峨的宝塔高耸入云，还有古色古香的亭台楼阁，碧波荡漾的青翠湖水，葱郁葱茏的树木竹林，香气袭人的奇花异草，这些都让香山香飘万里，美不胜收。

三

谁能想到，一个鸟语花香、其貌不扬的小山却是历史上的一个兵家必争之地。

这里没有成就了10万红军的江西井冈山那样雄伟壮阔，也没有老家石城红石寨易守难攻的陡壁悬崖，凭什么历代兵家都看中了这个地方？

其实，早在8000年前，香山东南的山脚下就有人类活动。中国社科院公布的"2009年中国六大考古新发现"的东山村遗址，就在香山脚下。在那里，考古发现了古人类聚居活动的印记。2008年和2009年，南京博物院等单位对东山村遗址进行了两次抢救性考古发掘，主要揭露出一处崧泽文化时期的部落。其中最惊奇的是发现了"崧泽玉王"和陶罐中8000年前的稻谷。这些可是长江崧泽文化的代表。东山村遗址出土的文物证明，早在8000年以前，这里就有先民定居。今后，张家港将在该遗址建设大型遗址公园和东山村遗址博物馆。古代先民选中香山的原因，我想除了这里濒临长江，水草茂盛，土地肥沃外，还有一个重要原因就是可以背靠香山，退可守进可攻，有安全的依靠吧。

据考证，古代西周穆王东征，就曾在香山筑墩5处，之后，无论秦汉，还是魏晋，直到唐朝，香山周边军事设施不断增加，甚至建立起了石牌寨，驻有水陆军队，将这里作为了守望安宁的要塞了。尤其是南宋时，抗金名将岳飞、韩世忠等均将这里作为抗金前线，修建瞭望墩等军事设施，为渡江北上做好准备。岳飞更是三次由这里渡江北上抗金卫国。至今，在张家港的很多地方，都留下了许多他们的传说，还有旗杆里、马嘶桥等地名。

最有名的还是明末义军张士诚对张家港和香山的经营。在元朝末年抗元起义领袖中，有"（陈）友谅最桀，（张）士诚最富"之说。张士诚因受不了盐警欺压，与其弟士义、士德、士信及李伯升等18人率盐丁起兵反元，史称"十八条扁担起义"，他为首领。袭据高邮后，自称诚王，僭号大周，建元天祐。之后，一路南下，占领了平江，看到了江南的富裕，遂以此为都城称吴王。吴地一带很多年都没有战事了，因此人口众多，经济也很繁盛。其时，朱元璋的地盘就在张士诚的旁边。张士诚为此多驻兵在江阴和香山一带。尤其是张家港港，乃是天然良港，张士诚的水兵战舰不少屯于此处。相传有一次张士诚站在香山老虎嘴视察部队，看到旌旗蔽天，战舰连连，不由得大为兴奋，连声说："好好好，这就是我的张家港，是我张家的天下！"从此，张家港就成为了这里的地名。有后人之诗为证："虎嘴阅三军，江南独称王。军屯巫子门，粮满张家港。"当然，这只是一个传说。

张士诚多次派兵进攻常州、江阴、建德、长兴、诸全，都没有取胜，只好退回。之后，张士诚就逐渐变得奢侈、骄纵起来，不想过问政务。1366年，终于迎来了朱元璋与张士诚的大决战。长江上的战斗就进行在香山脚下的巫子门。朱元璋以徐达为大将军，常遇春为副将军，率20万精兵，集中主力消灭张士诚。老朱多计，命二将不要先攻苏州，反而直击湖州，"使其疲于奔命，羽翼既疲，然后移兵姑苏，取之必矣！"有如此伟大战略家，不胜也难。在巫子门，朱元璋更是亲自督战，命康茂才、廖永忠配合吴良、吴祯水陆夹击，锐不可当，大败张士诚部队。之后张士诚死守平江城，终被攻陷被俘解压往应天。张士诚因对朱元璋说："天日照尔不照我而已！"惹怒朱元璋，被其斩首。

一代枭雄张士诚是战败了，而在1949年，"宜将剩勇追穷寇，不可沽名学霸王"的人民解放军百万雄师过大江却迎来了解放全中国的胜利。渡江战役最东面的地方，也是在香山北面的长山、巫山一带和长江中的双山岛。为了攻占巫山和双山岛，200余名解放军指战员献出了宝贵的生命。张家港人民政府为纪念渡江战役中牺牲的革命先烈，特在巫山之巅立了一块渡江战役登陆纪念碑。张家港港后来在上世纪60年代也首先成为了战备港。

由此可见，从古往今，香山一直是兵家必争之地。现在的香山上，还发现了许多古代藏兵的遗迹。香山著名古迹藏军洞就是其中之一。

藏军洞又称将军洞，是著名的香山十八景之一，也是香山特有的一景。据考查，香山藏军洞有9组，每组3座，共计27座，呈"品"字形排列，分布在香山的各个山头顶上。据史料记载，香山上的藏军洞最早的大约建于2700年前的春秋早期，是吴国为争霸诸侯、守卫疆土而挖建的山洞。之后，东吴、西晋、南宋和元末的农民起义领袖张士诚等，都先后利用过香山藏军洞屯兵抗敌。我们不妨一起去看看藏军洞。过了景区主入口，顺着去聆风塔的汽车道向东走，经过葫芦塘、梅花堂、鹿女湖，再拐弯往北步行数10米，就看到在聆风塔基地右后侧二三十米处，有一个大土墩，高约10余米，四周长着茂密的马尾松，它是香山主峰老虎背的一个制高点，也是香山最高点。就在这最高点东侧之下，有一个坑道式山洞，约2米多高，底部1-4米宽不等，进深约10多米，外表呈梯形。它就是藏军洞了。细细打量藏军洞，只见藏军洞上窄下宽，呈"A"字形建筑结构，两壁均用大小不等的石块砌成，向上渐渐收拢，顶部用大石压盖，最高处还有一个宽约1.5尺、高约2尺的矩形洞口，想来是山洞全封闭时的气窗。山洞地面没有石块铺垫，十分潮湿，且越往里越窄，光线也越暗。尽头用石块封闭，宽仅一米左右。这个藏军洞看起来其貌不扬，可有谁知道，它实际上见证了多少刀光剑影、历史风云啊。古代将士为了履行他们肩负的使命，竟然长期默默无闻地生活、战斗在这样简陋、阴暗、潮湿的山洞里，这和对越自卫反击战中老山前线的猫耳洞何其相似尔，这又是一种怎样崇高的情操和责任感！

我沉思了，为什么香山上有这么多的藏军洞呢？当我们了解了香山在长江平原的军事地位时，我们就不难理解了。香山紧峙长江边，扼东海之口，加以"香山突出平壤，高峻磅礴，甲于他山"（清乾隆《江阴县志》），北坡山势陡峭，沟深壑险，易守难攻，因而香山成为历代兵家必争之地，战略位置十分重要。文献资料有"北筑长城南筑墩"的说法，吴国处长江下游以南，沃野多而山丘少，有险可守的战略要地自然要筑墩据险以守。

为什么香山上的藏军洞都建在山顶上，而不建在山半腰或者山麓之处，而且皆按"品"字形编组呢？藏军洞沿香山山脊分布，一是便于登高瞭望、观察敌情；二是可以居高临下，更有效地杀伤敌人。按"品"字形构筑山洞，则是为了前后左右皆可以呼应，互相支援，确保每组的实力，多些人马观察守卫。实际上，藏军洞在江南一带并不少见，大都沿长江而筑，既能屯兵又能偷袭敌人，被当地考古学者称为"江南长城"。而张家港香山上的藏军洞"品"字形规则排列，则是其他藏军洞所没有的。这正如明王之鼎诗云："山藏古洞千峰里，地涌流泉乱石中。"

说实话，实地看见这个藏军洞，我有点失望，这个洞太小了，藏不了多少军队士兵。所以，我估计，这个洞可能是个观察敌情的哨所，而并不是真正藏了千军万马。在漫漫平原上凸起的唯一一个小丘，随便藏兵数人就能够非常清楚地瞭望到长江附近的一切变化，有了敌情，烽火台当即点燃烟火传递消息就是了。又可能是个指挥所，驻军守将在此藏身，研判敌情，运筹帷幄，决战万里。

我站在藏军洞前，仿佛看见了张士诚在这里检阅着他的张家水陆大军，战士们高声喊着"张家，张家，张家港"，一副挥斥方遒、指点江山的英雄气概令人赞叹；仿佛听见了百万雄师过大江的激烈的风声、雨声和枪声，解放军战士冒着枪林弹雨打过了长江，穿过了香山，在进军号中一直南下、南下……

四

滚滚长江东逝水，暗淡了多少刀光剑影。

当藏兵洞的兵士不见了踪影，当烽火台的烽火仅仅成为了记忆的时候，香山总是显得那样宁静。它静静地守望着长江，繁育着茂林修竹。

香山多竹林，也不知道有多少年代了，今天还是那样郁郁葱葱。放眼竹海，满眼都是苍翠欲滴的青竹，空气别样新鲜宜人。置身竹海，你可以什么都不想，什么都不做，漫无目标地踩在竹叶满地的小路上，看着翠到极致的竹子，闻着青翠欲滴的竹香，微风过处，竹涛声声，你就不由得醉了。醒来不妨放声吟啸，高歌大笑，决无外人干扰或讥笑，只有竹海的回声呼应着你。也可约上几个伙伴，来此间一起游玩，读书聊天，自由自在，放松身心，这是多么令人快乐啊！难怪古人是那样的喜爱竹子了。正直，清高，孤傲，特立，虚心，向上，坚定，顽强，合群，这不正是竹所特有的高贵品质吗？

香山的竹林是那样的宁静，香山的梅花也是那样的馨香。宁静的香山成为了文人墨客隐居游玩的胜地。人文资源丰富，加上扑朔迷离的传奇故事，是历来文人墨客的喜爱，难怪宋代诗人苏东坡游香山时曾为梅花堂题匾额，明代地理学家徐霞客多次登上香山，为这里的山水风光留下了诗词、赋文。他在《游小香山梅花堂序》中赞叹曰："千年迹冷荒丘，一旦香生群玉，不特花香、境香、梦亦香，可谓不负此山矣！"古人之爱竹爱梅，心之诚、情之真，常令我肃然起敬！尤其是与香山缔生死盟的徐雷门，在小香山结庐定居，曾经在早春寒夜冒雨移竹，月下植梅，此事记载于《徐霞客游记》。

而一代风流苏东坡，更是因为喜欢香山的幽静和竹林梅香，专门归隐香山梅花堂。

梅花堂原坐落在小香山竹林深处，初建于宋代。相传苏东坡晚年仕途失意，因江阴友人葛氏邀请，曾数度来梅花堂怡情养生，并题书梅花堂匾额。堂后洗砚池，因东坡洗砚而得名。清陶文伟写诗赞叹：

> 花飞吴苑已深春，
> 肠断东风忆美人。
> 唯有风流苏学士，
> 梅花堂下梦芳尘。

由于紧靠大小香山间的石虎门古战场，梅花堂一度遭到战火破坏。明朝末年，爱山成癖的徐应震（徐霞客之兄，号雷门）重建梅花堂，并在山上广植梅竹。清风明月之夜，徐霞客兄弟觞咏为乐，共赏良辰美景。徐霞客没有忘情于这段有意义的生活经历，特写下5首诗歌并1篇长序，以作纪念。在梅花堂鼎盛时期，南宋重臣邱崇（故里南沙邱家埭）、著名诗人范成大、江浙安抚使耿进、德佑元年进士陆姿云、明代祝枝山、文征明、杨一清（明成化年间右御史）、徐文长、徐晞（兵部尚书）、叶向高（天启年间首辅大臣）等名人都曾慕名前来游览过香山梅花堂，并留下墨宝。上个世纪初，现代音乐家刘天华则在香山脚下的竹海中寻觅灵感，最终创作了名曲《空山鸟语》。

随着时光流逝，到上世纪50年代后期，梅花堂和洗砚池均已湮没，四周梅花亦渐渐稀少。与香山有缘的历史名人和历史上的梅花堂虽早已难觅踪影，但重建于2005年春的梅花堂，以其古朴的造型、宁静的氛围巍然屹立于香山之巅，如今正敞开胸怀，笑迎八方来客。

新的梅花堂是5间仿古建筑，正堂题额集东坡手笔，堂内展有坡翁和徐霞客的书画诗文，让旅游者从观光中受到华夏文明的熏陶。

来到梅花堂前，仰首便见一块黑底金字的横匾悬挂于正门上方，匾文曰"梅花堂"，落款"眉山苏轼"。大门两边有副对联："梦中山水胸中志，足底烟霞笔底文。"人还未登堂入室，就产生一种豪气云天、气魄非凡的感觉。

进入前厅，正中偏后有道屏风，上方有块匾额，匾文为"香生群玉"。两边暗红色的柱子上镌刻着一副对联："春随香草千年艳，人与梅花一样清。"都是徐霞客《题小香山梅花堂诗五首》里的字句。屏风前面有徐霞客的半身塑像，基座上有介绍徐霞客与香山渊源的文字，下面有两排古色古香的红木椅子、茶几。东西两边墙上有苏轼《惠崇〈春江晚景〉》、徐霞客《和兄韵句》、杨名时《香山怀古》等名人描写香山风景的诗句，字是用宜兴烧制紫色茶壶的泥土烧制的，一切显得既古朴又珍贵。屏风后面还刻有毛泽东"我很想学徐霞客"的字句，看了叫人肃然起敬。

迈入后堂，风景与前厅同中有异。正中偏后亦有屏风、匾文、对联、红木桌椅、茶几等，但迥异于前厅的是，后堂以画为主，且悬挂着数十只宫灯，显得分外庄重、雅致。屏风上是大幅浮雕，介绍香山主要景点。两边墙上，各有几幅素描：吴妃采香图、东坡夜宴图、听松吟风图等，可见香山与历史名人的渊源颇深。看了这些再现历史风貌的图画，相信每个游人会从心底升腾起对香山的钟爱、自豪之情。屏风背面还有著名书法家林再成先生书写的徐霞客《题小香山梅花堂诗五首》的序文。

梅花堂后面又别有洞天。后檐下亦有一匾，两边亦有对联，对联内容是苏东坡《红梅》里的诗句"诗老不知梅格在，更看绿叶与青枝"，与前厅中的对联相互呼应。屋后还有一木质平台，约40平方米，四周有护栏，下有一池塘，清水荡漾。站在平台上，可远眺长江，近聆松涛，思古怀今，不亦快哉。

这个梅花堂的新建，离不开一个热爱张家港的老人，市委史志办的老主任徐祖白先生。他作为一个老政协委员，从在政协文史委工作一直到市委史志办工作，连续多年提出了《重修香山梅花堂》的提案，直到2005年重建。退休后，他还是一直致力于研究张家港的乡土历史，成了一个张家港地情文化的专家。

"望古思古人，欲以淘胸臆。不见古人形，试寻古人迹。"清人包煦的《东坡洗砚池》，不正是我现在的感慨吗？

五

越往上走，山越陡峭。越到高处，景越靓丽。

走到最高处，一座宝塔巍然耸立。这就是香山聆风塔。如果说香山是江南大地上的一个皇冠的话，那么聆风塔就是皇冠上的璀璨明珠。

聆风塔建于2005年，为明清楼阁式江南古塔。宝塔全身飞檐翘角，金色塔刹，八面九级，塔檐高49.8米，塔顶高64.8米。2008年聆风塔完全竣工后，海拔正好是188.8米，一举成为张家港市的新海拔高度。当年聆风塔开建之初，在宝塔的地宫中，还珍藏了不少市委史志办编纂的市志和年鉴等历史文献，许许多多反映今天社会生活的图文音像等资料都永远地留在了宝塔地基下，直到千万年后，我们的子孙后代或许可能再见我们今天的情景。

无限风光在险峰。只要登上山顶塔尖，就可以全方位聆听八面来风；放眼四周，还可欣赏到张家港全貌和奔流不息的长江。天气晴好时，江阴长江大桥、苏通长江大桥的雄姿也能看得十分清晰，江南秀色尽收眼底。聆风塔周围的山林也是一道壮丽的自然景观，万只鸟儿翱翔山林，欢快的鸣叫伴随着风声涛声奏响了前进的交响曲。静山之中鸟儿欢鸣，动静之间和谐美丽。许多游客爬上山顶，在感叹美好河山的同时，还感受到万鸟和鸣的天籁之声，在美丽自然的拥抱下，疲倦的心灵得到了静静憩息。

我不由得兴致盎然，在香山管委会人员的带领下，坐上电梯直达9层塔顶高台，放眼再看美丽的张家港。

俯瞰塔下。往近看，塔下500平方米的鹿女湖坐落在风景如画的香山之巅，椭圆形的湖面水色莹洁，清澈见底。众多文人墨客钟爱的梅花堂，堂前屋后花团锦簇，吸引了文人墨客流连忘返。稍抬眼，穿过拾春湖、藕香湖，映入眼帘的是仰崇楼，再往前有座仿长城式的箭垛短城是仿建古时候的烽火台。

俯看山下。满山绿波翻涌，大片墨绿和大片嫩绿交错相杂，那墨绿的是树林，那嫩绿的是竹林。正前方山脚下是张家港市烈士陵园，烈士纪念碑高高地挺立着。再向前看，是繁华富庶的金港镇南沙、后塍地区的民宅、街道、厂房，高楼林立，鳞次栉比，一眼望不到头。往东北方向看，宽阔的张杨公路上车水马龙，川流不息；张杨公路的两边，一排排江南特色的居住小高楼林立，一栋栋写字楼正在加快建设，一座现代化的滨江新城雏形初现。

瞭望远处。从巫山往东，国际知名商港张家港港、张家港运河和张家港保税区异常繁忙，沿江港口群宛如一条蓄势腾飞的巨龙，龙头是吞吐能力超过2.5

亿吨的国际商港张家港港，龙身依次是永嘉集装箱码头，保税区长江国际码头、汽车进出口码头，中外合资企业和外商独资企业自建自用的东海粮油码头、统一食品码头、优尼科液化气码头、壳牌油库码头、浦项钢铁码头、越洋货物码头、奔辉码头等。一眼望去，龙门架、塔吊绵延不断，煞是气派。那一艘艘来自五大洲的巨轮静静地停泊在江边码头，高高的起重机吊杆正忙着装卸货物，江边呈现出一派热闹、繁忙、兴旺的景象。只见一座座耸入云天的高楼鳞次栉比，沿长江南岸向东铺展着。长江像银带似的飘在天际，水天一色。江面上的船只来来往往，和江岸边高高的塔吊吊杆一动一静，相映成辉。长江中央的双山岛，像一只绿色的巨龟浮在江中，俨然是一座生态宝岛。岛内有不少临江而筑的渔湾，还有高尔夫球场、跑马场、农家乐餐厅等等，还有16公里环绕公路，每年都举行环岛国际自行车大赛。这个18平方公里的宝岛，正是"南北交融"之地：南人北上视为"水上桥头"，北人南下视为"观察窗口"。再远处，只见江阴大桥、苏通大桥与沿江堤岸，把一个喇叭状的水域，筑成了坚固、精致的银喇叭，喇叭口繁育出了一个现代文明的港口城市张家港市。

啊，江山如此多娇，风景如诗如画，怎不叫人心驰神往呢！

噫，风景这边独好，香山独领风骚，怎不叫人魂牵梦萦呢！

一阵山风吹来，送来了松涛声声，竹香阵阵，我不由得飘飘欲仙，一首《五言古风·张家港》脱口而出：

百里张家港，千龙卧大江。
烟笼香山翠，雾润双沙长。
南北江海路，东西集装箱。
进出保税区，上下渝申张。
川流奔到海，水陆联运忙。
内河数第一，极目看东方。

 第三只眼看港城

再见恬庄

一

　　我喜欢古镇，我喜欢寻古探幽那些山中古村落，我也喜欢烟雨江南的水乡古镇。

　　江南美，美就美在水乡多。水乡美，正是在于河流交错，大港套着小河，浦塘串起烟罗。一个个村庄沿着河港摆开，一座座房屋就在河边落座，整整齐齐，像棋盘式的村庄布局，横七竖八，端是美丽。

　　水乡美，美就美在古镇多。古镇美，正是在于它见证了多少历史和辉煌，经历了多少繁华与风霜。古镇的每一块坑洼的砖石，那里有着太多的蹒跚脚印；每一面斑驳的山墙，那里有着太多的孜然叹息；每一株参天的古树，那里有着太多的繁华落寞。而江南水乡的古镇，还有着许多的河道，每一条弯弯的河道，那里更有着许多许多的热闹寂寥。书生坐船从这里上京城赶考，走了走了，留下一个背影，还有那伤心的小姐在花窗前挥帕告别的情影。

　　因此，我常常自驾，走遍了江南有名无名的古镇，还有许多新建重建再建的古镇。

　　江南的水乡古镇很多。最有名的就是"江南六大古镇"了，周庄开发得最早，早已是人声鼎沸，中外闻名；同里的退思园最早名列世界文化遗产之列，可谓享誉世界；南浔是豪富之乡，文化底蕴深厚，各个私家建筑兼容东西；用直称为东方威尼斯，处处小桥流水人家；西塘面积不大，却是桨声灯影酒吧，颇有点丽江夜晚的热闹；茅盾故乡乌镇古色古香，博物馆多多，才有点难得的宁静。至于那乾隆下江南六次垂青的木渎，香雪海梅花十里飘香的光福，沈从

文喻为"睡梦中的少女"的锦溪，或者半新半旧的千灯，整体规划新建的荡口，等等，每一个水乡古镇都是那样独具韵味，令人流连忘返。

在这里，无论是似水流年，还是小巷深深，或者是桨声灯影，江南古镇都有着浓郁的中国传统文化气息，是活着的文化遗产。从宋代之后保存下来的江南水乡古老建筑，迂曲如网的小河及河上各种结构的石板拱桥，青石板长巷上挂满灯笼和彩旗的遮雨长廊，琳琅满目的水乡风情伴随着诱人的各种江南美食，在此走上一遭，总会留下许多眷恋和怀念。住上一晚，在廊桥中品品茶、听听雨、发发呆，更会享受到一种渐渐远去的古雅情怀。春天的花红柳绿，夏天的荷韵书香，秋日的硕果飘香，冬日的浅雪轻霜，无论怎样去看，都是一幅淡远宁静的水墨丹青画卷。

古诗云，"曲终过尽松陵路，回首烟波十四桥。"作为一个现代人，听着春秋的水，闻着唐宋的味，走着元时的石路，读着明清的建筑，该是怎样的心境呢？是"一派溪随箬下流，春来无处不汀州"的悦动，还是"月落乌啼霜满天，江枫渔火对愁眠"的愁思？

江南的水乡古镇，你是那么的令人神往。

而在张家港，也有这样一个水乡古镇——恬庄。

二

恬庄古镇位于张家港市凤凰镇河阳山东一公里。相传唐宋兴盛之极的河阳古镇在宋末元初突遭兵燹，数千间房屋毁于战火。古镇居民看中河阳山东麓约两公里外一条叫"奚浦塘"的小溪，举族迁徙至小溪两岸定居，于是便有了恬庄古镇。

据当地文献记载："田庄镇，有桥跨奚浦塘，居民千家。明末始盛。"由此可见，恬庄老街的名称有个演变过程。恬庄原名田庄，早在元代，这里仅仅是一个普通的江南小村庄，庄上仅有两条街道、少量的住户，当时归属常熟崇素乡的元阳里。到了明代中叶，随着田庄街道规模的扩大，人气越来越兴旺。清朝雍正年间，田庄老街达到了全盛，街道两旁商铺林立，既有银楼、布庄、典当行；又有茶馆、酒店、洗染坊，而且，水陆码头也十分繁忙。那时候，田庄的一些商家与百姓们为了渴求摆脱战乱之苦，永久地过上幸福安宁的生活，他们根据"田"字的谐音，将庄名改为"恬庄"。由于一度恬庄的商贾店铺生意兴隆，集市贸易呈现繁荣景象，历史上恬庄又曾赢得过"银恬庄"的美誉。商业的繁荣往往带来文化的兴盛。清代恬庄古镇人文荟萃，状元、榜眼、进士、举人等数不胜数，其中最有名的当数清代顺治年间状元孙承恩、咸丰年间榜眼杨泗孙、嘉庆年间进士杨希铨、道光年间举人杨沂孙，清代名士杨元丰等。至今古镇现留存的省级文物保护单位"榜眼府"、市级文物保护单位"杨氏孝坊"和"杨氏南宅"等古建筑，无不是过去辉煌的见证。2006年12月，由张家港市政府按照"修旧如旧"的原则投资修复。修复后的三处古建筑占地面积5581平方米，建筑面积3110平方米。

正是春暖花开的时候，我和编辑部的记者、编辑们来到了恬庄古镇。

再次走进恬庄，看见的是重建后的恬庄古镇。

首先映入眼帘的是204国道旁边的一座雕栏画栋的牌坊，将一条江南特色的老街道一下子拉回到了古代。其实这条街道还不是真正的恬庄古街道，而是一条江南特色的乡镇小街经过穿衣戴帽式的改造后形成的崭新老街。不要说，改造后还真有点古镇的味道了。街道不长，也就三四百米，两边是仿古的楼房，沿街是林林总总的门店。道路中央则是一组组盆景式绿化。虽然古式门板后的小店经营着时尚服装，虽然古老的花窗后面是现代生活，但不经意时，还是仿佛时光穿越了一样，感受到了浓郁的古典江南风情。

走过老街，到头是一座横跨奚浦塘的大桥。就在桥梁下的河岸边，一条北街由门洞里伸展开去。一条悠长的小巷，一下子让我们走进了恬庄的深处。

真正的恬庄古街就是这条北街。

走进恬庄北街，驳岸、拱桥、水巷，整齐而又狭窄的石板街面，构成了水乡古镇的特有风貌。古老的暗泾河，在保留着诸多明清建筑静谧的街巷里穿行。纵横交错的深巷街道，石板路清晰可见，给人几分历史的凝重。老街上还留着多处晚清风格的民宅小院，经过整修后，颇有韵味。尤其是脚下沉重的石板路，以及石板路下的排水沟，显得整齐静谧。所有这一切，都向人们诉说着古老恬庄悠久的历史。

老街的深处是榜眼府。榜眼府是清代初期孝子杨岱所建，到了咸丰时期，杨岱曾孙杨泗孙考中榜眼，后退居乡里。因门前立有四根旗杆，故当地人又称其为"旗杆里"。该建筑绵延百年，历经数次重修改建，既有清代前期仿明建筑的风格，也有清代中后期的建筑风格，建筑形制规格很高，是清代典型的官邸建筑。现今的榜眼府，是在原址上修旧如旧的新建筑了。建筑面积1356平方米，共有门厅、轿厅、正厅、内堂四进，内一门额上书有"外言不入，内言不出"字样，这是当时治家施政的格言。目前，榜眼府是恬庄古街上最大最古老的建筑。1998年，该建筑被公布为张家港市文物保护单位，2006年，又被列为江苏省文物保护单位。

另一说这里又称孙家花园和状元府。清代的孙承恩，既是苏州府的头名状元，又是一位百姓有口皆碑的清官。他的故居，就在凤凰镇的恬庄老街。自古以来，孙承恩故居有过多种称谓，分别被人称之为"旗杆里""状元府"和"孙家花园"。相传孙家花园在清代时其建筑规模与档次都令人叹为观止，园内画栋雕梁、曲径通幽，亭台楼阁、疏密有致。既有门厅、茶厅、后院与闺房绣楼，还有书屋与船厅等，其建筑物上的木雕、砖雕、石雕精美绝伦。不仅如此，还有镇宅之宝——千年巨鼋，沉浮于花园池中。

我们一行穿过重重门庭，看见的是一个老式的大宅院。一边听着凤凰镇文化中心工作人员的解说，一边仔细看着那些精美雕刻，体会着过去大户人家的辉煌生活。这里是下轿厅，那里是会客厅，这里是书房，那里是绣楼，正是庭院深深深几许。特别是在后庭绣楼上，透过小小的飞檐天空，看见的是无尽的思念和寂寞。到了这里，大家一下子静了下来，凝神倾听，仿佛听见了过去千金小姐的喃喃私语，那是一种对"大门不迈、二门不出"足不出户的郁闷，那是对游山玩水时尚生活的向往。

"来来来，到这里拍张照片。"我打破了静谧，招呼着美女记者上前，按下了一个跨越历史的快门。一个现代的千金小姐带着对深宅大院的憧憬，就这样和历史重叠了。

转过角门，我们来到了后花园。在花园里漫步，谈说着历史文化，在船坞上小憩，享受着美丽的闲暇，在神往中思索，体验着官家的生活。

出了"榜眼府"，没过几步，我们就走进了另外一个古建筑杨氏孝坊。清朝时期，恬庄的杨岱（1737—1803）成了名扬天下的孝子。杨岱从小就用功读书，他青年时代一心想通过科举迈入仕途，光宗耀祖。后来，由于父亲身患重病，他无心苦读，放弃了对功名的追求，在家中尽心伺候病重卧床的父亲。老父临终前咳痰不爽，杨岱为减轻父亲的痛苦，曾口对口地将父亲喉中的痰吸出来。清嘉庆十年（1803年），当地官员将杨岱的孝行一级一级上报到朝廷，按照朝廷下的圣旨，恬庄老街建起了忠义孝悌牌坊和孝子祠。杨氏孝坊始建于清嘉庆十一年（1804年），硬山式建筑，坐西朝东，是典型的清代官式建筑。杨氏孝坊建筑面积962平方米，为四进厅屋。孝坊第一进，室内曾有石牌楼一座，上有嘉庆皇帝的《圣旨》两字的镂空石刻一块，至今保存完好。二进正厅中墙内嵌有《谨表孝行杨君家传》石刻三块、《杨氏读书田记》石刻三块、《布政司执贴》石刻一块。三进为祭祀之用，四进为供奉牌位之用。修整一新的这里，现在已经成为了一个碑刻博物馆。

在这里，我看见了一位"故人"，那就是正在介绍这些碑刻的姚明公老人。看着这些有着久远历史的碑刻，听着姚明公老人的介绍，我仿佛回到了第一次来到恬庄的时刻。

三

那是10年前的事了，2003年，苏州著名地情专家，苏州市地方志办公室主任徐刚毅来到张家港。徐刚毅作为一个老苏州人，对苏州的历史文化有着特别的感情。他主持征稿、编辑出版了《老苏州百年旧影》，使苏州很多珍贵的老照片得以系统地梳理汇编成书，能够为世人分享。他历时10余年拍摄了苏州古城的每条小巷古桥、古井牌坊，在此过程中写作发表了多篇从各个角度介绍苏州古城、苏州历史文化、探讨古城保护之道的文章，结集出版了《再读苏州》。可以说，他对苏州古城的保护时时刻刻都在魂牵梦萦，尽心尽力。

我陪同徐主任这位一心为保护古城的长者到了恬庄古镇探访。同时，更是想探访一位悉心保护恬庄老街的"古镇守护人"姚明公。

经过问询后,我陪同徐主任来到了姚明公在老街的家里。走进他的老宅,只见院子里养了很多花草,盆景树木,层层叠叠,就像一个小花园。由此可见姚明公是一位非常勤快热爱生活的人。其实,来之前,我们已经知道了,姚明公是位"老恬庄",更是一位知名的老街文物守护人。姚明公在恬庄北街生活了几十年,他对这条古街上的一草一木、一砖一瓦都特别有感情,只要一听说恬庄老街上哪棵古树将枯萎,哪座古建筑出险情,他都会忧心忡忡,心急如焚,而且,都会想出一切办法、不惜一切代价进行保护与挽救。上世纪70年代以及以后相当长的时间里,当大部分人还没有意识到碑刻文物的重要性时,姚明公很早就发现了碑刻的珍贵价值。他常说碑刻同样是恬庄文化的根。为了收集散落各地、不受人重视的石碑、石器等文物,姚明公几十年奔波于恬庄以及附近各地。这些石碑或散落在桥畔、岸边,或被居民砌墙、垫院,或埋在地下,在某一工程中被发掘。每次找到那些没有主人的古碑,他就自己出钱叫车,把无比笨重的石碑运回家中,而碰到已有主人的古碑,姚明公还要与主人交涉、谈价钱。经过他的尽心收集,最终这里有了80多块碑刻。每一块石碑的背后,姚明公都能说出一段精彩的故事。为了这些故事,徐刚毅主任专门走进了这个小巷深处。

听说我们是地方志办的,要来了解恬庄的情况。姚明公很兴奋,饭也顾不得做,就带上钥匙,领着我们走进了榜眼府。那个时候的榜眼府可没有现在的模样,大多数房子已经倒塌了,花园更是不见踪影,只有中庭还留着一点建筑,仅是由庭柱上面留着的雕刻和斑斓的色彩,我们可以想见宅院以前的辉煌。在杨氏孝坊,看见的情景差不多,建筑都很破旧了。只是,一对着角落里的碑刻,姚明公就像喝了喜酒一样,兴奋地说个不休。我们知道,碑刻,古称"勒石",是一个地方历史和文化的重要载体,记录着一个地区充满着丰富典故和历史隐喻的演变。姚明公收到的《恬庄族规石碑》《蒋坟御书字碑》《徐伯和墓铭文》《孝坊石刻御书碑首》等石刻文物,都被当地文博专家认定为重要的文物。

"我的印象当中恬庄非比寻常,如果在我们一代人手中消亡,有点可惜。

把祖宗的遗产留下来终归是一份功德，作为当代人来说是一份功德，特别是我们恬庄人。"姚明公告诉我们。他是这样想的，更是这样做的。10多年来，他一直奔走呼吁着。退休后，姚明公更是全副精力用在保护恬庄上。正是有了徐刚毅、姚明公，还有凤凰镇保护传承河阳山歌的虞永良，以及许许多多对历史充满认知和感情的人，有了他们的坚持不懈和钻研努力，才有了苏州老城的整体保护，才有了河阳山歌的千年传唱，才有了恬庄古镇的"留根"开发。

历史不能忘记，历史不会忘记。

四

今天，恬庄已经变了样。今天，恬庄还是留着"根"。

随着市委、市政府保护文化遗产力度的加大，恬庄建设的三期四期开发不断推进，恬庄老街上的榜眼府、杨氏孝坊、杨氏南宅三座老宅重焕光彩，古老的恬庄在这个春天慢慢苏醒，重新焕发出勃勃生机。张家港市凤凰这种"留根"开发的举措也得到了广泛赞誉。

当我们看见太多太多新建的"古建筑"时，人们往往嗤之以鼻；当我们面临很多很多古建筑被无情拆除时，我们更是无比心痛。然而，恬庄古镇的保留开发却走出了另外一条路，那就是"留根"开发，尽可能多地保留原貌和原建筑，只是在旧建筑的基础上进行修旧如旧。这不仅是对先贤奋斗精神的包容和激励，更是对乡土内在精神的秉承和发扬。恬庄进行的"留根"开发，无疑会使河阳山地区展示出具有深厚文化涵蕴的直观背景，具有过去与现代错综复杂交互结合的景观，由此，恬庄老街也就很有可能成为"江南老街"中的一朵奇葩，成为这类文化旅游中的后起之秀。

在这种理念下，凤凰周边连点带线的开发布局已然成形。古镇同河阳山歌馆、凤凰山、凤凰湖、万亩桃园、金凤凰温泉度假村紧紧联系，形成了一条完善的旅游带。而凤凰，也因此一举成为了张家港市第一个"四星级旅游区"。

而如今，静置在恬庄碑刻博物馆中的石碑、石刻，记录着古恬庄的记忆，定格着古恬庄的历史，并在这里获得"新生"。它们是河阳文化的"活化石"，更是河阳文化的"硬名片"。恬庄碑刻博物馆就以这样一种形式,在穿越时间的古迹里,重新演绎了它在今天的价值。

今天,姚明公老人成为了这里的义务介绍人,也是这里的义务守护人。再次听着姚明公对古镇记忆的讲述,话语间,我分明听见了他的喜悦和幸福。多年的愿望得以实现,古老的恬庄焕发了青春。老人也分明再次焕发了青春。

走到古街的尽头,就见一条和老街并列的奚浦河缓缓流淌,让老街成为了家家尽枕河的水乡。

山不在高,有仙则名;水不在深,有龙则灵。"奚浦映古居,驳岸连拱桥",有幸保存着的原生态石板街路、街坊人情、小桥流水的恬庄格外珍贵。每当游人慕名走进凤凰镇的恬庄老街,踏上狭长的石板路,尽情观赏街道两旁的江南民居和古老殿堂,便会感到人在画中行,时光在倒流,仿佛穿越千年来到了古老的恬庄。

老街,老人。

一个令人敬重的老人,一个人守着一个古镇的历史。

过去,现在。

石板路下暗泾河水依然流淌,千年的水流进了百年的老宅。

凝重,新生。

古老凝重的恬庄让我们真正打开了河阳山的历史这扇门,看见了一个充满青春朝气的古镇。

 第三只眼看港城

乡音何在

一

我手中有一本书，《张家港方言读本》，这是我的老领导秦豪教授编著的。

今天有点闲暇，于是我仔细翻阅了38万字的《张家港方言读本》。跟着书本中描绘的张家港老沙、新沙、暨阳、河阳4个方言区走了一遍。

初看看，感到《读本》体例颇为新颖，资料更是翔实，特别是根据我市民俗文化研究的最新成果，创新拟用了"暨阳话""河阳话"等方言的新概念，让人耳目一新。全书共分三个部分。"正文"部分：一是简要论述了境内方言的种类、分区、独特的自然地理条件、方言复杂的缘由等。二是比较全面、系统地记述境内四种代表性方言的通用词汇、通用语音与比较语音、通用语法、通用俗语、通用谚语和通用歇后语等。三是分别记述境内四种代表性方言暨阳话（原称"澄东话"）、河阳话（原称"虞西话"）、老沙话和常阴沙话的特征性方言土语。境内南片"江南话"由"暨阳话"和"河阳话"组成，北片"沙上话"由"老沙话"和"常阴沙话"组成；南片两"阳"话、北片两"沙"话构成了境内地域方言的基本格局。"附文"部分简要地记述沿江三种零星方言（南通话、如皋话、靖江话）。"编外"部分主要是对常见的许多方言俗语寻根探源，叙述生动，语言风趣幽默。同时对境内吴方言500多个疑难字分类与释义，为读者辨析、确定和比较正确地使用方言生僻字提供了方便。

真想不到啊，张家港的方言竟是如此复杂，如此之多。难怪我当初刚来张家港的时候，为听不懂张家港方言而头疼了。南北东西各不同，叫我一个外地人如何能够听得懂呢？在方言渐行渐远，人们感叹"无可奈何花落去"的时

候，《张家港方言读本》的出现，无疑给人以"似曾相识燕归来"清醒的感觉。张家港作为一个有上万年古文明历史的新移民城市，张家港的方言源远流长，种类繁多，分区复杂，形成缘由多端，底蕴深厚，资源十分丰富。方言是应该传承的经典文化，是我市非物质文化遗产的一个重要项目。在今天大家开始重视语言等非物质文化遗产之际，无疑，《张家港方言读本》为保护、传承方言以提升我市现代化文化的软实力提供了一本很有裨益的读物，为读者提供了一部较为完整、翔实的关于我市地域传统文化中方言的宝贵文史资料，为专家学者研究我市社会乡土风情、地域文化及其语言载体提供了一部有参考价值的书籍。

尤其可贵的是，作为江苏省逻辑学会副会长、沙洲工学院兼职教授的秦豪，不顾77岁的高龄，亲自在电脑上一字一字地录入整理成书，用了数年终于完成了这部经典大作。秦豪这种老骥伏枥，志在千里的精神更是我们张家港精神的具体体现，令人赞叹和感动。最近，他又专门绘制了张家港方言地图，几经修改，和电脑人员精心绘制，更是凝聚了非常多的心血和精力。他委托我利用微信、微博等新媒体手段加以推广流传，吾辈岂敢不尽心尽力！

由此，我又不由得想起了张家港的方言保护。记得在2013年6月举行的"传承经典文化，弘扬张闻明精神"方言培训与演讲比赛启动仪式上，300多名学校负责人、教师和学生代表及方言俱乐部成员等获赠了《张家港方言读本》。手捧装帧大气美观的新书，大家倍感高兴，纷纷感叹我市的方言保护与传承有了一部非常实用的图书了。大家表示，不仅要好好和家人一起研读方言读本，体会张家港方言的无穷魅力，还要好好收藏，传之子孙后代，让张家港方言这个宝贵的非物质文化遗产代代传承。这些都是报纸曾经报道的信息。

对于方言文化的传承，除了秦豪教授不顾古稀之年组织了张家港方言保护俱乐部之外，锦丰镇建设了沙上文化展览馆，凤凰镇建设了河阳山歌馆，基本上每个乡镇都在文化中心开设了专门的乡土文化挖掘保护组织。这些都有效地将当地方言文化进行了整理和留存。现在市电视台还开设了方言节目，组织了方言主持人大赛，其目的自然是传承张家港方言，可喜可贺。

二

张家港的方言已经有了保护,而我的方言到哪里去了?

我是客家人,客家的方言来自于北方中原的古汉语,恰恰是汉语里比较纯正的古官话。从小说着客家方言长大,小时候没觉得是多么好,现在当自己在外多年后,才知道家乡的方言是那么可亲,那么好听。也许,这就是乡愁啊。

其实,方言承载的正是人类最草根、最贴近生活的文化。中国的地方文化,不仅保留在饮食、服饰、建筑、音乐、习俗中,也保留在方言中。一个地方要有文脉传承,让人记得住乡愁,听得见乡音,那就一定要让方言乡音能够传承下去,切莫等到"少小离家老大回"时,乡愁无法用乡音诉说。

而我,却真的无法诉说了,因为,我的方言已经不纯正了。每次和老家同学通电话,开头几句老家的方言总是难以开口,久未讲方言,我已经说得不顺溜了。等到好不容易说了几句方言后,又发现交流起来不是很顺畅,只好和老同学说,还是说普通话吧。

记得那年回老家,为了说方言,也是经过了一个方言"磨合期",过了一二天方言才顺溜起来。走亲戚的时候,都是先会有点尴尬地说上一会儿方言,然后更多的可能是开始了普通话。是啊,故乡的方言,大概只有在浓浓的乡愁里了。

乡音已改,家园何在?记忆犹存,乡音何在?只有在那些土地中代代守望的民谣里,有着挥散不去的乡土气息;只有在那歌唱自己家乡的月亮,歌唱家乡的节日里,有着生动悦耳的乡音;只有在那回忆快乐童年和家乡传统节日热闹的情景,在那赶集看电影的热闹里,有着持久的乡韵。

还记得每到过年时节的拜年走亲戚。每到春节,家家户户点蜡烛,放鞭炮,从初一到十五,每家每户都有很多亲戚朋友来拜年,只要听见鞭炮声响了,我们就知道又有亲戚来拜年了。由于是聚族而居,往往村里大多数都是亲戚,这样,坐下来,每天都不停地到各家喝酒吃饭,有的时候一天都要喝上七八场甚至更多。这时候,说的自然都是乡音了,大家七嘴八舌地诉说着家长里短,盼望着来年的栽种丰收。

还记得到了端午或者中秋看的那些露天电影。20世纪的80年代，中国社会无论是物质还是精神文化生活都十分贫乏，广大农村尤甚。看露天电影成了那个时代农村人最大的期盼、最大的乐趣和最美的享受。无论男女老幼，都是如此。放映露天电影得从大镇上电影院里请来放映员，有时是因为村里要开什么群众会议，又担心人来不齐，所以在开会前先放个片，聚聚人气；有时是哪家比较富裕的人家里有什么特大的喜事，私人请放映员来放场露天电影给全村人看，风光极了。但无论哪种情况，看露天电影对于当时的农村人来说，算是一种几近奢侈的娱乐了。放映地点一般是在农村的晒场，放映方法也就是在晒谷场的边上的房屋墙上，或者在泥地里插上两根竹竿或是小树杆，再在竹或树杆的顶部系上一块白色幕布，然后在晒谷场中找好位置，摆上机器，调试好，便可开始了。观众除了本村男女老少，当然也少不了附近几个村闻讯赶来的青年男女和小孩。很多时候，看露天电影也成了当时不同村男女互相相个面或是谈对象的好场所与好借口。有时候，如果哪个村子放电影，大家总是相约去看。大人肩上扛着长板凳手牵着孩童去戏台前占位置，小孩则兴奋地奔跑欢叫，年轻人则躲到隐蔽的地方谈情说爱了。大家用乡音高声招呼着亲戚朋友，好一幅乡里乡音的生动热闹景象。

还记得乡里村头赶的那些小镇集市。每逢圩日，在乡政府所在地，总是会有热热闹闹的赶集，农村人三五成群，或买或卖，结伴去赶集。集市一般都设在乡镇政府所在地，开辟出一大块位置来，以便群众交易。如果进入腊月，原有的地方已经不能容纳络绎不绝前来赶集的群众，于是道路两旁也会摆满各种各样的年货，集市一下子被拉长许多，且挤满了人，人头攒动，熙熙攘攘，十分热闹。吆喝声、讨价声、说笑声不绝于耳，置身其中，无论是买东买西，相互砍价，还是像大姑娘、小伙子一样为看人而赶集，那乡音俚语都是不绝于耳。集市是有固定日子的，有三天一集的，也有五天一集的，都以农历计算，或逢一、六遇集，或逢二、五、八遇集，也不知哪年哪月定下的规矩，乡里人却牢记心中。到了遇集的那一天，乡里人披着朝阳从四面八方赶了过来，肩挑背扛，手提肘拐，把一些自家产的土产品带到集市转手后，再添补些生活必需品，踏着夕阳的余晖兴高采烈地回家去。也有一些城里的生意人，几乎天天赶集,今天跑这个乡,明天跑那个镇,或骑自行车,或开小货车,带些农村没有的稀罕玩意儿,诸如新近流行的磁带、小孩眼热的玩具、城里时兴的服饰等,扯着喉咙叫卖,好听的话儿一套一套的,引得无数农村人围观抢购。这个时候的乡音永远地魂牵梦萦不散,封存在我们一片纯真的童年记忆里。

不由得记起了一首小时候的客家民谣《月光华华》:月光哇哇,细妹煲茶,阿哥兜凳,大伯食茶。茶又香,酒又浓,吃到大伯面绯红。舐螺衹,舐板盖。鸡公啄谷狗踏碓。鲫鱼上水猫野菜。老妹入园摘小菜。

而我这个在外的游子,我的乡音已经变了。再说这首民谣时已经变了许多味道。但是,不管云游何处,落根何方,对家乡的那一份感情,那一份牵挂,那一份思念,却是永远的。即使你的乡音有所改变,不怕,但是你别忘了乡音,说着乡音,会让你感到无比幸福!是啊,那深入骨髓的乡音更是难改的。

又想起了那年中秋写下的《七律·故园寻梦》:

故园千里共婵娟,
桑梓魂牵二十年。
袅袅青烟桐树下,
丝丝微雨通天巅。
围龙古屋踪难问,
栖凤新村梦不圆。
岁冷松筠寻稚趣,
春暄桃李舞蹁跹。

心里不免空空的不是滋味!乡音未改,乡音不可能完全不改,离开家乡久了,难免有变化,但家乡话的气韵是难以改变的。那是历史积淀的文化,隔着岁月,也能依稀辨别往日的生活经历。地理故乡,是我们生活中的一种向往,魂牵梦绕。

乡音是牵系故乡的一根琴弦,当乡音积聚,这根被暂时搁置的琴弦又被拨动,余音袅袅。根的意识将被彻底唤醒!

三

而今，我已在新的家乡张家港扎根。

而今，在新的家乡生活的时间比老家还要长。

可惜，这里的方言我是听得懂却说不像。说起来也是洋泾浜的味道。不如不说。至于现今的孩子，在学校学习普通话多了，很多孩子在家里也说不好方言了。这就非常可惜了。

看到一则4月9日《中国青年报》的报道：一个中文名叫司圆直的土生土长的美国人，到中国的北大光华学院来任教，迷上了中国方言。后来他遇上了在中国留学，同样是土生土长的美国人，同样痴迷中国方言的柯祎蓝（他这个中文名还经常被中国人念错）。二人自掏腰包，在中国办起了一个保存汉语方言的网站"乡音苑"。方言的保护已经在民间呼吁多年。今年两会上，全国政协委员、上海市作协副主席赵丽宏提交了一份保护方言的提案。他在提案里写道，"方言是地域生活和文化的口头表达。方言如果消亡，乡音会变味，乡愁会无处寄托。"不管如何，方言保护都不能再拖下去了，我们中国的方言保存、保护总不能让美国人来替我们做吧。

推广普通话是上了国家宪法的，几十年来，我国推广普通话工作成绩斐然。尤其是改革开放以来，随着人们交流范围和交流频次的扩大，很多人不说普通话就寸步难行，被动之中，普通话水平有了很大的提高。然而在推广普通话的过程中，由于对方言保护的忽视，导致很多方言有失传的危险，尤其是上海、杭州、苏州等吴方言区的很多小孩子已经不会说或不愿说当地方言。这又让我们不得不充满了忧思。语言，不仅是人们的交流工具，更是文化的载体。各地方言传承的不仅是赵丽宏说的乡音乡愁，而且承载着一个地区的文化基因，承载着当地的历史。很多方言语汇是无法用普通话表达的，千姿百态的地方戏曲恰恰就植根于方言。用普通话或吴方言去唱河南梆子必然荒腔走板。

两位热心的美国人感动了很多中国人，也让我们汗颜。中国人就应该有钱的出钱，有力的出力，帮助他们把这个"乡音苑"办下去。当然，几大门户网站，也应履行好社会责任，可以考虑和"乡音苑"合作，也可以自开频道，借鉴"乡音苑"的经验，为保护好方言做出自己的贡献。

还是那句话：咱们博大精深的中国方言总不能让外国人替咱们保护吧。

《颜氏家训》有云，南方水土和柔，其音清举而切诣；北方山川深厚，其音沉浊而讹钝。每种方言都是记录某种地域文明的符号，从这个意义上来说，方言的消亡，就意味着关闭了一扇文明的门窗。所以，应该给方言足够的生存空间，以便更多独具特色的地域文明能更好地传承下去。

可喜的是，张家港的方言保护是下了大力气的。政府支持就不用说了，最为可贵的还是民间的。成立于2011年的市老年大学方言保护俱乐部，拥有20余名成员，这些成员年纪大多数在60岁以上。在这背后是一个意志坚定的信条——保护和传承张家港方言。他们提出的观点是——"推广普通话，传承家乡话"。方言俱乐部的理念里有着对这一态势的清晰判断，而这个基本理念首要面对的是市民"只要普通话，不要家乡话"的认识误区。

于是，政府与民间互动，举办了一系列活动。

2012年6月12日，由市委宣传部、市教育局主办，市语言文字委员会、市老年大学方言俱乐部等协办的张家港市方言培训与演讲比赛启动；

2012年12月16日，方言俱乐部协办老沙话文艺展演；

2013年5月17日，方言俱乐部协办"家在港城"新市民阅读行动——新市民子女学方言活动；

……

从2011年开始，方言俱乐部的成员就是我市方言、普通话、英语"三语"演讲比赛的方言评委，并面向新张家港人、新市民子女、新进"985"大学生、大学生村官等群体进行了方言讲座。

继秦豪的《优柔的新沙话》《独特的老沙话》之后，方言俱乐部成员纷纷研究出版方言著作——袁炳龙的《常阴沙俗语》、俞士明的《老沙话语汇》、陈国宾的《吴（张家港）方言冷僻字》等20余本相关书籍，为张家港市的方言保护提供了一份非常宝贵的传承资料。

不仅如此，在凤凰镇建设河阳山歌馆之后，冶金工业园（锦丰镇）也紧锣密鼓地建设了"沙上文化展示馆",使其作为充分展示沙上文化、开展青少年德育教育以及丰富群众文化生活的一个平台,让沙上文化精髓得以永久地传承。

"沙上文化展示馆"规划建设面积约2000平方米,投入资金200万元,通过文字、图片、影视以及高科技平面光控区沙盘等形式,以分别展示沙上地域形成、沙上建置沿革、沙上经济崛起、沙上风俗民情、沙上斗争史实、沙上名人传略六大主题,并以一段段内容翔实的文字记载、一幅幅精美的画卷、高清晰大屏幕播放的主题宣传片和一首首沙上山歌、沙上方言说唱、沙上故事会等,使沙上文明得到了充分的展现。在建馆的同时,园区、镇相关部门广泛收集实物、摄制民俗录像、寻找民间艺人、录制山歌春调,将沙上文化最大程度、多形式完整保存下来,留给后人。

当我站在"沙上文化展示馆"前时,我分明听见了"踏上府门看清爽,喜庆喜日好地方,亲眷朋友多来贺,黄道吉日好风光"的方言唱腔,这是春调《唱嫁妆》的歌词,在沙上艺人嘴里唱出来,别有一番风味。

而在河阳山歌馆,那古朴的河阳山歌更是此起彼伏,河阳山歌传人尹丽芬一次次唱响曲调优美的河阳山歌,让我再次领略流传于我市民间、具有6000多年历史的原生态音乐的独特魅力,也让我感受到张家港人的淳朴、善良、勤劳和智慧。

还有那高亢的崇明号子、悠扬的香山小调……

这不就是我们最美好的乡音吗?

这不就是我们寄托了代代乡愁的乡音吗?

这不就是第二家乡新的乡音吗?

Let's go,张家港购物公园

我居住的小区前面就是购物公园。

吃过晚饭,如果没什么事,多半要到购物公园走一走的,五六分钟的路程,也算是"饭后百步走,活到九十九"了。而爱人更是天天坚持在购物公园广场上跳舞,雷打不动,下雨有时也坚持去,让我实在佩服。

说是购物公园,肯定得能购物了。的确,购物公园有着各种各样商场精品店。沃尔玛超市够大,物品够丰富;恒光国际综合商场则是店内店林立,金玉钟表、品牌服装、儿童服饰、卡通玩具及特色用品,可谓应有尽有。有的时候,进到一个特色店,一站就是几十分钟,如手工绘画的衣服鞋子店里,看着美丽的姑娘现场手工绘画,那也是一种享受啊。

就是小小特色日常用品店,你也会发现很多惊奇:恋旧忆旧的文革茶缸草帽等,现代网络词汇的各种处男证、处女证等,动漫卡通人物的各种小摆件等,还有木头制作的全套小桌椅,有陶瓷烧成的全套小农具,也有铁艺制作的小瓶小罐,甚至还有整套缩小版的小刨子等木工器具,实在丰富,实在有趣,让我也一下子仿佛回到了童年时代,进入到了童话世界。看着这些特色商品,不由得佩服现在人的商业头脑,简直是无孔不入啊。这些东西,小时候最多也就是活跃在我们的想象里,聪明的孩子也可能自己动手制作一些小玩具。

记得小时候,我就和弟弟一起做过几个台灯,从山上专门找到中心是空洞的小树木,砍回家后做个造型就是灯柱,电线正好从其空心的孔中穿过。下面加上造型像舰船或者心形的底板,上面再安装上灯座,台灯基本就好了。台灯脚则是用4个牙膏的盖子钉上做成,灯罩则是用铁丝和尼龙纱慢慢地缝制而成。为了一个台灯,可真是费了不少心思和时间。台灯做成了,在这种独特的台灯下读书，当然特别快乐啊。可惜现在再也找不到这些东西了，也再也找不到做这些东西的心境了。

现在的孩子，想要什么东西商店里基本能找到，最多让孩子自己照图拼凑一下，已经很不简单了。在丰富多样的商品面前，孩子们失去了自己动手的乐趣，失去了自己动手的能力，这难道不是他们的一种失落和悲哀么？

哈哈，想远了。赶紧走出去。对面的另外一个综合性商业体则是克拉水岸，大概是希望打造成为像新加坡的新加坡河岸边克拉码头酒吧、商场一条街吧。多是品牌运动服饰等，还有就是奢侈品店，只是进去看看，买就算了，一个包包都是几万几万的，实在不是老百姓能享受的。克拉水岸里面也是小桥流水，音乐叮咚，环境倒真是不错，夏天在里面走走逛逛，也是一种享受。而今，经过改造以后，克拉水岸又俨然成为了年轻人和儿童们的天堂，从星巴克的哈根达斯到新石器烤肉和各种西点，成为了潮生活、趣童乐、汇美食的"潮趣汇"地方。

旁边的太阳广场真的像个太阳，五层圆形大楼，层层叠叠，布满了环球立体影院、新华书店、婚纱影楼、瑜伽健身馆，还有德国顶级培训机构创意嘟嘟等，晚上虽然人不多，但也是灯火辉煌，一派繁华景象。

说是购物公园，肯定也是休闲园林了。除了这些超市、商场、影院之外，几处商场之间则是小桥、荷塘、沙滩、景观塔等公园的景色了。商场逛累了，出来走走，看儿童在那旋转木马上游乐嬉戏，看少年在那滑板池中飞翔，还有情侣在那河边长椅上休憩……满眼都市的繁华，满目繁华后面的风景，倒真是一种享受。

最为瞩目的当然是景观塔了，大约150多米高的景观塔是购物公园的中心，也是城西新区的制高点。方方正正的塔身充满现代时尚气息，远远看去，首先映入眼帘的是那高大塔身LED灯广告。有时像丝路花雨，有时像无垠星空，还有就是欢迎标语了。即使是从我家里也可以清楚看见塔身的LED灯色彩广告。走到景观塔近前，则是更大（估计一百多平米）一个电视广告屏幕，可以播放电视短片，也插播了很多广告宣传片。即使是广告宣传片，也是美轮美奂，在那潺潺的瀑布下，欣赏着电视画面，还有画面前嬉戏游玩的孩子及家长，有时候真的分不清哪个是电视，哪个是真实了。

景观塔下，没有车展、房展等节庆活动的时候，总是几百人在广场上载歌载舞，热闹非凡。

再远处，一幢幢造型独特的小楼组成了一条欧陆风情餐饮娱乐小街，大公馆、阿瓦山寨、沈家门鱼头、印象云南等特色饭店林立，还有88、外滩1号等酒吧成排，嘉华至尊、美高美等歌厅舞厅并列，半城风景半城茶、祥福汤等茶道足道参差，肯德基、必胜客等洋快餐也掺杂其中，让购物公园真正变成了24小时不歇的地方。只有美仑温泉酒店静静地藏在一角，无声无息地看着这个喧嚣的世界。

整个购物公园的地下，基本上是空的了，四通八达的地下停车场，你可以从地下转到任何一个地方。

这就是购物公园。由张家港市政府投资兴建的集购物、餐饮、休闲、娱乐、文化、居住、办公于一体的大型综合商业中心。总投资超10亿元人民币。公园的面积占地22.5公顷，总建筑面积约20万平方米（其中地上建筑面积15.5万平方米，地下建筑面积4.5万平方米，商业部分建筑面积11万平方米，住宅、公寓建筑面积3.8万平方米），绿化率达62%，被称为是"25小时不夜城"。

这也是城西新区的中心，是新区开发时的一个新理念，那就是在城西新区，基本没有路边店，没有马路摊。路边有的都是景观绿化，快走散步、谈情说爱的好地方。许多到过欧洲的朋友都说，整个城西颇有点欧洲小城的味道。而所有购物休闲则是集中在一起，建成一个全市的综合商业中心。而今，在购物公园的对面，5幢高层高端写字楼已经拔地而起，一个新的商业中心正在形成。

Let's go，走吧，走吧，让我们到购物公园去！

池塘深处

每天早上六点半，我总是走出家门开始一天的晨练，快走、打羽毛球或者打太极拳。今天打羽毛球的同伴出差去了北京，于是我就一个人在朝晖下信步快走着。不知不觉就来到了西二环路边。眼前突然一亮，一个静静的池塘出现在我的视野中。突然想起了朱自清的散文《荷塘月色》，在这朝晖下的池塘又会是一个什么感觉呢？

放眼望去，池塘在晨雾下显得格外宁静，远处的水杉齐齐整整，仿佛霓虹灯下的哨兵。眼前的花草都还凝聚着露珠，显得睡眼蒙眬，好像刚睡醒的少女，又仿佛是出浴的美人，朦朦胧胧的，披着一层淡淡的轻纱。池塘在高楼林立的城市边缘，像一滴巨大的水珠，滴落在城市丛林。池塘一丝波纹也没有，平静得就像一面镜子，照耀着港城的清晨，蓝天白云印在池塘上面，若隐若现，就是一幅自然生态的水墨画。突然一阵波纹从一个角上升起来，霎时像电波一样扩散开来，形成了一个接一个的圈，恰似一个个同心圆画在了池塘。那是早起的环卫工人在那里提水激起的涟漪。宁静的池塘一下子就苏醒了。

沿着池塘边有一条小路，我轻轻地走了进去，脚步不由得慢了下来。小路两边长着许多高低起伏的花树和灌木，显得郁郁葱葱。除了微风轻轻吹动，一丁点声音也没有。越往里面，花木越是茂盛，更加显得宁静。间或有一些蛙鸣，此起彼伏，不知道是从哪个方向响起的。不过，我却感到更加寂静了。一条小溪顺着池塘往远处延伸，虽然没有潺潺的流水，只是一层鹅卵石上有薄薄一层浅水，可是有了这水，小溪就灵动了许多。小溪上还连着几座小桥，还有几座亭子，可惜没有人家，不然就是一幅小桥流水人家的极好风景了。小溪边上开着许多不知名的小花，有白色的，有黄色的，一片一片，很是诱人。蝴蝶忙碌地飞在花丛中,忙着它们的采花事业,一点也不管我这个闯入它们世界的陌生人。看着纷飞的蝴蝶,我好像也飞了起来,仿佛变成了一个蝴蝶,成了这个美丽世界的一部分了……

蝴蝶儿飞去

心亦不在

凄清长夜谁来

拭泪满腮

林花儿谢了

连心也埋

他日春燕归来

身何在

哼着一首不知名的歌曲,飞着飞着,眼前一亮,原来是到了另一条大道口了。早起上班的电动车匆匆忙忙地从我身边掠过。我又回到了喧嚣的世界。回眸远处的池塘,在西二环路奔跑的车流中,却总是那样地宁静和悠远,就像一处方外之地,或者是来自星星的地方。

其实我们天天车来车往,忙忙碌碌,谁又会关注这马路边的一片池塘呢。我在想,我们是不是该找点时间,找点空闲,停下自己的脚步呢?或许,在不经意的地方,有一片美丽的风景在等着你,等着我。

夜走虞山

家乡的山太远了，港城的山太少了。不知不觉，离开大山的日子已经很久了。小时候爬山的记忆渐行渐远，变得朦朦胧胧。

融入城市的喧嚣也已经很久了。在浮躁的城市里，我一直在寻找那份大山的宁静和悠远。看了很多户外运动美文美图之后，终于下定了决心，加入了TOUCH走山的行列，迈出了寻找宁静的第一步，准备夜走港城附近的虞山。

从张家港五星电器广场汇集后，一群志同道合的驴友出发了，穿过苏虞张公路，感受着闷热的空气，一晃一拐就到了常熟虞山脚下。

远远望去，虞山并不高大威猛，在夜色下朦朦胧胧的，就像江南蒙着面纱的美女。越来越近，越来越美。大山的空气使我们一扫闷热的感觉，发现了一份清新。路也越走越小，越走越幽，很快就进入了山脚下的村庄。在农家小聚后，我们兴致勃勃地走上了上山的路。

刚开始，还是人工修筑的石板路，心里正想着这样的路怎么能算是山路呢？没想到想着想着，一下子就到了真正没有路的地方开始爬山。从小石头遍布的土路慢慢走到了枯叶堆积的沟壑，从树枝攀缘的小路再走到荆棘遍布的荒岭，我们爬得汗如雨下，气喘吁吁。幸好我还有小时候爬山的历练，面对这些山岭并不感到畏难，甚至还可以伸出双手推一下上面的驴友，拉一把下面的行者。大家其实并不熟悉，只是在这大山里都形成了互相提携的风气。没有路灯，只有星星点点的头灯和手电；没有车流，更没有喧嚣，就连山里的虫子和鸟儿都已噤声，安安静静地看着一行陌生人在山林中穿行。只是几位美女竟然还穿着热裤，在荒山野岭中显出了一点城市的味道，也抹上了一丝暧昧的韵味。

山本不高，可是爬着爬着却感觉到了它的伟岸。一群人融入到山林中显得那样微不足道。俗话说，一滴水融入大海大概就是这种感觉吧。山也不险，可是攀着攀着却发现已经无路可走。前方的开路先锋终于停了下来，当大家在林中站立不稳、前俯后仰的时候，终于宣布上面是悬崖峭壁，我们只能原路返回。多少有点扫兴，但是我却并没有听到什么抱怨或者恼火，大家都是静静地接受了这个现实。我想大概这就是驴友的素质了。逢山开路、遇水架桥，勇往直前当然不错，知难而退、遇险求安，及时返回也未尝不好。

俗话说，上山容易下山难。下山的路其实已经找不到了。黑黢黢的只能看见几米远，随处可见的是倒卧的树木，还有厚厚的枯叶。那就开路吧，顺着雨水流过的痕迹，我们向山下挺进，向着灯火阑珊的城市挺进。没有了上山时候的激情澎湃，没有了上山时的气喘吁吁，有的是开路探索的目光，有的是低头弯腰穿过树枝藤蔓的狼狈，还有的是脚下连滚带爬的慌乱。这时候，突然从山林里传来一阵收音机的美妙歌声，在宁静的山林里显得格外嘹亮，给下山的脚步增添了许多力量。那是带队奔岩的鼓舞和激励，也是同行们仍然快乐的心声。

终于来到了山下的大路上，大家就地修整，擦擦汗水，互相安慰。尤其是检查一下热裤女孩腿上的大山的印记。不能不佩服她们，苦着累着伤着却还笑着，不抱怨，不悲伤，不郁闷，这种痛并快乐着的驴友精神，使我感到非常敬佩。我回首夜色下的虞山，疏影斑驳，怪象林立，原来像江南美女的虞山也会给我们驴友一点颜色看啊。这时候的虞山，我感到它更加黑黢黢的，更加深沉了。冷静下来，我们才知道仅凭着一份激情和热情是远远不够的，我们还需要宁静和智慧。仅凭小时候爬山的经验也是远远不够的，我们还需要更多的历练和勇气。谁能想到，乍看是一座小山坡，宁静中却有着许多曲折和坎坷。不过，风雨之后的彩虹更加美丽，挫折之后的心境更加宁静。想着今夜的历险，发现人生不如意事十之八九，及时调整定位也是大智慧啊。

夜色下的虞山，山色空蒙夜亦奇；夜色下的爬山，看似平常亦崎岖。

大唐鉴真大师第六次成功东渡日本的起航地——黄泗浦

中国吴歌发源地凤凰山

恬庄古镇榜眼府花园

雪韵香山

第五篇　深读港城

《途说港城》还在途中,"行吟暨阳"正当其时。因此,《途说港城》只能边走边说。《深读港城》正好全面开始,从张家港精神、张家港文化、张家港经济、张家港保税区乃至张家港城市现代化等各方面进行深入思考研究,全面分析张家港,深度解读张家港。各位博友,继续赞起来!

调查研究是我的工作,深入思考是我的兴趣。所以,我调查,我思考,我用"第三只眼"认认真真地看港城;所以,我以我的调查为基础写报告,我以我的思考为基础作讲座。宣传张家港经验,弘扬张家港精神,我这个客家人乐在其中!只是,有没有深度呢?还是您说了算。

⑤ 本篇导读

- ◆ 张家港精神的哲学思考
- ◆ 张家港精神，力量之源，发展之魂
- ◆ 张家港市规模经济发展研究
- ◆ 张家港企业"走出去"的战略思考
- ◆ 沿江开发与保税区现象
- ◆ 新兴城市文化品牌建设的新路子
- ◆ 张家港城市现代化进程研究

张家港精神的哲学思考

张家港人在改革开放和现代化建设过程中培育和塑造的张家港精神,早已名闻遐迩,声震全国。张家港精神不仅成为了张家港市发展的强劲精神动力,而且在全国很多地方产生了重要作用。全国特别是张家港市对张家港精神的研讨已有很长时间了,公开发表的研究成果已不少。关于张家港精神的产生和发展、内容和作用等,我也在蒋宏坤主编的《张家港基本现代化研究》第一章"以邓小平理论为指导,加快实现基本现代化"中以专节阐述,故本文不再赘述,而是拟从哲学的高度来分析一下张家港精神的哲学内涵、哲学本质,并以马克思主义发展观来分析张家港精神的发展与创新。

一、张家港精神的哲学内涵

张家港精神"团结拼搏,负重奋进,自加压力,敢于争先"四句话十六个字,简洁明快,内涵深刻。其内涵有过不少概括,如《人民日报》1995年11月23日《弘扬张家港精神》一文中,将张家港精神的内涵概括为:

团结拼搏即团结起来,齐心协力,艰苦奋斗,开创大业;负重奋进即肩负重任,迎难而上,勇挑重担,奋勇前进;自加压力即自立自强,自我加压,不留后路,务必求成;敢于争先即心想长远,永不满足,敢闯敢冒,敢争第一。团结拼搏是基础,负重奋进是要求,自加压力是动力,敢于争先是目标。这个概括无疑是很到位的。没有全体人民的团结拼搏,就创造不出一流的业绩;没有负重奋进的要求,就产生不出发展的速度和效益;没有自加压力的精神,就没有敢于争先的目标,也就没有团结拼搏、负重奋进的内在动力。其实质就是团结一心,解放思想,奋力拼搏,真抓实干,按照邓小平理论和党的基本路线,自觉、能动地改造主、客观世界,高起点、高标准地建设社会主义现代化。张家港精神的这些内涵正是中国传统哲学思想在现代社会的新突破,也是西方现代文明在改革开放地域的新体现。我们不妨从以下四个方面来分析其哲学内涵:

张家港精神体现了和合为贵的团队创业精神。"和合"是中华民族独创的哲学概念,强调了事物是不同因素的相异相成和紧密凝聚,体现了崇尚团结、精诚协作的价值观念。古代哲人荀子曾说:"上不失天时,下不失地利,中得人和,而百事不废。"和睦共处,团结协作,艰苦创业是中华民族的传统美德。而且,"天时、地利、人和"三者又以"人和"最重要,有了"人和"即使"上无天时,下失地利"仍然能够取得成功。张家港在发展早期,由于其是"边角料"组成,基础差,底子薄,天时与地利比不上周边城市,然而却能后来居上,靠的不正是"人和"吗?正因为张家港有一批富有团队精神的干部队伍和张家港市民,大家"心往一处想,劲往一处使",全市形成了上下一致,同创大业的精神境界。

张家港精神体现了顽强执著的敬业进取精神。《礼记·学记》曾提倡"敬业乐群"的思想,意指热爱并兢兢业业地干好自己的事业。在古代,中国人勤劳勇敢,对事业的执著追求表现出惊人的顽强毅力。流传至今的"闻鸡起舞""卧薪尝胆""不入虎穴,焉得虎子"的故事无不说明了这一点。由于张家港原来没有好的基础,创业变得更加艰难;由于周边咄咄逼人的发展态势,发展变得更加紧迫。如果没有不畏艰难险阻、坚韧不拔、百折不挠的精神,张家港就不可能有当年闯荡江湖大办乡镇企业的辉煌;如果没有自强不息、知难而上、昂扬奋发的精神状态,也不可能建成开发区、保税区和今天的扬子江系列工业园,更不用说一系列国家级荣誉了。

张家港精神体现了奋发向上的自立自强精神。"生命不止,自强不息",自立自强历来是中华民族精神之一。"天行健,君子当自强不息",张家港人在创业中"不用扬鞭自奋蹄",最大限度调动和发挥人的主观能动性,自觉找压力,将压力变为动力,不断进取,奋发向上。在张家港,大家常说的一句话是

"大发展小困难，小发展大困难，不发展更困难"，"快进才是进，慢进就是退"，"困难年年有，办法总比困难多。"张家港精神已渗透到各项工作中，发挥着其激励、鞭策的作用。当然，自立自强，自我加压，奋发向上，并不是不顾客观条件，乱提口号，乱定指标，而是一切从实际出发，实事求是，每个提出来的口号，既不是轻而易举就能达到的，又是经过努力一定能达到的。

张家港精神体现了因变制胜的善于竞争精神。竞争是宇宙万物发展的一般法则。今天的市场经济已进入了世界经济一体化时代，竞争经济更加明显。任何一个国家和地区要发展，都要勇于竞争。而竞争则要通权变、讲智谋、善用法则，孙子兵法云"出其所不趋，趋其所不意"讲的就是这个道理。敢于争先正是敢于竞争，但是光有勇气还不够，还要智勇双全，善于争先。经济环境千变万化，竞争对手强手如林，要发展、要争先，都必须因变应变，善于竞争，看清本地实际，瞄准市场行情，在别人没有看到和想到的"真空地带"，以出奇的招数，赢得出奇的胜利。张家港从"小富即安"到"自加压力"，从"穷则思变"到"变则争先"，是一种思想上的飞跃，认识上的飞跃，精神上的飞跃。张家港斗胆提出"三超一争"，率先创建卫生城市，第一个提出建设文明城市等，都充分体现出这种精神境界。张家港沙钢集团的发展历程则是张家港精神的典型个案。

二、张家港精神的哲学本质

任何一个哲学命题的提出，都有其特定的时代条件和现实意义。张家港精神作为一种区域精神，其产生有特定的时代性、区域性。张家港精神命题的提出是根据张家港经济与社会形势的新变化，根据张家港改革开放和现代化建设面临的新问题和新任务提出的新论断，其本质是马克思的辩证唯物主义。

1. 张家港精神是马克思主义物质决定意识，意识对物质又有反作用的原理的反映

马克思主义认为：世界是物质的，运动是物质的存在方式，包括社会生活在内的整个世界是多样性的物质统一体。精神现象是物质高度发展的产物，是

对物质的反映。世界的真正统一性在于它的物质性。同时，意识具有能动作用。在实践的基础上，意识能够积极主动地反映客观事物，形成主观观念，并且创造性地指导人们进行实践活动，反作用于客观事物。张家港精神能够在张家港产生，正是张家港需要这种精神，张家港的客观环境决定了张家港精神的孕育和产生。

从张家港发展的外部环境看，虽然张家港通江达海，但是张家港的位置还是有点尴尬，处于以上海为龙头的长江三角洲，离上海却并不近，与昆山等地比少了地缘优势，甚至离苏州也太远；虽然处在苏南经济较发达地区，但是底子薄，基础较差，人气明显不足；争取到了张家港保税区，但随着加入WTO，关税及政策优惠不再明显；这些都是我们无法回避的现实。如果没有强烈的主人翁意识和时代使命感，培育并弘扬张家港精神，解放思想，奋力拼搏，真抓实干，张家港就不可能后来居上，抢占先机。

从张家港内部看，经过20多年的发展，张家港已进入了全面富民强市、加快推进城市化的新阶段。但是在经济与社会发展进程中，仍然存在着许多需要探索和解决的问题。如何调整经济结构，使之日趋合理？如何解决"三农"问题，切实提高农民收入？如何在促进城市化发展的同时保护生态环境，建设绿色家园？如何认识大开放、大发展过程中社会关系出现的一系列新情况，调动各方面、各阶层的积极性等，所有这些问题摆在张家港人面前。人是需要一点精神的，在困难面前更需要一点精神。张家港人面对这些困难不低头，培育并发展了张家港精神，并用以指导工作，推动着张家港迅猛发展。

2. 张家港精神是马克思主义认识论的实践性和能动性的反映

张家港精神反映了马克思主义认识论的实践性和能动性。实践性是马克思主义哲学的一个基本特点。马克思说："人的思维是否具有客观的真理性，这并不是一个理论的问题，而是一个实践的问题。"实践不仅是认识的来源，认识发展的动力，而且是检验真理的唯一标准，是认识的目的。认识在实践中产生，又反过来指导实践。离开了实践，认识便成了无源之水，无本之木。马克思主义哲学不是远离社会生活和脱离社会实践的书斋理论，而是深深地植根于实践、服务于实践又在实践中不断发展的活生生的理论。它在指导无产阶级革命实践的过程中实现自己的历史使命，又在这种实践的过程中使自身不断经受检验，获得丰富和发展。马克思主义的这种实践性特点，从根本上决定了它与社会现实生活、与广大人民群众的社会实践以及与具体的时代条件的紧密联系，决定了它的不竭的创造活力和蓬勃生机。另一方面，实践是人类有意识、有目的的能动的客观活动。张家港精神就是在张家港改革开放实践过程中产生的，在指导张家港现代化实践中发展的，在接受张家港经济与社会实践检验中完善的。张家港精神体现了张家港人坚持尊重社会发展规律与人民历史主体地位的一致性，反映了张家港人在市场经济建设实践的能动探索。市场经济和现代化建设呼唤热情，也就是要充分发挥主观能动性，充分利用已有条件，努力创造新的条件加快开发，发扬敢想敢干、敢为人先、勇于进取、勇于创新的精神，以坚强的意志和坚韧的毅力，克服开发过程中遇到的问题、困难和挫折。离开了人的主观能动性，一味悲观、失望、僵化，甚至墨守成规，是不可能把一个地方建设好的。张家港精神的提出，为新的实践注入了新的精神力量。

3. 张家港精神是中国优秀的传统哲学在现代社会的反映，也契合了马克思主义唯物辩证的发展观点

张家港精神不仅来源于马克思主义的辩证发展思想，而且渊源于中国优秀的传统哲学，它继承了中国传统哲学的精华，同时又扬弃了传统哲学中的糟粕。张家港精神的"团结拼搏、负重奋进"，来自于愚公移山、艰苦奋斗的精神，知难而进、一往无前的精神，淡泊名利、无私奉献的精神，"先天下之忧而忧，后天下之乐而乐"的精神，这些为群众所创造所熟悉的民族精神，都是张家港精神孕育发展的源泉。张家港精神的可贵之处在于其结合新的形势，善于从改革开放和社会主义现代化建设实践中吸收新的营养，提炼新的精华，而扬弃了传统哲学中的糟粕。它根据新时代、新文化、新实践不断调整充实自己。如张家港精神中的"自加压力、敢于争先"则是对传统思想中的"小富即安，知足常乐""得过且过，不求上进""枪打出头鸟"的否定。张家港精神反映了"穷则变，变则通，通则久"（《易经·系辞下》）。即任何事物都处在变化之中，一种认识、一种理论都要因时而变。这是培育和弘扬精神的题中之意，也是唯物辩证法合乎逻辑的发展路线。因此，"张家港精神"这一思想既是对古代

优秀传统哲学理念的高度提炼,也契合了马克思主义唯物辩证的发展观点。

4. 张家港精神是西方现代文化在改革开放地区的集中反映,也契合了马克思主义哲学普遍联系的观点

张家港精神是一种区域精神,它产生于改革开放,建设社会主义市场经济的新时代,它孕育在张家港这块创业热土。它不是舶来品,而是生于斯长于斯的精神产品,最终成为张家港人的一笔巨大的精神财富,被人们自觉地作为工作标尺、精神支柱。张家港精神的产生既离不开中国的历史文化背景,也离不开改革开放的时代特色,更离不开张家港这个地方的一方水土。张家港是个十分年轻的城市,建县历史仅有40年,建市历史更是只有十几年。改革开放20年来,张家港市农村经济、文化和农民生活起了翻天覆地的变化,从温饱走向小康,随着20世纪80年代末90年代初的"造城"热潮,张家港农村集镇飞速发展,城乡开始连为一体,开始接受到工业文明、城市文明的辐射。现代文化作为一种世界先进文化,在张家港这个改革开放的前沿地带得到了很快发展,科学技术、市场经济、集约生产、资本经营、知识经济、垄断竞争、民主文明等思想理念不断武装着人们的头脑。同时,现代文化的糟粕也有所进入,最大的表现是物质文化极度发展,人际关系和精神文化受到高度物化,人际关系冷漠化,也有的人出现金钱至上、道德沦丧、精神颓废等现象。世界是普遍联系的,张家港精神的出现正是世界多元文化相互结合,相互联系,相互作用的一个结果,经过扬弃,融合为一种崭新的精神,有力地抵御腐朽文化的侵蚀,营造了朝气蓬勃的氛围。

三、张家港精神的发展与创新

随着张家港城市化的急剧加速,张家港正在成为长江三角洲的一个重要新兴城市。整个城市呈现出浓厚的现代文明气息,洁美、文明、繁荣、开放的规范化城市新格局初步形成。新的发展需要不断充实张家港精神的新内涵,需要孕育提炼新的城市精神。张家港的创业实践,赋予了张家港精神深化与升华的肥沃土壤,这个新的创业时代又给予了它茁壮发展的好气候。张家港人应该在现代化建设实践中，用自己艰苦创业，求实奉献，自立自强，开拓创新，赶超先进的行动，使张家港精神在率先实现现代化的伟大实践中，随着改革的不断发展而深化，随着开放的不断扩大而升华，永葆其青春活力。马克思主义辩证唯物主义认为，世界是永恒发展的，发展的根本动力来自于它自身的矛盾，事物发展是前进性和曲折性的统一，发展具有螺旋式上升的特点。从哲学的角度看，张家港精神的发展和创新应该具有三个最显著的特点，这就是它必须始终体现时代性、实践性和创造性。

首先，从时代性来看，张家港精神是在一定的时代条件下产生的，它的发展同样要面对自己的时代。党的十六大精神告诉我们，张家港精神也要与时俱进。新的世纪我们正处在一个大变动、大转折、大发展的时代。当今世界经济、政治、文化的深刻变化，科学技术的日新月异，都要求我们自觉把握时代特征，顺应时代要求，紧跟时代步伐，站在时代前列，以马克思主义的创新勇气和实践魄力，勇于实践，开拓进取。今后一段时期，也是张家港实现"两个率先"、争当全省排头兵的重要战略机遇期。党的十六届三中全会明确了完善社会主义市场经济体制的目标任务和指导原则，提出了"五个统筹""五个坚持"的发展新理念，这将是中国改革进程中的一个转折点、一个新起点，也是今后加快发展最好和最大的机遇。作为经济较为发达的地区，张家港市正处于资本驱动的中等收入阶段，正处于工业化和城市化的加速阶段，也是转型突破的关键阶段。全市迫切需要加快经济增长模式从"资本驱动"向"技术驱动""创新驱动"的转型，切实增强产业核心竞争力；迫切需要加快开发方式从粗放型向集约型的转型，切实提高资源利用效率；迫切需要加快农村城市向现代化中等城市的转型，切实提升城市的综合实力；迫切需要加快传统农村社会向现代市民社会的转型，实现城乡的统筹发展。长三角区域经济的一体化，给张家港带来了新的跨越式发展机遇，张家港人必须抓住这难能可贵的战略机遇期，切实担负起实现"两个率先"的重任，把张家港发展得更快、建设得更美、让人民生活得更好。张家港精神不是封闭静止、一成不变的，而是与经济社会发展相适应，与时俱进，演化进步的，很大程度上体现着时代精神。作为张家港人，弘扬张家港精神，就是要结合形势的变化和实践的发展，不断丰富其内容，拓展其内涵，提升其境界，使之成为激励开拓、迎难而上的强大动力，使张家港精神更具"争先、创新、务实、富民"时代特色和张家港特色。

其次，从实践性看，张家港精神既立足于变化着的张家港发展实际，又必须继续沿着率先实现现代化的道路前进。我们观察事物，思考问题，必须一切从当地实际出发，清醒把握本地区的主要矛盾，只有这样，我们所提炼的精神，提出的新思想、新观点，才可能切合实际。张家港精神根植于吴文化，又有明显的沙洲文化的烙印。这种文化特征，集中表现为精明勤勉、吃苦耐劳、经世致用、勇于创新。张家港人在改革开放实践中，特别是在精神文明建设过程中，巧妙地将吴文化的精髓保留，去其糟粕，并且促使江南文化和沙洲文化交汇融通，将江南人和沙洲人的优点结合起来，最终使张家港人的思想理念进化成为独特的张家港精神。张家港要进一步发展，就要坚持以改革开放和现代化建设的实际问题、以经济发展为中心，着眼于对实际问题的思考，着眼于新的实践和新的发展。既要坚持张家港精神的基本精髓，又要谱写张家港精神的新篇章；既要发扬优良传统，又要创造新鲜经验。张家港的实际问题是，当经济发展了，生活改善了，人们的精神面貌该如何进步？当城市繁荣壮大了，绿化美化了，市民素质该如何提高？当城镇变成城市，落后小县变成明星城市后，城市精神该如何提炼生成？要尊重人民群众的首创精神，及时对人民群众在实践中创造的新经验和获得的新认识进行科学总结，使张家港精神不断吸取新的实践经验、新的思想而向前发展。面对"两个率先"的目标，新世纪的张家港人要少一点小富即安、自我陶醉的满足心理，多一些抢抓机遇、加快发展的进取观念；少一点消极观望、坐等潮来的无为心态，多一些参与竞争、勇立潮头的拼搏精神；少一点墨守成规、自我封闭的保守思想，多一些海纳百川、开拓创新的开放胸襟，心往一处想，劲往一处使，从而形成凝心聚力、同心同德求发展的良好局面。

最后，从创造性看，张家港精神应该在城市化进程中不断创新，也必须在城市现代化中升华为张家港的新城市精神。城市精神属于社会意识的范畴，它反映着一个城市的发展状况，同时又能动地反作用于社会存在，成为城市经济社会发展的内在动力和精神支柱。如果说高楼大厦是城市的"筋"与"骨"，那么城市精神则是城市的"气"与"神"。一个伟大的城市，只有形神兼备，才能熠熠生辉。市委书记曹福龙（时任）讲："今天的张家港精神，其内涵应该既传承历史，又着眼未来。概括地说，就是全市上下要有奋勇争先的顽强气魄，锐意进取的创新胆略，兼收并蓄的开放胸怀，文明诚信的良好形象，团结协作的全局观念，乐于奉献的精神境界。"这正是对张家港精神内涵的又一次创新和提高。笔者认为，一个城市的精神，一要开明，二要创新，三要科学，四要诚信，五要奋进。对于张家港精神而言，创新是其有机内涵之一。从城市的历史和文化底蕴来看，张家港也许不如邻近的江阴、常熟，但从创新的意识和创新的实践来看，张家港并不亚于任何地方。作为苏南模式的发源地之一，张家港人历来崇尚创新，张家港人"敢为天下先"的精神有目共睹，令人刮目相看。正是创新，把张家港的城市精神点燃得更加富有时代特征，也更有魅力。人无灵魂不活，城市精神所达境界的高与低，则直接影响着城市发展的快与慢、好

新书送到乐余社区农家书屋　　**严子洋 摄**

 第三只眼看港城

与坏。弘扬和创新张家港精神，是对传统精神精髓的继承，在继承的前提下创新，在创新的基础上发展和丰富张家港精神，并随着城市化进程的加速，尽快提升张家港精神作为张家港城市精神。

创新是时代的要求，也是城市精神最本质的核心和灵魂。没有创新就没有张家港的今天，没有创新就无法延续张家港精神的血脉。要创新，就要丢掉传统的发展模式和习惯套路，以新的理念来打造张家港新一轮的发展思路。张家港人的"小沙洲""小城市"心态，以及满足于小打小闹、"小富即安"等习惯意识，只有通过创新才能得到克服和超越。张家港人需要以开放的心态、进取的精神，向先进地区学习，使张家港成为学习型、创新型城市，把学习的成果转化为加快改革、率先发展的切实行动，在创新中培育张家港人崭新的精神风采。

总之，市委书记曹福龙（时任）为张家港描绘了宏伟蓝图："未来的张家港，不仅要成为长江三角洲现代化的中等城市，更要成为一个富有特色和竞争实力的港口工业城市，一个富有内涵和独特个性的生态园林城市，一个富有精神和文化底蕴的文明法治城市。"新兴城市需要一种城市精神。张家港精神正是赋予了张家港高贵、典雅的精神灵魂。在张家港城市化发展进程中，张家港精神应该成为张家港城市精神的合理内核，经过优化、扬弃、深化、升华，塑造出现代化张家港市的新城市精神，全面促进张家港人的素质和人的思维方式、行为方式的现代化，促进张家港现代经济发展和社会发展相互配合、协调发展。

这篇文章是我2003年在史志办时写的，后来在全市张家港精神研讨会上交流并获一等奖，之后刊载于江苏《党史资料与研究》2005年第2期。可以说这是我到张家港后对张家港精神所作的一点初步思考。正是这个思考，开启了我以"第三只眼看港城"的步伐。

张家港精神，力量之源，发展之魂

正是因为对张家港精神以"第三只眼"观察研究，才有了对张家港精神和张家港经验的独特理解和思考。2005年，《长三角蓝皮书》编委会专门邀我就张家港精神撰写一篇文章，我写了此文作为个案研究收入在江苏省社会科学研究院院长宋林飞主编的《长三角蓝皮书 2006，长三角可持续的率先发展》一书中。2008年获评市第三届哲学社会科学优秀成果一等奖。

万里长江，浩浩荡荡，一往无前。改革开放以后特别是近年来，在江尾海头，在长江三角洲，有一个响亮的名字声名鹊起。她，就是江海明珠——张家港市。

在不长的时间内，张家港市由一个贫穷落后、名不见经传的小县，一跃成为闻名全国的先进典型，创造出了张家港成就、张家港经验和张家港效应。2004年，这个市共完成地区生产总值576亿元，按户籍人口计算人均达到8060美元；全口径财政收入85亿元，其中国地两税71.6亿元，地方一般预算收入31.6亿元；上缴国家各项税收168亿元，名列全国县级市第一。与此同时，人民群众的富裕程度不断提高，2004年全市人均储蓄存款余额超过3万元，城镇居民人均可支配收入15117元，农民人均纯收入7930元。张家港市快速跨越发展的力量来自哪里？她持续健康发展的源泉又是什么？只要你走进张家港这个欣欣向荣的城市，你就能清晰地感受到，那是一种神奇、强大的精神力量，推动着张家港不断走向新的辉煌。这种力量让张家港走出了贫穷，走向了富裕；这种力量甚至早已走出张家港，走向了全国，成为激励江苏乃至全国人民创新发展的动力。这就是张家港精神。

张家港人在改革开放和现代化建设过程中培育和塑造了张家港精神，张家港人靠这股精神闯出了一条自强奋进的持续发展之路。2005年6月，刘云山同志再次到张家港考察时说："十年来，张家港对全国的发展起了很好的推动作用。张家港的贡献可以概括为一个经验、一个精神和一条路，一个经验是精神文明创建的经验，坚持'一把手'抓两手，'两手抓'两手都要硬；一个精神就是'团结拼搏，负重奋进，自加压力，敢于争先'的张家港精神，它已经成为我们民族精神和时代精神的重要组成部分；一条路就是走出了经济社会全面协调发展之路。"

一、张家港市近年来发展的基本情况

张家港市（原名沙洲县）地处长江下游南岸，西北、北和东部濒临长江，南接太湖平原北麓，上海、南京、苏州、无锡、常州、南通等大中城市环列四周。全市总面积998.55平方公里，其中，陆地面积785.55平方公里。沿长江南岸码头林立，与140多个国家和地区的港口码头建立了货运往来关系。境内拥有国际贸易商港——张家港港和中国唯一的内河港型保税区——张家港保税区，是长江黄金水道苏南经济区上的重要经济通道。

张家港市虽然有着悠久的历史，晋代和梁代曾两度置暨阳县和梁丰县，但唐以后，一直分属常熟、江阴两县。直到1962年，才由常熟和江阴各划出部分边远公社建立沙洲县。建县之初，全县年生产总值还不足亿元，财政收入不过千万，农民年人均分配只有62元，被称作"苏南的西伯利亚"。1986年9月，经国务院批准，撤销沙洲县，设立张家港市。至2005年，全市有8个建制镇，1个管理区，182个行政村，户籍人口86万。张家港从建县到建市的历史均不长，但是张家港市经济社会发展却经历了起步到腾飞的历史性跨越，成为江南大地上一颗璀璨的明珠。昔日的"穷沙洲"已经变成了颇具实力的经济强市，昔日破旧的农村集镇已经变成了富有现代气息的新港城，昔日贫穷落后的传统农民正在向富裕文明的现代市民转化，张家港从原来的一个小乡镇演变成为洁美、文明、繁荣的现代化港口工业城市。

经过多年的发展，张家港市经济社会发展初步形成了四个比较明显的特点：一是初步形成了"三足鼎立"的混合经济格局。2004年全市一、二、三产业占地区生产总值之比分别为2.2%、64.3%、33.5%，基本形成了以工业为主体，规模经济、民营经济和外向经济"三足鼎立"的发展格局。二是逐步构建规划有序、各具特色的"一城四片区"城市框架，城市化率提高到60.1%。市域交通体系不断完善，城乡环境进一步优化，市区绿化覆盖率达到了42.2%，张家港港成为长江沿线最大的国际性贸易商港之一，2004年吞吐量超6300万吨，为江苏最大。三是基本实现了三个文明建设的统筹发展。坚持在加快物质文明建设中富民强市，在推进政治文明建设中增强动力，在深化精神文明建设中提升素质，有力地推动了经济、政治、文化的协调发展。四是大力弘扬了"团结拼搏，负重奋进，自加压力，敢于争先"的张家港精神，使之成为全市人民的自觉行动和共同追求。正是在张家港精神激励下，全市经济社会率先发展、科学发展、和谐发展，近年来，张家港市先后荣获首批国家卫生城市、首家全国环境模范城市、全国创建文明城市工作先进城市、全国科技进步市、全国双拥模范城三连冠、全国村民自治模范市、国家园林城市和中国县域社会经济综合发展指数百强县（市）等80多项荣誉称号。2005年，又成为全国文明城市中的唯一一个县级市，并被评为国际花园城市。（参见表1）

表1　1992－2004张家港市经济社会发展指标对比表

指标＼年份	1992	1995	2000	2004
地区生产总值（亿元）	63.17	191.01	270.00	576.20
财政收入（亿元）	2.77	11.88	20.52	85.04
实际利用外资（亿美元）	2.12	6.00	3.00	6.40
社会消费品零售总额（亿元）	12.53	28.56	42.85	74.19
城乡居民储蓄余额（亿元）	13.97	51.19	128.14	228.60
城镇居民人均可支配收入（元）	3358	7374	10156	20226
农民人均收入（元）	2408.51	5217.40	5578	7930

如果说，三个文明建设的累累硕果是张家港的"筋、骨、肉"，那么，张家港精神就是张家港的"精、气、神"，是张家港的发展之魂、力量之源。2005年5月，时任江苏省省委书记李源潮同志在"弘扬张家港精神、再创张家港辉煌"座谈会上强调：张家港是江苏人创业创新创优的一面先锋旗帜，张家港精神是江苏"三创精神"的一个生动典型。

二、张家港精神的内涵和本质

张家港精神"团结拼搏，负重奋进，自加压力，敢于争先"四句话十六个字，简洁明快，内涵深刻。其内涵有过不少概括，《人民日报》1995年11月23日《弘扬张家港精神》一文中，将张家港精神的内涵概括为：

团结拼搏即团结起来，齐心协力，艰苦奋斗，开创大业；负重奋进即肩负重任，迎难而上，勇挑重担，奋勇前进；自加压力即自立自强，自我加压，不留后路；敢于争先即心想长远，永不满足，敢闯敢冒，敢争第一。这个概括无疑是很到位的。没有全体人民的团结拼搏，就创造不出一流的业绩；没有负重奋进的要求，就产生不出发展的速度和效益；没有自加压力的精神，就没有敢于争先的目标，也就没有团结拼搏、负重奋进的内在动力。其实质就是团结一心，解放思想，奋力拼搏，真抓实干，按照邓小平理论和"三个代表"重要思想，自觉、能动地改造主、客观世界，高起点、高标准地建设社会主义现代化。

张家港精神是与时俱进的时代精神。随着形势的变化和实践的发展，张家港精神不断被赋予新的内涵，始终保持着强大的生命力，成为凝聚张家港市创业合力的一面旗帜。上世纪90年代初期，在各方面基础相对薄弱的情况下，张家港抢抓机遇，奋力超越，实现了张家港发展的大开发、大变化，张家港精神的时代特征突出体现为"拼搏、进位"；上世纪90年代中后期，在工业化、城市化的潮流面前，张家港遵循规律，克难求进，实现了张家港发展的大开放、大进步，张家港精神的时代特征突出体现为"科学、奋进"；进入新的世纪，经济社会进入全面转型阶段，张家港按照科学发展观要求，讲求质量，协调发展，促进了张家港发展的大提高、大飞跃，张家港精神的时代特征突出体现为

"创新、统筹"。但是，无论在什么时候，无论进入什么阶段，争先创业始终是张家港精神的主题，富民强市始终是张家港精神的追求，以人为本始终是张家港精神的核心。

站在全面建设小康社会的今天看张家港精神，它又有着丰富的时代内涵。

1．张家港精神是一种艰苦奋斗的创业精神

就是肩负历史重任，百折不挠，自强自立，奋发有为，勇创大业。在宏观环境宽松时，抓住机遇、乘势而上；在宏观环境偏紧时，创造机遇，迎难而上，始终咬定发展不放松，做到分秒必争去"抢"、千方百计去"拼"、有胆有识去"争"。10多年来，张家港不仅抢到了保税区、保税物流园区、扬子江化学工业园、冶金工业园，也抢到了一大批外资项目和基础设施项目。至2004年，累计引进了1300多家外资企业，注册外资近50亿美元；不仅推动着干部创业、能人创业，同时也大力促进全民创业、自主创业，充分调动一切有利于创业的积极因素，齐心协力建设现代化新港城。

2．张家港精神是一种科学务实的创新精神

就是以世界眼光和现代意识，解放思想，实事求是，锐意进取，勇于探索。一个地区要实现又快又好地发展，既要有创业争先的激情，更要有科学严谨的态度；既要有符合实际的决策，更要有求真务实的作风。张家港历来注重以科学导向用人，以公认实绩选人，以先进理念育人，旗帜鲜明地支持改革，鼓励探索，宽容失败，最大限度地保护基层和群众创新创业的工作热情，形成了用新观念研究新情况、用新思路落实新任务、用新办法解决新问题、用新举措开创新局面的生动景象。

3．张家港精神是一种敢争一流的创优精神

就是敢于自我加压，瞄准先进，力争上游，永不自满，勇攀新高。10多年来，张家港不仅在处于下游时奋力赶超，而且在跻身先进方阵后更加进取；不仅在经济发展上力争上游，而且在社会的全面和谐上争当排头兵。张家港把落实科学发展观作为争先的主题，不仅比发展的速度，更比发展的质量、比发展的效益；不仅比发展实力，更比发展活力、比发展潜力；不仅比经济增长质量，更比群众生活质量、比社会和谐程度。实践使张家港人认识到，奋发才能

有为，争先才能进位。张家港人的争先，争的是发展的质量，争的是群众的实惠，争的是民族的志气，争的是社会主义的优越性。正是因为始终保持着这种"样样工作争一流"的劲头，张家港才能真正有胆有识、无私无畏、敢闯敢试，不断创出事业发展的新境界。

三、张家港精神的孕育和传承

张家港精神萌发、起步于上世纪80年代，形成、弘扬于90年代，深化、光大于新世纪。张家港市的前身沙洲县，底子薄，经济基础比较差。1978年，县委、县政府所在地杨舍镇镇区面积不足1平方公里，房屋破旧，环境脏乱，工业产值不足500万元，在苏州市6个县的城关镇中倒数第一。党的十一届三中全会以后，沙洲县干部群众打破传统农业经济的束缚，大办乡镇企业，开拓外向型经济，形成了"踏遍千山万水、吃尽千辛万苦、说尽千言万语、排除千难万险"的"四千四万"精神，实现了张家港的第一次跨越。上世纪80年代沙洲县政府所在的杨舍镇，全体干部表现出的"为官一任、造福一方、顾全大局、乐于奉献、扶正祛邪、敢于碰硬、雷厉风行、脚踏实地、严于律己、以身作则、自加压力、永不满足"的工作标准和工作作风，被誉为"杨舍精神"。杨舍镇因此一跃成为苏州市的明星乡镇。1992年，邓小平视察南方重要讲话发表，在这历史发展的关键时刻，张家港市委在"杨舍精神"的基础上进一步概括、提炼、升华，提出了要在全市大力弘扬"团结拼搏，负重奋进，自加压力，敢于争先"的张家港精神，用以鼓舞全市人民争先进位。以后，经一届又一届张家港市领导班子的倡导践行，传承下去，光大开来，在薪火相传中得到与时俱进的发展。

1. 坚持以邓小平理论和"三个代表"重要思想为指导，是张家港精神充满生命力的源泉

"张家港精神"不是凭空产生的。它是建设有中国特色社会主义理论与实践相结合的产物，是张家港人民在推进改革开放和社会主义现代化建设中的一个创造。邓小平理论和"三个代表"重要思想，是张家港精神产生的思想来源和理论基础。邓小平同志多次讲过，社会主义要消灭贫穷，贫穷不是社会主义，发展太慢也不是社会主义。"社会主义的本质是解放生产力，发展生产力，消灭剥削，消除两极分化，最终达到共同富裕。"（《邓小平文选》第三卷，第373页）1992年邓小平同志视察南方重要讲话的发表，产生了巨大的爆发力，在科学理论指导下，张家港市的干部群众，脚踏实地，自力更生，艰苦创业，为摆脱贫穷走向富裕，勇敢地进行了实践探索。张家港市委领导班子，总结过去的经验，看到经济要发展，思想要先行，只有用科学理论武装全市党员、干部、群众，弘扬一种精神，才能更好地解放思想，抢抓机遇，加快发展。于是张家港精神应运而生，并在全市人民心中生了根。以后，张家港精神又随着"三个代表"重要思想和科学发展观的提出而不断升华，被赋予更加丰富的内涵。可以说，张家港精神正是张家港人民用邓小平理论和"三个代表"重要思想指导实践，艰苦创业的结晶。它一经产生便有着强大的凝聚作用和激励作用，并迅速转化为物质力量。

2．坚持在市场经济建设的时代大潮中锤炼，是张家港精神具有强大活力的根本

张家港是改革开放的前沿地。改革开放和现代化建设的生动实践，为弘扬和拓展张家港精神新内涵提供了广阔背景和现实基础，使张家港精神在深化改革、发展社会主义市场经济和对外开放、学习国外优秀文化成果中逐步得到丰富、优化和提升，产生了崭新的精神特质，体现了鲜明的时代特征。作为"苏南模式"发源地之一的张家港，张家港人较早闯荡上了市场经济大海，并成为"弄潮儿"。在弄潮中张家港人传统的艰苦奋斗精神，不断与市场经济意识碰撞、摩擦到逐步靠拢、融合。市场经济活动给民族传统精神注入了时代内容和新的活力，市场经济意识被打上了民族传统精神烙印。张家港人在创业之初提倡的是"一不怕苦，二不怕累"的"四千四万"精神。但市场经济毕竟是机遇经济、信息经济、竞争经济。因而，张家港人难免在机遇面前犹豫，在信息面前麻木，在科技面前发愣，面对竞争，手足无措。这些状况迫使他们提高对自身素质的要求。不再满足于小敲小打、小富即安的小农经济，不再满足于能吃苦、能受累，而是要求自己有文化、有头脑、懂科技、善竞争。随着越来越多的农民走进了工厂，与现代社会化大生产紧密联系；越来越多的"老乡"（指乡镇企业）变成了"老外"（指外向型企业），与国际市场不断融合，张家港逐渐形成了一种善于吸收外来文化的开放品格。这使得张家港人能灵敏地感受外面世界的变化，赶上时代的潮流，不断更新观念，不断接受外来新生事物，博采众长。这些都催化着张家港精神的产生。在市场经济大潮中，他们逐步形成了"为官一任，创业一方，造福一方"的创业观；强化了"市场经济不等人，不争不抢是庸人；抓住时机是功臣，错过时机是罪人"的机遇观；产生了"过去是三十年河东，三十年河西；现在是三个月河东，三个月河西"危机观；激发了敢创一流，勇争一流的竞争观。最终形成了艰苦创业的优良传统和开拓创新的时代意识水乳交融的一种优秀市场经济精神——张家港精神。

3．坚持在张家港创业大潮中身体力行，是张家港精神富有凝聚力的前提

建立在张家港实践基础之上的张家港精神，经过"从群众中来，到群众中去"的循环反复，才转化为推动社会前进的物质力量。张家港精神提出后，没有停在文件上、口头上，不是流于一般的号召和口号，而是不断地结合张家港创业大潮，经过实践——认识——再实践——再认识，不断提高，不断发展，最终使之在张家港人民心中扎根。一是结合全市加快发展的创业活动，利用各种宣传手段和多种渠道进行全方位宣传，在全市范围内形成了弘扬张家港精神的浓厚舆论氛围，使张家港精神真正做到家喻户晓，妇孺皆知。二是结合创业中涌现的各种先进和典型，着力培育实践张家港精神的标兵，使张家港精神有血有肉，丰满充实。三是广大干部尤其是各级领导干部在创业中以身作则，成为弘扬张家港精神的"领头雁"。1992年，张家港市提出了工业超常熟、外贸超吴江、城建超昆山，项项工作争一流的"三超一争"奋斗目标后，张家港市委、市政府带领全市人民经过顽强拼搏，全面实现了"三超一争"奋斗目标，使全市人民加深了对张家港精神的认知和认同，并在实践中创造了令人瞩目的张家港速度和张家港效应，展示了张家港精神的强大威力，增强了全市人民弘扬张家港精神的自觉性和积极性。四是在创业中扶正祛邪。张家港市响亮提出："弘扬创业者，保护改革者，鞭挞空谈者，惩治腐败者，大胆激励开拓者"，营造了张家港精神迅速成长的良好环境。

4．坚持与时俱进丰富张家港精神内涵，是张家港精神永葆青春的保证

自张家港精神1992年正式提出的十多年来，张家港市主动适应形势和实践的变化，不断丰富张家港精神，注入新的时代内涵，将其集中体现在"争先、创新、务实、富民"上。"争先"，就是以强烈的进取精神和竞争意识抢抓机遇、勇创大业；"创新"，就是突破传统观念和发展模式激发体制和机制活力；"务实"，就是按客观规律办事，求得实实在在的效果；"富民"就是把提高人民生活水平作为工作的出发点和落脚点。进入新世纪，他们又突出把争先进位贯穿到各项工作之中，要求以无功即过的意识抢抓发展机遇，以超越自我的追求提升发展定位，以激励竞争的机制营造发展氛围。2005年，时任张家港市委书记曹福龙进一步丰富张家港精神内涵，即：始终坚持自加压力，以争先的精神创出率先的业绩；始终坚持抢抓机遇，用解放思想来解放生产力；始终坚持协调发展，按统筹的要求加快城乡建设；始终坚持以人为本，以富民的举措凝聚发展合力；始终坚持"两手齐抓"，使人的素质与现代化建设互动并进。"问渠哪得清如许，为有源头活水来。"张家港精神之所以有今天的巨大作用，正是因为它与时俱进地从中央精神和时代潮流中汲取了营养，从而保证了张家港精神的青春活力和动力方向。

四、张家港精神的作用和效应

伟大的事业需要崇高的精神。张家港精神是张家港市的发展之魂、力量之源。张家港市在张家港精神的激励下，经济建设和各项社会事业始终保持着协调、稳健的发展势头。而且，随着张家港精神的发扬光大，其影响走出了张家港，迈向了全省、全国。

1．张家港精神催生了张家港速度，产生了张家港奇迹

1992年张家港精神提出以来，特别是成为全国先进典型后的10年来，张家港精神充分发挥了其精神动力的作用，使张家港的经济社会一直保持着持续高效发展的强劲态势。

一是张家港精神推动着生产力的跨越发展，综合竞争力明显增强。全市主要经济指标以年均两位数的速度增长。2004年，全市地区生产总值576亿元，是1995年的3倍，年均增长13.1%；财政收入85亿元，是1995年的11.5倍，年均增长31.2%；上交国家各项税收（含关税和代征税）168亿元，是1995年的20.3倍，年均增长39.7%，继续在全国县级市中位居第一。综合竞争能力在全国同类县市中名列前茅。

二是张家港精神推动着共同富裕步伐的加快，市民生活质量明显改善。2004年，全市居民储蓄存款余额236.2亿元，是1995年的3.6倍，年均增长18.5%；城镇居民可支配收入15117元，是1995年的2.7倍，年均增长11.7%；农民人均纯收入7930元，是1995年的2倍，年均增长8%；恩格尔系数从47.2%降至36%。住房、汽车等新型消费成为新的消费热点，全市私家车保有量达到平均每百户10辆。

三是张家港精神推动着城乡环境的优化，现代化城市初展风貌。张家港引入国际先进理念，对市、镇、村三级实施统一规划，大力度实施行政区划调整，构建了规划有序、各具特色的"一城四片区"城镇体系，城市化水平提高到60.1%。市域交通体系不断完善，城乡环境进一步优化，绿化覆盖率达到了40.2%，成为全国首家卫生镇村创建"满堂红"的县市。

四是张家港精神推动着干部素质的提高，现代化干部深得民心。张家港人创造了张家港精神，张家港精神又滋养和培育了张家港人。张家港今天的成就和辉煌，来自于一届又一届倡导践行张家港精神、致力于"为官一任、造福一方"的市领导班子的带领；来自于一支思想作风过硬、特别能战斗、身体力行张家港精神的干部队伍的无私奉献；来自于集聚在"张家港精神"旗帜下团结拼搏、敬业奉献、建设美好家园的86万张家港人的共同奋斗。

五是张家港精神推动着社会事业全面进步，全社会文明程度不断提高。张家港始终坚持抓经济提速增效与创建文明城、培育文明人有机结合，把弘扬张家港精神与建设诚信张家港有机结合，大力实施现代市民教育工程，用市民的理念育农民，用城市的标准建农村，努力在人员素质、人居环境和发展功能等方面构筑城乡一体新优势。人民群众的精神生活需求和健康需求不断得到满足。

2．张家港精神创造了张家港经验，塑造了张家港形象

张家港精神提出后,迅速传播。1992年10月,《苏州日报》发表评论员文章《学习和发扬张家港精神》,张家港精神开始走出张家港。1995年3月,时任江苏省委书记的陈焕友在以经济建设为中心、两个文明一起抓经验交流现场会上,把张家港经验归纳为"五个方面",把张家港树为江苏省的典型。当年5月13日,江泽民同志视察张家港并欣然挥毫为张家港精神题词。同年10月,时任中宣部部长的丁关根同志在全国精神文明建设经验交流会上,把张家港经验总结为"六个方面",把张家港推上了全国典型的地位。会议当天,《人民日报》发表了评论员文章《伟大理论的成功实践——学习张家港市坚持两手抓的经验》。10月31日《光明日报》发表了编辑部文章《论张家港精神》。在中央主流媒体的推动下,各地新闻媒体集中报道了张家港市两个文明建设互相促进、协调发展的重大成就和主要经验,全国各地掀起了一波又一波学习张家港的热潮。1995年冬,中央统战部还组织各民主党派中央领导人乘坐专列到张家港考察,许多国外驻华使馆和驻沪领事馆的官员也慕名纷纷参观张家港。1996年4月,中宣部又组织全国地级市市委书记在张家港举办精神文明建设研讨班,再次掀起了"张家港热"。自江苏省委在张家港召开经验交流现场会议之后,大多数党和国家领导人,各省、市、自治区党委书记,全国各地(市)、县(市)负责同志以及中央国家机关领导,也都先后到张家港考察。据不完全统计,到张家港参观的人数1995年为65万人,1996年为70万人,1997年达到80万人。因此,张家港精神在全国名闻遐迩,迅速产生了极为广泛的影响。张家港市也因张家港精神和三个文明建设协调发展而成为全国明星城市。

特别难能可贵的是,张家港市的领导班子没有躺在过去的功劳簿上而满足,没有在已经取得的成绩面前而陶醉,而是不断超越自我,不断开拓创新,始终把张家港精神作为传家宝,一棒接一棒,一任接着一任地干,而且越干越快、越干越好。现任尊重前任,前任支持现任,相互尊重,相互支持,这是张家港各项事业取得很大成就的重要保证,也是张家港精神得以与时俱进的一条重要经验。

3. 张家港精神激发了张家港效应,拓展了张家港辐射

张家港精神提出后,不仅揭开了张家港历史上波澜壮阔、异彩纷呈的崭新一页，同时也对整个苏州，乃至全省、全国经济社会的持续发展产生了积极而深远的影响。

张家港精神作为一种时代精神，一经产生便得到中央、省、苏州市领导的高度关注，并被一以贯之加以倡导学习。1995年5月13日，江泽民同志视察张家港时指出，张家港的成就是"干出来的"。1996年10月30日，胡锦涛同志视察张家港时指出，张家港市广大干部群众有良好的精神状态和扎实的工作作风，尤其发扬了张家港精神，真抓实干，争创一流。1995年10月12日，时任江苏省委书记陈焕友接受《新华日报》专题采访，畅谈"张家港成就、张家港经验、张家港效应"。2001年12月27日，时任江苏省委书记的回良玉带领省领导班子到张家港集体调研，提出在新形势下进一步弘扬张家港精神，就是要有"敢于争先"的锐气、"自加压力"的勇气、"负重奋进"的志气、"团结拼搏"的士气。2005年5月，时任江苏省委书记李源潮明确提出"张家港是江苏创业创新创优的一面先锋旗帜"。而历任苏州市主要领导则把张家港精神列为推动苏州经济社会发展的"三大法宝"之一，一致强调：张家港精神业已成为苏州人民的共同精神财富，它不仅成就了张家港勇立潮头的辉煌过去，而且必将开创张家港的美好未来，不仅将继续成为张家港发展的灵魂，而且必将继续成为苏州发展的旗帜。

表2　1980-2004年苏州市经济社会发展指标对比表

指标　　　　　　年份	1980年	1990年	2000年	2004年
地区生产总值（亿元）	40.68	202.14	1540.7	3450
社会消费品零售总额（亿元）	15.67	72.15	348.17	625.10
财政收入（亿元）	9.46	21.47	158.27	219.57
实际利用外资（亿美元）	----	0.7	28.83	95
市区居民人均可支配收入（元）	----	2150	9274	14451

注：2002年起财政收入、市区居民人均可支配收入按新口径统计

在2005年5月12日举办的"弘扬张家港精神，再创张家港辉煌"座谈会上，时任江苏省委书记李源潮同志指出，张家港精神是张家港的创业之魂、力量之源，也是全省人民共同的精神财富。10年来，张家港精神不仅激励和支撑了张家港的大变化、大发展，而且激活了全省县域经济的"一池春水"。继续坚持和弘扬张家港精神、再创张家港辉煌，这不仅对张家港的未来发展极其重要，而且对全省进一步凝聚创业创新创优的精神力量，推动"两个率先"的伟大实践，也具有十分重要的作用。原江苏省委书记陈焕友专门撰文概括了张家港精神和张家港经验在全省范围产生的典型引路、推动全局的积极效应。一是增强了全省各级党政领导加快发展、率先发展的紧迫感和责任感。苏南、苏中、苏北的同志都看到，只要像张家港人那样，解放思想，更新观念，努力把潜在的优势转化为现实的优势，就能够加快致富奔小康，争当全省排头兵。二是形成了自加压力、敢于争先的喜人局面。各地对照先进，寻找差距，努力以张家港为榜样，立足高起点，选定高目标，提出高要求，各项工作争创一流。三是推进了文明城市的创建活动。以张家港会议为契机，各地开展了轰轰烈烈的文明城市创建活动，全省城市建设和小城镇建设迈出较大步伐，城乡面貌发生显著变化，城市化进程明显加快，进一步改善了全省的投资环境和人民的生活质量。四是促进了工作作风的转变。各地各部门以张家港人为榜样，加大各项工作的落实力度，全省呈现出聚精会神搞建设、一心一意谋发展的大好局面。在全国掀起"学习张家港"热潮的1995年，张家港邻近的吴县市委书记曾说过这样一句话："我们学习张家港，追求的是神似，而不是形似。"这个"神"就是张家港精神。从神似入手，日久见功，则神形兼备，这样便有了"苏南跃起六只'虎'"；便有了江苏不断总结推广张家港"两手抓"的新鲜经验；便有了全国许多地方"学习张家港，争创文明城"的响亮口号。

五、张家港精神的未来和发展

伟大的创业实践，需要伟大的创业精神。张家港精神作为一种区域精神，一方面其产生有其特定的时代性、区域性。它产生于改革开放，建设社会主义市场经济的特定时代，它孕育在张家港这块创业热土，被人们自觉地作为工作标尺、精神支柱。同样，它的弘扬和发展，也必然随时代所赋予的任务和地域的经济社会发展变化而不断规范、升华。另一方面，张家港的现代化建设创业活动，迫切需要再接再厉的精神动力。张家港人应该在现代化建设实践中，用自己艰苦创业，求实奉献，自立自强，开拓创新，赶超先进的行动，使张家港精神不断深化和升华，永葆青春活力。马克思辩证唯物主义认为，世界是永恒发展的，发展的根本动力来自于它自身的矛盾，事物发展是前进性和曲折性的统一，发展具有螺旋式上升的特点。从哲学的角度看，张家港精神的发展和创新应该具有三个最显著的特点，这就是它必须始终体现时代性、实践性和创造性。

1. 从时代性来看，张家港精神是在一定的时代条件下产生的，它的发展同样要面对自己的时代

党的十六大精神告诉我们，张家港精神也要与时俱进。我们正处在一个大变动、大转折、大发展的时代。当今世界经济、政治、文化的深刻变化，科学技术的日新月异，都要求我们自觉把握时代特征，顺应时代要求，紧跟时代步伐，站在时代前列，以马克思主义创新勇气和实践魄力，勇于实践，开拓进取。时代精神是继承的。新时代的精神，不是隔离历史的精神。张家港精神应当时刻吸取历史上各种优秀精神的精华。时代精神又是开放的。"千载通有无，万里扬中华"。张家港精神应在改革开放的年代汲取来自世界一切优秀精神的精华，敞开胸怀，迎接世界文明的熏陶，使自己更加丰富多彩，充满活力。时代精神又是人民的。人民群众是建设者和享用精神的主体。时代精神归根结底是服务于人民自己的。张家港精神已被人民群众喜爱、理解并且接受，它已成了张家港人日常生活的一部分。与人民群众结合在一起就会拥有强大而持久的生命力。今后一段时期，也是张家港实现"两个率先"、争当全省排头兵的重要战略机遇期。党的十六届三中全会明确了完善社会主义市场经济体制的目标任务和指导原则，党的十六届五中全会又提出了建设社会主义新农村的宏伟目标。这将是中国改革进程中的一个转折点、一个新起点，也是今后加快发展最好和最大的机遇。同时，长三角区域经济的一体化，给张家港带来了新的跨越式发展机遇。张家港人应该结合时代的变化和实践的发展，不断拓展张家港精神的内涵，提升其境界，使张家港精神更具时代特色和长三角地域特色。

2．从实践性看，张家港精神既立足于变化着的张家港发展实际，又必须继续沿着率先实现现代化的道路前进

张家港精神孕育于张家港市三个文明建设的实践。张家港人在改革开放实践中，特别是在精神文明建设过程中，巧妙地对吴文化去粗取精，并且促使江南文化和沙洲文化交汇融通，将江南人和沙洲人的优点结合起来，最终使张家港人的思想理念进化成为独特的张家港精神。实践在不断发展，张家港加快建设基本现代化的新情况、新形势需要不断提高新认识。张家港要进一步发展，既要坚持张家港精神的基本精髓，又要谱写张家港精神的新篇章；既要发扬优良传统，又要创造新鲜经验。张家港的实际问题是，当经济发展了，生活改善了，人们的精神面貌该如何进步？当城市繁荣壮大了，绿化美化了，市民素质该如何提高？当城镇变成城市，落后小县变成明星城市后，城市精神该如何提炼生成？面对"两个率先"的目标，新世纪的张家港人要少一点小富即安、自我陶醉的满足心理，多一些抢抓机遇、加快发展的进取观念；少一点墨守成规、坐等潮来的畏难心态，多一些参与竞争、勇立潮头的拼搏精神；少一点骄傲自大、固步自封的保守思想，多一些海纳百川、开拓创新的开放胸襟，凝心聚力、同心同德，在现代化建设实践中再展雄伟风采。

3．从创造性看，张家港精神应该在城市化进程中不断创新，也必须在城市现代化中升华为张家港的城市精神

一个伟大的城市，只有形神兼备，才能熠熠生辉。新兴城市需要一种城市精神。市委书记曹福龙（时任）讲："今天的张家港精神，其内涵应该既传承历史，又着眼未来。概括地说，就是全市上下要有奋勇争先的顽强气魄，锐意进取的创新胆略，兼收并蓄的开放胸怀，文明诚信的良好形象，团结协作的全局观念，乐于奉献的精神境界。"这正是对张家港精神内涵的又一次创新和提高。张家港精神赋予了张家港高贵、典雅的精神灵魂。在张家港城市化发展进程中，张家港精神应该成为张家港城市精神的合理内核，经过优化、扬弃、深化、升华，塑造出现代化张家港市的城市精神，全面促进张家港人的素质和人的思维方式、行为方式的现代化，促进张家港现代经济发展和社会发展相互配合、协调发展。

　　当然，张家港精神从本质上讲，它是一种精神的东西，实践是检验真理的唯一标准，精神力量再威力巨大，也不能离开实践。在实践中应当把昂扬的精神与严谨的科学态度结合起来，注重科学，注重客观规律，既要有饱满的热情，又要按规律办事，讲求实际效益，切忌片面性、绝对化。从而把创造性与科学性统一起来，把革命性与务实性统一起来，使张家港精神成为讲科学的伟大精神。

港城关爱新市民　　孙佳军 摄

当前，张家港正与时俱进弘扬张家港精神，争创张家港新辉煌，努力以经得起历史、人民和实践检验的实绩，真正让"张家港精神永放光芒，让张家港发展勇立潮头"。为此，张家港市将突出在四个方面下功夫：

一是始终保持敢为人先的锐气，以争先的精神创出率先的业绩。牢固确立"率先发展"的强烈意识，把争先进位贯穿到各项工作之中。一方面，要坚持"排头兵"的目标定位，努力使发展的内涵、质量、水平、层次在现有基础上"百尺竿头、更进一步"。另一方面，要坚持"全球化"的竞争视野。进一步开阔眼界，提高境界，善于借鉴国内外发达地区先进理念，自觉向国际先进水平看齐，以国际眼光、战略思维来研究组织区域经济社会发展。

二是始终坚持科学发展的态度，按客观的规律务求工作的实效。再创张家港新辉煌，需要把发展热情与科学态度有机统一起来，顺应发展趋势，遵循经济规律，为实现"两个率先"提供坚强支撑。一方面，要坚定不移推进新型工业化。加快高新技术产业化进程，加快采用先进技术改造传统产业，依托全市一批骨干企业，通过国际战略联盟、推进技术升级等方式，提高产业的国际竞争能力。进一步调整优化生产力布局，加快各类要素向开发区集聚，着力打造一批各具特色的现代制造业基地。大力发展现代服务业，不断完善和放大服务业组织生产的功能，加快保税物流园区和专业市场建设。另一方面，要坚定不移推进城市现代化。按照一城、四片区、182个行政村、300-400个现代社区居住点的布局结构，统筹考虑市域规划，加快推进控制性详规编制，力争再用3年时间，初步形成层次分明、相互衔接、相融互补的城镇体系。

三是始终突出执政为民的宗旨，用民本的理念建设和谐社会。大力弘扬张家港精神，发展先进生产力，归根到底是为了致富百姓、造福群众。同时，也只有让群众真正分享到改革发展的实惠，他们才会更加自觉地成为张家港精神的拥护者和实践者。为此，今后将更加注重全民创业，引导群众勤劳致富、创业致富；注重群众安居，大力推进农村居民集中居住，促进农村和城市接轨；注重扶贫帮困。继续加大弱势群体帮扶力度，健全社会救助体系，全面落实各项减免优惠措施，实实在在地解决好困难群众的生产生活问题。

四是始终凝聚团结拼搏的合力，以模范的行动锤炼过硬的队伍。团结为了拼搏，拼搏需要团结。再创张家港辉煌，需要一支拉得出、打得响的干部队伍。在新的形势下，对张家港的干部来说，要努力做到：敢负责，就是要对历史负责、对人民负责、对组织负责。要多为基层想办法，多为基层解难题，真正以负责任的态度求发展、求实效，以实实在在的行动取信于民；善创新，就是要用创新的意识超越自我，用创新的实践破解难题，用创新的机制争创优势，顺时应势，科学决策，以变应变，常创常新；讲奉献，就是要始终做到潜心于政、精心于业，服从大局，忘我工作，形成创业为先、奉献为荣的良好氛围。通过张家港全体干部群众的身体力行，使张家港精神成为"一面永不褪色的旗帜"。

"未来的张家港不仅要成为长三角现代化的中等城市，更要成为一个富有特色和竞争实力的港口工业城市、一个富有内涵和独特个性的生态园林城市、一个富有精神和文化底蕴的文明法治城市。张家港将以一流的业绩争当全省率先发展的排头兵。"张家港市委书记曹福龙（时任）对张家港的未来充满了信心。

崇高的精神是伟大事业的灵魂，伟大的事业是崇高精神的结晶。张家港经济和社会全面发展的硕果源于张家港精神，源于张家港人的拼搏奋进，成功的实践也再一次雄辩地印证了张家港精神强大的生命力。面对新的时代、新的希望，我们相信，张家港人将永远是时代的弄潮儿，张家港精神将永放光芒，张家港发展将勇立潮头，张家港也必将走向新的辉煌。

张家港市规模经济发展研究

2006年，我又应邀为《苏州蓝皮书》撰写了研究文章《张家港市规模经济发展研究》。被收录在《苏州蓝皮书 中国苏州发展报告2006》中。市委研究室袁驾云主任给予了大力支持。

规模经济的崛起，是张家港经济发展的最大亮点。至2006年末，张家港市年销售超亿元的工业企业201家，其中十大企业集团和50家骨干企业完成销售收入1600亿元，利税突破100亿元，沙钢集团销售收入突破500亿元；十大集团和50家骨干企业销售、利税分别占全市总量的67%、69%，在全市经济总量中三分天下有其二。成为江苏乃至全国拥有百亿企业最多的县（市）。不少企业或产品成为全国乃至国际同行业的"单打冠军"。本文拟从现实和历史的角度，对张家港市规模经济的发展作一些调研和粗浅思考。

一、张家港市规模经济发展现状

改革开放以来，特别是上世纪90年代后，张家港市坚持把做大企业规模、做强企业实力作为调整经济结构、增强综合实力的重要抓手，坚持以市场为导向，以资产为纽带，以骨干企业为依托，促进各类生产要素向优势企业、优质产品、优秀企业家集聚，使骨干企业的规模效应和集聚效应不断放大，形成了一批对全市经济发展具有较强支撑作用的规模型企业，培育了一批具有较强市场竞争能力的优势产品。通过多年的发展，张家港市规模经济呈现如下特点：

1. 规模工业企业数量快速增加

表3　年销售收入超亿元工业企业发展一览表

年　份	2000年	2001年	2002年	2003年	2004年	2005年
超亿元企业家数	57	67	79	94	119	151
其中：5-10亿	5	6	12	19	18	19
10-50亿	5	6	8	7	12	17
50-100亿	1		1	3	2	1
超100亿		1	1	1	2	3

从上表可以看出，近6年中，张家港市销售超亿元工业企业数年均增长23.55%，特别是销售10亿元以上的工业企业从6家发展到了21家。其中，十大企业集团的发展更为迅猛，可谓一年一个台阶。

2. 规模企业资产与效益总量成倍增长

以张家港市规模企业中最具代表性的十大企业集团为例，6年中，十大企业集团的销售、资产、效益大多翻了几番，在全市工业经济中所占的比重越来越大，对经济社会发展的贡献份额日见其厚。2005年，十大企业集团累计完成销售收入925.96亿元，利税总额54.36亿元，分别占全市总量的49.2%和49.5%。

表4　十大企业集团2000年-2005年发展一览

销售收入（亿元）

企业名称	2000年	2001年	2002年	2003年	2004年	2005年
沙钢集团	80.27	112.98	145.12	204.02	310.75	405.48
永钢集团	23.64	26.63	28.22	53.43	106.33	127.81
华芳集团	16.32	31.16	45.80	70.93	91.97	103.05
东海粮油	31.19	40.98	53.05	70.72	89.83	86.20
联合铜业	6.86	7.99	11.16	16.68	26.82	40.21

企业名称	2000年	2001年	2002年	2003年	2004年	2005年
张铜集团	6.79	10.63	15.01	20.12	26.31	43.15
骏马集团	2.76	4.32	10.25	12.32	23.28	40.55
澳洋集团	10.07	12.10	14.04	20.11	22.21	37.24
华尔润集团	8.66	9.07	11.38	14.38	18.38	22.25
华昌集团	5.50	6.65	9.04	11.62	15.74	20.03

利税（亿元）

企业名称	2000年	2001年	2002年	2003年	2004年	2005年
沙钢集团	4.19	9.02	13.11	18.01	34.31	22.43
永钢集团	0.9871	1.32	1.06	4.23	6.91	9.54
华芳集团	0.7086	1.89	2.55	4.42	3.96	6.84
东海粮油	3.39	2.17	1.57	1.98	−0.2344	1.14
联合铜业	0.1306	0.0664	0.2681	0.2100	0.9322	0.98
张铜集团	0.4419	0.6041	0.8039	0.9234	1.09	2.00
骏马集团	0.2411	0.1628	1.26	1.47	2.23	2.50
澳洋集团	0.6465	0.9928	1.21	1.30	2.28	3.85
华尔润集团	1.32	0.8389	1.45	2.83	5.23	2.30
华昌集团	1.07	1.55	1.83	2.14	2.64	2.78

总资产（亿元）

企业名称	2000年	2001年	2002年	2003年	2004年	2005年
沙钢集团	79.49	101.92	144.71	203.49	264.53	345.35
永钢集团	14.05	15.47	21.62	42.34	57.07	72.65
华芳集团	10.40	20.34	35.17	65.46	71.11	70.44
东海粮油	17.40	19.37	27.32	39.20	37.93	43.69
联合铜业	3.27	3.55	3.97	5.86	5.91	9.27
张铜集团	4.36	5.30	6.09	8.54	12.51	16.08
骏马集团	2.57	4.51	7.11	12.03	29.59	40.39
澳洋集团	13.50	15.09	14.96	15.97	19.10	27.96
华尔润集团	12.57	20.25	28.08	35.39	58.79	39.87
华昌集团	6.37	10.51	11.20	13.84	21.82	28.73

3. 规模企业市场地位不断提高

随着张家港市工业企业规模的不断壮大，产品的市场竞争优势愈加凸显，百强企业中的不少企业凭借强劲的技术开发能力和较大的市场覆盖率与影响力，成为具有较大市场知名度的工业品生产与制造基地。全市六大支柱产业中都有一些代表性的企业（以2005年为基准）：

冶金行业

沙钢集团：拥有年产铁1300万吨、钢1500万吨、钢材1500万吨、不锈钢薄板35万吨、镀锌板15万吨的生产能力，是国家最大的电炉钢和优特钢材生产基地。在全国钢铁行业中名列第五，是全国最大的民营钢铁企业，全国第二大民营企业，跻身全世界最具竞争力的23家钢铁企业行列。

张铜集团：国内最大的空调制冷用铜管和覆塑铜水管生产基地。

华达涂层：拥有年产彩涂板40万吨生产能力，是全国最大的彩钢板生产基地。

纺织行业

华芳集团：全国第二大棉纺企业。

骏马集团：拥有11万吨锦纶帘子布和2万吨涤纶帘子布、5万吨钢帘线的生产能力，是国内最大的轮胎骨架材料生产基地。1万吨医用无纺布项目竣工投产后，将成为全国最大的医用无纺布生产基地。

天霸集团：国内最大的氨纶纱生产企业。

龙马纱线：世界上最大的雪尼尔纱和特种纱以及相关产品的制造商。

化工行业

华昌集团：世界最大的次亚磷酸钠生产基地。年产能力1.8万吨。

飞翔化工：世界最大的胺类产品生产基地。

天鹏化工：拥有年产氧化铅8万吨和硅酸铅4万吨的生产能力，是全国最大的铅盐系列生产经营厂家之一，市场占有率亚洲第一。

常余化工：产品氧氯化磷在全国产量最大；1，3，5-吡唑酮在全国销售量最大；磷酸三乙酯、磷酸三（丁氧基乙基）酯、磷酸三（2-氯丙基）酯出口量最大；国内独家生产9-蒽醛、丁氧基磷酸三乙酯。

国泰华荣：国内最大的锂离子电池电解液生产基地，产销量占国内市场45%的份额。

浩波化学：国内最大的双乙烯酮和AK糖产品生产商，也是国内唯一达到国际标准（99%以上）的工厂。

机电行业

长江润发集团：国内最大的电梯导轨生产基地。

海陆锅炉：船用锅炉产品的市场占有率达55%，炼钢炉烟道产品市场占有率达70%，低温容器的市场占有率达60%。干熄焦炉产量国内第一。

海狮机械：国内最大的洗涤机械专业生产厂家。

华机集团：国内最大的碱回收蒸发器生产基地，市场占有率超过85%。

金帆电源：蓄电池化成充放电电源及测试设备连续三年销售国内第一，国

内市场占有率超过60%。

粮油食品行业

东海粮油：拥有年产精炼油70万吨、面粉20万吨、饲料60万吨的生产能力，是全球规模最大的综合性粮油食品加工基地。

菊花味精：国内第三大味精生产企业。

建材行业

华尔润：具有年产4200万重箱浮法玻璃、50万M2微晶装饰板材和500万M2加工玻璃能力，是目前国内最大的浮法玻璃生产基地。

4. 规模企业的品牌效应迅速放大

张家港市将名牌战略作为推进工业经济持续发展的重要举措，着力强化企业的基础管理工作，积极推进企业采标和ISO质量体系认证工作，加快与国际接轨的步伐，重点扶持具有一定生产规模、较强经济实力、较高技术含量、较强创汇能力的企业和企业集团申报名牌产品。至2006年末，张家港市有9家企业的11个产品成为中国名牌产品，拥有中国驰名商标2件，江苏省名牌产品38个，江苏省著名商标42件，省质量信用产品38个。近500家企业通过了ISO9000质量体系认证。另外，还有40多家生产企业参与了国家和行业标准的制订。

二、张家港市规模经济的发展轨迹

工业经济走规模化发展之路，是市场经济条件下提高社会资源配置效率，充分利用生产要素的必然要求。规模经济在很大程度上反映和决定着一个地区、一个企业经济运行的质量和发展水准。张家港市始终坚持把发展规模经济作为加快经济发展的重大战略来抓。1992年，张家港市在全省率先建立省级乡镇企业集团，1996年开始培植百家重点（骨干）企业，1998年起又实施"双十"（十大开工项目、十大竣工项目）工程，集中力量扶优扶强，坚定不移走规模经济发展之路。

1. 率先组建企业集团

20世纪80年代后期，张家港市委、市政府提出要加快培育和发展集约型、外向型和科技先导型的企业集团，提高工业经济规模效益和竞争能力，开始组建市级企业集团。1992年，张家港市根据江苏省人民政府1990年颁发的《关于推进发展企业集团的意见》精神，于5月组建了全省首家省级乡镇企业集团——江苏贝贝集团。至1994年底，全市累计组建以产权为纽带，跨地区、跨行业、跨所有制，集科、工、贸为一体，综合功能较强的企业集团63家，其中省级企业集团48家、市级企业集团15家。1995年，张家港市委、市政府下发《关于发展规模经济的若干意见》，全市按照社会化协作、专业化分工、集约化经营和现代化管理的要求，在全省率先开展了以资产重组、优化组合为重点的25家行业性集团的组建工作。并按照典型引路、企业自愿、政府推动、政策引导、坚持标准、成熟一批组建一批的原则，坚持以资产为纽带、名优产品为核心、骨干企业为龙头，以大带小、以强带弱、强强联合，采用控股和参股等方式，不断推进企业组织结构调整。至1997年，全市共组建省级以上企业集团97家，其中国家级乡镇企业集团27家，集团数量位居全省各县（市）之首。在国家统计局公布的2004年中国千家最大企业集团中，张家港市有9家企业入围。

表5　2004年度张家港市入围中国千家最大企业集团一览表

集团名称	营业收入总额（亿元）	排名
江苏沙钢集团	311.24	56
华芳集团	169.14	125
江苏国泰国际集团	120.60	161
江苏永钢集团	116.62	165
江苏丰立集团	37.92	513
江苏张铜集团	28.05	677
江苏骏马集团	23.61	756
江苏澳洋集团	22.21	801
江苏华尔润集团	20.20	866

注：国家统计局公布

2. 重点培育百家骨干企业

从20世纪90年代中期起，为加快推进规模经济快速发展，张家港市明确提出了实施"规模优势"战略，力求在全市形成一大批规模型企业群体。1996年起，市委、市政府以企业销售收入为主要标准，每年筛选100家企业（其中前10名为十大企业集团）作为全市扶持培育的重点（骨干）企业，同时明确扶持政策，强化激励机制，重点对十大企业集团给予资源享用、行政服务、减负增贷等优惠，以推动骨干企业上规模、上水平，努力打造一批在全省、全国乃至国际上有知名度的规模型企业，规模优势日益显现。20世纪90年代后期，随着企业体制改革的不断深化，张家港市坚持以市场为导向、资产为纽带，以十大企业集团和五十家骨干企业为依托，积极实施收购、控股、兼并和联合等多种形式的资产重组，加速存量资产和生产要素向优势企业、优势产品和优秀企业家聚集，使存量资产在更大范围内实现优化组合。全市百家重点企业的支撑带动作用越来越突出。

进入21世纪后，张家港市委、市政府又以我国加入WTO为契机，主动适应经济全球化趋势，大力实施大企业大集团战略，对企业实行分类指导，进一步增强规模企业的支撑力和带动作用。政府制定出台了扶持百家骨干企业的"二十条"优惠政策，每年动态排出"十大企业集团""五十家骨干企业"和"四十家成长型企业"名单，实行优进劣出。对百家骨干企业在资金融通、信用担保、市场开拓、人才培训及网络建设等方面给予重点支持，并建立了重点企业、重点项目挂钩制度。通过一企一策、一事一议、现场办公等形式，协调解决企业改革发展中遇到的各种问题。每年都根据企业规模、效益、科技含量和社会贡献等因素，表彰一批先进企业和优秀企业家，从而使规模企业确立了"好了更好，强了更强"的经营理念，树立了"要么不做，要做就做第一"的远大抱负。全市百家重点企业的整体素质和发展层次不断提高，近20家企业已发展成为全国乃至国际上有知名度的规模型企业，特别是十大企业集团已成为全市工业经济的支柱产业及规模经济、民营经济和外向型经济的最大亮点。

表6　2004年度张家港市入围中国千强工业企业一览表

入围企业名称	总排名	上年总排名
江苏沙钢集团有限公司	28	35
江苏永钢集团有限公司	141	258
华芳集团有限公司	174	180
东海粮油工业（张家港）有限公司	177	181
江苏张铜集团有限公司	597	750
江苏骏马集团有限责任公司	669	—
江苏澳洋实业（集团）有限公司	701	751
江苏华尔润集团有限公司	831	
江苏华昌（集团）有限公司	942	—

注：国家统计局公布

3. 大力实施"双十"工程

自1998年起，张家港市委、市政府在对国家产业政策、行业投资走向及全市工业经济发展趋势进行全面分析和综合论证的基础上，每年都认真筛选和确定全市十大开工、十大竣工重点项目。"十五"期间，实施"双十"工程累计开工建设江苏沙钢集团的650万吨热卷板等项目50个，计划总投资284.63亿元；累计竣工项目46个，完成一期项目4个，实际完成投资258.51亿元，其中最大的项目江苏沙钢集团的650万吨热卷板及辅助工程项目总投资达110.96亿元。为确保"双十"工程落到实处，市委、市政府对"双十"项目实行领导挂钩制度，不定期进行现场办公，政府职能部门进行动态跟踪服务，在资金筹措、技术保障、物资供应、设备订货、安装调试等重点环节实施过程管理，实现项目建设速度、质量、效益相统一。通过8年"双十"工程的实施，全市主导产业的优势更加突出，产品的科技含量不断提升，产业升级步伐得到加快，规模集聚效应进一步放大，工业经济发展后劲持续增强。

张家港的规模企业能够迅速做大做强，得益于张家港市历届领导班子决策思想

和扶持政策的连续性。每届市领导班子都能一以贯之地坚持按照国家产业政策，引导重点骨干企业，广泛筹措资金，高起点、不间断、大力度地实施技术改造。张家港决策层把过去由政府主导型的管理方式调整为产业引导和战略引导的方式，帮助规模企业对客观环境、创业环境、企业实力以及产业的全球性趋势进行科学分析和客观评价，以政策引导骨干企业制订适合企业实际的中长期发展战略，拓展企业家的视野，吸纳新的经营理念，从而使企业能够在激烈的市场竞争中不断壮大发展。

三、张家港市规模经济发展中存在的矛盾和难题

规模经济已经成为张家港市制造业发展的一大优势，一批企业在全国同行业中保持领先地位。但是也要看到，张家港市的规模经济同样存在不少隐忧：一是内部结构还不尽合理。从行业结构看，百强企业中，冶金行业经济总量占到了50%，纺织占22%，其他产业仅占28%。而冶金产业属高投入、高消耗的资金密集型产业，竞争异常激烈。同时，国家宏观调控政策对冶金产业影响至深，预计冶金产业的优胜劣汰进程将进一步加速；纺织产业属劳动力密集型产业，随着用工成本的不断趋高和劳动力的流动加快，纺织行业生存处境将日显窘迫。从组织结构看，规模企业群中明显存在断层，百强企业中除沙钢、永钢、华芳和东海粮油等企业集团超百亿，在苏州市排名比较靠前外，其余企业都在30亿元左右，两头多、中间少，缺乏中间层次，发展后劲相对不足。二是应变能力有待进一步提高。近两年来，国内宏观环境偏紧、原材料价格持续上涨、能源供应紧张，而国际市场上铁矿石大幅涨价、原油价格高位运行、欧美对我国纺织品进口设限，国内外市场形势的复杂多变对企业的发展预期和经营策略产生了诸多不利影响，尽管大部分企业采取了及时有效的应对措施，保持了稳健的增长态势，但仍有部分企业出现了不适应的症状。规模企业的市场经营风险正在加剧，对全市经济的稳定增长带来了考验。三是辐射带动作用不够明显。全市规模企业在注重自身单体扩张的同时，对众多的中小企业和富民还没有很好地起到组织带动作用，企业之间的产业链延伸不够，上下游配套产业

发育不够充分。此外，百强企业中知名品牌仍然偏少，这也在一定程度上影响了全市产业集群的培育壮大。

张家港市大多数企业在做大做强方面都有各自的设想和发展规划，但在不断发展壮大的过程中也遇到了不少困难，最突出的主要有以下几个方面：

1. **资源要素紧缺**

张家港市工业销售收入过千亿，产业板块和产业链初步形成，冶金、纺织、粮油、机电、化工等行业中都形成了一批大型骨干企业，具备了很强产业扩张能力，但从张家港市现状来看，资源禀赋先天不足，环境承载能力较为脆弱，已对工业经济的规模发展造成了很大的瓶颈制约。在土地上，近几年GDP每增长一个百分点，约消耗土地1000亩左右，目前该市人均耕地已低于联合国划定的0.7亩警戒线，土地资源面临着用地指标和可用土地"双紧缺"的矛盾。在能源上，近几年来，尽管传统产业企业普遍采用了国际先进技术和装备，但由于重化工业程度高，制造业的消耗总量居高不下，而且张家港煤、油及绝大部分工业原材料依赖外部供给，在生产要素平衡难度加大的同时，也给运输造成了较大的压力。在环境上，尽管环境治理力度不断加大，但随着工业总量的快速扩张，污染物排放量的增幅虽远低于经济增长，但其绝对值已经接近了区域环境的承载极限。

2. **宏观政策影响**

税收政策影响。这对张家港市总量最大的两家钢铁企业影响最为突出。国家的一系列宏观调控政策措施，都把钢铁行业列为调控重点，企业想要再投入，融资难度加大。对于房地产的调控政策，又使钢材市场价格波动，加上相继出台的取消钢坯出口退税和降低钢材出口退税政策，都成为企业的增本减利因素。金融政策影响。随着银行审贷越来越严格，信贷门槛越来越高，加上融资方式的单一，使不少企业资金紧缺矛盾十分突出，尤其是对部分中小企业影响更大。国际贸易政策影响。由于2005年初纺织品出口取消配额限制，使我国外贸出口额剧增，对此美国和欧盟对我国部分纺织产品设限实行"特保"政策，给部分纺织服装企业业务订单带来影响，产品市场行情出现波动，价格下跌，直接影响企业效益。

3. 技术创新能力相对薄弱

技术创新是提升企业核心竞争力的中心环节。张家港市支柱产业主要集中在传统产业上，全市高新技术产业发展相对滞后。即使是现有高新技术产业，也主要是以金属和化工为主的新材料产业，其他新兴产业仍处于起步阶段。虽然张家港市十分注重企业科技创新能力的培养，但企业间产品同质化现象仍较为明显，拥有核心技术和自主知识产权的企业和产品还不多，企业信息化运用程度尚不高。

4. 人才支撑能力不足

人才是企业发展中最重要的要素，随着企业的逐步发展壮大，对各级人员知识和技能的要求进一步提高。而一些企业用人制度还不够规范，对人才结构缺乏科学的设计，导致员工的综合素质与企业的快速发展不相适应，特别是缺乏高素质的经营管理人才。劳动力资源影响也在加大。许多纺织服装等劳动密集型企业和比较艰苦的企业都存在缺员现象。部分小企业人员流动性较大，给产品质量带来不良影响。

四、推进张家港市规模经济发展升级的对策建议

规模企业的发展水平和竞争能力是衡量区域经济实力和竞争力的重要尺度，规模企业的发展决定着区域经济增长的潜能和核心竞争力的强弱。张家港市第九次党代会提出了"发展高质量经济"的战略目标，全市将更加坚定地贯彻落实科学发展观，坚持走新型工业化道路，以科技进步和体制创新为动力，以传统支柱产业为依托，以现有规模企业为主体，以高新技术产业为先导，以"两区两园"为主要载体，本着"立足现有，发挥优势，扩张总量，提升层次"的原则，推进产业集聚、企业集群，加快产业结构由"重"变"轻"，产业链条由"短"变"长"，产业布局由"散"变"聚"，不断提高主导产业的综合竞争能力和可持续发展能力，加快从"经济大市"向"产业强市"转变。要实现这一目标，很重要的一条就是要充分发挥规模企业的支撑带动作用。下一步，张家港市应进一步落实相关措施，加快推进规模企业做大做强做优，促进工业经

济整体水平和竞争实力不断提高，实现可持续发展，为率先基本实现现代化奠定坚实基础。

1. 推进产业集聚，努力培育壮大规模企业

根据张家港市冶金、纺织、化工、建材等行业产品总量较大的实际，应突出在消化现有产能上下功夫。要通过相关产业的横向拓展和协作配套，提高各行业加工、深加工和综合配套能力，提高产业关联度；通过龙头企业的上下游配套和两头延伸，拉长产业链，形成企业集群。要对全市重点骨干企业实行分类指导，形成一支庞大的"规模企业梯队"。突出抓住大的，继续把十大企业集团、五十家骨干企业的发展作为经济工作的重中之重，抓紧培育一批超百亿的旗舰型企业；加快发展中的，对全市现有规模以上企业加强指导，鼓励他们抓技改、上项目、快发展，加快做大做强；注重培育新的，对年销售1000万元以上规模企业实行跟踪管理，对有发展潜力、成长性好的企业实行重点指导和扶持，加紧培育一批规模企业(百强企业)后备企业，从而为张家港市规模经济发展不断注入新的活力。

2. 做精产业板块，加速形成一批特色制造业基地

调整经济发展布局，以现有规模企业和专业园区为依托，以行业龙头企业为核心，按照"放大特色、集聚优势"的要求，加速形成一批具有国际竞争力、在全国处于领先的重要生产基地：一是精细化工生产基地。以扬子江国际化学工业园为依托，以陶氏化工、雪佛龙化工为龙头，推进以美国道康宁、日本三井等跨国公司以及苏化集团等国内外大企业为投资主体的精细化工、基础化工和石油化工大项目。二是钢铁生产基地。以扬子江国际冶金工业园为依托，以沙钢集团、浦项制铁为中心，加快建设以黑色金属、有色金属、稀有金属的冶炼、加工为主的产业基地。三是粮油综合生产基地。东海粮油公司要重点发展成为全球最大的综合性粮油加工基地。四是纺织基地。进一步发挥华芳、骏马、澳洋、扬子纺纱、扬子毛条等龙头企业的作用，尽快实现由纺织大市向纺织强市的转变。五是沿江能源基地。以沙洲电厂、华宇电力公司燃气蒸汽联合循环机组为中心，加速形成沿江能源基地。六是港口物流基地。以保税物流园区为中心，进一步做大张家港保税区化工品交易市场，建好木材、羊毛、粮油等交易市场，整合公路配载、运输、货代、船代、报关等物流企业，将保税区建设成为苏南地区进口商品的物流中心。七是建材生产基地。华尔润集团以玻璃深加工为重点，向配套化、系列化方向发展，保持全国最大的浮法玻璃及深加工基地的地位。此外，以各镇工业集中区为依托，对五金工具、饮机塑机、羊毛衫、氨纶纱线等原有一些乡镇和工业小区中初具规模、具有地方特色的块状经济，也要继续加强培育和引导，使之进一步形成规模优势。

3. 加快技术创新，促进规模企业提档升级

依托全市现有百强企业，继续实施扶优扶强战略，促进骨干企业从"规模一流"向"技术一流"转变，从"支撑作用"向"龙头作用"转变，不断提高规模企业的技术创新能力、资源整合能力和行业"话语权"。鼓励重点骨干企业立足现有产业基础，以技术进步和创新为支撑，通过产品结构、技术结构的调整，积极改造工艺技术，提升产品档次。进一步推动规模企业与大专院校、科研院所的联合，建立以资产或技术成果为纽带的多种形式的产学研联合体，建立工程技术研究中心、技术中心、博士后工作站等研发机构，加快先进技术和高新产品的研发。加快建立和健全企业技术创新服务体系及重点行业共性技术和关键技术的开发推广体系，建设为特色产业集群化发展服务的公共技术平台。积极实施国债项目、国家火炬计划、省级科技攻关计划、国家重点新产品计划等项目，开展技术攻关，推进自主开发，不断提高生产效能。加速形成一支强有力的研发队伍，不断增强企业自我创新能力。大力推进企业信息化，通过以信息技术改造传统产业，促进信息产品与传统产品的融合，增加产品的信息技术附加值。加速企业管理信息化，鼓励企业应用先进的信息管理技术，实行业务流程再造和管理创新，促进人力、物力、财力和技术等各种资源的优化配置，实现生产力的跨越式发展。

4. 推动联合重组，加快实施"走出去"战略

支持规模企业实施"走出去"战略，推进产业转移，实现低成本扩张，鼓励企业在本地做总部、做营销、做品牌，"走出去"做工厂、做产品、做市场，把营销总部、核心技术、企业品牌留在张家港，加快提档升级，提高经济效益。积极推进跨地区、跨行业、跨所有制的资产并购、重组、联合，在更大范围和空间内控制、利用、整合资源。围绕资源、能源和市场，鼓励企业向前道延伸掌握原料资源，降低生产成本。引导企业完善内部治理结构，加快建立现代企业制度，形成适应竞争、充满活力的管理机制。继续加强企业资本经营，加快企业上市步伐。支持骨干企业和国际同行业知名公司加强各种形式的合资合作，提升产业层次和发展水平，增强在国内外市场上的竞争实力。

5. 促进名牌带动，扩大品牌经济效应

引导规模企业从传统的产品经营上摆脱出来，积极推进资本经营、品牌经营、人才经营、文化经营。大力推进品牌经营，积极培育名、优、新、特产品，打造一批具有自主知识产权和较强市场竞争力的名牌产品。充分发挥骨干龙头企业的品牌效应，通过联合、兼并、重组等形式，发挥沙钢线材、华尔润浮法玻璃、华芳棉纱、张铜空调管等20多个在国内同行业"单打冠军"的品牌及市场优势，强化营销策划，扩大形象宣传，加大海内外市场开拓力度，提高优势产品的市场占有率。引导企业着眼长远利益，注重品牌效应，积极主动做好申报和争取工作，力争全市每年都有几个产品进入中国驰名商标和中国名牌产品行列，不断提高规模企业对外影响力和名牌产品的市场竞争力。借助国际知名企业的资本和技术，嫁接拓展国际知名品牌。强化知识产权保护执法，努力把张家港建成知识产权强市。大力发展企业文化。引导规模企业把企业文化建设摆上议事日程，积极培育富有时代特征、具有鲜明个性的企业精神，发挥好企业文化"内增凝聚力、外增形象力"的作用，推动企业更快更好地向前发展。

6. 加大政策支持，优化规模企业成长环境

调整相关政策措施，进一步加大对规模企业的扶持力度，为企业做大做强创造更好的政策环境。针对张家港市工业企业的特点，应在以前政策的基础上，对规模企业制订完善以下激励政策：一是鼓励企业进入规模型行列。对销售首次超10亿、20亿、50亿、80亿、100亿、200亿、500亿的企业实行不同数额的一次性奖励。对纳税超过一定规模并保持一定增幅的企业给予一次性奖励。二是加大财税扶持力度。对于十大企业集团、五十家规模型企业、四十家成长型企业等百强企业，以上年度上缴税收地方留成部分为基数，当年新增税收地方留成部分，分别按照不同的比例提留，由财政专户储存管理，用于返还补贴企业实施再投入、再发展的技术改造项目。对百强企业缴纳的政府性基金，在上年实际上缴基数的基础上，新增部分减半征收，以鼓励企业做大做强的积极性。三是加大要素协调力度。优先帮助重点骨干企业协调解决项目建设中的用地等事项，对新上有利于提高企业核心竞争力的重大项目用地予以重点保障。优先帮助重点骨干企业协调解决在煤、电、油、运等方面遇到的困难。对全市"双十大项目"等重点工业投资项目，在资源配置、收费减免等方面给予倾斜，对项目实施过程进行全方位的跟踪服务。四是对规模企业技术改造实施资助。对规模企业新上项目尤其是符合国家产业政策的技改项目以及科技创新项目，建立项目报批的"绿色通道"，优先列入国债项目、重点专项计划和省技改贴息贷款计划，使企业得到国债资金和贴息贷款等多方面的政策扶持。对国家、省、市重点技改项目按设备实际完成投资额的一定比例享受资助；对引进国际先进设备进行技术改造的项目，按进口设备额的一定比例给予资助。

7. 注重人才建设，增强规模企业发展活力

完善政策措施，引进和培育高素质人才。大力建设吸纳人才的新机制，通过设立人才开发基金，建立政府津贴制度、知识产权入股制度、技术创新人员持股制度、优秀人才柔性流动制度等措施，加快引进企业急需人才。着力引进一批国际领先或国内一流水平的学术、技术带头人，拥有自主知识产权、掌握尖端技术的专门人才，高素质的经营管理人才，熟练掌握实用技术的技能人才和优秀高校毕业生，为规模企业发展提供人才支撑。优化教育资源配置，与高等院校联办教育培训基地，为企业培养高层经营管理人员，使经营管理人员逐步掌握现代企业经营管理知识、市场经济知识等，从而提高企业的经营管理水平。适度控制外来人口增长，适当提高部分行业的进入门槛，加强对外来劳动力的教育培训，完善外地农民工社会保险政策，逐步落实外来务工人员的"市民待遇"，切实保护外来劳动力合法权益，加快建设一批适应产业升级要求的"蓝领队伍"，为规模企业加快发展提供劳动力支撑。

来自长江流域的民族民间艺术巡街表演

中国（张家港）长江文化艺术节开幕晚会

保税科技长江国际码头

世界500强江苏沙钢集团一角

江苏科技大学、沙洲职业工学院图书馆

张家港市第一人民医院

张家港企业"走出去"的战略思考

2007年,我主持了江苏省社科联立项研究课题,"经济较发达地区实施'走出去'战略研究——以江苏省张家港市为例。"课题自2007年10月12日批准立项以来,在市委研究室袁驾云主任支持下,我带领课题组施建彬、李笑梅、潘龙宪等成员于2007年下半年先后召开相关座谈会,邀请分管领导或熟悉情况的科室人员开展讨论,深入江苏国泰国际集团、江苏金厦建设集团、江苏澳洋集团、中国华芳集团、江苏丰立集团、江苏东渡集团、张家港市长江润发集团等企业进行实地调研,与企业负责人座谈。并组织赴宿豫张家港工业园等地考察调研,实地考察对外投资状况。经过分析讨论后撰写课题研究报告初稿和分报告。2008年上半年修改完善研究报告,向张家港市提供决策参考。

课题得到了张家港市委主要领导的充分肯定,并直接为张家港市制订有关政策提供了参考依据,间接促进了张家港市企业"走出去"走得更好。文章先后刊发在中共江苏省委研究室《调查与研究》2008年第23期,中共苏州市委研究室《调研与参考》2007年第30期和《苏州蓝皮书 中国苏州发展报告2007》上,获评苏州市第九届优秀调研报告一等奖,并被多个网络广泛转载,对全国其他地区实施"走出去"战略起到了一定的借鉴作用。

党的十六大明确提出:"要坚持'引进来'和'走出去'相结合,全面提高对外开放水平。"我市围绕利用好国际、国内两个市场和两种资源,鼓励和支持有条件的企业走出市域、省界实施产业转移、区域合作,走出国门开展境外投资、工程承包和劳务合作,拓展了市外、省外和海外等广阔的发展空间,"走出去"成为我市开放型经济工作新的亮点。

 第三只眼看港城

一、张家港市企业"走出去"的基本现状

我市的"走出去"战略是个广义概念,一是指张家港市的产品、服务、资本、技术、劳动力、管理,以及企业本身走向国际市场,到国外去投资建厂,开展竞争与合作。二是指张家港市企业打破地域界限,走出市域省界到国内其他地方投资办厂,拓展新的发展空间,实施产业转移、区域合作。

我市作为全国经济较发达地区,企业"走出去"步子迈得较早,成效也较为显著,已经连续多年名列全省前茅,并呈现出以下特点:

1. 从发展势头看,境外投资提速有力,潜力很大

2000年以后,我市企业抓住中国加入WTO机遇,开始积极运筹和实施海外发展战略,特别是2004年以来,我市境外投资突飞猛进,连续三年在全省县市中名列第一,投资份额占到整个苏州的30%、全省的15%左右。而且境外投资意向日益增多,信息储量不断扩大,目前在手的信息涉及采矿、冶金、建材、机械、五金、纺织、服装、玻璃、食品加工、房地产、建筑、木材采运等行业,计划投资总额超5亿美元。

2. 从投资区域看,国际国内比翼齐飞,发展迅猛

在海外投资中,亚洲地区项目23个,投资额3864万美元,占33.8%;非洲地区项目5个,投资额2843万美元,占24.8%;澳洲地区项目2个,投资额4074万美元,占35.6%;欧美地区项目12个,投资额657万美元,占5.7%。国内投资据不完全统计,近几年我市百家重点骨干企业到外地投资500万元以上项目超过40个,投资的区域包括苏中、苏北和新疆、山东、浙江、广东、辽宁等地,总投资超过60亿元,绝大多数项目已经竣工投产。

3. 从投资主体看,民营资本首当其冲,表现突出

目前我市29个境外项目投资主体全部是民营转制企业,而且大多数企业在行业中居领先或优势地位。沙钢、丰立、银河、东渡、牡丹、长江、海狮、国泰等企业已经成功开展跨国经营活动。其中,沙钢集团批办项目2个,总投资1872万美元;丰立集团批办项目2个,总投资3300万美元;其元集团批办项目

4个，总投资2799万美元；国泰集团批办项目10个，总投资1084万美元；海狮集团批办的3个项目均为技术出资。境内跨地区投资自2000年以来，我市十大企业集团中的高新张铜、华尔润集团、澳洋集团和重点骨干企业中的长江润发、宏宝集团、华达涂层、东渡服装、龙马纺织等十几家企业的20多个项目已经在苏北、苏中落户，总投资超过25亿元，其中大部分项目已经投产见效。

4. 从投资形式看，跨国并购开始涌现，升级在望

虽然独资、合资、合作等普通投资形式的项目仍然占绝大多数，但是，新中环保全额收购加拿大沃森工公司、爱丽塑料收购英国Eletile-UK Ltd.55%的股份、丰立集团收购FMG公司700万股以及沙钢集团联合瑞钢联集团和香港泛亚矿产公司设立香港公司收购澳大利亚ABM公司90%的股权这四个项目的出现，表明我市境外投资已经上了新的高度。而其元集团在埃塞俄比亚连续设立水泥、镀锌焊管、彩钢板项目以及规划实施东方工业园项目，说明我市境外投资开始向批量型的集聚投资方向发展。

5. 从项目类别看，多元拓展势头良好，前景光明

2003年以前，我市的境外项目基本上是一般生产企业、贸易公司和代表处。从2004年开始，境外加工贸易得到发展，海狮集团在俄罗斯创办了首家境外带料装配企业，随后玉龙装饰材料、大叶酒店家私、其元集团、宏宝股份接连批办了6家境外加工贸易企业。2004年以后，牡丹集团、国贸股份、丰立集团、长江润发集团、爱丽塑料批办了5家研发贸易公司。特别是在境外资源开发利用上，我市已经成功批办了3个项目，沙钢集团威拉拉铁矿项目和丰立集团FMG铁矿项目均相继刷新了我省最大境外投资项目的历史纪录，成为全省境外投资的亮点。而沙钢集团正在报批的投资1亿美元收购澳大利亚ABM公司矿山和球团厂的项目，又将成为全省最大的境外项目。

6. 从项目质量看，规模项目越来越多，质量提升

在42个境外项目中，累计投资总额1.14亿美元，中方出资额1.04亿美元。近几年新办的境外项目实施总体比较顺利，2000年之后批办的34个项目中8个处于筹备阶段，其余均处于土建施工和正常运营状态，仅有1个香港办事处停业。近几年新办的境外项目实施总体比较顺利，有的已经获得了超出预想的回

报,像丰立集团FMG项目的股票市值已经从当时的协议收购价1澳元飙升至27澳元以上,赚了个盘满钵满。沙钢集团通过威拉拉铁矿项目也获得了超过协议供矿的数量和利润。

二、实施"走出去"战略是经济发展的必然选择

在经济全球化的浪潮中,我们只有积极主动地参与国际竞争,"与狼共舞",不断提高企业的综合竞争力,在技术水平、产品质量、品牌优势方面全面与国际接轨,才能逐步培养自己的跨国公司,在更广阔的空间进行产业结构调整和资源优化配置,在国际新一轮分工体系中占据有利地位。

1. 走出去,是遵循投资发展规律、加快地区经济发展的内在要求

根据世界著名跨国公司专家邓宁(英国)的"投资发展周期理论",当人均GDP达到4000美元以上,对外直接投资增长速度可能高于引进外国直接投资的速度。2006年,我市实现地区生产总值(GDP)841.62亿元,人均GDP按户籍人口计算接近10000美元,按常住人口计算约7660美元。而且,经过多年的发展,我市的冶金、纺织、服装、机械、轻工、化工、建材等技术相当成熟,管理水平先进,营销网络发达,产品出口达到了55亿的规模。可以说,我市企业的规模、技术、人才都具备了"走出去"的优势,已经处在对外投资快速增长的黄金时期,完全应该在"引进来"的同时加快"走出去",在全球开辟经济增长的"新绿洲",在国内版图上加快产业转移、加速企业扩张,为张家港迎来一个全面加速发展的新时期。

2. 走出去,是应对经济全球化、促使产业结构调整与升级的迫切需要

随着WTO保护期的结束,所有企业都面临着经济国际化的正面竞争。经济全球化需要企业面向全球寻找资源和市场。同时,国内宏观政策调控严格并且常态化,发展空间更加紧张。我市规模型企业应当充分利用自身的比较优势,通过对外直接投资的方式"腾笼换鸟",将劳动密集型、资源消耗型、产业层次相对较低的纺织、冶金、化工等产业逐步转移到其他发展中国家或者是国内欠发达地区,为我市留出发展空间,引进发展产业层次和水平更高的高新技术产

业，推动我市产业结构的升级和优化。而且，我市越来越多的企业有条件也有能力利用成熟技术和设备对外投资，转移过剩产能，在全球范围实现资源优化配置，开展专业化、集约化、规模化的跨国生产和经营，扩大出口，增强国际竞争力。

  3. 走出去，是缓解资源瓶颈制约、保持经济可持续发展的必然选择

  我市是资源缺乏性城市，土地、能源、资金、运输等制约因素突出。"走出去"正是节约本地资源，保持经济可持续发展的重要途径。从国际看，世界许多国家和地区，人口少、资源多，与我国的经济互补性很强，大胆"走出去"，就会找到更多的发展机遇。2004年，沙钢投资参股澳大利亚威拉拉铁矿合营企业，每年可从合营企业承购铁矿石250万吨；丰立集团投资2500万美元到境外参与铁矿开采，每年可获得400万吨的高品位铁矿资源，这就充分证明了我市企业到境外投资资源开发完全可行。我市企业"走出去"开发资源，不仅可以在一定程度上帮助国家缓解资源供给的紧张局面，而且也有助于探索地方企业如何走向世界的经验，对全国都有借鉴意义。从国内看，我市本地的资源依赖型企业如能走出市外、省外，到资源供给丰富的中西部地区和苏中、苏北选址设厂，不仅有利于我市缓解资源瓶颈、降低GDP综合能耗、改善环境保护压力，而且还能使走出去的企业降低资源使用成本、资源输送成本，进一步提高市场竞争力。华芳集团、澳洋集团在新疆投资办厂的成功运作，就是很好的示范。而我市越来越多的企业到苏北投资的实践证明，南北挂钩已成为我市企业解决资源瓶颈制约的有效办法。

  4. 走出去，是抢占市场有利要素、提升企业核心竞争力的最佳选择

  一方面，国际贸易摩擦步入多发期，我市纺织、化工、机电等支柱产业受到的影响越来越大，出口依存度较高的企业均受到不同程度的冲击。要突破这些壁垒，占领国际市场，一条可行的途径就是到产品的主营市场投资设厂，或到与发达国家贸易便利的第三国设立加工贸易企业，避开中国国内原产地的限制，绕过高关税及技术壁垒，还可以降低生产成本、运输成本。比如我们的邻国越南，对纺织品出口不设配额限制，我市东渡集团就在越南设立了常驻销售办事处，并发展了外包加工厂，扩大了市场占有率。此举还吸引了华芳集团、

澳洋集团赴越南进行投资考察。类似越南这样的国家和地区还有很多。另一方面，国内一些不发达地区的投资环境正日益改善，商务成本较低。以苏北为例，用地成本上是苏南的几分之一；税收上享受外资企业或福利企业的税收减免政策；电费价格优惠0.10元/度，长江润发集团在苏北的投资项目，每年仅电费就可节约成本1000万元左右；劳动力成本不到苏南的2/3。还有资源成本低，华尔润集团在淮安市投资6.5亿元建设的30万吨纯碱项目，生产每吨纯碱的成本比市场购买价格低200元，为此每年可得益6000万元左右。这种综合成本优势，无疑对我市企业的发展是十分有利的，使投资企业实现了低成本扩张，加快了企业做大做强。

5. 走出去，是争取更大政策支持、获取更多发展资金的有效途径

党的十六大明确提出："鼓励和支持有比较优势的各种所有制企业对外投资，带动商品和劳务出口，形成一批有实力的跨国企业和著名品牌"。2005年下半年以来，国家和省、市对"走出去"的扶持力度加大，先后出台了多项扶持政策。如贷款贴息、资金补助和奖励等等。近年来，我市企业因"走出去"而获取各项扶持资金额堪称全省县级市之首，2005年，沙钢集团的澳大利亚威拉拉铁矿项目获得投资补贴134.77万元，这是当年苏州市唯一符合省境外投资主体财政补贴1%条件的项目，也是全省获得单笔金额补助最大的项目。2006年，长江润发集团获得省南北产业转移奖励专项资金1000万元，是全市首家获此奖励资金的企业。由此可见，"走出去"不仅能促进自身发展，还能利上加利，获得更多政策扶持。

三、张家港市企业"走出去"的主要做法

张家港市能够做好"走出去"这篇大文章，走得早，走得稳，走得好，关键是张家港市委、市政府站在较高的战略高度，发挥"市场导向、企业为主、政府推动"的体制作用，对企业"走出去"科学谋划，稳步实施，敢于争先，从而取得了率先发展的优异成绩。

1. 以政府推动为先导，"走出去"战略深入推进

改革开放以来，特别是上个世纪90年代以来，我市坚持"三外齐上"的外向发展战略，在积极扩大外贸出口、大力引进外资的同时，鼓励和推动一批企业到境外开展各种形式的经济技术交流与合作。早在1987年8月，沙洲棉纺织厂向苏丹派出11名挡车工，掀开了我市"走出去"历史的第一页。1991年1月份，市饮料机械厂在孟加拉国设立合资企业孟中SIBA饮料有限公司，成为我市获批的第一家境外企业。1995年4月，张家港国际经济技术合作公司成立，我市成为全国第一家获得对外工程承包及劳务输出权的县级市，国际经济技术合作进入了新的发展阶段。2000年后，我市进一步制订"走出去"战略的"十一五"规划，明确指导原则、发展目标和一定阶段海外投资的重点鼓励行业，由市外经贸局为企业提供一条龙服务和一揽子服务，做好审批流程中各环节的协调和督促工作，并出台相关鼓励政策。在政府推动下，至2007年3月，我市有境外企业（机构）39个（境外加工贸易项目7家），累计投资总额1.1亿美元，中方出资额1.02亿美元。境外投资规模连续3年在全省县市中保持第一，并形成了并购、参股、独资、合资、合营等投资方式，涉及资源开采、汽车、建材、机械、五金、金属、家具、服装、贸易、研发、咨询等行业，分布在美国、德国、英国、加拿大、澳大利亚、韩国、日本、朝鲜、肯尼亚、埃塞俄比亚、越南、新加坡、香港等20个国家和地区。同时，在省委、省政府提出实施南北挂钩、推进产业转移、促进区域经济共同发展的工作思路和要求后，市委、市政府积极贯彻，真心实意地推进南北挂钩工作，引导重点骨干企业积极"走出去"，促进产业结构优化升级。

2. 以民营企业为主体，"走出去"原动力不断激发

至2006年末，我市累计建办私营企业15328家，个体工商户31591户，个私注册资本255亿元，民营经济对全市GDP和税收的贡献份额，都占全市总量的70%左右。由于经历了从小到大不断发展壮大的历程，我市民营企业普遍具有较强的识别和抵御风险的能力，因此更容易"走出去"并取得成功。一是机制灵活，决策迅速。我市企业绝大部分已经完成了转制，企业产权清晰，责任明确，自担风险，自主经营，自负盈亏，不要国家投资，也不要政府承担风

险。企业对市场信号敏感，投资决策果断，工资分配、营销方式有很大的自主权，在国际市场上的适应性最强，规避市场风险的灵活程度高。另外，经过市场大风大雨的锤炼，企业家初步积累了开展跨国生产和经营的经验，建立了现代企业制度，拥有一批懂经营、会管理、熟悉国际惯例的人才，有的有了著名品牌和自主知识产权，具有了很强的"走出去"的能力。二是行业众多，机遇众多。我市的民营企业经过不断发展，实力不断壮大，进入了越来越多的行业领域，从纺织品、家具等日用品的生产，到工程机械制造、金属开采冶炼等重工业，几乎涵盖了国民经济的各个领域。广泛的行业分布给我市的民营企业带来了更多的机遇，使得他们能够利用各国、各地区的差异找到更多的市场机会。三是规模优势，竞争力强。我市通过实施大企业大集团战略，培育了一批主业突出、核心竞争力强、梯次结构合理的规模企业群。2006年，全市销售超亿元企业达到203家，十大集团和五十家骨干企业销售、利税、利润分别占全市总量的67%、72%和76%。中国最大的民营钢铁企业沙钢集团钢材产量超过1000万吨，年销售突破500亿元。永钢集团、国泰集团营业收入超150亿元，华芳集团、浦项不锈钢、东海粮油营业收入超100亿元。全市拥有保税科技、牡丹汽车、华芳纺织、骏马化纤、江苏宏宝等7家上市企业，居苏州市第一。可以说，我市的民营企业特别是规模企业，已经成为"走出去"的重要力量。

3. 以三外互动为方式，境外承包工程与劳务合作发展迅速

我市在大力鼓励大企业集团境外上市、投资办厂、开辟海外销售和原辅材料供应基地，用活用足国外国内"两种资源、两个市场"的同时，积极拓展境外承包工程与劳务合作。1995年4月，张家港成为全国第一家获得对外工程承包及劳务输出权的县级市。至目前，全市有4家企业获得了商务部批准的对外承包工程与劳务合作经营资格、1家经苏州批准设立的劳务培训基地。外经主体的多元化为我市对外工程承包、劳务合作开拓了新的局面。境外承包工程从单一的建筑行业拓展到资源开采行业。截至2007年7月，全市新签对外工程承包劳务合作合同额8198.5万美元，完成营业额7365.9万美元，承包工程劳务合作在苏州市名列第一。外派劳务结构继续得到优化，全市累计外派劳务4539人，目前在外总人数为1359人，外派劳务输出工种正在从体力型向技术型、管理型转型。通过劳务输出不仅培养了技术骨干，也引进了先进生产经营理念，促进了企业更加成熟进步。

4. 以市场资源为目标，企业低成本扩张做大做强

"走出去"最主要的目的是占领市场和资源。我市资源和市场"两头在外"，特别是在宏观经济环境偏紧的情况下，土地、能源、资金、运输等制约因素更加突出，影响项目投入和产能扩张。因此，我市企业更迫切地要走出去，加快抢占原料盛产区、劳动力密集区和商务成本优惠区，占领市场和资源要塞。如华芳集团、澳洋集团在新疆等地圈地建厂，除了看好当地的原材料和劳动力资源外，更多的是为了下一步发展占领桥头堡，为西进哈萨克斯坦乃至欧洲做好战略准备。"走出去"占领市场和资源，也是一个"双赢"的战略举措，这不仅符合我市经济发展实际，也符合省委、省政府提出的实施南北挂钩、推进产业转移、促进区域经济共同发展的工作思路。为此，我市积极与苏北对口县（市、区）签订南北挂钩协议，引导重点骨干企业到苏北投资合作。2000年以来，我市百强企业中有十几家企业的20多个项目已经在苏北、苏中落户，总投资超过25亿元，其中的大部分项目已经投产见效。这些项目涉及纺织、冶金、机械、化工、轻工、电子等行业。还有不少企业已经在苏中、苏北征用了土地，如飞翔化工在南通（启东）征用了3000亩土地，正在准备实施新的投资项目。

5. 以高端介入为新的手段，境外投资多元化发展

从"隔山卖牛"到"在洋人的土地上赚洋钱"，是我市民营企业开拓国际市场的重要变化。我市较早就有企业在海外建立销售分公司或加工基地，实现境内境外加工贸易一体化，如东渡集团，从最早在香港设立办事处自己接单开始，又相继在韩国、日本、新加坡设立公司，在越南设立外包办事处。现在，更多的是直接在海外投资资源型项目。而2004年投资总额达1574万美元的沙钢澳大利亚铁矿项目成功创办，掀开了我市企业规模型跨国经营的历史，该项目是苏州市第一家超千万美元的境外投资项目，也是第一家资源开发型境外企业，也是自1999年以来我省县级市批办的最大的外经项目。同年4月，海狮集团俄罗斯项目获国家批准，从而成为我市第一家境外带料加工贸易企业，为我

市适时扩大境外加工贸易企业队伍迈出了第一步。2005年3月28日，丰立集团投资2500万美元参股澳大利亚FMG公司铁矿项目获得省外经贸厅核准，成为目前我国唯一获得与FMG铁矿投资合作的民营企业，也是我省最大的境外资源开发项目之一。还有新中环保、丰立集团以及沙钢集团收购国际公司的举措，都表明我市境外投资已经迈向多元化，达到了一个新高度。

四、张家港市"走出去"战略存在的主要问题

我市民营企业实施"走出去"战略已经取得了丰硕的成果，但是在走出去的过程中，也不可避免地会碰到不少问题，应该引起我们的重视。这些问题存在于企业和政府两个层面。

1. 从企业层面看

（1）认识障碍。有的企业认为目前国内经营情况尚可，缺乏参与国际竞争的自觉性和长远发展的战略思考。有的企业认为工作头绪多，负担重，无暇顾及境外投资。也有的企业缺乏境外投资方面的知识，因此也谈不上利用境外投资方式去促进企业发展。特别是产业南北转移，只有少数的企业作了积极的尝试，大多数企业留恋本土的创业观念没有改变，还没有认识到企业走出去，在更大的范围内和空间中去占有和利用资源、实现生产要素的优化组合对加快企业发展的重要意义。

（2）技术障碍。从总体上看，我市民营企业以传统制造业和纺织业为主，缺乏技术优势，创新能力不足，尤其是品牌建设明显滞后。走出去一定要有自己的品牌。虽然许多民营企业都已经认识到，品牌的创立对于企业的长远发展非常重要，能够为企业带来持久和更高的收益。但是，品牌的创立和维护并不容易，特别是在国际市场要创立和保持品牌更难。

（3）资金障碍。要"走出去"占领市场，企业迫切需要更多的投入。但大多数企业资金比较紧张，很难完全依靠自有资金发展境外投资。国家进出口银行对境外投资项目的贷款政策额度大、利息低、时间长，企业只要拿出30%的投资，就可以获得其余70%的本外币贷款。但是从实际操作的情况来看，很多

投资主体企业很难找到其他符合A级以上资质并愿意提供低费用担保的企业，再好的信贷扶持政策也只是水中之月，捞不到手上。

（4）人才障碍。实施"走出去"战略，企业需要熟悉东道国环境、语言、国际贸易惯例，有丰富管理经验的人才。但我市企业缺乏精通对外投资、适合外派的专业人才，尤其缺乏能从事境外企业经营的复合型人才。许多企业还没有建立起现代的人力资本观念，对人才资源管理的认识仍旧停留在人事制度管理的层次上，导致外派人员专业能力和积极性都不高，容易人才外流。这些人才的缺乏使民营企业难以"走出去"，或者即使"走出去"了，也是困难重重，发展受到阻碍。

（5）信息障碍。信息是企业生存、竞争的重要资源。企业缺乏获取国际市场信息的规范、快捷、有效渠道，又由于企业各自为政，分别求助有关的研究、咨询机构，各种休息资源未能有效整合，导致企业在策划对外投资项目缺乏必要的指导和参考。而且大部分企业对国外有关法律、政策、投资环境等知之不多，许多企业主和投资决策执行部门人员缺乏对"走出去"政策的全面了解，在实施对外投资项目计划时难以做到项目方案和政策的高度对接，直接影响了项目实施的成功率和投资权益回报。

2. 从政府层面看

（1）对境外投资认识偏差仍然不少。认为对外投资难免造成本土企业经济增量的转移和流失，会影响当地经济的发展；资本的大量输出可能会减少国内就业机会；生产转移到境外，可能减少国内产品的出口和销售；还可能导致某些专有技术外流，甚至造成资本非法外流或外逃等等。因此，有些人一提到对外投资，就认为难度大、风险大，片面夸大不利因素，从而导致在主观上回避境外投资，抵触境外投资。

（2）多头审批管理问题依然存在。在对外直接投资中多头审批管理一直是一个比较突出的问题。发改委(负责一般对外投资项目)、外经贸局(负责除金融保险外的境外投资项目，包括贸易型项目)均对境外投资负责，增加了政府和企业项目的审批成本，影响了项目审批的进度。对于民营企业而言，往往由于投资金额较小，审批周期可能会更长。现有的外汇管理制度对企业的用汇管理较为严格，更延长了企业海外投资的周期。时间的延误很有可能会使企业丧失投资机会，增加投资成本，甚至造成投资失败。

（3）优惠政策和企业所得衔接脱节。企业在经过前置审批拿到对外投资项目批准书之后，要获得实际的政策支持，如外贸发展基金贴息贷款、援外优惠贷款、合资合作基金贴息贷款、进出口银行政策性贷款、外汇汇出及进出口经营权等方面仍需经过层层审查、批准，从而进一步增加了企业成本。在实践中，企业即使一一经过了上述职能部门的审查程序，最终也未必能够得到上述的优惠政策。从2002年开始，我省和苏州市都相继出台了关于鼓励企业"走出去"的资金扶持办法和财政补贴政策，其中包含了要求地方财政需要衔接的内容和要求，但是迄今为止，我市还没有正式出台和实施本市的相关政策，造成我市企业最多只能兑现到50%的奖励和补贴，无法像其他县市的企业一样享受到同等的扶持待遇，从而影响了企业积极性。

（4）对外投资各自为战比较明显。虽然新的公司法已经取消了投资限额，但在对外投资用汇上外管仍然按照原来的办法执行，即企业对外投资的现汇不能超过净资产的50%，这在很大程度上制约了对外投资规模。占到绝大多数的中小企业，虽然能够捕捉到很多商机，但往往因为本身规模、实力和影响力不足，在对外投资过程中经常遇到资金瓶颈，成为散兵游勇，无法带动上下游企业跟随投资，实现产业集中配套。

（5）对外投资管理存在不少盲区。各个部门非常重视对外投资项目的前置审批，但事后监管却往往无能为力。发改委只负责前置审批，设置上就没有事后监管的职能。外经贸局、外管局对境外项目的年审也还不能完整和及时掌握境外项目投资后的运营情况。南北产业转移更是如此。

（6）"走出去"投资考核机制缺失。我市开发区以及镇级经济一块由于市里没有对"走出去"工作绩效的考核，实际上出现了"走出去"工作无计划、无所谓的状态，导致辖区内企业在实施境外投资项目的前期陷入了无人问津、走投无路的尴尬境地，有时延误了项目的正常报批。

五、张家港市进一步推进企业"走出去"的主要对策

为了更加有效地实施"走出去"战略，充分发挥这一战略对我市企业及全市经济的积极推动作用，在企业和政府两个层面上都应采取一些积极务实、切实可行的措施。

1. 企业层面应采取的措施

（1）不断提高认识，激发走出去的积极性。企业是市场经济的主体，也是"走出去"的主体。要认识到，只有"走出去"，才能拓展市场、寻找资源，转移过剩生产力，提高技术水平，规避贸易壁垒；只有"走出去"，才能获得新的发展机遇，提升国际竞争力，更好地在国际竞争中生存和发展。

（2）加强自主创新，大力培育企业品牌。企业在开展跨国经营的过程中，要注重无形资产的输出和保护，打造企业独特的形象与标志、产品的品牌与商标以及技术专利、管理、营销技巧和商誉，讲究自主知识产权。同时，切实加强企业的自主创新和技术研发，提升产品价值，做优企业品牌。

（3）多种方式融资，创新"走出去"方式。有条件的企业要通过跨国并购、股权置换、收购销售网络、建立研发中心和工业园区等对外直接投资方式进入国际生产营销供应链，实现经营国际化。有实力的企业可以在海外开展风险投资，实现资本升值，提升企业国际化经营的能力。我市企业还可以通过海外上市增强国际资本市场融资能力和跨国经营的资本实力，吸收国际先进经营理念，按照国际惯例规范经营管理。有实力的工程承包企业更应努力开拓由EPC总承包方式逐步向BOT方式等更高层次发展，拓展国际承包工程市场。

（4）锁定目标市场，选好市场切入点。要根据自身战略目标，对潜在市场的状况和潜力进行调查和评估，然后在可行的基础上做出市场进入的决策，千万不要凭冲动和喜好来决定国际市场发展的战略。一般来说，应从消费市场潜力更大的市场着手。就全球市场而言，美、加市场比欧洲市场更开放，消费市场潜力更大，消费者的消费层次更明显，注册程序也较为简便，这为还未形成品牌的产品提供了较大的市场空间，因而可考虑先从美、加市场进入。至于非

洲和亚洲的一些地区，建议先以贸易的方式进入市场，然后逐渐向本土化经营方向发展。进入前，最好利用当地的市场调研公司对当地的市场(消费市场、竞争信息、进入成本、市场发展趋势等)进行调查和评估，了解国外市场结构和消费需求。一般可先进入二级市场，即人口在50万到100万人之间的市场，因为二级市场的消费群体对品牌的要求比一级市场低，市场开发费用也会相对较低，与知名品牌的竞争强度相对较小。考虑到资金相对不足等问题，可选择在一些中小城市设办事处或建厂。像中国海尔公司和福建的耀华公司，就选在美国南卡罗来纳州小城劳伦斯和格林维尔(城市人口在10万人以下)建立了工厂和库存中心。南卡罗来纳州非常欢迎外来投资，他们的优惠政策和中国各地的开发区差不多，而且土地相对比较廉价，劳工成本也不高，税收政策也较为优惠。在国外可找到很多这样有资源和潜力的地方。

(5) 积极培育人才，应对"走出去"的挑战。人才是现代竞争的关键，民营企业在"走出去"之前，要认真地做好知识准备和相应的人才准备，努力培养引进各类人才，提升企业管理团队和员工队伍的素质，特别是应该了解同国际商业和贸易接轨的游戏规则，全面地熟悉和把握国际惯例以及东道国的法律政策。企业家也应该在认真选择的基础上给予一定的自主权，采用多种激励相结合的方式，给优秀人才的工作、生活和发展创造一个良好的环境，调动其积极性和主观能动性。

(6) 重视信息化建设，建立现代化管理体制。充分运用计算机信息网络科技迅猛发展的成果。现在我们已经进入了网络经济时代，企业如果没有计算机网络系统，就像今天没有电话和传真一样将寸步难行，更不要想"走出去"。对于走出去的企业，更可以建立企业区域内网，做到企业研发、生产、销售虽然不在一地，但是管理高度网络化、现代化、同步化。

2. 政府层面应该采取的措施

(1) 努力提高"走出去"工作的组织程度。企业"走出去"，离不开政府的大力支持。政府要做的，关键是引导企业"走出去"的方向，使之符合国家和地区的战略意图。一是要建立由相关政府部门组成的联合协调工作机制，由市外经贸局牵头，定期召开由市发改委、经贸委(中小企局)、国资委、外管、外办、财政、工商、税务、海关等部门参加的联席会议，总结分析全市"走出去"工作进展情况，重点研究解决企业在"走出去"过程中遇到的困难和问题，根据形势发展，研究提出推进我市"走出去"工作的对策措施和政策建议。对于到苏北等地的产业转移，迫切需要建立一个组织协调系统，真正做到思想重视，加强领导，明确分工，措施到位。二是要建立覆盖各乡镇和重点企业的"走出去"工作网络，建立重点企业跟踪推进和重点项目跟踪服务制度，切实预防"走出去"产生国际纠纷等投资风险。三是要不断提升"走出去"服务水平。全市各有关部门要围绕促进企业"走出去"，进一步强化服务意识，健全服务功能，提高服务效率和水平。要充分发挥市行政审批中心"一站式"服务体系的作用，建立项目快速审查和外汇审核程序，缩短报批流程，提高办事效率。要进一步简化"走出去"出国（境）考察团组的审批手续，无偿为企业提供从项目洽谈、论证、包装到报批的一条龙服务，实行全方位的一揽子配套服务，做好审批流程中各环节的协调和督促工作，以及项目核准后申请扶持贷款、兑现奖励补贴等各项工作。四是要加强与国家、省、市各级驻外机构的沟通，充分利用各国驻华投资促进机构提供的服务，逐步建立覆盖我市重点目标市场的投资促进网络，为我市企业提供及时有效的项目、环境等信息服务，在企业遇到境外非经营性困难时提供帮助。我市在同国家开发银行、进出口银行南京分行形成"扶持项目事前合议"，同工商联建立"联合工作备忘机制"，同外管局形成"紧急预案保障"，同出口信用保险公司建立"重点企业推荐制度"，同咨询公司达成"境外项目可研报告集中编制互惠合作"等方面作出了有益尝试，取得了明显效果，今后要继续加强。五是要利用各种展（博）览会和投资推介会、说明会等机会，组织企业走出去考察，积极推介我市企业的境外投资意向，为外国相关机构和企业了解我市企业走出去合资合作创造条件。

（2）切实加强"走出去"战略的总体规划和政策指导。要切实落实我市"走出去"战略的"十一五"规划，明确指导原则、发展目标和一定阶段海外投资的重点鼓励行业，围绕中非合作计划、东盟区域自由贸易协定和APEC等带来的各种商机，结合商务部2006年启动的境外经贸园区的具体政策和标准，做好境外投资向纵深发展，形成投资集聚和产业配套的引导，促使规模型企业带头将投资目光瞄准东盟和非洲,带动其他中小企业形成投资链条和投资集聚。一要围绕招商引资,积极开展双向投资的深层合作,探索"走出去"和"引进来"相互结合、协调发展的新模式。比如帮助企业和境外合作伙伴在我市设立合资企业的基础上,通过一段时间的生产经营管理,培养一批外籍技术管理人员,再到境外共同投资生产,促使形成投资双方理想的合作基础和双赢发展空间。二要围绕产业升级,为企业产业结构调整,转移成熟设备技术谋求境外发展方略。重点在传统优势行业中,选择和帮助企业转移国内剩余生产能力和闲置设备,改善国内产品供大于求的局面,通过"腾笼换鸟",实现设备更新和技术更新,加快升级和转换。三要围绕自主创新,为企业提高产品技术研发能力和拓展国际营销网络实施跨国并购方案。要帮助具有技术优势的企业收购境外同类知名品牌企业,结合境外的品牌效应、技术研发人员和成熟的营销网络来对母体企业资源进行整合利用,扩大企业的出口渠道和规模,提高企业自主创新能力,最终推出自己的品牌。四要围绕资源紧缺,为企业获取国外稳定的资源供给筹划境外开发方案。要帮助资源需求及能耗巨大的企业推行境外资源开发利用方案,在境外建立长期稳定的资源供应基地,通过锁定质优价廉的资源,形成原料供应和生产成本上的长远优势,为今后企业扩大产能和利益空间提供坚实保障。五要围绕贸易摩擦,引导企业规范合法经营,尊重当地风土人情,规避贸易壁垒,分散出口经营风险。根据我市企业遭遇反倾销的情况,提出在境外开展加工贸易的项目计划,绕开贸易壁垒的围攻,实现母体企业出口规模的扩大和出口效益的提高。六要围绕资金瓶颈,帮助企业通过境外投资方式筹措海外融资计划。帮助设立境外公司后,通过境外便利的融资环境扩大信用额度,缓解企业资金压力,开创新的国际贸易运作平台。

(3) 不断加快培育适于"走出去"的企业群体。结合我市产业发展特点和产业结构调整的总体要求,鼓励我市龙头骨干企业、上市公司、著名品牌企业和有实力的民营企业"走出去",重点支持和引导五大主体走出去。一是引导一批具有比较优势的重点行业骨干企业走出去。我市冶金、纺织、服装、机械、轻工、化工、建材等行业产业成熟度较高,产品的国际竞争力较强,在国内进一步发展的空间有限,面对国际贸易摩擦的风险加大,应积极鼓励这些行业有条件的企业加快走出去步伐，采取参股控股投资办厂、收购兼并、合资合作等各种途径，大力发展境外加工贸易和境外加工装配，绕开贸易壁垒，带动产品、设备、技术出口，拓展新的发展空间。二是引导一批具有较强实力的民营企业走出去。重点会同市经贸委和中小企业局共同推动我市100强民营"小巨人"企业加快经营国际化步伐，帮助企业在经营管理机制、国际市场开拓、国际化人才培养等方面提升综合竞争能力，使民营企业成为全市率先"走出去"的主力军，并发挥示范带头作用。三是引导一批我市大企业集团走出去。引导企业实施强强联合，组建"走出去"联合舰队，通过境外直接投资、收购参股、与国际著名跨国公司合资合作等方式，拓展海外生产、销售、服务网络，收购兼并带有研发中心、销售网络和知名品牌的制造业项目，融入全球生产供应链。力争到2010年至少有1个以上由数家大企业、大集团联合开发建设的境外投资大项目。四是引导一批有能力到海外建办专业市场、工业园区和资源开发的骨干企业走出去。积极推动我市具有综合经营开发能力的企业与专业企业联合，在境外投资建办专业市场和工业园区，带动我市配套企业联合走出去，逐步在世界主要经济区域形成我市企业海外发展基地，近期重点推进埃塞俄比亚东方工业园（后成为中国政府在埃塞唯一的国家级经贸合作区，李克强总理等多位国家领导人视察过该园）申报和筹备工作；大力推动有实力的资源消耗型企业到海外开发原材料生产基地，形成我市在重点国别地区集群投资开发的竞争优势。五是引导各类具备专业资质的工程承包企业走出去。抓紧成立全市性的国际承包工程商会，集中我市建筑企业的优势资源，充分发挥我市工程承包企业的专业特色技术优势，鼓励企业抱团出去，形成较强境外市场拓展力，在现有肯尼亚、沙特、迪拜、缅甸等市场的基础上，大力开拓非洲和东盟等新兴市场。大力鼓励成套设备、船舶、建材等企业获取国际经济技术合作经营权，并开展境外工程承包业务。

（4）迅速强化实施"走出去"战略的宣讲培训。我们要进一步加大宣传发动和组织引导的力度，积极营造"走出去"的浓厚氛围。一是要通过宣传发动、政策引导、优化服务、活动促进等措施为企业"走出去"创造良好外部环境。各有关部门在做好对产业政策、审批政策研究的基础上，扩大对乡镇、开发区和企业相关人员的宣讲范围，重点结合行业特点组织各商会的"走出去"研讨会，尽快发动一批企业老总，培养一批企业人才，加快跨国经营步伐。二是要充分发挥新闻媒体的宣传引导作用，大力宣传市委、市政府为推动企业"走出去"出台的新思路、新举措、新政策，大力宣传企业"走出去"的先进经验和先进典型，大力宣传敢为人先、勇于挑战、大胆"走出去"创业发展的优秀企业家，开展"张家港企业在海外"和"张家港企业'走出去'成功案例"专题宣传活动，不断强化企业"走出去"的主体意识，调动企业"走出去"的主动性和积极性。三是要建立"走出去"信息服务网络。继续完善我市国际经贸信息网站建设，实现更大范围的国内外投资促进信息的资源共享，向社会、公众提供市场和项目信息，使企业及时了解目标市场的投资环境。外经贸、发改委、外管、财政、税务、金融等各部门要在各自及时收集整理最新政策的基础上，利用外经贸局网站开辟"走出去"专栏，集中加大对各类"走出去"信息的发布。同时，利用媒体扩大境外投资专题的报道，促使我市更多的企业了解"走出去"的实惠和商机。四是要针对我市现阶段境外投资的重点目标市场，开展以鼓励产业导向目录、重点国别（地区）投资环境和政策、申请举办境外投资项目的程序等为主要内容的境外投资宣讲活动，为基层、企业提供有效的工作指导。要正确务实地宣传走出去的方向和方式，对走出去的企业跟踪服务，尽可能为企业规避风险，少走弯路。五是要充分发挥中介组织作用，鼓励各行业商会、行业协会、咨询机构利用国内外组织交流网络，建立为企业"走出去"服务的信息沟通渠道；通过中介组织的活动，为企业境外投资提供项目信息、政策咨询、人才支持、翻译保障等综合服务。要充分发挥各类行业专家的智囊作用，建立我市"走出去"专家咨询机制，定期组织有关专家对我市"走出去"工作的发展趋势、政策效能、重点项目等重大问题进行研讨，并定期请有关专家为企业作专题辅导，不断提升我市企业家国际化经营的综合素质。

（5）抓紧建立行之有效的"走出去"考核激励机制。尽快制订和出台我市"走出去"的扶持办法和考核措施，采用对境外投资加分考核的办法，促使各有关部门将"走出去"工作纳入工作日程，更好地发挥企业所在地区政府的作用，做好对"走出去"项目的承接、上报、协调和指导工作。一是要加大考核奖励力度。把实施"走出去"战略作为全市重点工作目标考核，既要考核各镇（区）主要负责人，又要考核政府相关职能部门，把结构型单项考核与总体型数量考核结合起来，强化工作目标和工作责任的检查考核，对"走出去"发展情况进行动态分析，按季公布通报，激励全市各地区、各部门自加压力、奋力争先，确保完成各项目标任务。二是要加强投资项目事后监管。发改、财政、税务、金融等各部门要配合外经贸、外管认真做好境外投资企业的年检年审工作，及时了解和掌握境外企业的发展状况和存在问题，加强对境外投资的监管，促进境外投资的健康发展。三是要建立信贷扶持的承接机制。市政府要积极探索和创新捆绑贷款的运作模式，充分发挥金港担保有限公司的作用，扩大注册资本和担保范围，为企业境外投资项目申请国家进出口银行长期低息扶持贷款提供必要的担保，积极支持有好的项目信息的中小企业，帮助筹措资金，有效地扩大我市境外投资的数量和规模。可利用财政政策对符合我市"走出去"总体思路和发展目标的境外投资企业和外经企业进行一定额度的贷款贴息，减轻企业负担；还可以建立外经工作专项发展基金，用于鼓励和支持各类企业开拓国际市场。四是要制定税收优惠政策，减少"走出去"企业的税收成本。在可能的情况下，对"走出去"的企业，实行税收减免政策，避免重复收税。同时，在贷款、保险、担保、用汇、退税等方面尽可能提供更多的支持；在相关设备和商品出口的通关、检验检疫等方面给予更多便利。要制定返还或补贴等奖励制度，鼓励企业在我市开票，将外地税收转移过来，鼓励企业把"总部"留在张家港，把研发、销售和高端部分留在张家港，真正做到身在外而心在内，"根植港城，花开全球"。

 第三只眼看港城

沿江开发与保税区现象

滚滚长江东逝水，浪花淘出张家港。

万里长江在奔涌入海之前拐了最后一个美丽的大弯，留下了一个天然良港——张家港港，成就了一个新兴港口城市——张家港市。

张家港市地处江尾海头，位于中国长江和沿海两大经济开发带的交汇处，境内拥有全长66.8公里的长江岸线。1968年，张家港港正式建立。1982年11月，经全国人大五届常委会第25次会议批准，成为长江流域第一批对外开放的国家一类口岸之一。1986年撤县建市以来，张家港市历届市委、市政府始终坚持"以港兴市，以市促港"发展战略，依托优越的港口优势和沿江资源，着力推进沿江大开发，并以此带动全市的大开放、大建设，形成了对外开放的先发优势，造就了矗立在长江南岸的临港经济。

一、沿江开发——新世纪的战略选择

万里长江给张家港市带来了天然良港，也为张家港市提出沿江开发战略留下了科学注解。张家港市沿江开发由来已久，并因其率先实施开发战略形成了对外开放的先发优势。

当21世纪来临的时候，张家港市沿江开发如火如荼，青出于蓝。

1. 大定位推进大开发

张家港市沿江开发恰好是张家港市建市之初的大定位。

张家港是个十分年轻的城市，建县历史仅有40多年，建市历史更是只有20多年。1962年，由周边两县的"边角料"拼凑出了沙洲县。直到改革开放后，

苏南乡镇企业迅猛发展，迫切需要一个外贸港口，经过勘察，在沙洲县境内的张家港港脱颖而出。于是，张家港人以超前的观念抢抓机遇，在1986年撤县设市时弃"沙洲"不用，改名为张家港市，确定了"以港兴市"，建设现代化港口工业城市的目标。

张家港市建市第一步所作的这个城市定位是相当正确的。张家港人看出了自身的优势所在，那就是天然良港——张家港港，深水贴岸、不冻不淤和避风的建港好条件，到哪里去找？背后是沃野千里的苏南富裕地区，到哪里去找？还有地处长江三角洲，得长江水陆交通之便利，又到哪里去找？于是，当时的市领导果断决策，围绕港口做好文章，大力推进沿江开发，发展港口经济。

1986年12月1日，张家港市成立大会召开，会议正式确立"以港兴市、以市促港"的战略指导思想，提出实现港口与城市相互促进、共同发展的战略目标。1986年12月18日，经省政府批准，张家港市港区镇成立，随之镇基础配套设施建设得到快速完善。1988年，疏港公路张杨公路建成通车，1992年，张杨公路拓宽延伸与204国道接通。在完善基础设施的同时，国家先后投资4亿元，扩建张家港港。港口地区掀起的开发建设热潮，为张家港市沿江经济的发展奠定了硬件基础。

1992年10月，江苏省张家港保税区正式建立，张家港市领到了经济快速发展、优先发展的通行证，为沿江经济的发展注入了新的活力。以此为契机，张家港市于1992年底成立沿江经济技术开发区，以招商引资为主线，加强基础设施建设，努力改善沿江投资环境，积极发展临港经济。通过建设大港口，构筑大交通，发展大工业，短短几年，省级开发区、沿江开发区和国内唯一的内河港型保税区全面推进，张家港市沿江开发突飞猛进。2001年5月，江苏扬子江国际化学工业园设立；2003年1月，江苏扬子江国际冶金工业园设立；2005年1月，张家港保税物流园区对外运作；2008年11月，张家港保税区升级成为张家港保税港区，张家港沿江开发站在了更高起点上。

如今，张家港的港口城市目标已基本实现。2006年，张家港港成为长江流域最早突破1亿吨吞吐量的县域口岸。2009年，张家港港吞吐量超1.5亿吨，成为了长江下游重要的对外贸易窗口。全市70%的利用外资、60%的工业经济集

中在沿江一带。强大的经济实力为张家港市城市发展夯实了根基，为张家港市创建卫生城市和创建文明城市奠定了坚实的基础，推动了城市经济、文化、卫生的全方位发展。

2. 大开发呼应大战略

张家港市沿江开发正好呼应着江苏沿江开发的大战略。

2003年初，江苏省委主要领导在调研的基础上提出实施沿江开发战略设想，年中这一设想转化为省政府的决策。江苏沿江开发从对外来看，是长三角区域内竞争的必然，上海走向外海是上海重塑海运中心，提升上海国际竞争力的重要战略，江苏必须跟上；对内来看是通过实施沿江开发战略，促使苏南和苏中板块真正融合，一体化发展。

沿江开发是借鉴世界各地发展经验之后推出的发展战略，江苏省宣传沿江开发很多是把德国的莱茵河沿岸地区，北美大湖地区作为自己的参照物。时任江苏省委书记李源潮认为：现在德国莱茵河沿岸地区，面积28500平方公里，占全德的8%；人口2400多万，占30%；年产出GNP达7000多亿美元，占到了35%。所以长江是江苏得天独厚的发展资源和最大的比较优势。江苏省雄心勃勃，要把沿江开发做大、做好。时任省长梁保华要求：沿江开发是以产业发展为核心，加快建设沿江基础产业带；沿江开发以扩大开放为突破口，增强开放对沿江经济的带动力；以沿江开发为契机，在更高层次上推动区域共同发展。一个开放的、大进大出具有深厚加工基础和物流基础的产业带在长江下游逐步形成。

张家港市在先发制人发展港口经济后，2000年后，张家港市再次把提升发展的突破口选择在沿江，围绕张家港港做文章，当时市委和市政府提出要发展"临港经济"的概念。显然，张家港市的决策要比江苏沿江开发发展战略早一些。这是张家港人敢于争先的表现，也是张家港市发展和改革的客观要求决定的，是张家港市经济发展过程中产业升级的必然。张家港市通过调整张家港保税区发展思路和在沿江进行园区建设，构筑了"沿江经济"发展空间。2003年，江苏省、苏州市沿江开发工作会议相继召开，张家港市借此东风，再次把沿江地区作为新一轮区域经济发展的战略要地，掀起了新一轮沿江开发的热潮。

张家港市进一步提升沿江开发定位,将全市区域纳入沿江开发范围,着手对长江以南、张杨公路以北370平方公里实施全面规划;对沿江34公里深水岸线进行重新审视和科学布局,使黄金岸线充分发挥出黄金效益。进一步构建沿江开发平台,扎实推进以保税区为龙头,以"扬子江国际化学工业园""扬子江冶金工业园"为品牌的系列特色园区建设,增强了沿江区域的承载力和吸引力。至2009年,沿江地区落户投资超1000万美元的制造业项目200多个,以资

环太湖国际自行车赛在张家港双山岛举行　　褚珊珊 摄

金和技术密集型企业为主,形成了冶金、粮油食品、化工、建材、物流等一批规模型特色产业群,建成了国内最大的不锈钢薄板、粮油深加工、液晶模块、聚苯乙烯、有机硅基地,沙钢集团、东海粮油、华尔润玻璃和美国陶氏、雪佛龙、道康宁等全市最大的工业企业和极具潜力的企业群体集中在沿江。

可见,当江苏省提出沿江开发的时候,张家港市先导的沿江开发赢得了发展时机,先前的基础投入发挥了积极作用。2002年至2009年,张家港市的GDP以每年超过100到200亿元的净增量提高,从而使张家港市的沿江开发和发展临港经济走在江苏省前列。

3. 大战略缔造大格局

张家港市沿江开发一举打造出临港经济的大格局。

作为沿江开发起步较早的城市之一,张家港市充分依托区位优势和产业优势,推进纵深开发,集约利用资源,形成特色品牌,放大辐射效应,围绕培育大企业、发展大物流、建设大载体,加快建立能够参与国际产业分工的生产体系、面向国际市场的营销体系和接轨国际惯例的服务体系,探索出了一条高质量、高效益、可持续开发的道路,在新一轮沿江开发中抢得了先机。

张家港市沿江开发带来的投资和码头建设,进一步带来乘数效应。依托港口,张家港市大力发展加工港口型经济,把加工和港口结合起来,把工厂建在码头上,利用水运量大、成本低等优势,大力发展重工业和精细化工业,形成港口产业集群,取得规模经济效益;依托港口的发展,仓储、运输、物流、加工、贸易、金融、保险、代理、信息和口岸相关服务业也发展迅速。"以港兴市"取得了实质性成效。近年来,张家港市精心培育了一批大用水量、大吞吐量、大进大出的沿江大企业,形成了化工、冶金、粮油食品、建材等沿江特色产业群。

张家港市沿江开发,使现代化港口成为本地区参与全球竞争高效便捷的快速通道,使各种资源运输成本降低,降低了区域经济发展中的交易成本,形成了良好的发展环境,增强了本区域的竞争优势。沿江开发使各种资源向港口及港口周边地区集中,更多的相关公司、供应商和关联产业相应集中,以物流为主的第三产业日益兴盛。一个以张家港港为中心,以长江为主线,以沿江各个产业开发园区为板块的沿江产业大格局全面形成。

二、临港经济——张家港市蓄势待发

张家港市是以港命名的城市。港为城用，城以港兴，港城共荣。

张家港港口对张家港市经济发展影响深刻。经过30多年的发展，张家港市形成以港口为中心、港口城市为载体、综合运输体系为动脉、港口相关产业为支撑、海陆腹地为依托，彼此间相关联系、密切协调、有机结合、共同发展、区域繁荣的开放型经济的现代化城市。

30多年的港口建设和沿江开发，张家港市的区、港、园联动优势不断放大，沿江经济得到迅猛发展，港口经济总量不断提升。围绕港口，在张家港市境内的长江沿岸，逐步建立起庞大的冶金、化工等制造业和港口物流业，在昔日荒凉江滩和农田上耸立起一座座现代化企业，迅速使港口经济占到张家港市总量的60%左右。

1. 港口优势正在放大

拥有长江黄金水道66.8公里岸线的张家港市，正以坚实的步伐营造着面向新世纪的"临港经济"新优势。站在港区东望，沿江港口群宛如一条蓄势腾飞的巨龙，龙头是吞吐能力超过1.5亿吨的国际商港张家港港，龙身依次是外商投资的永嘉集装箱码头，保税区长江国际码头、苏润码头，中外合资企业和外商独资企业自建自用的东海粮油码头、统一食品码头、优尼科液化气码头、壳牌油库码头、浦项钢铁码头、越洋货物码头和奔辉码头等。一眼望去，龙门架、塔吊绵延不断，煞是气派。

早在1982年，张家港港就已对外开放，成为长江内河流域最早开放的国家一类口岸之一。张家港口岸发展到今天，已成为全国木材、钢材、粮油、化工品的重要中转港和长江流域重要的国际贸易商港；临港经济初具规模，沿江地区经济总量已占全市的60%，形成了全国最大的电炉钢、不锈钢薄板、浮法玻璃、氨纶纱、精梳高支棉纱以及世界最大的综合性粮油加工基地和有机硅基地。港口在城市经济发展中的作用日益增强，港口与城市已经密不可分，形成了"港为城用、城以港兴、港城共荣"的互动发展新格局。

至2009年末，张家港市沿江地区已建成万吨级泊位50多个，能承接集装箱、钢材、木材、矿石、粮油、煤炭、化工、件杂货等不同货种的装卸、储运和中转业务。辟有至欧洲、北美、中东和日本、韩国及香港地区等19条集装箱航线，与世界140多个港口有货运往来，每月到港国际航行船舶260多个航班。张家港口岸进口大豆、木材、羊毛、化工品和出口大米等货物量均居全国前茅，同时张家港口岸也是江苏出口汽车整车和散件最多的口岸之一。全国90%以上的省市在张家港设有窗口，张家港成为长江沿线最大的国际性贸易商港之一。

2. 港口载体日趋完善

按照张家港市沿江开发总体规划，张家港市高标准建设了港丰公路，并以此为中轴线，实施沿江区域与全市范围整体开发。

上世纪九十年代，张家港市就确定了沿江开发战略。进入新世纪，沿江园区建设已经形成规模，通过对沿江区域近370平方公里范围实行控制性规划，整合乡镇各类特色小区，重点发展保税区、经济开发区和扬子江国际化学工业园、扬子江冶金工业园，形成了以"两区两园"为龙头、沿江各镇为依托的联动开发格局。

临港基础设施建设加速推进，沿江区域5座万吨级码头、10万吨自来水厂、5万吨污水处理厂相继建设，国家"西气东输"重点配套工程——张家港华兴电力有限公司2×39.5万千瓦燃机工程1号机组已经投入商业运行，市域内"五纵五横二环二高一连一接"的交通主框架基本形成。对外交通方面，向苏南拓展，沿江高速、锡张高速等主干道畅通无阻，张家港市已经融入了上海、苏锡常一小时经济圈；向江北延伸，除原有的通沙汽渡外，江苏张皋汽渡也于2005年建成，打通了苏州——南通长江第二通道。2010年，沪通高铁、沿江城铁、苏通嘉铁路也将陆续开工建设，沪通铁路过江通道和江南枢纽落地张家港，张家港交通枢纽地位正在形成。所有这些都为张家港市临港经济创造了更加有利的发展条件。

3. 临港产业快速发展

张家港市依托沿江集群产业，充分发挥"区、港、园"合一优势，大力发展用水量大、运输量大的临港经济，积极打造国际制造业和现代物流业基地。

看扬子江国际化学工业园，世界化工巨子纷纷向这里聚集：陶氏、道康宁、雪佛龙、杜邦、旭化成、优尼科、住友、三井等世界500强企业以及瓦克、触媒、英力士、甲洞、孚宝等世界知名企业就达20多家。现在，这里已成为长江流域开发成效最为明显的精细化工园、江苏省循环经济试点园区、首批国家级生态工业示范园区试点，是江苏沿江开发经济建设和生态建设同步发展的典范。被时任江苏省委书记李源潮称赞为江苏沿江开发经济建设和生态建设同步发展的典范，被中国化工协会李勇武会长评价为"中国最好的化工园之一"。2010年，扬子江国际化学工业园区将形成近千亿元的销售额。

看扬子江冶金工业园，长江岸线最大的冶金工业基地已经崛起。区内主体企业沙钢集团1975年从45万元自筹资金起家，如今已经成为拥有总资产1400多亿元、年产钢能力3500万吨的全国最大民营钢铁企业、国家创新型企业，去年实现销售收入1463亿元，利税73亿元，综合经济效益位居全国同行第二位，连续两年位居江苏"百强民营企业"榜首，并跻身全球35家"世界级钢铁企业"行列。2009年，沙钢集团首次荣膺世界500强，排名第444位，成为中国内地唯一上榜的民营企业。一年后，沙钢集团再次以营业收入214亿美元位居415位，较去年上升29位。沙钢总裁沈文荣说，沙钢的发展需要一个新的平台，规划20平方公里的扬子江冶金园，不仅为沙钢的飞速发展提供了新的平台，而且为看好中国市场的外来投资者提供了一个优质载体。目前，韩国、日本、美国及欧洲的一些冶金企业来这里投资的意向强烈。2010年，园区将形成1500亿元的销售收入。

看张家港保税物流园，现代物流业迅猛发展。依托沿江经济园区产业，发挥天然良港和深水岸线优势，利用港口和沿江物流量大的基础，形成综合物流体系，使张家港成为长江流域重要的国际货运和物流中转地、集散地。30多家物流企业接踵而来，荷兰孚宝、博斯勒和美国顺兴、台湾浩瀚等具有世界经营网络和强大供应链的第三方物流企业相继入驻。保税物流园区自2005年1月28日对外运作以来，业务量在全国保税物流园区中名列前茅。

随着沿江载体功能的不断完善,以沿江基础产业为支撑的纺织原料市场、进出口钢材市场和名贵木材市场等一批生产资料市场正在形成。除了张家港保税区化工品交易市场和纺织原料市场实现交易额超亿元外,冶金物流中心截至2010年2月底,物流中心钢材交易市场已注册企业130家,注册资本12.5亿元,开票销售320亿元,韩国SK商事、韩国晓星、瑞钢联、高兴达等大型加工、贸易、物流企业均已入驻物流中心。

4. 滨江新城全面启动

产业的兴盛必将带来城市的崛起。

按照张家港市城市发展和沿江开发需要,在"一城四片区"的总体框架下,规划在沿江区域建设3座滨江小城市。

金港片区作为城市副中心,依托区、港、园,重点发展仓储运输、物流加工和石化深加工等临港产业,以双山生态岛和香山风景区为依托,建成绿色港口城市,远期规划面积60平方公里,人口25万;

锦丰片区作为市域北部经济中心,依托扬子江冶金工业园,重点发展冶金、能源、建材和汽车等资金密集型产业,以一干河清水走廊为背景,建设亲水滨江小城市,远期规划面积50平方公里,人口20万;

乐余片区作为市域东北部经济中心,依托机电产业和现代生态农业,建设田园风光为主题的新型小城市,规划面积40平方公里,人口15万。

至2005年末,三座滨江小城市的规划编制已经完成,相继掀起了基础设施建设的高潮。

同时,沿江地区十分注重区域资源的利用保护,大力推进沿江地区工业企业清洁生产,培育了扬子江冶金工业园等一批循环经济园区。突出"休闲、生态、环保"特色,加快双山岛生态休闲度假区、香山风景区、东渡苑等沿江重点旅游项目建设,对双山岛自然生态系统和30公里沿江湿地滩涂实施保护性开发,逐步形成了生态休闲度假区和自然观光农业区。

新城正在崛起,风景这边独好!

三、保税港区——沿江龙头高高昂起

1992年,东方风来春满园。

乘着小平同志南方谈话的春风,呼应浦东开发开放,张家港保税区应运而生。"一区三园"(张家港保税区、张家港保税物流园区、江苏扬子江国际化学工业园、江苏扬子江高新技术产业园)是一个飞速旋转、色彩绚烂的光团,向它周围世界投去巨大的光磁辐射。张家港保税区演绎了中国改革和经济发展在世纪更替中的一篇华彩乐章。短短10多年间,保税区共引进各类企业4000多家,注册外资40亿美元,实际利用外资300亿美元,完成地区生产总值1000多亿元,进出口贸易额近500亿美元。

如今,一个走向世界的保税区已经形成,在它崭新的世纪视野里,理性与激情成为一种旋律、一种精神、一种要素,客观公正地叙说着一个个体生命和整体生命相融、相生的现实奇迹。

1. 善抓机遇的保税区历程

1992年10月16日,国务院批准在张家港市成立保税区,规划面积4.1平方公里,主要功能为出口加工、保税仓储、国际贸易和商品展示,保税区管委会为江苏省人民政府的派出机构。风吹旌自舞,大纛励铁军。自此,张家港保税区开始了它激情的世纪之旅。

2001年,经江苏省人民政府批准,张家港保税区设立了一个配套的工业加工区——江苏扬子江国际化学工业园,规划面积24平方公里,享受保税区的有关优惠政策,主要发展精细化工、医药生物、工程塑料等。

2004年,国务院批准设立了张家港保税物流园区,是保税区的配套物流区,规划面积1.53平方公里,享受保税区和出口加工区的相关政策。它具备更优于保税区的国际自由贸易区的特征,具有国际中转、国际配送、国际采购、国际转口贸易等功能。

2005年,根据产业转型的需要,在扬子江化工园规划控制区域内规划了扬子江高新技术产业园,作为保税区重点发展高新技术产业的功能区域,主要发展电子信息、装备制造、节能环保、汽车配件等产业。

2008年，张家港保税区功能实现了转型升级，被国务院批准设立为张家港保税港区；同时，市委对张家港保税区和金港镇实行管理体制调整，实行"区镇合一"体制。

2009年，保税港区（一期）通过封关验收，保税区全面部署了"二次创业"行动，明确了以追赶先进开发区为动力，努力实现"三年争沿江第一，五年进江苏前五"的奋斗目标。

2010年，张家港保税区形成了"一城六区"（滨江新城、保税港区、段山装备工业区、化工园区、环保新材料产业园区、资源再生示范园区、香山双山风景区）发展格局，区域面积达到134平方公里，常住人口17.2万。

保税区人始终以永不满足、争当一流的干劲，大思路谋划发展，大力度引进项目，大手笔推进建设，在全国同类园区中实现了争先进位。

2. 高歌猛进的张家港速度

张家港保税区建立之初，这里还是一片芦苇滩。杂草丛生，没有电，没有水，甚至没有马路。但是今天，这里成为了被上自国家领导人、下至外地普通干部称为"张家港人缔造的热土"。平坦宽阔的大道，拔地而起的高楼，货物满仓的仓库，运输繁忙的码头……正在唱一曲创新创业之歌。

保税区是个新生事物，张家港人"异想天开"，以超常规的科学设想和超常规的勇气与干劲拼抢而来。他们没有要国家一分钱，只是埋下头去默默地做着准备：

5月，张家港确定保税区选址。4.1平方公里内1284户民房全部被拆迁，只用了45天时间；25万平方米的3个居住小区拔地而起，动迁户们搬进1300多套新居，只用了4个月；扎起全长近8公里的铁丝网隔离栏，仅花20天，建成一座万吨级化工码头，只用了120天……

到9月，42个基础设施项目陆续开工。当国务院特区办的领导来到这里时，他们几乎不敢相信自己的眼睛："这股拼劲和办事效率，真让人惊讶。"

"异想天开"终于"梦想成真"。1992年10月16日，张家港保税区正式被国家批准设立。12月24日，保税区正式运转。

有一分的希望，就要付出最大的努力，变成十分的现实——保税区人执着而真诚的个性，为他们创造了一次次良机。直到现在，仍有很多人带着怀疑和不解的目光，看着张家港保税区始终不曾停止的步伐：是什么让这个在夹缝中诞生的保税区得以生机勃勃地发展，并且在全国15个保税区中，主要指标均排在前5名。

保税区的建立，打造出了一个张家港速度，创造了一个张家港奇迹。之后，张家港速度不减，保税区见证着奇迹。

2004年，国务院批准设立了张家港保税物流园区，半年后，2005年物流园区即通过封关验收，并迅速成为全国物流园区的"龙头"。

2008年11月18日，张家港保税区功能实现了转型升级，被国务院批准设立为张家港保税港区。一年后，2009年12月18日，张家港保税港区（一期）正式通过验收，成为我国第八家通过验收的保税港区。

张家港保税港区正以服务长江经济带为目标，以超常规的速度致力于打造"一个基地""四大中心"。"一个基地"，是以区内世界500强企业和大型跨国公司为龙头的长江流域现代临港加工制造业基地。"四大中心"，是以大宗货物为特色的国际散货集散中心；以长江黄金水道为纽带的流域航运中心；以国际采购为重点的国际分拨配送中心；以专业交易市场为主体的商品展销中心。

3. 遥遥领先的保税区成就

今日张家港保税港区，可以说是当代中国改革与振兴的一个奇迹。决策者用富于前瞻性的思维与实践，通过高超的运作，使张家港保税区成为了中国经济园区发展的一面旗帜。

综合实力在全国保税区中位居前列。累计批办企业近4300家，其中外资企业430家，包括道康宁、陶氏、瓦克、雪佛龙等22家世界500强企业和11家全球化工50强企业，壮大形成了化工、物流、粮油、纺织、机电等支柱产业。2009年，保税区完成业务总收入1960亿元，工业开票销售收入552亿元，国内生产总值240亿元，进出口贸易额86亿美元，全口径财政收入31亿元，一般预算收入12.8亿元。综合实力在全国13家保税区中名列前茅,位居第一方阵。

现代物流在全国物流园区中处于领先地位。2004年国家级物流园区批准建立后，物流园区实现了跳跃发展的良好势头，货运量、货值连续在全国保税物流园区位居前列。2007年4月，全国保税物流园区发展总结大会在张家港举行。至2009年，保税区、保税物流园区共完成进出区货运总量1066万吨，货值96.3亿美元，海关征收税款39.8亿元。其中保税物流园区货运总量及海关税收在全国同类园区中连续多年保持领先地位。

生态建设成为全国化工园区的典范。坚持循环经济"3R"原则，在招商时不仅看项目的先进性和环保性，还看项目在园区产业发展中的"链接性"，拉长园区产业链和物质循环链，实现"链式发展"，逐渐形成了"低能耗、低排放"的低碳经济发展趋势。目前有一半以上企业进入循环经济圈。扬子江国际化学工业园已经在区域层面上形成了水循环、热力循环、工业气体配套、管廊配套等产业链结构。放眼保税区，机械装备、化工等循环经济型产业散布于沿江地带，形成了苏州精细化工、棕榈油、有机硅等多条初具规模的产业链。2010年，成为全国首家生态示范化工园区。

建成了全国最大的液化交易基地。2002年8月，张家港保税区化工品交易市场应运而生，至今市场办公面积达3万多平方米，注册企业800多家。2009年，市场实现成交额234亿元，继续保持"中国最具竞争力的化工品交易市场"第一名。化工品市场报价从2004年开始就已成为南京关区的审价依据，并成为国内化工产品的"价格晴雨表"。此外，建成了化工品、纺织原料、粮油等专业市场，在加快集聚区内货物流、信息流和资金流等方面发挥了巨大作用。2007年6月正式开业的纺织原料市场，迅速成为棉花、羊毛、化纤等交易品种的进口纺织原料专业市场，2009年，实现交易额102亿元，税收9626万元。

建有全国首家消防特勤中队等配套设施。规划配套持续完善，累计基础设施投入89亿元，园区实现集中供热、集中污水处理，建有全国首家消防特勤中队，并在全国化工园区中率先启动区域中水回用工程，两三年后将实现向长江污水"零排放"。

具有我国功能最完备、最优惠的功能政策。张家港保税港区是江苏省唯一的保税港区，是全国唯一位于县域口岸的保税港区，是中国目前政策最完备、功能最齐全、通关最便捷的特殊经济区域。从"张家港保税区"到"张家港保税港区"，尽管只是一字之差，但其内涵却大大不同。"张家港保税港区"是在港口作业区和与之相连的特定区域内，具有国际中转、国际采购、国际配送、国际转口贸易、商品展示、出口加工和口岸等功能的特殊经济区。在政策上，保税港区享受保税区、出口加工区相关的税收和外汇管理政策。

4. 引人启迪的保税区理念

保税区是改革开放的产物，是解放思想的生动实践。张家港保税区17年的成功实践事实上已经形成了独特的保税区发展理念，她和张家港精神一样是保税区创新发展的精神推动力。

一区配多园，发展新体制。站在新世纪的前沿，张家港保税区人以全球性视野，把握保税区发展大趋势，用最快的时间铸造成功张家港保税区"一区三园"，并努力将其建设成为具有现代物流、精细化工、高新技术产业的强势基地，为张家港、江苏省乃至长江流域经济发展作出贡献。

作为创新园区的核心，由保税区人构建的张家港保税区、张家港保税物流园区、江苏扬子江国际化学工业园、江苏扬子江高新技术产业园组成的"一区三园"格局，不但为张家港保税区腾飞插上了翅膀，在一定层次上，这个模式的构筑与建立，也成为了具有现代性的保税区运行经典之作，造就了"保税区有开发区配套，开发区有保税区功能"的独特优势。

到目前为止，张家港保税区形成了"一城六区"（滨江新城、保税港区、段山重装工业区、化工园区、环保新材料产业园区、资源再生示范园区、香山双山风景区）发展格局，区域面积达到134平方公里。

整合好资源，激活大功能。将保税港区控制区域划分为三个功能区规划，包括码头作业区，主要发展集装箱分拆、集拼等国际中转业务；保税物流区，主要发展国际采购、分拨配送、保税仓储等业务；保税加工区，主要发展出口加工业务，实现保税加工产业链与保税物流产业链的有机结合，促进保税加工的转型升级。

同时，建设张家港电子口岸，整合保税区和保税物流园区信息化监管系统，研发保税港区功能模块，实现管理服务全程信息化。新建卡口监控中心，集成各卡口视频监控系统，构建了由"物流信息化管理系统、卡口监控集成系统、全区域电子场图监管系统"组成的"三位一体"海关监管体系，进一步提高监管水平和通关效率,促进了保税港区物流迅速放大。

服务最优化,厚德能载物。以厚德载物作为驱动力的张家港保税区新世纪之路,具有生生不息的活力。因而,保税区人把保税区发展作为最崇高的目标,把心贴心的服务,最大限度地方便进驻企业视为最优的操守。

"保税区的真正命运掌握在企业的手里。"这种思维和意识,使保税区人把服务当成工作流程的一道重要工序。管委会到各个行政管理单位,乃至金融、通信等单位的服务工作,不是停留在被动地满足企业的需求上,而是具有超越意识,想企业未想,办企业未办,让园区企业享受到超越自己需求的服务。这种良好的服务、上乘的管理,使张家港保税区有了更为充足的发展后劲。

辐射中上游,对接大上海。与上海港口错位发展,形成上海港口的腹地支撑和喂给基地,重点发展散货进出口业务和国际中转业务;重点发展原有的大宗基础性、原料性商品;开通与上海外高桥保税物流园区之间的直通点业务,实施转关联动,推进与外高桥保税区、上港集团物流中心的合作,实现双赢发展,确立张家港保税港区作为上海洋山港的中转保税港地位。通过张家港保税港区的辐射带动作用,可以进一步促进长江流域港口紧密合作,激活沿长江产业带所蕴藏的发展潜力,加速推进长江流域经济快速发展。中部内陆地区还可以依托张家港保税港区的政策功能,将沿江优势转化为沿海优势,加快本地区加工贸易转型升级。

当前,积极对接上海"两大中心"建设和长三角一体化发展规划,实施了"张家港保税港区与洋山保税港区紧密合作"课题研究,促使张家港保税港区成为大上海"长三角港口群"战略中的重要支撑点,成为洋山港的主要支线港和喂给港,成为上海的物流配送分中心、港口作业分中心和服务结算分中心。

转型调结构,市场拓发展。紧扣"功能升级活区、发展工业立区、提速物流强区、旅游开发兴区、富民惠民稳区"的总思路,围绕智本驱动大力发展创新型经济,围绕新兴产业大力推进转型升级,围绕载体建设大力升华城市功能,围绕新农村建设大力提升城乡统筹,努力实现"区港镇"全面发展、跨越发展、创新发展。

实施"产业创新、港口辐射、功能拓展、协调共进"四大战略,激活智本创新"驱动力"，加速推进产业转型升级；释放口岸功能"辐射力"，积极建设石化交易所，努力申报张家港石化期货市场，加速打造工贸一体自由港；提升区镇载体"竞争力"，加速建设现代化滨江新城；增强民生党建"保障力"，加速构筑文明协调大金港。

2009年，张家港保税区响亮地提出：力争三年、确保五年区镇综合实力实现"争沿江第一，进江苏前五"，努力培育3个超10亿美元的产业基地，32家超10亿元的重点骨干企业，其中超百亿企业3家，超200亿元企业1家，着力把保税区（金港镇）打造成全市质态最高、形态最优的"第一区域经济体"，把保税区打造成"沿江领先、江苏率先、全国争先"的先进园区。

张家港保税区现象，在一定程度上见证了一个区域跨越式发展的历程，同时也开启了向世界一流自由贸易区冲击的门扉。

张家港人站在中国改革、开放、发展的潮头，依托得天独厚的张家港港，全面推进沿江开发开放，全力发展临港经济，举全市之力支持"两区两园"，正在创造、呼唤崭新的未来世界。

长风破浪会有时，直挂云帆济沧海！

这篇文章是博主2010年专门为张家港发展丛书《张家港经验》（2010年出版）第六章而撰写的。文章对张家港沿江开发作了一个历史回顾和探索，分析阐述了张家港保税区异军突起的原因和辐射作用。

 第三只眼看港城

新兴城市文化品牌建设的新路子
——张家港市成功举办"长江文化艺术展示周"的实践和探索

2004年,张家港敢为人先,小城市扛起了弘扬长江文化、民族文化的大旗,率先举办中国(张家港)长江文化艺术节,至今已经是第10年了,其影响力也越来越大。早在2005年,在市委研究室季冬主任、宣传部陈世海常务副部长的大力支持下,我经过调研,撰写了《新兴城市文化品牌建设的新路子——张家港市成功举办"长江文化艺术展示周"的实践和探索》一文。文章完成后首先送张家港市委、市政府及市委宣传部有关决策领导,得到充分肯定。在以后的"长江文化艺术节"活动中和张家港市文化建设中,有关建议得到了实施,对完善长江文化品牌、深化张家港市文化建设起到了较好的参考作用。

文章先在省委内参《调查与研究》2006年第30期和苏州市内参《调研与参考》2006年第24期上发表。2006年10月,还应邀参加了在山东济宁举行的中国第二届中小城镇品牌形象论坛并作专题演讲,得到了与会专家的一致好评。文章发表在《公关世界》2006年11期上,进一步扩大了张家港"长江文化艺术展示周"的社会影响。《张家港日报》于2006年10月第三届"长江文化艺术展示周"举办前夕,分两期专版刊登了全文,在张家港市社会各界引起强烈反响。"中国水文化"网等网络纷纷转发。2008年,被评为江苏省社科应用研究精品工程决策咨询奖二等奖。而今,中国(张家港)长江文化艺术节已成功举办10届,从"写长江""画长江""唱长江"到"摄长江""游长江"等,每年都有一系列创新举措,影响越来越大,成为了江苏省重点打造的文化品牌。

在经济社会快速发展、城市化进程加快的新时期,张家港这个新兴文明城

市，一直在努力探索如何丰富城市文化底蕴，促进城市品牌向更高层次发展，建设富有品位和神韵的魅力新城。从2004年开始，张家港市以弘扬灿烂长江文化、促进流域文化交流、展示港城明珠风采为宗旨，联手沿江省市，开创性举办"长江文化艺术展示周"活动，扛起了振兴长江流域传统文化的旗帜，着力打造城市文化新品牌。如今，"长江文化艺术展示周"已成功举办两届，每年从11月1日开始，在为期一周或半个月的时间里，集中举办系列大型展示长江文化艺术的活动，取得了较大成功，走出了一条新兴城市文化品牌建设的新路子。

一、成功实践

1. 文化资源广征博引

张家港位于江尾海头，是新兴港口工业城市，建县历史仅45年，建市历史仅20年，由常熟、江阴两市各划出的"边角料"组建而成，其历史文化资源并不丰富。为此，他们将目光溯源而上，超越自身，放眼整个长江流域。从东海到雪山，从城市到村寨，无论是一首清新动人的歌谣，还是一支激情洋溢的舞蹈；无论是历史悠久的戏曲，还是现代创新的文艺；无论是来自高雅的艺术殿堂，还是来自淳朴的乡野之间，那些风土人情的艺术再现，一一纳入了张家港人的文化视野。于是，长江流域戏剧艺术节、长江流域民族民间艺术节应运而生。长江流域丰富深厚的文化资源被张家港广征博引，拿来组成了长江文化艺术展示周的系列主题活动。

2. 主题内容精彩纷呈

2004（张家港）长江文化艺术展示周举办了"第一届（张家港）长江流域戏剧艺术节""（张家港）长江流域地方戏剧发展联盟暨研讨会""'长江人·长江城'长江名城文化风情电视片展播""长江颂·中国当代著名书法家精品展""欢聚一堂——相聚张家港"大型文艺晚会等五大系列文化活动；2005（张家港）长江文化艺术展示周举办了第一届（张家港）长江流域民族民间艺术节、"长江颂·全国中国画提名展"、长江流域戏剧发展战略联盟首届年会、"欢聚一堂——相聚张家港"大型电视文艺晚会及长江流域民族民间文化艺术主题展览等五大系列文化活动。所有活动均突出了"长江文化"主题,活动内容精彩纷呈。

3. 参与人员群英荟萃

据统计,每年展示周期间,直接参与活动、观看演出和展览的各级领导、来宾和广大市民共有7万多人次。参加展示周的文化艺术家更是层次至高。如,"长江颂·中国当代著名书法家精品展",就有中国书协主席、副主席以及25省市的书协主席和各大院校书法名人等101位书坛顶尖人物应邀以长江流域文化为背景,撷取历代文人歌颂长江的诗词名句,泼墨挥笔,使书法和诗词这两种代表中国文化传统和深邃内涵的艺术种类结合起来,形成强大的艺术冲击力。首届"张家港·长江戏剧节"上,安徽、上海、湖北、重庆、江苏、湖南、江西七省市艺术剧院分别献演了黄梅戏、沪剧、楚剧、川剧、锡剧、昆剧、花鼓戏、采茶戏八类戏剧。许多文华奖获奖曲目的演出和梅花奖得主亲自上台,带给观众极高的艺术享受。"长江流域民族民间艺术节"上,共有27支地方民族民间文艺表演团队、29个方阵参加文艺过街巡游,表演人数超过900

张家港街头巡逻的女子城管队　　**庞瑞和 摄**

人。西藏热巴舞，青海藏族行进舞，云南花腰彝歌舞，四川锅庄舞，重庆铜梁大龙舞，湖北凤凰灯，湖南土家族铜铃舞、毛古斯，江西傩舞，安徽花鼓灯，上海奉贤滚灯以及江苏等地的特色民间文艺表演，穿越历史和地域，让张家港市民充分领略到了长江流域民族民间文化的丰富多彩。

4. 城市美誉声名远播

长江文化艺术展示周期间，中央电视台、中央人民广播电台，人民网、新华网、江苏网，光明日报、新华日报……各大媒体用灵动的视角、鲜活的文字，真诚定格展示周的每一个精彩瞬间。中央人民广播电台在《全国新闻联播》《新闻和报纸摘要》节目中频繁传递着来自展示周的声音；人民网专门推出"张家港·长江文化艺术展示周"的专题网页，通过新闻报道、图片传真、城市风貌、背景资料全方位展示活动的盛况；新华日报、国际商报等媒体热切关注展示周其间的经贸活动，全方位、广覆盖、深层次的报道使张家港的影响力和美誉度再次提升。

二、创新意义

1. "无中生有"，奠实新兴城市文化发展根基

近年来，张家港在经济快速发展的同时，加快建设文化强市，高起点规划、大手笔投入，先后新建和改造了图书馆、大戏院、博物馆等一批高标准的文化设施和阵地。同时，每年都广泛开展了社区文化艺术节、广场文艺周周演等丰富多彩、鲜活生动的群众性文化活动，形成了群众文化多姿多彩，文艺创作亮点纷呈的喜人局面，出现了建县历史短而经济文化发展快的良好态势。然而，由于张家港文化基础较差、积淀不深，立意单薄、主题单一的文化活动还是难以凸显港城文化形象，难以发挥在城市发展中的推介作用，难以加快丰富文化底蕴、形成港城文化特色的步伐。像张家港这样的新兴城市，拓展文化影响力，仅有本土文化活动显然不够，也与城市的社会影响不匹配。新兴城市迫切需要找到文化建设的新途径。张家港从所处经济地位以及区位条件出发，从本市的民俗民风实际出发，本着"无中生有"、没有文化"借文化"、没有文化

创造文化的崭新理念，把目光投向了因时间久远而越发积淀丰厚的灿烂长江文化，率先提出整合长江流域文化资源，促进共同发展和繁荣的理念。长江流域历史悠久，孕育了雪域文化、巴渝文化、荆楚文化、吴越文化、海派文化等灿烂辉煌的流域文化，滋养了两岸众多的文化名城。然而，在江段地域的限制下，长江文化的延续性、交融性和创新性在一定程度上受到了遏制。张家港巧辟蹊径，积极构筑了一个沿江城市联动对话的平台，一个流域文化碰撞交流的空间。在"长江文化"牌的创意下，张家港创设活动载体，打破长江文化地域隔阂，打破艺术种类之间的隔阂，促进长江文化在张家港的多元交流与交融。张家港无中生有的结果是，不仅使长江文化在张家港展现与融合，而且使先进文化元素注入现代城市精神，逐渐融入了张家港的发展理念，丰富城市个性特质；不仅极大地丰富了长江流域文明的内涵，而且通过长江文化的共享共用，通过挖掘、积累、提升，充实了张家港的文化底蕴；不仅提升了城市居民的社会意识和人文素质，而且激发了城市以人为本、面向未来的发展潜能。江苏省剧协秘书长杨丽娟说："张家港这个地方无论是文化的传承还是底蕴，相对北京、西安来说是比较少的，但是张家港人有海纳百川的气势，她把长江流域的文化全部吸收到张家港来，这就是张家港人的气度和大手笔。"

2. "借力打力"，构造新兴城市独特文化品牌

主题明确、区域联动的长江文化艺术展示活动，不仅是张家港打造文化品牌的崭新途径，也是使整个长江流域获益的文化盛事，是张家港市善于借力打力，赢得"双赢"的结果。借力就是以有偿的方法让自己以外的人或事为自己服务，达到自己的目的。借力打力，意为借助外力来提升打击的力度，在这里可以理解为借助外力达到最大程度扩张影响。张家港打出"长江文化"牌，一是借了张家港作为江海明珠和全国明星城市的影响力。张家港是长江三角洲的一个欣欣向荣的新兴城市，经济的高速发展为文化建设提供了强有力的保障，借助经济力量完全可以办成很多地方想办而没有力量办成的事情。张家港不仅争当好长三角经济发展的领跑者，而且正在成为长江文化发展的有力推动者。二是借了长江流域的丰富深厚的文化力。举办"长江文化艺术展示周"就是要把长江流域的文化力量聚集起来，借先进文化为我所用，借用各个层面文化力

量为我所用，不断融入长江流域文化精华，形成文化合力，使长江流域不仅成为强劲的"经济增长极"，而且成为充满活动和魅力的"文化核心圈"，从而筑就长江文化交流展示、碰撞融合的平台，使张家港成为长江文化的一个聚焦点。三是借了长江流域各地政府和民间团体的合作力。正是通过长江文化艺术展示周这个平台，各级政府、文化部门、文艺团体切实加强相互之间的文化交流合作，齐心协力促进区域文化共同繁荣，促成了长江流域戏剧发展联盟的建立，促成了一个又一个美好的艺术构想。四是借了社会各界的关注力。长江文化、戏曲盛会、民间艺术等无不抓住了新闻媒体的和社会各界的"眼球"，特别是与中央电视台国际频道联合主办"欢聚一堂——相聚张家港"大型电视文艺晚会，开创了在中央一套高密度、大容量地宣传、展示一座城市的罕见之举。通过中央电视台向全球转播，极大地扩大了张家港的影响。

3. "薄积厚发"，提升新兴城市市民艺术水平

一座颇具品位和魅力的城市应该有较高的艺术消费水平，有懂得欣赏和消费艺术的高素质的人群。但是和其他消费形式不同，艺术消费的群体是培养出来的。艺术消费群体的扩大，只能有赖于民族文化艺术素养的提高。对于一个新兴城市而言，要想在城市文化建设上厚积薄发显然不现实。历史文化的贫瘠、前身为农民的新市民的浅薄等都决定了其文化发展道路只能另辟蹊径，争取"薄积厚发"。张家港主动牵手博大精深的长江文化，通过观赏性非常强的文化展演，有效培养了市民健康的艺术消费观念和习惯，推动了艺术创作生产，活跃了艺术流通，最终提升了城市品位与魅力。在每届展示周活动的筹备时期，文化部、中国文联、江苏省文化厅、文联都给予了高度关注和热心指导，全国一流书画名家应邀创作、寄来作品。在活动期间，长江流域各省（市）源远流长的地方戏剧缤纷上演，长江流域独具魅力的民族民间文艺纷至沓来。这些无不极大地提升了张家港市的文化艺术层次。同时，张家港群众的热烈响应又加快了文化市民的培养进程。张家港大戏院里，精彩的演出赢得观众场场爆满；张家港博物馆内，书画爱好者们欣赏品评，络绎不绝；"欢聚一堂"文艺晚会上座无虚席，热闹非凡；喜庆的长街上，观看民间艺术过街巡游表演的人群层层叠叠。兴趣是最好的良师，每年一度的文化艺术盛会让张家港人得到了良

好熏陶，一个庞大的传统文化、高雅艺术的受众群浮出水面。张家港这座新兴的港口经济城市，在打造长江文化品牌的精彩过程中，城市文化氛围日渐浓郁，市民的艺术素养得以快速提升。

三、经验启示

1. 以高水平的策划打响文化品牌

张家港长江文化艺术展示周，从萌芽之初就十分强调品牌意识。在经济发展的同时，张家港举办跨地域的大型文化活动，以文化的手段宣传和推介城市，增强城市文化影响力正是一项非常成功的策划。创下了众多第一：第一次正式召开新闻发布会；第一次借助网络媒体现场直播；第一次以长江为主题举办全国性的著名书法作品和中国画精品展；第一次举办长江流域戏剧艺术节和民族民间艺术节，开了保护、传承和推广长江流域传统戏曲艺术和民族民间艺术的先河，建立起了一个区域性民族文化合作与交流的平台；第一次由县级城市牵头召开了长江流域地方戏剧发展联盟研讨会，通过了《长江流域戏剧发展战略联盟宣言》和《2004张家港宣言》，建立了我国第一个以长江流域为依托的戏剧艺术发展联盟；第一次与中央电视台合作，成功举办大型文艺晚会；第一次与沿江各文化名城电视媒体合作，共展流域风情；第一次设立了长江流域民族民间艺术展览馆等。这许许多多的第一，无不体现了创意策划的高水平。

2. 以高品位的精品推出文化大餐

只有高品位的精品，才能打造高价值的品牌。在长江文化艺术展示周活动组织中，张家港坚持量质并举，千方百计征集精品力作，高标准组织实施展演活动，向市民推出了一道道丰盛的文化大餐。"长江颂·中国当代著名书法家精品展"，百余位中国当代书坛顶尖的名家集体亮相。百家书风，精品迭显，百家争鸣，流派纷呈，代表了当今书坛最高水平，精品力作被张家港市永久收藏，并将刻成"长江颂"书法碑林，代代相传。首届长江流域戏剧艺术节相继上演的8个剧种9台大戏，每一台都是富有地方特色，融艺术性和观赏性于一炉的戏剧精品，其中有的曾荣获文化部文华大奖、中国艺术节大奖等国家级奖项。民族民间艺术节汇集了众多亟待挖掘和保护的民间文化形态。"欢聚一堂——相聚张家港"大型文艺晚会上，来自内地和港台的众多明星云聚张家港，以多种艺术形式歌颂弘扬张家港城市精神风貌，使文化与城市得到高度融合。

3. 以高标准的组织保证科学运作

每届（张家港）长江文化艺术展示周活动吸引了国内外政治界、文化界、工商界和新闻界六、七千多名人士参加。根据长江文化艺术展示周系列活动整体性强、协作性高的特点，从活动的设想、策划、筹备及运作的整个过程，张家港市委、市政府始终强化领导、统筹安排。各部门、各单位牢固树立上下"一盘棋"的整体观念，服从市委、市政府的统一部署和活动组委会的统一调度，密切协作，明确目标，形成合力。经过各具体承办单位、职能部门大量卓有成效的工作，展示周系列活动做到了立体推进，有条不紊，体现了张家港市一流的策划水平，一流的组织水平，一流的接待水平，一流的服务水平。

4. 以高层次的宣传拓展深远影响

高水平的活动还要高水平的宣传。张家港既发挥好传统宣传媒介作用，又改进宣传手段和宣传方式，加强活动的策划与包装，全力打造"长江文化"品牌。从全市环境布置到活动公益广告；从"一报三台"的系列专题报道和系列形象宣传到"张家港在线""张家港宣传思想网"开设"长江文化艺术展示周专题"，从对各项活动进行滚动预告到以图片、文字、音频并茂的形式全方位宣传报道长江文化艺术展示周盛况，活动的社会关注度不断提高。地方媒体和中央媒体共同发力，报纸、广播、电视、网络热力聚焦，使张家港和长江文化，成为金秋时节最醒目的字眼，张家港形象迅速加分。正如《人民日报》评论："（张家港）长江文化艺术展示周将长江流域各种文化资源重新整合，以统一的形象向世人展现她的独特魅力。沿江开发进入文化资本发掘时代。"

四、发展对策

作为一个新兴城市，我们的文化建设应该一开始就立足于高起点，结合我市通江达海的地理优势，打造江海明珠文化品牌，努力建设高品位文化城市。

全国政协副主席李蒙说："当今城市间的竞争不仅是经济和人才的竞争，也是文化的竞争，张家港作为长江流域诸多城市中的一员，未来要在更高的平台上实现更快发展，必然要提高文化品位、建设先进文化。"

1. 建设高品位文化城市要科学规划文化发展战略

只有超常规谋划发展思路，才能加快文化发展的步伐。张家港市知名度虽然较高，但要想提高国际影响力，还必须在提高城市品位上做文章。既要科学规划发展战略，加快城市文化空间的布局和建设，加快城市精神文明的建设，加快城市文化氛围的建设，加快市民文化素质的建设；又要制定和完善文化发展的相关政策，对已经成为品牌的文化项目要做大做强，对有潜力的、有希望成为品牌的文化项目，要重点培育和支持。当前，一要加快城市文化中心等在建文化设施的建设进程，根据城市发展规划进一步合理布局文化空间，积极引进和发展小型特色博物馆、艺术馆等，完善文化设施网络；二要继续办好（张家港）长江文化艺术展示周活动，加快建设长江流域戏剧博物馆和长江流域民族民间艺术博物馆，使张家港在更广阔的空间实现资源整合和优化配置，建构开放、联动发展的机制，逐步使我市成为长江文化研究、展示和开发中心；三要深入挖掘和发挥本土文化优势，在广泛挖掘我市现有文化资源的基础上，找准切入点，建设主题文化公园，努力开发文化旅游。大力发挥我市书法爱好者众多的传统优势，积极培养书法新秀，扶持书法名家，建设"书法名城"。重点宣传鉴真东渡精神的文化内涵和现实意义，打造"鉴真东渡"本土文化品牌。

2. 建设高品位文化城市要大力繁荣文化事业

建设高品位文化城市，应当在教育、科技、文化、卫生、体育、旅游等各个方面做到全面发展，在哲学社会科学，文化艺术，包括音乐、舞蹈、戏剧、美术、广播、电影、电视、新闻、出版等各个领域实现全面繁荣。而且，作为高品位的文化城市，应当拥有自己著名的文化机构、文化设施、文化活动、文化名人和文化名作等文化品牌。为此，一是加快构筑公共文化服务体系。壮大公共文化服务主体，提高公共文化服务含量；丰富公益性文化活动，活跃群众文化生活；完善社区文化建设机制，丰富社区文化活动；健全公共文化服务信息网络，方便群众参与文化活动；完善对未成年人和老年人的公共文化服务机制，为特殊群体提供优质服务。逐步形成结构合理、发展平衡、网络健全、运营高效、服务优质的覆盖全社会的公共文化服务体系，为城乡居民文化生活和参与文化活动提供必要保障和条件。二是必须加快发展文化产业。不断探索政府支持、社会化运作的产业发展路子，积极推进张家港传统文化和现代文化产业的融合，扩大文化商业性演出、展览展示活动和对内对外交流。三是积极利用现代网络技术拓宽文化工作的领域。加工提高一批重点优秀作品，发现和推广老百姓身边的先进典型，开展公益演出，推动优秀作品走向群众、走向市场，促进城乡文化互动。具体地说，在城市，可以以社区为载体，改善社区文化设施，推进文化信息资源共享工程，创建学习型城市平台；在农村，可以以农村基层文化建设为载体，加大对农村公共文化建设的投入，支持多种经济成分参与农村文化建设，使农村文化工作与农民的生产生活和农村基层村镇文化建设有机结合起来；在企业，可以以企业文化建设、企业管理等为载体，寻求适应现代企业制度的文化活动有效途径；在学校，可以以素质教育和未成年人思想道德建设为载体，不断提高学生的思想道德水平和科学文化素质。

3. 建设高品位文化城市要切实加强文化队伍建设

在经济发展到一定阶段的时候，我们应该下大力气发现和培育一批文化名人，创作一批文化精品，打造一批文化品牌。一要高度重视我市的民间文化专才。张家港市素有崇文重教的传统，在城乡有不少文化爱好者，有的热衷于金石研究，有的热衷于民间文艺，有的热爱考古和收藏。但是长期以来，他们虽然在各自领域或小有名气，或术有专攻，但是尚未得到社会各界的广泛认同和重视，更缺少有意培育和推介。我们应该深入开展一次摸底调查，有选择地进行重点包装，打造在我市、苏州乃至江苏和全国有一定影响的乡土文化名人。二要努力发掘培养文化新人。对我市文化条线涌现的好苗子，如主持人、歌唱和舞蹈人员等，要加大力度培养。对于我市年轻的写手，无论诗歌、小说还是散文以及歌曲、美术等，都要大力扶持。通过多年坚持不懈的努力，力争培养出我市土生土长的文化艺术家；三要广泛引进文化名人或专才。树立"不求所有，但求所用；不求所在，但求所为"的人才新理念，努力引进愿到我市工作的文化专门人才，邀请著名文学艺术家到我市采风创作。所有的创作，不管是

否直接反映我市三个文明建设的，也不管是否我市文化工作者创作的，只要是在全国能够获奖或产生一定影响的有关作品，都应该给予奖励。

4. 建设高品位文化城市要更加注重文化传承

任何一种优秀的文化传统，只有随着时代前进而不断扬弃、改造和更新，才能保持旺盛的生命力，才能反映活生生的社会现实，并给现实生活提供不竭的动力。构建新兴城市的现代化文化体系，我市应确立更高的文化发展坐标和更有效的展示载体，彰显我市以"立足传统、开放创新、有容乃大"为基本内涵的城市文化发展战略。一方面，城市文化建设要切实增强人文意识，城市的精神、风貌，甚至城市的名片应该掌握好传承，把握好尺度，重大项目建设和改造以及道路、公园、绿化等城市公用设施建设，都要充分考虑文化因素和历史传承，增加人文气息，把城市的精神、城市的品牌传承发扬。另一方面，城市文化建设要注意自身在长三角城市群中的定位，注意兄弟城市之间的比较，充分吸收兄弟城市文化建设的有益经验，明确自己城市的文化发展战略，做到取他人之长，补自己之短，扬自身优势，创独特品牌。

5. 建设高品位文化城市要努力追求雅俗共赏

文化建设的根本任务是提高市民的整体素质。关键是要深得民心。我们坚持不懈抓文化建设，说到底，就是让广大市民既要成为文化建设的受益者，更要成为文化建设的参与者。这就要求在文化建设上要雅俗共赏。既要发展高雅文化，体现城市的品位，提升市民文化艺术修养，为经济社会发展提供强有力的精神动力和智力支持；又要发展大众文化，适应大多数人的欣赏水平，把文化建设的基点放到大众和人民中间去，着眼于促进人的全面发展，围绕提高市民的综合素质，增强城市文化建设的适应性。从高处着眼，低处入手，突出重点抓好市民的理想信念教育，就业、创业理念和能力的教育与培养，抓好走路、行车、说话、交往等基本文明规范的教育养成。努力使我们建设的城市文化真正是面向现代化、面向世界、面向未来的，民族的科学的大众的社会主义文化，以不断丰富我市市民的精神世界，增强市民的精神力量。

张家港城市现代化进程研究

2003至2005年,我参加了中共江苏省委党校在职研究生学习,为此写了这篇研究性的毕业论文。

我认为,张家港市作为一个建县历史仅44周年,建市历史仅19周年的县级市,后来居上,通过工业化推动城市化,最后走向城市现代化,成为全国明星城市,成为实践邓小平理论的先进典型,成为三个文明协调发展的典范,走出了一条科学发展的城市现代化之路。张家港的城市化和城市现代化进程是持续的、科学的、跨越式发展的过程,具有相当的典型性和代表性,张家港的城市现代化进程中始终贯穿了科学发展观,因此张家港的城市化表现出较高的质量。

本文从张家港市的建立,到农村工业化、城市现代化的进程中,对张家港市城市区位特点、城市经济特色、城市形象定位、城市规划与管理、城市文化和城市精神等方面进行研究探讨,以城市现代化中需要解决的问题为主要研究对象,回溯历史,前瞻未来,史论结合,夹叙夹议,并通过对张家港城市现代化的共性特点来探讨我国城市化的问题和对策,提出了不少新观点和新论断,对全国城市现代化发展有一定的借鉴作用。

我初步思考于2004年5月,于2004年下半年开展调查和搜集资料,2005年3月完成初稿,经范建中教授指导和审阅,于5月定稿。后来,本文不但被评为优秀论文,得到范建中教授和班主任孙干萍老师的赞扬,而且在2004年《当代中国城市发展丛书》全国第二次编写会议上,以此研究成果为基础完成了《当代中国城市发展丛书张家港卷》的框架结构,得到了当时的市委书记曹福龙的高度肯定。后该书经过多年编纂,于2010年出版,我也成为了该书"展望篇"的负责人和撰稿人。

 第三只眼看港城

前　言

　　21世纪是城市世纪，是我国进入全面建设小康社会、加快推进社会主义现代化发展的新阶段。城市现代化成为了发展主旋律。随着城市化进程的加快，城市现代化已成为经济较发达地区的追求目标。城市化是指农村人口向城市人口转变，农业劳动向非农业劳动方式转变以及城市生活方式创立、采用和普及的过程。它作为一种经济现象，是人类社会发展到一定阶段的产物。伴随着18世纪末19世纪初欧洲（特别是英国）工业化和现代化的发展，城市因之产生、发展。城市现代化是指具有先进的基础设施、公用设施以及城市的生态系统，有着知识型的经济结构，物质与精神文明高度发展，居民整体素质、社会生活秩序及组织程度高，具有与自然融合、优美的社会生活环境，实现了管理现代化，从而使整个社会经济系统在高层次上运行的城市模式。城市现代化是一个综合概念和动态概念，是城市化的进一步延伸，也是城市化发展的高级形态。

　　党的十六大提出，我国在21世纪的前20年要基本实现工业化，世纪中叶要基本实现现代化。因此，今后的10来年，是我国完成工业化任务的冲刺阶段，也将是我国城市化大发展的重要阶段。城市化发展问题将越来越突出。张家港市作为一个新兴港口工业城市，为我们提供了较好的借鉴。张家港市由一个名不见经传的"边角料"小县通过工业化推动城市化，最后走向城市现代化，一跃成为全国闻名的文明城市，走出了一条科学发展的城市现代化之路。本文旨在通过对张家港城市现代化进程的研究分析，以点带面地探讨我国城市化和城市现代化中要注意的问题和对策。

　　本文以邓小平理论、"三个代表"重要思想和科学发展观为指导，以张家港城市化进程为线索，紧扣"未来的张家港，不仅要成为长江三角洲的现代化城市，更要成为一个富有特色和竞争实力的港口经济城市，一个富有内涵和独特个性的生态园林城市，一个富有精神和文化底蕴的文明法治城市"的发展方向研究设计，以城市现代化中需要解决的问题为主要研究对象，回溯历史，前瞻未来，史论结合，夹叙夹议，从张家港市的建立，到农村工业化、城市现代化的进程中，对张家港市城市经济特色、城市形象定位、城市管理和城市精神等

方面进行研究探讨,并通过对张家港市城市现代化中的共性特点来探讨我国城市化的问题和对策,以期对全国城市现代化发展产生一定的借鉴作用。

一、张家港城市化的历史进程

张家港市(原名沙洲县),地处长江下游南岸,西北、北和东部濒临长江,南接太湖平原北麓,上海、南京、苏州、无锡、常州、南通等大中城市环列四周。全市总面积998.55平方公里,其中,陆地面积785.55平方公里。沿长江南岸码头林立,与140多个国家和地区的港口码头建立了货运往来关系。境内拥有国际贸易商港——张家港港和中国唯一的内河型保税区——张家港保税区,是长江黄金水道苏南经济区上的重要经济通道。

张家港市有着悠久的历史。商末,属勾吴之地。春秋时期,属吴国延陵郡。秦代,属会稽郡。晋代,置暨阳县,县治杨舍镇。梁代,在暨阳之墟建梁丰县。唐以后,分属常熟、江阴两县。清代至民国,常通港以北属南通县。抗日战争时期,中国共产党曾一度在北部沿江地区建立沙洲县,南部及常熟、江阴两县的边界地区设立虞西县。新中国成立后,东部属常熟县,西部属江阴县。1962年,常熟划出14个公社和国营常阴沙农场,江阴划出9个公社,建立沙洲县,隶属苏州地区。1986年9月,经国务院批准,撤销沙洲县,设立张家港市,隶属苏州市。至2005年,全市有8个建制镇,1个管理区,186个行政村,总人口86万。张家港从建县到建市的历史均不长,但是张家港市城乡建设却经历了起步到腾飞的历史性跨越,在短短40多年的时间里,这片昔日的"沙土之洲"成为江南大地上一颗璀璨的明珠,从原来的一个小乡镇演变成为城乡规划布局合理,基础设施配套完善,城乡道路四通八达,现代化建筑鳞次栉比,人民安居乐业的洁美、文明、繁荣的现代港口工业城市。

1. 从小乡镇走向小县城(1962—1991)

(1)1962年前的杨舍镇。张家港市(沙洲县)建县之前,市政府所在地杨舍镇是江阴县的一个乡镇。1949年,杨舍镇总面积为0.8平方公里,人口近4000人。1962年1月,镇区面积1平方公里,人口7604人,其中农业人口1373

人。1962年,沙洲县成立时,杨舍镇仅有一条街道,谷渎港自北向南流贯镇中,港上青龙桥,连接东西两条长不满600米、宽不足4米的坎坷不平的街道。全镇公房、民房毗邻衔接,破旧矮窄。人民政府对镇区进行过改造,但直至建县之初,变化不大。镇区建成区面积为0.4平方公里,全镇公共建筑面积7.2万平方米,生产用房1.08万平方米,居民住宅6.08万平方米,公共建筑大多为平房,楼房极少,最高建筑为梁丰中学四层钟楼。镇区无路灯,大小街巷的排水靠地下暗沟,卫生设施仅有几座简陋的茅厕。那时,杨舍镇还是个并不发达的农村小乡镇。

(2) 1962年至1986年的沙洲县。这个时期是小县城发展期。1962年沙洲县(张家港市)成立后,杨舍镇被确定为县政府驻地。此后,一是工业逐渐发展。到1985年有工厂76家,工业总产值32934万元,占全县工业总产值的10.6%。二是杨舍镇逐渐成为沙洲县的交通枢纽。公路有杨张澄、澄鹿和沙锡干线直达苏、锡、常、沪、宁、杭等地,并与各乡镇支线公路相接。东横河、盐铁塘横贯东西,谷渎港纵贯全境,南连张家港,北接横套河出长江。三是城市建设被提到政府的工作日程,先后建设了县人民政府办公楼、汽车站、新华书店、人民银行、第一人民医院及居民小区等公共和生产用房,并对杨舍西街、东街进行延长扩展,新辟沙洲西路,建成暨阳西路等。但由于经济的制约,城市建设发展缓慢,到1978年,城市建成区面积只有2平方公里,人口1.46万人,另有常住临时人口1万余人。大部分居民仍饮用河水。1979年11月,建成日产5000吨地面水净水厂,解决了镇区自来水严重不足的矛盾。随着经济的快速发展和人口的增加,1984年,扩建1万吨地面水净水厂。至1985年底,全镇总面积4.45平方公里,其中建成区面积3.7平方公里,人口29637人(其中农业人口4955人),另有常住临时人口约2.6万人。

在建设过程中,由于城区没有总体规划,片面强调节约土地,采取"见缝插针"的办法,因而出现了新旧建筑相互插花的零乱现象。1977年,成立县城镇建设领导小组,开始编制《沙洲县县城总体规划》,确定县城发展规模和功能布局。从此,城市建设才逐步步入正常的发展轨道。

(3) 1986年至1991年的张家港市。这是张家港市的城市萌芽期。1986年12

月,撤县建市后,张家港市政府根据"以港兴市、以市促港"的发展战略,确定城市性质是新兴的港口工业城市,为苏(州)、(无)锡、常(州)地区对外开放的重要门户。规划建成由杨舍(包括泗港)和港区两个组团构成的双城式格局。

张家港市撤县建市后,加快了城市建设的进程。乡镇企业的发展为张家港城乡建设奠定了良好的物质基础。张家港市在1977年、1983年和1986年多次进行规划,从而使城乡建设步入规范有序的发展轨道,城乡面貌有较大变化。一是加快道路建设。使老城区的道路基本沟通。1991年,对长安路等街景街貌进行改造,完成一批标志性雕塑,扩建改造了沙洲公园,主要道路安装了路灯,使城市道路扩展到37公里,路灯增加到800多盏。二是加快配套设施建设。全面实施自来水取水工程,到1991年底,自来水的供应能力达3万吨,市区自来水供应人口达5.9万人。1981年建起的首家液化气供应站,到1991年底,供气达1.2万户3.7万人。三是加快教育文化设施建设。新建梁丰中学实验楼、影剧院、工人文化宫、体育场,并创办全国第一个县办大学——沙洲职业工学院。四是建设了一批标志性工程。如第一人民商场,5层工业地产品展销大楼和张家港宾馆。张家港宾馆成为沙洲县第一幢超过10层的高层建筑。五是居民新村建设。到1991年底,市区住宅建筑面积发展到90万平方米,人均居住面积达到9.4平方米。六是绿化和环境治理。在主要道路两侧种植香樟、垂柳、雪松、广玉兰等树种,镇区绿化面积达到90公顷。1990年,开始在全市范围内开展创建全国卫生城市的活动,市容市貌有了明显改观。

1986年至1992年,张家港虽然实现了由县到市的转变,城市基础设施和配套能力有较大的发展,但建设思路不够开阔,城市框架没有拉开,设计水平一般,标志性建筑数量不多,精品工程屈指可数,城市建设档次较低。为加快城市建设步伐,市委、市政府结合"八五"计划的编制,提出了"开发新区、整治老区、建设港区"的城市建设思路,大搞城市建设,从此拉开了张家港大规模城市建设的帷幕。

2. 从小县城迈进小城市(1992—2001)

(1)开发新区,整治老区,建设港区,打造小城市。1992年是全国改革发展的转折点,也是张家港实现腾飞的新起点。邓小平南方讲话后,张家港市响亮提出了"工业超常熟,外贸超吴江,城市建设超昆山,各项工作争一流"的工作目标,开始形成了具有轰动效应的张家港精神。从此城乡建设高潮迭起,步入了高速发展的快车道,城乡面貌焕然一新。

城市基础设施水平是一个城市建设水平的重要体现,完善的基础设施和配套设施是城市现代化的重要标志。1992年起,张家港市把提高基础设施配套功能作为城市建设的重要内容,集中财力重点建设与人民群众生产生活密切相关的基础设施。一是相继建设了第二、第三水厂。1992年,新建了日供应能力5万吨的第二自来水厂,使城市日供水能力达到8.5万吨。第三自来水厂工程从1994年7月开工,1998年6月竣工并投入运行,取水口日取水能力60万吨,整个工程总投资1.7亿元,主要设备用英国政府贷款购买。二是1993年张家港市在苏州六县(市)中率先兴建污水处理厂,1994年10月,建成并正式运行,总设计能力为日处理3万吨。三是规划建设城市标志性建筑。先后建设了市政府大楼、海关大楼、邮电大楼、农行大厦、国泰大厦、蓝盾大厦、石油大厦和会议中心,构成了张家港最具现代化气息的建筑群。同时又先后建成了少年宫、博物馆、广电大厦,进行了大戏院改造,新建了体育馆、图书馆等文化设施,增加城市文化底蕴。四是开辟一批供市民休闲的绿地广场,实施亮化美化工程。1997年起,先后进行谷渎港沿河绿化建设,新建和平广场、园林广场、文化广场、马家泾广场和张家港公园。同时,还实施灯光工程。五是把教育投资作为造福后代的重大战略措施。1993年,新建梁丰高级中学,1996年建成暨阳高级中学,2000年8月,新建张家港高级中学,并完善了实验小学、沙洲小学等教育设施,为张家港市成为全国义务教育先进县(市)打下了良好基础。在张家港城市化进程中,长安路的拓宽改造是张家港大规模城市建设的开始,张杨公路建设是张家港城市建设史上的一个里程碑,沙洲中路步行街的改建是城市建设的成功典范,美食街是老城改造的一个亮点。

(2)建保税区,兴工业,促三产,奠定城市发展基础。1992年,在邓小平南方讲话精神鼓舞下,张家港坚持以经济建设为中心,掀起了大开发、大开放的热潮。1992年10月16日,国务院批准建办全国唯一的内河港型保税区——

张家港保税区。1993年，张家港市主动接受上海浦东开发区的辐射，与保税区的发展相配套，相继建办了江苏省张家港经济开发区、沿江经济技术开发区、南城经济技术开发区和各镇工业小区，全市形成了以保税区为龙头的"五区联动"的全方位大开发、大开放的格局。

（3）"两手抓，两手硬"，成为中国明星城市。张家港没有以牺牲精神文明为代价来搞物质文明，也没有脱离物质文明的实际搞精神文明，而是以经济建设为中心，三个文明一起抓。在经济建设快速突破的同时，张家港市按照"两手抓、两手都要硬"的要求，20世纪90年代中后期，以全方位争先创优为突破口，形成了"以经济建设为中心、以卫生为基础、以文化为内涵、以育人为根本、以服务人民为宗旨"的创建特色；进入新世纪，率先把城市社区概念引入农村，以城市要求抓农村，以市民要求育农民；通过开展"文明新风户""五好家庭""文明职工""文明单位"等新风系列评比活动，社会风气不断优化；通过镇、村文明社区创建活动，城乡一体文明进程不断加快；通过深入贯彻《公民道德建设实施纲要》和开展"千家藏书""万人读书""理论讲座""知识培训"等经常性学习教育，提高了市民的文化和技能素质；通过"科技早市""文化夜市""社区书市""服务街市"的"四市"活动，开辟了思想政治工作的新途径。三个文明建设的齐头并进，使张家港市经济社会发展获得了源源不断的智力支持和精神动力。先后获得了国家卫生城市、全国环境保护模范城市、全国双拥模范城市、全国创建文明城市工作先进城市等80多项国家级荣誉称号，江泽民、胡锦涛等80多位党和国家领导人先后到张家港视察，张家港一举成名天下知。

3. 从小城市跨进现代化城市（2002年以后）

（1）新理念、新规划，"一城四区"建立现代城市框架。2002年，张家港市依据逐步形成的产业布局和城镇布局特点，结合现代城市发展趋势，及时提出"一城双核五片区"城市框架。在规划的引导下，从1999年至2003年，通过5次行政区划调整，使全市从原有26个建制镇调减到8个，城镇发展从原来的"多组团、分散型"城镇布局向"一城四区"网络型城镇布局转变，开创城乡协调发展崭新模式，加快了城市化进程，形成了资源整合、设施共享、集聚发展、特色鲜明的城镇发展格局。"一城"是杨舍中心城区,"四区"分别是金港片区、锦丰片区、塘桥片区和乐余片区。杨舍城区五镇合一,作为是全市行政、经济和文化中心。金港城区六镇合一,是城市副中心,作为临港工业高度发达的港口工业城区。锦丰片区以四镇合一的锦丰镇为中心,作为市域北部综合性滨江工业新城。塘桥片区由三镇合一的塘桥镇和三镇合一的凤凰镇组成,作为市域南部轻工业新城区。乐余片区由二镇合一的乐余镇为中心,作为市域东北部的田园生态小城区。围绕这一总体格局,张家港市推进了沿江开发与城市化的有序进行。

(2) 大交通、大物流、大开发,多元化发展打造现代化城市。完善的基础设施和社会公共设施,是构成城市内聚力、竞争力的重要组成部分。张家港市着力构建"五纵五横、一高(沿江高速)一快(苏虞张一级公路)"的城市大交通格局。至2004年,沿江高速公路和苏虞张一级公路通车,结束了张家港没有高速公路的历史。全市所有乡镇的车辆均可以在20分钟之内驶上高速公路网。市域路网日臻完善,形成"五纵五横"架构,一批重点交通道路工程相继建成,进一步优化了市域交通网络。中心城区道路骨架基本形成了"四横四纵两环"的城市道路网络。结合沿江开发,围绕与国际产业的接轨,打响了扬子江系列工业园区品牌;围绕建设亿吨大港,引进了一批优秀物流企业,加快建设保税区物流中心、冶金工业园物流中心等一批专业物流园区,培育发展第三方物流企业,构筑公共物流信息平台,建立物流企业协作群体,形成以港口、保税区为中心,以沿江地区为主轴,沟通国际国内两个市场的现代物流体系。从而以产业的特色营造城市的特色,以产业的发展促进城市的发展,致力于将张家港建成沿江地区重要的制造加工基地,长江流域重要的物流集散基地。

(3) 明晰城市定位,明确城区分片,实现城市功能新飞跃。张家港人引进国际先进理念,以时不我待的紧迫感抢占先机,大手笔推进城市现代化进程,把张家港的未来定位为"未来的张家港,不仅要成为长江三角洲的现代化城市,更要成为一个富有特色和竞争实力的港口经济城市,一个富有内涵和独特个性的生态园林城市,一个富有精神和文化底蕴的文明法治城市"。于是全面实施市、镇统一规划,使城市功能布局更趋合理,农村资源更趋集中,片区中心镇功能提升，区域带动力日益加强。中心城区是全市的政治文化中心，以花园式江南水城为标志，按七大功能区（核心商贸区、暨阳湖区、城东物流集散区、城西新区、城北远期规划控制区、张家港经济开发区南区和北区）进行组团式发展，打造以商贸流通、高新产业和物流服务为主导的现代化生态城市。

（4）沿江大开发带来了城市现代化发展的重要历史机遇期。2003年，江苏省提出了沿江开发的口号，正式拉开了沿江开发的序幕，为张家港城市现代化提供了一个重要机遇。随着大量国际资本以基础工业投资为主体进入我国，沿江地区依托其独特的资源优势、区位优势和产业基础，正在成为接受新一轮产业转移的最佳区域。张家港市通过五次行政区划调整，城镇布局进一步优化，各类资源得到有效整合，工业化与城市化相互促进、互动开发的格局初步形成，城市承载能力得到进一步加强。规模经济、民营经济和外向型经济"三足鼎立"基本构建，大交通、大框架、大生态"三大格局"日渐成形，区港联动、产业扩张和载体集聚"三大效应"不断放大，正日益成为传统文化与现代文明加速融合的一方热土，成为经济建设与社会发展相得益彰的创业福地，被海内外各界人士誉为中国"三个文明"协调发展的明星城市。在这样的背景下，张家港加快推进沿江开发和城市化进程，天时、地利、人和具备，环境、基础、条件俱佳，可以说是势在必行，恰得其所。

二、张家港城市化的内在质量

张家港在城市化进程中不是单纯追求外表的繁华，而是更多地注重内涵质量的提高。具体表现在：一是先理论，后实践。张家港市在向城市化目标迈进时，把探索中国特色的社会主义城市（镇）模式作为推进城市化进程的起步篇，普遍以"经济繁荣、科教发达、人民富裕、社会安定、功能齐全、环境优美、风气良好"为目标导向，首先从理论上把城市现代化的内涵搞清楚，把江南水乡的城市化特色弄明白，然后再指导实践。二是先规划，后实施。为了使城市化进程在科学、规范的轨道上实施，张家港市始终把高起点规划、分步实施到位作为建设现代化城市的重要前提。三是先战略，后战术。注重战略设计，使建设现代化城市具有明确的思路和灵魂。战略目标的设计是根据各地的功能定位而展开的，如科教兴市战略、外向带动战略、以港兴市战略、可持续发展战略，等等。四是先发展，后繁荣。在建设新城市中，张家港市始终把经济发展放在首位，把夯实农业基础，强化外向型"龙头"优势，营造现代化工业体系，搞好资源开发和利用，谋求三业协调发展，实现综合实力的增强和效益的提高，加快干部群众收入的增加等，作为建设现代化城市的"根基"培育好。以此为基础，开展铺设好道路、建造好住宅、修建好园林、建设标志性建筑、绿化美化城市等"繁荣"工程。这种"先发展，后繁荣"，或者叫"边发展，边繁荣"是高起点、高标准建设城市的根本保证。张家港城市建设的内在质量具体体现在以下8个层面上。

1. 经济档次的城市化

张家港的经济发展20世纪90年代和80年代发展档次有很大的不同。后10年和前10年相比有高低之分，精粗之分，优劣之分。突出地表现在张家港的乡镇企业，近10年来，乡镇企业无论是在规模资产、资源配置、产业优化、技术升级、产品质量、运作机制上都和前10年不可比拟。已经没有了过去的土气、俗气、粗气和乡气，特别是一些集团型企业，已具备了有国际标准的规模型、科技型、集约型水平，成为本地经济的强大支撑。规模企业一直领跑全市工业经济，占据全市经济的半壁江山。全市总资产超亿元、年销售超亿元的工业企业超过了160家。2004年，完成工业产品销售收入1430.9亿元，实现利税100亿元。在国家最新评定的全国500强企业中，张家港市有5家企业入选。沙钢集团全年销售收入实现310亿元。永钢集团销售收入达103.58亿元，永联村成为苏州市首个年销售收入超百亿元的行政村。东海粮油成为亚洲规模最大的粮油加工基地；华芳集团成为全国棉纺行业规模最大企业之一；江苏华尔润集团成为全国同行业竞争力最强的浮法玻璃生产企业；还有牡丹汽车、菊花味精、天鹏氧化铅、张铜铜管等20多种产品的产销量都在全国同行业名列前茅。

2. 基础设施的城市化

主要体现在"新区、老区、社区"这三区上：新区，即开发区的现代化设施。张家港市中心城市南北边上各设立了相当规模的经济开发区（未来城市新区），开发区总面积已有138平方公里，其基础设施都是按照现代化产业区和现代化城市的高标准进行规划和建设的；老区，即老城区的改造建设。20世纪90年代以来，张家港市一手抓经济发展，一手抓城市建设；一手抓新区开发，一手抓老区改造；一手抓大拆，一手抓大建，总体形成了新（新房、新街、新路、新的设施）、高（整个老城因高楼增多变得高了）、美（建筑物的线条美、公共场所的色彩美、各种装饰的形态美、人文景观的自然美）、情（汇合了上海大城市的繁华之情，江南水乡的秀美之情，现代农村的田园之情，历史文化的深沉之情）的城市新形象。社区，即住宅小区的配套建设。原全国人大常委会副委员长、著名社会学家费孝通教授认为，社区建设是我国城市现代化进程中的产物，或者说，是一项正在若干大城市的社区试点中逐步完善的中国现代化城市的基本建设。张家港坚持用城市的标准建农村，用市民的理念育农民，将社区概念延伸推广到农村，使农村社区成为城乡对接的有效载体。张家港对市镇村三级实施统一规划，统筹协调人口、产业、基础设施、生态环境与资源的内在联系，撤并了100多个2000人以下的行政村。现有行政村全部建成规模不等的社区，大力推广污水集中治理，建花园铺绿地。农民像城市居民一样生活在环境优美、邻里和睦、服务便捷、文化丰富、治安良好、民主管理的社区中。农民们住进花园般的社区后，优美的环境很自然地提高了农民的思想素质。

3. 人口繁衍的城市化

对人口的繁衍、传宗接代的观念，农村历来跟城市存在着较大的差距。近年来，随着经济发展和人口素质的普遍提高，张家港农民对生多生少、生男生女、子女教育等的观念发生了根本的变化，越来越和大中城市的风俗习惯接轨了。张家港连续多年人口自然增长率为零。独生子女好的意识根深蒂固。农村在人口衍生上的重重壁垒被突破。这是农村走向城市的重要一步。而且，张家港每年以递增10万的速度在增加城市移民（张家港市的外来人口），2004年外来人口达到45万人。这些外来人口被称为"新张家港人"。张家港市成立了外来人口管理服务中心，既为外来人口在各方面提供服务和保障，又给张家港人带来了崭新的观念。

4. 生活质量的城市化

农村和城市在生活质量上的差别,主要体现在健康文明的程度、生活方式的取向和消费结构的组成这三个环节上。从健康文明的程度看,张家港农村不仅在追赶城市,而且正在和城市媲美。过去,城市人下乡来感到农村不卫生,而现在恰恰相反,农村人到大城市去感到不习惯,认为城市太乱、太脏、空气污染、噪音难受。从生活方式的取向来看,农村生活方式的主流正在逐步趋向文化追求。随着张家港"五个一工程"(每家每户一份报纸、一份杂志、一顶书柜、一盆花卉、一个健身器材)的开展,越来越多的人把读书、看报、参加健康的文化娱乐和体育活动作为自己闲暇生活的主要选择,更有一些人开始追求比较高的文化层次。从消费结构的组成看,张家港农村消费虽仍以集中性消费(如婚丧喜庆、造房买屋等)为主,但平时的衣着用品也渐趋时髦。盖房装饰也向小别墅式靠拢。受"崇文自立"传统影响,张家港农民非常舍得在子女教育上的投资,在消费排列中甚至比造房成家还要优先考虑。

5. 环境文明的城市化

张家港市成为国家卫生城市后,所有乡镇先后获得了全国卫生镇的称号。这种以创建卫生城市为龙头的张家港环境文明建设,以提高城市素质、树立城市形象为核心的三个文明建设工程,是对自身发展环境破旧立新的改造,是一种对区位优势战略性的创新和对人的行为观念的城市化再塑。走进张家港市犹如走进西方的一些小城市,有一种"既繁荣,又静谧;既华美,又清新;既现代,又朴实;既紧张,又有序"的感觉。张家港城市化是以它独特的方式和思路,即以改善环境质量、提高文明程度为内涵,以注入现代城市观念为目标来进行的。因而它具有"以人为本"的色彩,具有"造福人民,惠及子孙"的可持续性质。

6. 社会事业的城市化

一是超前规划,超前设计,超前建设。过去,张家港在发展社会事业上由于受小农经济的影响较深,对经营城市没有经验和知识,因而走过一段弯路,突出地表现在各项事业都想办,但又无能力办,因而只能简陋办,结果付出的代价和成本非常大。现在,他们搞社会事业能做到从城市化的大趋势中合理定位。按未来的发展前景和现代化的要求来构思、规划、设计和建设，尽可能做到几十年不落后，在全省、全国处于领先水平。二是力求配套，力求完善，力求到位。就是把城市建设和发展的重心转到不断满足人的需求上。把保障人们生命安全和满足生活、生产需要，提高生活质量放在重要位置，把改善学校条件，搞好文化卫生体育设施建设，办好科学技术普及宣传阵地等作为充实城市功能，建设高品位城市的一项长期战役，渗透到为民办实事、办好事的工作中去。三是追求个性化、人格化、特色化。张家港的城市基础设施建设非常重视个性特色，特别是在结合江南水乡特色上做了不少新的文章。把保护文物和建设现代设施融为一体，展露具有人文景观特色的"人格化"城市新形象。

7. 经营管理的城市化

张家港对建设城市有着新的理念和思路，即运用机制、政策的手段去经营和管理城市，比较好地解决了城市建设中"钱从哪里来""功能怎么定"的问题。一是在资源级差转换中实现城市化。建筑起直通上海、苏州等城市的高等级公路，使张家港和大中城市联成一体，使自己成为大中城市的城郊区。升值本地的土地级差，发挥土地资源作用，用土地收益换取建设资金，再用城市建设现代化的高回报去提升土地的含金量和吸引力，从而形成良性循环的运行机制。二是建立多元化的投资主体。在经营城市中聚集资金。张家港的老城区改造，给了房地产开发商以巨大的市场。市场化的运作，使城区中心地块得到了有效利用，同时也使建造新城市的资金有了保证。三是在城建中引入竞争机制，通过"招投标"形式实现资源的优化配置。把"事业"行为变为"企业"行为，把"政府要我做"变为"为了生存、发展，我要争着做"，从而达到少花钱多办事、花小钱办大事、花了钱办好事的目的。四是把城市的实物、空间等资产进行深度开发和经营。张家港在城市建设中，把市场经济中的经营意识、经营机制、经营主体、经营方式等多种要素引入城市建设，从而获得了可观的资金用于城建的再发展。

8. 人际关系的城市化

人际关系包括人与人的互相交往、互相制约、互相尊重、互相依赖、互相服务等，这是一个普遍而严肃的文明问题。长期以来，农民生活在乡村，和城市生活相比，人与人之间的关系处理相对要随便得多，放纵得多。近年来，张家港农村在创建文明城市中，在人与人之间、人与社会之间、人与自然之间逐步建立起制度的约束，普遍制订了市民文明公约。文明公约的制订使农民行为纳入了规范，从不自觉到自觉，从他律到自律，从消极应付到积极适应。当然，人的行为的规范，以及人际关系更进一层的融洽，最终要依赖于人的教育水准和道德素质的提高。现在，越来越多的人具备了现代社会的性格和健康的个性心理，平等、协调、和谐的气氛在张家港广为流传，张家港精神在张家港深入人心。

三、张家港城市现代化的基本途径

城市化的发展有两种途径：一种是自然形成，另一种是通过一种自觉的力量来推动它的形成。张家港的特点就是政府的推动较为显著。政府能够使城市更快地发展，使它成熟。城市现代化进程正应如此，不能光是等待，既然方向是明确的，就应该通过各种方法来推动它的发展，提升城市品位，打造城市品牌形象。

1. 以农村工业化推动城市化

（1）农村工业化推动农村城市化。城市化是经济社会发展的产物，在不同的发展阶段，城市化有着不同的内容。在发展初期，城市化通常与工业化相伴。在发展中国家，工业化主要在城市展开，同时还被引入农村，即以农村城镇为中心，发展乡镇工业，将农业人口从农业中转移出来进入城镇。什么是农村工业化？青年学者新望为农村工业化做如下"操作性定义"：农村工业化是指借助资金、土地、人力等资本要素使机械化生产在农村能够普遍实现，工业化操作的劳动人口在农村人口中占绝大比重，农民最终从土地中解放出来。工业化推动农村城镇化有其存在依据。W·托达罗曾指出：要改变发展中国家非现代化经济结构，关键在于创造一个城乡经济机会适当平衡的局面，为此，"主要应该使农村部门综合发展，在农村普及小型工业和使经济活动和社会投资面向农村。"但是，近20年的城镇化实践也表明，如果农村城市化停留在小城镇建设上，是很难实现农村现代化目标的。在现有基础上，由农村的城镇化转向城镇的城市化，是必然的选择。张家港市正经历了这样一个过程。20世纪70年代末到80年代中期，张家港市乡镇企业异军突起，工业化带动了城镇化。张家港作为苏南模式的发源地之一，1986年张家港撤县建市之前，张家港市乡镇企业的发展使农民进入工厂，并建设了许多小城镇。张家港不仅成功地实现了百万农民的非农化转移，而且"以工建农""以工建镇"，大批小城镇迅速崛起，出现了以"离土不离乡，进厂不进城"为特征的工业化带动城镇化的独特景观。

（2）外向型经济的突飞猛进提升了城市发展的平台。外向型经济的崛起是张家港农村走向城市化的发动机，这使得张家港城市化进程具有某些超前性（如创建卫生、文明城市，发展高档次的文化娱乐设施和高质量的教育等）。张家港市的外向型经济始于民国时期，但一直发展不快。1986年是张家港市外向型经济进入大发展时期的起步年。当时，乡镇企业面对国内市场疲软的状况，纷纷把目光迅速地转向国际市场，多渠道、多方位发展外贸产品，增加外贸出口。当年，全年外贸收购额达12517万元，比1985年增长了74.36%。1988年是张家港市在利用外资方面开始突破的一年。张家港市政府根据中央沿海经济的发展战略和国内资金紧缺的情况，积极引导乡镇企业广找渠道，借用国外资金发展企业，提高企业管理水平和技术装备档次，使乡镇企业上了一个新的台阶。当年，全市创办"三资企业"29家，合同利用外资2202万美元，成为江苏的先进市。进入90年代，特别是1992年起，全市外向型经济迅速呈现出"三外"（外贸、外资、外经）齐上、全面腾飞的局面，在全省县（市）中率先进入一个新的阶段。1992年，全市完成外贸供货值（前为外贸收购额）72.03亿元，比1991年增长3倍多；新办"三资"企业569家，比1985至1991年间"三资"企业总和增长3.28倍；新办海外企业27家。张家港市外贸公司获得自营进出口权，当年完成自营出口额452万美元。1993年，自营进出口额达到7820万美元（其中自营出口额为5070万美元），一举进入全国500家最大的进出口公司的第311位，在全国县（市）级进出口公司中独占鳌头。张家港利用滨江沿海的区位优势，外贸、外资、外经一齐上，大力发展外向型经济，乡镇企业实现了以外向为特征的第二次异军突起，张家港逐步走出了一条有中国特色，符合中国国情的城市化道路。

（3）走新型工业化之路，向城市现代化迈进。在经济发展到较高水平时，城市化通常与现代化相伴，即在城市现代化基础上建立现代化的城乡关系，推进城市和乡村一体的现代化。因此，农村城市化的目标是实现城市的现代化，并通过城市现代化带动周边地区的增长，推动整个区域的现代化。1992年，张家港抓住了浦东开发开放的重大发展机遇，主动与浦东开发开放相呼应、相对接，先后建立起了大批各类开发园区，并迅速将开发园区建成了外资高地和产业高地，形成了全面开放的态势。随着开发区的发育成长，张家港出现了工业化水平与城市化水平同步提升的新变化。20世纪90年代末到本世纪初，张家港主动接受国际产业转移，打造以高新技术为主导的国际制造业基地，经济国际化水平迅速提高，走出了一条新型工业化之路。

张家港的城市化之路是一条工业化带动城市化，城市化提升工业化，工业化与城市化的互动并进之路。世界各国经济和城市发展的实践证明，工业化是城市化的"发动机"，城市化是工业化的"推进器"。工业化与城市化互为因果，互动并进。张家港的城市化实践再次验证了这一规律，同时也充分展示出自身个性。张家港城市化的前提条件就是借助工业化的推进，并在不同发展阶段体现出不同的发展特色。乡镇企业的兴起，成为张家港自下而上城市化的直接动力。由乡镇企业的推动，带动了农民的"造镇运动"，实现了农业、农村和农民的非农化。开发区的开发建设，带动了张家港城市化模式由乡镇企业推动型向园区经济推动型的转变，促进"工业向园区集中，农民向城镇集中，住宅向社区集中"，从而加速了产业、资金、人才、能量的集聚，有力地推动了城市现代化进程。

2. 以科学定位和规划拉动城市建设

中国城市发展研究会副理事长朱铁臻教授指出："我国需要建设一批富有特色、专业性强、人居环境适宜的中小城市和城市群、城市带"。一个明晰的城市形象和城市定位，是一座城市的精魂所在。主题魅力越突出、城市的个性色彩越明显，整个城市的商机和特色也就应运而生了。促进城市发展，塑造城市形象，最关键的是城市定位。科学的城市定位应该紧密结合城市实际和认准发展方向，找到最佳定位点。定位准确之后，城市规划是城市健康发展的保证。

（1）张家港建市后三次成功的城市定位。张家港在建市之初，定位创建港口城市。城市要发展，经济是基础。所以一个新兴城市要塑造形象，首先应该定位在追求经济和社会迅速发展的方向上。张家港是个十分年轻的城市，建县历史仅有40年，建市历史更是只有十几年。1962年，由周边两县的"边角料"拼凑出了沙洲县。直到改革开放后，苏南乡镇企业迅猛发展，迫切需要一个外贸港口，经过勘察，在沙洲县境内的张家港港脱颖而出。于是，张家港人以超前的观念抢抓机遇，在1986年撤县设市时弃"沙洲"不用，改名为张家港市，确定了"以港兴市，以市促港"，建设现代化港口工业城市的目标。

张家港在发展之中，定位创建卫生城市。作为一个刚从农村转化过来的新城市，其市民绝大部分是地地道道的农民。在农民转化为市民、再由市民转化为文明市民的过程中，养成市民良好的卫生意识、环境意识、城市意识是一项最基础的工作。农民的"小农观念"和"脏乱差"的习惯不转变，怎么可能实现城市的现代化和走向世界呢？于是，"人可以改造环境，环境可以改造人"的口号很快在张家港喊响。1990年，张家港市率先在江苏省迈开了创建国家卫生城市的步伐。张家港市创建卫生城市的第二步走，不仅有力地使城市由土变洋，由乡变城，更加促进了农民向市民的转变。

张家港成名之后，定位创建文明城市。如果说创建卫生城市美化的是张家港环境的话，那么，创建文明城市则是在美化张家港人的心灵。创建港口城市、卫生城市给予了张家港富饶、干净、漂亮的物质外表，创建文明城市则是赋予了张家港高贵、典雅的精神灵魂。张家港在1994年通过国家卫生城市验收后，即在全国率先提出了创建全国文明城市的口号。其时，全国尚没有文明城市的正式称呼，更没有"全国文明城市"的创建标准，但张家港人以敢于争先的勇气自我加压，提出了一个令国人仰止的目标。当前，张家港市正以创建全国首批文明城市为突破口，着力塑造"文明社区建设城乡一体，诚信体系建设整体推进，文明行业建设全面覆盖"的"三位一体"新特色。张家港市城市发展"三步走"战略，立足实际，目标高远，一步比一步深入，一环紧扣一环。创建港口城市奠定城市经济发展基础，为创建卫生城市提供物质保障；创建卫生城市奠定人文素质基础,为创建文明城市,实现基本现代化提供前提保证;而创建文明城市又进一步推动了城市经济、文化、卫生、教育的全方位发展。从最初的净化城市到改善城市的生态环境,从美化城市到提高城市的文化品位,从提高市民的文明素质到形成文明有序的社会秩序,张家港的创建不断向纵深推进。

(2)坚持以规划为先导,科学规划城市建设。科学的规划是城市现代化的保证。高起点做好城市规划要紧紧把握现代城市发展趋势,面向世界、面向未来、面向现代化,充分展示城市的品位和理念。张家港市规划编制工作起步较早,早在1977年,就聘请同济大学编制了张家港历史上第一轮县城规划。1986年撤县建市后,针对当时乡镇企业快速崛起,小城镇建设迅猛拓展的态势,张家港着手进行了第二轮城市总体规划编制。其后的10多年间,面对新一轮的发展,张家港始终把城市规划设计放在重要的地位。1993年,请清华大学教授吴良镛带领课题组,认真分析张家港市的经济、社会和区域特点,编制完成了《张家港市总体规划纲要》。1995年,被建设部确定为"城市现代化、乡村城市化"试点城市后,张家港立即组织有关人员编写了《张家港市实施建设部"城市现代化、乡村城市化"试点纲要》,并在此基础上,请江苏省城乡规划设计院编制了《张家港市城市总体规划》。《总体规划》获1997年度建设部规划设计一等奖。为适应经济的快速发展,更好地安排张家港市城乡产业布局和生产力结构,1996年,又请清华大学城乡规划研究院编制了《张家港市市域规划》,全面系统地编制了全市经济发展、城乡体系、土地利用、环境保护、交通发展、水利水系、绿化建设等专业规划,为城市建设健康发展提供了重要的依据。为减少城市建设失误,提高城市建设档次,1995年,成立了由全国11名知名的专家教授组成的张家港城市建设顾问组,重大基础设施和重点工程的建设,都及时请专家教授研究论证,这为张家港城市建设的健康发展提供了保证。2003年,张家港又分别聘请北京和深圳的两家规划设计单位,为全市着手修编市域城镇体系规划和城市总体规划。与此同时,各镇相继开展了镇区总体规划编制,各专业部门也按城市总体规划编制了绿地系统、城市生态、消防、人防、抗震防灾等专项规划。

（3）树立崭新城市理念，全方位推进城市现代化进程。科学的城市规划是促进经济社会协调发展的前提，是推动城市建设质态提升的关键。张家港城市建设更加强调个性化，做到新城区突出"生态"理念，老城区突出"有序"改造，中心镇形成各自特色。从而促进了城市建设的协调发展，提升了城市综合竞争力，营造了良好的人居环境。目前，张家港人又用更大的手笔，最大限度地集聚、整合和统筹城乡资源，统一实施城乡发展规划，全面加快城市化进程。张家港引入国际先进理念，对市、镇、村三级实施统一规划，大力实施行政区划调整，构建了规划有序、各具特色的"一城四片区"城镇体系，城市化率提高到60.1%。市域交通体系不断完善，城乡环境进一步优化，市区绿化覆盖率达到了42.2%，成为全国首家卫生镇创建"满堂红"的县市。

3. 以现代化的管理提升城市品位

经营城市从狭义上讲是城市政府用市场化的方式对城市资源进行配置，实现城市资源的合理价值。从广义上讲是将城市资源作为一种资本，并且用市场化的方式实现与其他生产要素的最佳组合，实现城市经济效益。经营城市是广泛运用市场机制和经营谋略来配置城市资源，优化城市发展、建设、管理的观念与行为方式，包括对城市自然资本、人力资本以及延伸资本（无形资产）进行集聚、重组和市场运营，以达到提高城市自身价值和竞争力，满足人民群众的物质文化需要，实现城市可持续发展的目的。

（1）经营城市首先是建设城市。城市经营应注重市场化，最大限度地盘活存量，引进增量，充分利用社会资金参与城市建设投资，形成"政府创造环境，企业创造财富，市民创造文化"的城市经营局面。张家港的城市化之路，是一条借助开发区、拓展新城区、改造老城区，开发区、新区建设与老城区改造同时推进的城市现代化之路。张家港市不断加大基础设施、公共设施建设的投入力度，极大地增强了城市的集聚功能、服务功能。构建了"五纵五横、一高（沿江高速）一快（苏虞张一级公路）"的城市大交通格局。全市范围大部分用上了以长江水为水源的优质自来水，提高了居民的生活质量。市区污水处理率将提高到70%。建成了体育中心、职业高中、外国语学校等设施，增强了城市的整体服务功能，增添了城市的吸引力，带动了人口的集聚。

(2) 管理城市关键是以人为本。以人为本，是城市建设和管理中必须坚持的重要原则。张家港城市管理高度体现人性化，坚持"堵""疏"结合，加大城管执法力度，加大城市管理投入，使城市管理方式和标准更能适应群众的需求。张家港城市化过程中善待农民。历史上，许多国家走过的城市化道路，都是以牺牲和剥夺农民的利益为代价的城市化，而张家港的城市化道路的基本特点，就在于它是通过减少农民数量而致富农民的城市化。它为农村剩余劳动力向农村之外转移创造了条件，实现了农民数量的减少，最终富裕了农民；它是以农村工业化推进农业现代化和产业化的城市化。张家港计划用12年左右时间，建设52个农村居民集中居住区，1万多个零散的自然村落逐步消失，世世代代在田野生活的农民也将过上城市式的文明生活。目前，张家港市已初步建立了农村社会保障体系的基本框架，并实行了土地换保障政策，积极实施新型合作医疗制度，逐步完善了全方位、多层次的社会救助体系。让失地农民不失利、不失保，顺利实现农村向城市、农业向非农、农民向市民的转变。2004年，全年农民人均纯收入7930元，多种经营总收入52.7亿元。全市共新增就业岗位39226个。社会保障覆盖面不断拓宽，全市城镇社会保险参保人数累计达20.9万人，参保农民累计达14.5万人。有10.2万名老年农居民领取了养老补贴。全市52.42万人参加了新型合作医疗。

(3) 在经营中提高城市品位，在管理中促进可持续发展。张家港在城市化过程中注重持续发展，努力实现市域环境的生态化。早在20世纪90年代，张家港就提出了"既要金山银山，更要绿水青山"的发展理念。近年来，又全面推行城乡统一的环保标准，实施城乡兼顾的环境投入，坚决拒绝引入高能耗、高物耗、难治理的项目。2004年，张家港市积极探索理顺城市管理体制，实施城市管理相对集中行政执法，深入开展城乡大环境整治，顺利通过了国家卫生城市复查，全市8个镇全部建成国家卫生镇、186个行政村全部建成省级卫生村，成为全国首家实现了卫生镇村创建"满堂红"的县市。张家港正进一步强化可持续发展意识，妥善处理好经济发展与人口、资源和环境的关系；坚持开发和节约并举，把节约放在首位，合理开发和利用资源，在保护中开发，在开发中保护，大力发展循环经济和环保经济，推行清洁生产，降低能源消耗，减少环境污染；坚持经济发展、城乡建设与环境保护同步规划、同步实施、同步发展，实施最严格的耕地保护制度；坚持加大投入，加强生态环境保护和治理，改善人居环境和工作环境，促进人与自然和谐发展。

4. 以张家港精神品牌塑造城市形象

文明是城市的精髓和灵魂，是城市综合竞争力的重要组成部分。提升城市文明水平，重在优化全体市民的素质，重在创造良好的文化环境。如果说高楼大厦是城市的"筋"与"骨"，那么城市精神则是城市的"气"与"神"。张家港市在提升城市的"灵气"、美化城市的"客厅"、擦亮城市的"眼睛"、对待城市的"态度"上，已经用一种新的理念展现给人们一种全新的形象。

（1）张家港精神的崛起。张家港人在改革开放和现代化建设过程中培育和塑造的张家港精神，早已名闻遐迩，声震全国。张家港精神不仅成为了张家港市发展的强劲精神动力，而且在全国很多地方产生了重要作用。张家港精神萌芽在20世纪80年代，产生和发展于20世纪90年代。张家港精神是与时俱进的时代精神。随着形势的变化和实践的发展，张家港精神不断被赋予新的内涵，始终保持着强大的生命力，成为凝聚全市创业合力的一面旗帜。20世纪90年代初期，在各方面基础相对薄弱的情况下，张家港精神突出体现在"拼搏、进位"上，抢抓机遇，奋力超越，实现了张家港的大变化、大发展；20世纪90年代中后期，在工业化、城市化的潮流面前，张家港精神突出体现在"科学、奋进"上，遵循规律，克难求进，实现了张家港的大开发、大开放；新的世纪，经济社会进入全面转型阶段，张家港把科学发展观融入张家港精神，突出体现了"创新、统筹"，讲求质量，协调发展，促进了张家港的大进步、大提高。但是，无论在什么时候，无论进入什么阶段，争先创业始终是张家港精神的主题，富民强市始终是张家港精神的追求，以人为本始终是张家港精神的核心。植根于改革开放和现代化建设实践中的张家港精神，经一届又一届新的市领导班子的倡导践行，传承下去，光大开来，在薪火相传中得到与时俱进的发展。

2. 张家港精神的深刻内涵。张家港精神"团结拼搏，负重奋进，自加压力，敢于争先"四句话十六个字，简洁明快，内涵深刻。张家港精神是一种艰苦奋斗的创业精神。就是肩负历史重任，百折不挠，自强自立，奋发有为，勇创大业。在宏观环境宽松时，抓住机遇、乘势而上；在宏观环境偏紧时，创造机遇，迎难而上，始终咬定发展不放松，做到分秒必争去"抢"、千方百计去"拼"、有胆有识去"争"。大力促进全民创业、自主创业，充分调动一切有利于创业的积极因素，齐心协力建设现代化新港城，形成了全市人民争作贡献、共谋发展的生动局面。

张家港精神是一种科学务实的创新精神。就是以世界眼光和现代意识，解放思想，实事求是，锐意进取，勇于探索。从乡镇企业转制到激活民营经济，从推进沿江开发和发展园区经济，从实施城市经营到推进农民集中居住，从构建混合经济格局到加快政府职能转变，张家港始终在"闯"中开辟新路，在"试"中探索前进，形成了用新观念研究新情况、用新思路落实新任务、用新办

梁丰初级中学师生铭记校训　　严子洋 摄

法解决新问题、用新举措开创新局面的生动景象。

张家港精神是一种敢争一流的创优精神，就是敢于自我加压，瞄准先进，力争上游，永不自满，勇攀新高。张家港不仅在处于下游时奋力赶超，而且在跻身先进方阵后更加进取；不仅在经济发展上力争上游，而且在社会的全面和谐上争当排头兵。张家港把落实科学发展观作为争先的主题，不仅比发展的速度，更比发展的质量、发展的效益；不仅比发展实力，更比发展活力、发展潜力；不仅比经济增长质量，更比群众生活质量、社会和谐程度。张家港人的争先，争的是发展的质量，争的是群众的实惠，争的是民族的志气，争的是社会主义的优越性。只有始终保持着这种"样样工作争一流"的劲头，张家港人才能真正有胆有识、无私无畏、敢闯敢试，不断创出事业发展的新境界。

（3）张家港精神应提升为张家港市的城市精神。李源潮同志担任江苏省委书记时，2005年5月，在"弘扬张家港精神，再创张家港辉煌"座谈会上指出，张家港精神的本质是新时期的艰苦创业精神，核心是共产党人的开拓创新精神，特征是江苏人民的争先创优精神。张家港落实科学发展观，推进"两个率先"，建设全面协调可持续发展的新江苏，特别需要坚持和弘扬张家港精神。随着张家港城市化加速，张家港正在成为长江三角洲的一个重要新兴城市。整个城市呈现出浓厚的现代文明气息，洁美、文明、繁荣、开放的规范化城市新格局初步形成。新的发展需要不断充实张家港精神的新内涵，需要孕育提炼新的城市精神。张家港精神应该成为张家港城市精神的合理内核，经过优化、扬弃、深化、升华，塑造出现代化张家港市的新城市精神，全面促进张家港人的素质和人的思维方式、行为方式的现代化，促进张家港市经济发展和社会发展相互配合、协调发展。张家港的创业实践，赋予了张家港精神深化与升华的肥沃土壤，今天新的创业时代又给予了她茁壮发展的好气候。张家港人应该在现代化建设实践中，用自己艰苦创业，求实奉献，自立自强，开拓创新，赶超先进的行动，使张家港精神在率先实现现代化的伟大实践中，随着改革的不断发展而深化，随着开放的不断扩大而升华，永葆其青春活力。张家港精神应该在城市化进程中不断创新。弘扬和创新张家港精神，是对传统精神精髓的继承，在继承的前提下创新，在创新的基础上发展和丰富张家港精神，并随着城市化进程的加速，尽快升华张家港精神为张家港市的城市精神。

（4）培育"现代、创新、文明"的城市文脉，塑造张家港现代城市文明。文化是根。什么样的文化，塑造什么样的城市。在世界城市之林中，具有独特城市形象的城市，必然是有独特文化底蕴的城市，必然也是有独特文化印记的城市。城市化的本质，是增强城市功能、丰富城市内涵，使城市成为最适合人类居住、生活和工作的场所和环境。张家港的特色基础可以说很好，"苏南模式""江南水乡""港口工业""精神文明"等都与张家港紧密相连，张家港又是一个建县仅42年的崭新城市，因此张家港市应该围绕"现代""创新""文明"做文章，在城市建设上体现"海派、生态、精致"，在城市理念上突出"现代、创新、文明"，从而打造出自己的新特色，积极培育城市文化品牌。2004年举办的首届长江文化艺术节，就是塑造城市独特个性，让文化成为城市名片的创举。

四、张家港城市现代化发展的方向

一个区域或是一种经济模式的建立，需要不断地注入新的生机和活力。这样，才能使之长盛不衰，修正自我，完善自我，发展自我。在新的形势条件下，张家港的发展正处在一个需要重新定位的关键时期，需要重新审视自己，更重要的是为自己的未来转型定好位，确定新的坐标，明确新的目标。

目前，张家港已形成了"一城四区"的中等城市恢宏构架。到2005年，全市预计实现全口径财政收入200亿元，GDP620亿元，人均达7500美元。城镇居民人均可支配收入16000元，农民人均纯收入8000元，全面建成高水平小康社会。未来的张家港市将是由一个中心城市和四个卫星城市组成的现代化都市，成为城市高度现代化、城乡高度一体化、市民高度文明化、城市经济全球化、城市形象国际化的现代化城市。

1. 成为富有特色和竞争实力的港口经济城市

张家港市初步规划形成"一城四区"的市域空间发展新结构，确定了"长江三角洲重要的制造基地、临港工业基地、物流业基地"的区域功能定位，以及"适宜居住的水乡生态型城市"和"适宜创业的区域创新中心"的城市形象定位。规划至2005年，全市市域总人口将达105万人，其中外来人口增加到18万人，城镇化水平达到60%；至2020年，市域总人口为128万人，其中外来人口将增加到32万人，城镇化水平达到80%。作为长三角的开放城市，张家港市港口规模优势和临江产业优势明显。张家港口岸于1968年建港，是我国长江流域第一批对外开放的国家一类口岸。张家港市境内拥有长江岸线63.57公里，其中深水岸线33.74公里，是长江沿线拥有深水岸线最多的城市之一。已建万吨级泊位33个，不仅与世界上140多个港口有货运往来，而且全国有90%以上的省市在张家港设有窗口、办有实体。应该说，张家港市综合开发优势比较突出。今后要配置好沿江资源，尤其是沿江34公里深水岸线资源，把全市区域作为临港经济的发展腹地，突出建好沿江开发区域近150平方公里的大载体，迅速拉开沿江开发的大框架。通过几年的努力，张家港市已经在沿江形成了冶金、纺织、粮油、汽车配件、石化深加工和机电等六大板块，世界500强企业投资张家港沿江的就有16家，逐步成为长江三角洲重要的制造业基地。张家港市关键是依托长江港口，将港口产业做大做强，从而为张家港市现代化港口城市建设奠定良好物质基础。届时，一个充满生机活力，环境优美，设施配套完善的现代港口工业城市将呈现在大家面前。为此，张家港市追求的城市化，是适宜产业发展的城市化；张家港建设的中等城市，是以沿江产业为基础的现代化港口工业城市。

2. 成为富有内涵和独特个性的生态园林城市

张家港将塑造城市个性和特色作为一项重要内容来抓，努力营造布局合理、街景协调、空间尺度宜人、设计施工精细的城市风韵。张家港市"一城四区"的超前规划，为建设生态型张家港拓展了广阔的发展空间。"一城四区"规划强调产业在市域范围内的集中布局、集聚发展，强调建设具有功能完善的中心城区和具有一定规模的片区中心，更强调健全张家港市的城市生态系统结构，调节系统内的各种生态关系，形成合理的产业结构和生产布局，提高城市生态系统的自我调节能力，使城市资源得到高效的利用，实现社会、经济、自然的协调、持续发展。张家港在规划时围绕长江做文章，科学建设水景，塑造

"江南水乡""现代水城"特色。一是利用国家建设沿江高速公路需要大量用土的机遇，采取集中取土的办法开挖了一个人工湖"暨阳湖"。围绕暨阳湖，张家港市通过国际招标，由美国 Hill studio 公司规划设计了总面积 4.41 平方公里的暨阳湖生态园区，力争通过几年建设，使之成为既富现代气息，又体现生态园林特色的集旅游、运动、休闲娱乐于一体的休闲度假区、高档居住区和会议中心。二是大力优化水资源配置和保护，注重"水利进城"。大力沟通内部水系，扩大清水通道，有计划地调整产业和水运布局，加快建设雨污分流工程和污水处理厂，切实加强水污染源的控制，千方百计使市域、市区的水变清。三是突出河道搞建设，规划了"一干河亲水走廊"。许多新建小区在设计上重视水的应用，让贯穿张家港的每一条河道都成为一道亮丽的风景线，让每一个小区都能够体会到"水"的精神。四是围绕建设"总量适宜，分布合理，特色明显，景观优美，功能齐全，稳定安全"的森林生态系统，加快构筑"绿色通道"、努力建设"绿色家园"、精心打造"绿色基地"。创新理念，致力于提高规划的前瞻性，推行绿色行政、发展循环经济。除此之外，近年来张家港市又围垦土地7800余亩，因地制宜发展特种水产养殖，兴建苗木、草坪基地，下游沿江滩涂正逐步形成自然生态观光农业区。位于长江中心总面积 15.6 平方公里的双山岛，绿茵满洲，无生产企业、无污染、无噪音，是开发休闲度假旅游的理想场所。张家港正努力把长江风情延伸到市区，使城市更有灵气，更有活力，真正把张家港市建设成为社会经济发达，高度城乡一体化的生态园林化区域城市，实现经济效益、生态环境效益的协调发展。

3. 成为富有精神和文化底蕴的文明法治城市

张家港的灵气是"水"。张家港缺山，但是张家港濒临长江，属于长江沙洲平原，一马平川，河道纵横，且可以人工开挖运河、湖泊，这是很宝贵的资源。"智者爱水"，张家港市应该而且正在成为"智者"的乐园。张家港作为"江尾海头"，开始重点在"长江文化"和"水文化"上做文章。张家港市市委书记曹福龙（时任）表示，要打出"长江文化"牌，把长江流域的文化力量聚集起来，使长江流域不仅成为强劲的"经济增长极"，而且也是紧密的"文化核心圈"。

水文化也是一种生态文化。张家港有闻名全国的张家港精神，张家港精神正是"水文化"的一种体现。在发展进程中，张家港在传统上形成江南片和沙洲片的划分。"江南"为古老的太湖平原，居民大都聚族而居，生活相对稳定和富裕，其思想比较保守、刻苦、认真、本分、负责、重规矩、守秩序，民性淳朴刚直，喜武重义；"沙上"属长江三角洲平原，成陆较晚，居民大多来源于如皋、南通、靖江、海门、启东等地，还有不少住在船上的渔民，生活不稳定，也较穷苦，其思想特征是敢于创新、不怕苦、不怕累、锲而不舍、精打细算、精细作业，民性淳和好强，崇文自立。时光流逝，随着统一大家庭沙洲县（张家港市）的建立，人们的经济、文化、情感交流日益密切，各种语言、习俗也正逐步相互渗透。尤其是正直淳朴、奋发向上的民风已成为今天张家港市乡情民俗的鲜明特点。同时，整个张家港地区又同属于吴文化区域，吴文化是典型的水文化，且是一种内陆河湖水文化。水是流动的，象征着江南人的活泼、富有生命力。可是江南的水，少有汹涌奔放的气势。故勤劳吃苦是张家港民众基本的价值观，做事求成，具有敬业精神。擅长竞智和技巧性强的工作。组织制度严密，老百姓各安其分，上下有序。张家港人在改革开放实践中，特别是在精神文明建设过程中，巧妙地将吴文化的精髓保留，去其糟粕，并且促使江南文化和沙洲文化交汇融通，将江南人和沙洲人的优点结合起来，努力克服缺点，最终使张家港人的思想理念进化成为独特的张家港精神。

今后，张家港要始终坚持抓经济提速增效与创建培育文明人有机结合，把弘扬张家港精神与建设诚信张家港有机结合，大力实施现代市民教育工程，用市民的理念育农民，用城市的标准建农村，努力在人员素质、人居环境和发展功能等方面构筑城乡一体新优势。要加大基础设施投入，使卫生、体育、广电、计划生育等事业取得长足发展，人民群众的精神生活需求和健康需求不断得到满足；要坚持"建管并重"原则，进一步创新和完善城管机制，实施综合执法改革。强化城市综合执法管理，加强执法队伍建设，提高快速反应能力，既要严格执法，又要文明执法，使张家港成为"经济的一片热土，治安的一片绿洲"；要继续挖掘城市文化底蕴，完善公共文化设施，展现张家港民俗风情，潜移默化地提高市民修养；要深入开展"讲文明话、做文明事、当文明人、创文明市"活动，加快农民意识向市民意识转变、农村生活方式向城市生活方式转变，全方位展示全国文明城市的形象，在思想观念、生活质量、文化品位等多个方面实现城乡联动，推进城乡文明一体化，成为富有精神和文化底蕴的文明法治城市。

五、张家港城市现代化进程的启示

世界城市化发展历史告诉我们，城市化只有阶段性的产品而无终极产品。从这个意义上讲，尽管张家港城市化发展的经验和特色是多方面、深层次的，但走向城市化之路也必然处于不断创新、不断完善的实践之中。具有张家港特色的城市化之路其实就是一条探索之路。张家港城市现代化的发展进程给予我们很多启示。

1. 城市现代化必须将发展经济作为第一要务来抓

经济发展是社会进步的基础，而社会进步又是经济发展的目的，同时也为经济发展提供良好的环境和条件。一座城市要实现现代化，就必须做到既经济繁荣，又社会全面进步。城市现代化的本质是解放和发展生产力。张家港城市现代化最根本的一条就是他们始终扭住经济建设这个中心不放松，加快发展不停步。"发展才是硬道理"，在任何时候都不能动摇。改革开放以来，特别是20世纪90年代以来，张家港经济建设和社会事业取得了巨大成就。其中，最根本的一条经验，就是因为张家港在任何时候、任何条件下都始终坚持发展这根红线，在顺利时抓住不放，在困难时也咬住不放。历史已经证明并将进一步证明：大发展，小困难；小发展，大困难；不发展，最困难。离开经济建设这个中心，终将一事无成。从上世纪乡镇工业的"异军突起"，到开放型经济的"三外齐上"；从小平南方讲话后的大开发、大发展，到国家宏观控制中的大调整、大提高；从东南亚金融危机的成功应对，到进入新世纪后经济结构的调整优化，在每一个历史阶段，张家港始终咬定发展不放松，在环境宽松时抢抓先机、乘势而上，在环境趋紧时寻找契机、迎难而上，实现了综合实力的后来居上，从而为城市现代化夯实了基础。

2. 城市现代化必须高度重视规划，走全面、协调、可持续发展的道路

树立和落实科学发展观，实现城市的全面协调可持续发展，这是今后我国城市建设的目标。要实现这一目标，关键是确立新的城市发展理念，使城市的经济社会发展、科技进步、居民生活、环境保护等协调起来。实现城市的全面协调可持续发展，城市的管理者和建设者一定要不断增强用科学发展观指导城市现代化建设的自觉性和坚定性，把科学发展观贯穿于城市现代化建设的全过程，不断提高驾驭城市发展的能力，与时俱进地推进城市现代化建设。城市现代化不能只注重经济、交通、道路等硬件设施的改善，忽视生态环境、社会服务、产业结构、管理水平等的优化和提高。而这些都离不开科学的规划。城市规划是城市发展的龙头。城市规划要有前瞻性、开放性、科学性、民主性，不仅要有国际的长远眼光，而且要有人民群众的广泛参与，接受人民监督，让人民认可；经得起历史的检验，经得起后人的评说。在张家港城市化的进程中，各级政府始终牢固树立区域城市化意识和规划超前意识，坚持着眼长远，统筹兼顾，从构建国际化现代化区域城市的目标出发，修编张家港城市的市域城镇体系规划和城市总体规划，为张家港城市现代化的持续发展创造了条件。

3. 城市现代化必须以人为本，努力构建社会主义和谐社会

现代城市发展的目标是建设和谐魅力城市。城市现代化的核心是人的现代化、人的全面发展；现代化的基石就是人的现代化。城市发展的关键在于和谐，在于魅力，在于特色，在于文化。和谐社会是人类永不停息的追求目标。这是今天我们人类最终要追求的目标。和谐社会城市的管理者应自觉地用科学发展观统领经济社会发展全局。胡锦涛同志为和谐社会做了一个概括，就是民主法制，公平正义，诚信友爱，安定有序，人与自然和谐相处。这是构建和谐城市的目标和关键。这种和谐是在发展与改革中不断实现的。这就要求城市建设为老百姓着想，城市管理方式和标准适应群众的需求，特别是不以牺牲和剥夺农民的利益为代价。构建和谐城市，一方面是要抓好经济社会的发展，另一方面就是要通过改革抓好制度建设。在实现现代化的过程中，不光是要选择以市场型为主导的发展模式，加快经济发展，追求物质文明，而且要追求政治文明，精神文明和生态文明。要促进农村文明与城市文明的有效对接，培育全体市民的文明意识、创业意识、合作意识、法制意识和公益意识，推进全社会文明程度稳步提高。张家港高度重视建设和谐社会，以人为本推进城市现代化进程，因此张家港的城市现代化体现出了较高质量，并成为了全国三个文明建设的典型。

　　4. 城市现代化必须培育塑造能够凝聚人心、鼓舞士气的城市精神和现代文脉

　　城市即文化，文化是城市凝聚力和自信心的源泉，是城市的灵魂，是城市综合竞争力的核心内容之一。城市的魅力在于特色，城市的本质是文化。城市本身就是一个高级的文化产品。文化的产生和发展，是推动着人类不断进步的力量源泉。它推动着生产力的发展，推动着城市的发展。人类走向文明最根本的是文化的推进，所以说一个没有文化的城市，它要想在各方面都能够很快地发展是不可能的。城市的文化孕育着城市精神。邓小平同志说："毛泽东同志说过，人是要有一点精神的。在长期革命战争中，我们在正确的政治方向指导下，从分析实际情况出发，我们发扬革命和拼命精神，严守纪律和自我牺牲精神，大公无私和先人后己精神，压倒一切敌人、压倒一切困难的精神，坚持革命乐观主义、排除万难去争取胜利的精神，取得了伟大的胜利。搞社会主义建设，实现四个现代化，同样要在党中央的正确领导下大大发扬这些精神。"（《邓小平文选》第二卷第367-368页）张家港在城市现代化过程中培育并锤炼了张家港精神，通过大力弘扬张家港精神，使之成为张家港的发展之魂、力量之源。伟大的创业需要伟大的精神。事在人为，人在精神。城市现代化就是要有一种城市精神。一个城市有了深入人心的城市精神，并使之成为奋发进取、勇创新业的不竭动力，这个城市就能永远立于世界城市之林。

结　语

　　张家港市在全国具有非常独特的城市个性，张家港人在改革开放和现代化建设过程中培育和塑造的张家港精神，在全国产生了深远影响。张家港市作为一个建县历史仅44年，建市历史仅19年的县级市，后来居上，成为全国明星城市，成为实践邓小平理论的先进典型，成为三个文明协调发展的典范。

张家港的城市化和城市现代化进程是持续的、科学的、跨越式发展的过程，具有相当的典型性和代表性，而且，张家港城市现代化的进程中始终贯穿了科学发展观，因此张家港的城市化表现出了较高的质量。将张家港市作为新兴城市超常规发展、跨越式前进的一个范例来解剖，总结中小城市发展经验，对推进全国城市化进程可以产生一定的借鉴意义。

张家港市城市现代化有多个途径，主要是以农村工业化推进城市化，以科学规划推进产生建设，以现代化的管理提升城市品位、以张家港精神品牌塑造城市形象，等等，每一个途径都有很多创新，有不少成功经验和做法。未来的张家港将成为长江三角洲一个富有特色和竞争实力的港口工业城市，一个富有内涵和独特个性的生态园林城市，一个富有精神和文化底蕴的文明法治城市。

通过对张家港城市现代化进程的分析，可以得到几个启示：城市现代化必须将发展经济作为第一要务来抓；必须高度重视规划，走全面、协调、可持续发展的路子；必须以人为本，努力构建社会主义和谐社会；必须培育塑造能够凝聚人心、鼓舞士气的城市精神和现代文脉。

本篇主要参考文献

1. 周安伯、严翅君、冯必扬著，《发展理论与中国现代化》，国家行政学院出版社，2001年出版，北京。
2. 张鸿雁主编，《城市科学前沿丛书》，东南大学出版社，2001年后陆续出版，南京。
3. 张海林著，《苏州早期城市现代化研究》，南京大学出版社，1999年出版，南京。
4. 史东辉著，《后起国工业化引论——关于工业化史与工业化理论的考察》，上海财经大学出版社，1999年出版，上海。
5. 包宗华著，《中国城市化道路与城市建设》，中国城市出版社，1995年出版，北京。
6. 费孝通著，《小城镇，大问题》，江苏人民出版社，1996年出版，南京。
7. 胡俊著，《中国城市：模式与演进》，中国建筑工业出版社，1995年出版，北京。
8. 林广、张鸿雁著，《成功与代价——中外城市化比较新论》，东南大学出版社，2000年出版，南京。
9. 黄文忠著，《上海卫星城与中国城市化道路》，上海人民出版社，2003年出版，上海。
10. 任新木、张秀生著，《长江地区城乡建设与可持续发展》，武汉出版社，1989年出版。

11. 陈焕友主编，《伟大理论成功实践的典型——张家港市》，人民出版社，1996年出版，北京。

12. 汝信主编，《城市化：苏南现代化的新实践》，中国社会科学出版社，2001年出版，北京。

13. 黄胜平主编，《中国苏南发展研究》，红旗出版社，2004年出版，北京。

14. 朱铁臻著，《城市现代化研究》，红旗出版社，2003年出版，北京。

15. 陈秀山主编，《中国区域经济问题研究》，商务印书馆，2005年出版，上海。

16. 陈颐主编，《中国城市化和城市现代化》，南京出版社，1998年出版，南京。

17. 文雨、新望、程汉忠、伍先江等著，《改革纵横谈丛书》，中国水利水电出版社，2003年出版，北京。

18. 新望等著，《中国经验丛书》，三联书店，2004年出版，上海。

19. 吴一凡主编，《伟大理论与张家港成功实践》，中共中央党校出版社，1996年出版，北京。

20. 蒋宏坤主编，《张家港基本现代化研究》，苏州大学出版社，1998年出版，苏州。

21. 中共张家港市委宣传部，《张家港之路》，新华出版社，1995年出版，北京。

22. 宋伯祥主编，《张家港概览》，江苏人民出版社，1996年出版，南京。

23. 李恺民主编，《沙洲县志》，江苏人民出版社，1992年出版，南京。

24. 缪凤鸣主编，《历史的回声——张家港市党史专题集》，中央文献出版社，2001年出版，北京。

25. 徐福基主编，《中国国情丛书——百县市经济社会调查》（张家港卷），中国大百科出版社，1998年出版，北京。

26. 缪凤鸣、章剑平、陈建明等主编，《张家港年鉴》（1996－2004），方志出版社等出版，北京。

《城市》《城市问题》《城市规划》《城市公用事业》《公共管理学报》《公关世界》《公共关系》《江苏社会科学》《江西社会科学》《江苏行政学院学报》《唯实》等报刊。

全国第一条商业步行街

城西新区购物公园

2011年旧城改造后的小城河

2013年旧城改造后的谷渎港

2013年人工拓展的沙洲湖

2002年人工开挖的暨阳湖

第六篇　爱我港城

作为一个客家人，我来到了张家港，张家港就是我的第二家乡。从此，我创业、生活在张家港，成为了一个新张家港人；从此，我深深地爱上了张家港，爱上了这个生机勃勃的文明城市。为了张家港更好更快地发展，无论是什么时候，无论在什么岗位，我都尽心尽力建言献策。自豪的是，许多建言融入了文明港城规划建设中。

2011年，我专门整理了十多条建言献策发表在《张家港日报》上。这些，都是一个新市民对张家港深深眷恋的一份真情所在，也是一个客家人对新家乡的一份责任所在。这里，再将一些建言献策奉献给大家，一家之言，请方家指正。亲们，谢谢大家的支持哦。

⑥ 本篇导读

◆ 我为港城献一计1：集中建设张家港历史文化主题公园
◆ 我为港城献一计2：创新设计张家港旅游城市标志
◆ 我为港城献一计3：出奇制胜移植一个石林世界
◆ 我为港城献一计4：利用上海世博会契机，加快
　　　　　　　　　 保税区"走出去"步伐
◆ 我为港城献一计5：学习新加坡：不求最大，但求最佳
◆ 我为港城献一计6：学习新加坡：规划先行，突出个性
◆ 我为港城献一计7：学习新加坡：和谐美丽，凸显特色
◆ 我为港城献一计8：学习新加坡：环境优美，功能完备
◆ 我为港城献一计9：学习新加坡：强化管理，执法如山
◆ 我为港城献一计10：学习新加坡：以人为本，同建共管

我为港城献一计1
集中建设张家港历史文化主题公园

张家港市要打造与众不同的城市形象,就要找准张家港特点,正确定位张家港城市。作为一个新兴城市,我市应该围绕"现代、创新、文明"做文章,在城市建设上体现"海派、生态、精致",在城市理念上突出"现代、创新、文明",从而打造出自己的新特色。与此同时,也要注意挖掘和保护好历史文化资源。但对于一个新兴城市而言,仿古建筑不宜遍地开花,而应集中力量建设一个张家港历史文化主题公园。

1. 建设张家港历史文化主题公园的缘由

就我市历史文化而言,由于建县建市历史较短,我们既要挖掘好的历史文化资源,又要大力开展文化活动,积淀历史文化。近几年我市在这方面做得很好,极大地丰厚了我市的历史文化底蕴。对于我市的所有古迹(古树、古桥、古碑、古宅和古村落等),我们都要尽力保护好,留给子孙后代。但是我们的历史文化资源品牌打造不容易,作为城市品牌的大特色来做还是较难,更不宜四面开花,零零散散,而应集中力量建设一个张家港历史文化主题公园,将张家港的历史古迹集中在一个公园,像时空隧道一样复原出来。这方面的典型案例有安徽歙县的潜口民宅,整座山庄面积1.72万平方米,是采取原拆原建的方法,将散落在歙县各地的10座典型明代建筑集中一处,亭、桥、楼、阁、厅及内部陈设俱全,重现了明代山庄之风貌。山庄包括古祠3幢,民居4幢,石牌坊、石拱桥、凉亭各1座。有方氏宗祠石牌坊、善化亭、曹门厅、司谏第、方文泰宅、乐善堂等著名建筑,依势坐落在山坡之上,错落有致。1984年动工,1990年基本完成。现建为潜口民宅博物馆,具有极其重要的历史、艺术和科学价值,是全国重点文物保护单位,国家4A级旅游景区,被誉为我国明代民间艺术的活专著,人文景观与自然景观高度和谐统一的典范。)

2．张家港历史文化主题公园的规划内容

在张家港历史文化主题公园中除了修复杨舍镇部分历史古迹景点外,还可以将散落乡镇、难以就地保护的历史人文古迹(古桥、古碑、古宅和古村落等)搬迁移植在主题公园中,给人一个张家港历史的形象教材。例如,早在西晋太康二年(281年),杨舍镇就是古暨阳县的县治,比虞山镇成为海虞县县治(当时还无常熟县)早一年,比澄江镇成为江阴县县治早276年。后来杨舍镇又成为梁丰县县治。根据《江阴县志》和《杨舍堡城志》的记载,我们可以修建以下古迹景点:暨阳县署和都司衙门,部分堡城和暨阳门,钟鼓楼,梁丰书院,赵翼寓斋,斜桥望海楼,沧江别墅(杨舍规模最大的明代私家园林);还可以将恬庄古镇和散落在乡村的古桥古宅在张家港历史主题公园中复制或移植。这样,看一看公园,张家港的历史就一目了然了,这也是很好的学生爱国主义教育基地,市民的张家港自豪感教育基地,外来人员热爱第二家乡的教育基地,也是张家港重要的旅游品牌之一。

3．张家港历史文化主题公园的选址

一是可以依托香山脚下东山村文化遗址建设。东山村文化遗址是我市目前已经发现挖掘的最早的文化遗址,是太湖流域、也是长江下游地区已发现的新石器时代文化遗址中最早的遗址之一。其最远的年代距今约8000年。东山村遗址的发现,对研究中国东南沿海古海岸线的变化和长江喇叭口岸线的变迁都有较高的学术价值,为研究河口文化提供了不可多得的资料。结合我市规划建设东山村遗址博物馆,可以在香山旅游开发过程中,把东山村文化遗址效应放大,集中力量建设一个张家港历史主题公园,展示张家港历史文化。这既有利于丰厚香山旅游景区的历史文化底蕴,又有利于开拓张家港市主题旅游事业。

二是结合新规划的黄泗浦文化生态园,依托东渡苑拓展区建设。这样,张家港历史文化集中一个区域展示,整个张家港市则突出"现代、创新、文明"的现代化城市特色。历史得以集中展示传承,城市特色也更加鲜明靓丽。

我为港城献一计2
创新设计张家港旅游城市标志

张家港是新兴港口工业城市、全国文明城市、全国生态城市，但由于旅游资源开发滞后等历史原因，城市旅游与张家港城市发展定位形成一定反差。近年来，市委市政府对旅游业发展高度重视，修编全市旅游发展规划，加大旅游项目建设力度，丰富景区内涵，2005年一举夺得"中国优秀旅游城市"桂冠，先后创建了2个4A级景区和3个3A级景区，城市旅游后发优势逐步显现。

但张家港旅游存在两个问题，一是张家港城市旅游形象缺失。一提张家港，留给人们的形象是"新兴港口工业城市"，后来居上，令人敬佩；城市文明，全国赫赫有名，而张家港个性化旅游形象，尚不清晰。二是核心旅游产品缺失。目前，我市还没有形成冲击力强、影响力大的旅游精品，严重制约了从"旅游客源地"向"旅游目的地"的快速转变。现代旅游开发的成功经验表明，旅游投入要么不做，要做就做大产品。建议：

1. 张家港旅游要走主题公园之路

尤其是在双山岛开发中，要大力引进旅游投资公司和智囊团（如港中旅集团、深圳华强投资公司等），以崭新创意来开发主题公园，实行拿来主义，像深圳开发"世界之窗""中华民族村"，常州建设"中华恐龙园"一样，开拓性地建设好双山岛旅游度假区。

2. 建设双山岛过江索道

为了保持双山岛的岛屿风格，双山岛的过江通道不宜建桥和隧道，但可以建设一个过江观景索道，甚至索道可以直接从香山顶上架起，直达双山岛。使之成为"万里长江第一索道"，也可以成为张家港的一个标志性建筑。像新加坡圣淘沙岛的索道一样，高达20层楼。这样，坐在景观索道摆渡观景，可以看万里长江百舸争流，看张家港港车水马龙，看美丽宝岛如诗如画。

3．在双山岛设计建造张家港市旅游城市标志

我们可以向新加坡学习创新设计旅游城市标志。上世纪60年代，新加坡建国后不久，为了打造新加坡旅游城市形象，新加坡旅游局专门设计了"鱼尾狮"像布置在海滨和新加坡河。后来，又多次重新塑造"鱼尾狮"标志，并在圣淘沙岛设计建设了37米高的鱼尾狮像旅游城市标志观景建筑。现在，"鱼尾狮"已经成为了新加坡的标志。事实上，国际旅游发达的地区斥巨资研究、设计、推广国家、省(州)或城市的旅游形象的实例不在少数。澳大利亚、新加坡和香港地区等地旅游形象推广工程已经影响到我国，"无限的新加坡，无限的旅游业""魅力香港，万象之都"等形象口号渐渐为人所知。城市旅游形象设计悄悄地在我国一些旅游城市兴起，广州、北京、上海、深圳及"珠三角""长三角"等一批经济发达、城镇密集的区域都开始着手设计自己的城市旅游形象标志。

因此，我们可以面向世界招标设计一个张家港市的旅游城市标志，通过旅游形象的定位、主题口号的提出、视觉形象的设计与推广等基本形象战略来全面发展城市旅游。在标志设计时注意题材源自张家港文脉，包括地质、地貌、水文等自然环境特征，历史、社会、经济、文化等人文地理特征。充分挖掘和分析城市的文脉，唯有地方差异才是绝对和无限的。一个特异的城市标志和一句能够反映地方特性的主题口号可以出奇制胜，回味无穷。旅游城市标志树立在双山岛上（市区暨阳湖可建一个小的标志），使长江过往船只看见这个标志就知道张家港到了，使人们看见标志就想到张家港市的旅游形象和城市品牌。这样，通过在双山岛上设计建造张家港市旅游城市标志，可以加速打造张家港城市形象品牌，实现旅游事业的跨越式发展。

我为港城献一计 3
出奇制胜移植一个石林世界

新规划的黄泗浦文化生态园怎么做？建议大胆创新，出奇制胜，移植一个云南石林世界。

此举有例可循。深圳有一个很有名的仙湖植物园，园内有一处全国有名的化石森林，是该园古生物博物馆的组成部分之一。其有名就在于这个森林的独特性，这是世界上迄今唯一的一座迁地保存的化石森林。它不是真的树木，而是由树木化石组成。这个化石森林建于1997年，占地30多亩，由400多株木化石耸立形成化石森林景观。木化石又称硅化木，是石化了的树木枝干化石。在距今1.5亿年前的中生代侏罗纪，由于地壳运动或火山爆发，古代森林瞬间被泥沙碎石或火山熔岩所掩埋，树木中的有机质逐渐为二氧化硅所取代，形成了与石头一样的硅化木。树木虽然变成了化石，但其外部形态与内部结构仍然保留了树木的特征，为研究植物演化、环境变迁和气候变化等提供了科学的依据。这些木化石主要从辽宁、新疆、内蒙古等地引进。由于树木巨大，很多都是先锯断后进行运输的，然后再一段段接起来，形成了全国独一无二的化石森林。化石森林位于古生物博物馆南面的外场区，形成了一个露天展览区，展出的主要是古树木化石，配合周围点缀的花花草草，与仙湖公园整体的绿化环境融为一体，自然和谐，也成为了最吸引游人的地方。由此可以看出，独特的东西经过重新整合规划后，完全可以成为一个新的旅游景区。

我市新规划黄泗浦文化生态园建设要有更多创新突破，做成与众不同的自然生态精品，就要大胆做他人所未做，敢为人先。为此，建议张家港新建黄泗浦文化生态园学习深圳仙湖植物园，大胆移植一个云南昆明的石林到此。

黄泗浦文化生态园位于杨舍城区与塘桥城区之间，规划用地面积约22.8平方公里。规划以构建"城市绿肺，心灵家园"为目标，将黄泗浦文化生态园打造成一个集遗址保护、生态休闲、文化旅游、体育健身、商业居住于一体的城市综合功能区，成为张家港的一个生态文明地标。应该说规划面积够大，如果仅仅是满足于种树绿化和一般性的公园建设的话是远远不够的。怎样才能出奇制胜呢？不怕做不到，只怕想不到。那就不妨异想天开，在此规划一个石林公园和奇石博物馆。同时，由于我市民间有着众多收藏家，可以规划一些小型博物馆建筑，用于扶持张家港市丰富的民间收藏展览，展出我市的各种收藏及非物质文化遗产，形成一个既有独特自然景观又有深厚文化底蕴的博物馆展区。

　　此举完全可行。我们知道，云南石林风景名胜区，石林地质公园位于云南省石林彝族自治县境内，距省会昆明市约78公里。建园于1931年的石林公园，1982年被国务院列为中国首批国家级风景名胜区之一，是中国著名的旅游胜地，也是世界闻名的喀斯特地区之一，被人们赞誉为"天下第一奇观"。2亿多年以前，这里是一片汪洋大海，沉积了许多厚厚的大石灰岩。经过了后来的地壳构造运动，岩石露出了地面。在200万年以前，石灰岩溶解，石柱分离，常年风雨剥蚀，形成了今天这种千姿百态的石林。石林地区，奇峰怪石，平地挺起，有的矗立如林，有的峻拔如墙。天晴时石峰呈灰白色，下雨时则变为赭黑色。置身石林，不仅可以得到自然美的享受，还可以了解当地风土人情。

　　据考察，云南石林风景名胜区除了核心的78平方公里外，周边350平方公里地域内，处处都有着这种奇异的石灰岩石头，很多就在农田里、公路边、山脚下，零零散散的，并不能成为风景，而且影响了当地农业生产和交通。如果能够选择一部分石林开挖后整体运输到张家港来，完全可以建设一个小型的石林。这样一举两得，昆明减少了农田里的石头，张家港则废石利用，建设了一个新石林，最终成为另一个石林景区。尤其是在缺山的长三角平原地区，平地冒出一个石林假山公园出来，其影响力可想而知。张家港坐拥长三角丰富的旅游人群，我们可以以"看云南石林太远，到张家港石林去"的独特优势，打造出张家港旅游的一个新品牌、新亮点。

我为港城献一计 4

利用上海世博会契机,加快保税区"走出去"步伐

2010年中国上海举办的世博会,给上海及长三角地区的经济发展提供了一个重大的战略机遇。世博会152年的历史可以归结为一句话:世博会与工业化和现代化的关系是直接的。张家港保税区也应该充分利用上海世博会契机,制定相应的战略措施加快保税区"走出去"步伐,不断放大张家港保税区的影响力。

一、2010年上海世博会的基本情况

世博会是世界博览会的简称,是一项世界性的非贸易性的大规模的产品展示和技术交流活动。有着近150年历史的世博会也因此被誉为世界经济、科学技术界的"奥林匹克"盛会。世博会的本质是向世人展示世博会举办国和城市非同寻常的创新能力和成果。世博会分为:综合类和专题类,上海世博会属于综合性的博览会。

2010年上海世博会的主题是"城市,让生活更美好"(better city, better life)。这个主题是152年来从来没有在任何一届世博会中被选用过的,这个主题被称之为有独创性。同时,它又涉及城市与高科技发展的关系问题,城市与可持续发展的关系问题,城市与乡村互动问题,城市多元文化关系问题,城市自身的经济和社会发展的联动问题。因此,2010年中国上海世博会将是展示

"城市"的绝好机会，它将为世界各国提供展示解决城市问题成果的舞台。

2010年上海世博会的理念为"欢聚、沟通、展示、合作"，将达到7000万以上的参观人次，近200个参展国家、地区和组织。中国承诺：要为人类文明的历史奉献一届"最成功、最精彩、最难忘"的中国上海世博会。

据我拜会加拿大亚洲商会常务副主席时了解到，据已确定信息，上海世博会期间，美国访华代表团有30多家，加拿大有20多家，丹麦有18家等，由此可见，世博会将是一个"走出去"和"引进来"的绝好机遇。

二、上海世博会给保税区带来的机遇

世博会将会带来直接消费效益和投资效应，同时有较大的产业带动效应。与保税区有关的是：

1. 优势放大

张家港保税区的区位优势显著。世博会将大力推进上海国际经济、金融、贸易、航运中心的建设，使上海的国际地位进一步提高。张家港保税区可利用世博会平台，利用全球资源，使开放型经济跃上一个新的平台。可以开展经济发展投资说明会、经贸洽谈会、科技恳谈会和旅游推介会等多种类型的活动，吸引更多的外商来保税区考察与投资，拓展保税区产品的出口机会。

2. 产业升级

发展配套产业。世博会将促使上海加快产业结构调整，上海制造业虚拟化将成为发展趋势，微电子、汽车、化学、精品钢材等产业加快发展，世博园区建设需求的新兴产业迅速形成。保税区正处在转型升级的关键时期，我们的产业园区可以加强对接，为上海这些产业进行配套协作。

3. 物流发展

世博会将带动上海及周边地区物流业的迅速崛起。有关专家预测，此次世博会将是150年世博历史上投资规模最大、入会人员最多、参展和交易商品最丰富的一次划时代盛会。此次世博会将集资金流、信息流、商品流和人流为一体，形成一条辐射全国、连接世界的物流链，这就需要成规模、多功能和高质量的现代物流服务与之配套。

4. 品牌效应

根据以往历届世博会的经验,世博会可以把全世界的目光集聚到举办地,大幅提升这个城市在国际上的影响力,扩大知名度和声誉。作为全国唯一的内河型保税区和江苏省唯一的区港合一保税区,完全可以利用这一平台加大投资环境和区域特色的宣传,促进交流与合作,使全国乃至全世界进一步认识和了解张家港保税区。这对于我区的改革开放、吸引全国的投资和外资有着巨大的推动力,比举办多少次投资说明会都管用。

三、保税区接轨世博会的初步构想

2010年上海世博会,是改革开放以来又一次难得的发展机遇,保税区应确立"主动参与,促进交流,放大效应"的指导思想,积极参与世博会,超前规划世博会,把世博会作为一种资源,最大限度地做大世博经济,使保税区立足于江苏张家港,崛起于长江三角洲,走出去世界各大洲。初步构想如下:

1. 制定世博推介规划

为了做好世博经济的文章,保税区应组织力量做好世博经济推介规划,如品牌推广计划、交流合作计划等,加强对外营销,扩大张家港保税区的影响。可以借助上海举办世博会的机遇在适当时机举办大型新闻发布会,宣传张家港保税区整体形象;可以开展经济发展投资说明会、经贸洽谈会、科技恳谈会和双山岛推介会等选商引资;可以组织有关企业参观世博会,学习新技术。

2. 加强选商引资

世博会筹办和举办过程中,将有更多的国际著名企业来到上海,特别是上海世博会招商期间,更是企业云集,保税区应很好地利用这一机遇,大力选商引资。在世博会筹备期间,应关注上海世博会的全球招商活动,可借助世博会招商活动,邀请国际、国内企业与保税区及企业进行交流、洽谈合作,争取引进更多的跨国企业。应加强与驻上海的有关国际商会的联系沟通,掌握外国访华团信息,促进与国际企业的联系,邀请有关团队访问张家港保税区,进行选商引资活动。

3. 推进产业接轨

有计划、有步骤地迎接产业转移，做好配套产业，发展世博产业。张家港保税区重点承接大运量、大耗能、大用水产业，如冶金、化工、交通设备制造和机械等，应加强对黄浦江两岸1400家企业转移的对接，争取重点企业落户保税区。

4. 壮大发展物流业

保税区应利用交通优势日益凸显的优势，加强与上海物流业的对接，实现上海国际物流中心的辅助基地、区域性物流中心、特色产品的全国物流中心的目标。以物流园区为载体，吸引上海物流企业特别是国外大型现代物流企业落户保税区，提升保税区物流企业的整体水平。

5. 引导企业积极参与世博会

世博会的大部分项目都将按市场化运作，无论是国企、民营企业还是个人，都能公平竞争。保税区应加强宣传，提高企业对世博会的认识。让企业更深入地了解世博会的商机，多途径、多渠道引导企业把握世博会商机。鼓励保税区企业采取走出去的战略，与国内外企业接触和交流，争取在世博会期间及前后落实更多的与外商合作合资的项目。鼓励企业与上海高校、科研机构开展多种形式的技术合作、技术参股，加快对上海科技成果的转化与吸收，增强企业的创新能力。

6. 塑造和提升保税区理念

世博会是保税区有机会近距离接触世界多元文化的机会，在与世界各国的文化交融中，保税区的精神文化将得到新的提升。保税区理念可以吸纳更多崭新的开放创新的文化内涵，更加严谨的国际规范与灵活的市场意识。使张家港保税区理念尽快充实完善，并通过各种宣传活动，争取在2012年建区20周年时，保税区理念能够和张家港精神一样响亮，并产生巨大的精神推动力。

我为港城献一计 5

学习新加坡：不求最大，但求最佳

新加坡这个弹丸之地（总面积714平方公里，和张家港市陆地面积786平方公里差不多；总人口500多万，是张家港市150万的3倍多），只用了40年时间，就发展成为举世公认的"伟大而卓越的城市"，成为世界著名的"花园城市"，其城市发展的活力和魅力令人赞叹，更对我市城市现代化建设有着不可估量的借鉴意义。它山之"玉"，可以攻"石"。张家港无论地形特点还是区位特点，都和新加坡有相似之处（就是岛屿，我们也各有个大岛，他们有圣淘沙，我们有双山沙），可以说，10多年后的张家港就是现在的新加坡。结合新加坡城市发展的经验，我市在城市现代化过程中可以得到许多借鉴。其中最重要的就是城市定位。新加坡在20世纪60年代编制概念规划时，充分吸取了当时刚刚萌芽的区域生态经济理论的精华，确立了狭小城市国家的合理容量与终极布局模式。虽然城市的诞生有其自发性，但城市的发展却有自觉性，这种自觉性主要通过规划来体现。因此，新加坡通过产业规划、城市规划和城市设计，定位为"不求最大，但求最佳"，从而系统地回答了怎样实现经济、生态与人类等多重存在协调发展的问题，其逻辑脉络清晰可寻。

一个明晰的城市形象和城市定位，是一座城市的精魂所在。促进城市发展，塑造城市形象，最关键的是城市定位。科学的城市定位应该紧密结合城市实际和认准发展方向，找到最佳定位点。张家港上次规划对城市定位为"未来的张家港，不仅要成为长江三角洲现代化的中等城市，更要成为一个富有特色和竞争实力的港口工业城市，一个富有内涵和独特个性的生态园林城市，一个富有精神和文化底蕴的文明法治城市。"当前最新的我市城市总体规划（2011-

2030）规划将我市定位为长三角重要节点城市、现代化滨江港口城市、高品质文明宜居生态城市，我市今后将肩负起国际新兴临港高端制造业基地、全国性专业物流商贸中心、长三角沿江地区重要的生产服务基地和交通枢纽等城市功能。总体可以说张家港要定位为"海派、生态、精致"的"黄金口岸滨江城，人居典范宜居地"。

应该说，我市定位无疑是非常正确的，而且更加注重发展理念的创新，更加注重城市规划和设计，更加注重按规律办事。为此，我们既要突出"现代、创新、文明"的城市理念，从而打造出自己的现代时尚新特色。城市不求最大，但求最佳。最佳就在于美丽港城现代、时尚、生态，城市市民文明、热情、优雅。

一是城市建筑体现"海派、生态、精致"的城市风格，充分体现高科技、现代化，不一定处处模仿苏州古色古香的特色，而是充分展现现代时尚的港口城市气息。

二是城市环境不但要干净整洁，还要美丽精彩，更要追求资源排放的最小化，建设生态城市。今后的张家港，应该像新加坡一样，把"绿色"当成"有生命的基础设施"，将它融入到整个城市发展和经营的理念中。

三是在园林绿化上，应该注意结合城市的地理特征和城市总体布局结构，保护现有城市水系的自然格局，建立多层次、多功能、网络化、点线面结合的生态绿地系统，营造适宜的人居环境；调整绿地结构和分布，完善绿地类型，形成布局合理、贴近居民的绿地结构系统；以生态学原理为指导，将绿地系统与景观风貌结合起来，使自然与人文景观互相融合，结合生态城市发展方向，形成科学、稳定的植物群落。全市的城市公园、居住区公园建设合理布局，并建立数条"绿色廊道"，将整个张家港绿化景观连线成网。让人们一走出办公室、居住区或学校，立刻置身于大自然的怀抱。放眼望去，到处是林带和草坪，还有镶嵌在城市中的一个个绿色休闲景点、广场，就连石砌的河岸也爬满绿色，使张家港真正成为一个像新加坡一样的绿色花园城市。

我为港城献一计 6
学习新加坡：规划先行，突出个性

规划是一个地区发展的蓝图和愿景，只有规划科学合理，城市建设才能事半功倍，避免出现大拆大建、浪费资源的情况发生。新加坡作为一个城市国家，却以其健全发达的交通路网和运输系统，前瞻性的交通管理与调节战略，有计划的土地使用和城市扩展政策，成为世界闻名的"花园城市"，为大多数亚洲发展中国家建立了现代都市发展的典范。其中的关键，就是新加坡十分注重先规划后建设。

借鉴新加坡经验，我市在今后的城市建设过程中，应进一步强调规划先行，超前考虑，明确"长三角重要节点城市、现代化滨江港口城市、高品质文明宜居生态城市"的城市定位，凸显张家港港口、生态、文明的城市内涵，紧紧把握现代城市发展趋势，科学规划城市，充分展示张家港的品位和理念。既要联系实际，联系现在的发展阶段，又要协同周边，放在长三角中看张家港，更要预测未来，看到张家港的明天。

一是规划理念上，要有世界性和现代性。在具体规划上一定要有前瞻性和科学性，在政策上一定要有连续性和严肃性。规划制定时要超前，最好能够前瞻未来，按照30至50年不落后的标准，科学合理部署，精心组织实施，促进资源的节约高效利用。规划中要注重城市规划与地块发展的配合，达到城市发展与地块开发共赢。规划要国际招标，城市建设要现代、时尚。规划一旦制定，要严格执行，贯彻到底。应尽量避免建筑和道路没几年又拆除重建的现象。

二是城市功能上，要按"一城四区"的规划建设。应该进一步将市区建设

成为政治中心、文化中心、商贸服务中心、科教研发中心,为全市经济发展服务,不断降低企业商务成本。要制定政策鼓励十大企业集团等规模型企业将研发机构和招商、管理机构搬迁到市区来,最起码在市区有其标志性建筑。金港区成为滨江工业园区和对外物流区;锦丰区建设成为现代化钢铁城,重工业中心和机械装备产业园;塘桥区成为纺织工业园区;乐余区成为现代农业区和张家港发展预留区,保证未来发展的港口资源。因此,第一产业、第二产业主要放在四个小城市中,市区主要发展第三产业,适量发展第二产业。

三是城市景观上,要突出张家港的水文化。张家港的灵气正是"水",张家港缺山,但是张家港濒临长江,属于长江沙洲平原,一马平川,河道纵横,且可以人工开挖运河、湖泊,这是很宝贵的资源。"智者爱水",我们张家港市应该成为"智者"的乐园。张家港在规划时要围绕江河做文章,科学建设水景,塑造"江南水乡""现代水城"特色。在水环境建设中要突出河道搞建设,现在新建小区在设计上重视水的应用,要继续推而广之,让贯穿张家港的每一条河道都成为一道亮丽的风景线,让张家港的每一个小区都能够体会到"水"的精神。更可以在城市建设中科学规划几纵几横的河道风景线,优化水资源的配置和保护。目前纵向的有一干河、二干河、谷渎港、新市河和新泗港河5条,横向的有东横河和南横套河2条。这些已有河道要拓宽、疏浚、连通,两岸风景统一规划,加大建设力度,努力把长江风情延伸到市区,使城市更有灵气,更有活力。将来甚至可以开通游艇,让旅游者乘船观看张家港美丽的现代城市风景,将整个张家港市建设成为现代化的水城,成为全国第一亲水城市。这样,可以一举打破张家港是个旅游资源贫乏地区的传统和狭隘观念,以"现代水城"特色融入大苏州旅游体系,长袖善舞做好长江的文章,融入到大长江旅游体系。

四是文化内涵上,要挖掘保护好历史文化资源。建议修建一个张家港历史文化主题公园(参见"我为港城献一计1")。同时,大力培育现代时尚文化。

我为港城献一计 7

学习新加坡：和谐美丽，凸显特色

　　新加坡较为完美地演绎了城市意象理论，在城市设计方面特别注重人们的心理感受。纵观整个城市，没有太多的宏大豪华建筑，但莱佛士大厦（贝聿铭设计）、金融大厦（丹下健三设计）等少数标志性建筑起到重音和强烈符作用，仿佛独唱演员领衔合唱团，使整个城市建筑群形成有机整体，通过丰富的天际线和竖向轮廓线给人错落有致的感觉。空间布置简洁而灵活，单体建筑标准并不很高，立面也不复杂，但非常简约且与周边环境高度协调，空间阴角、壁龛、回廊、小巷等布置恰到好处，形成一个个风格各异的空间体。高楼之间，广场、花园穿插其中；沿途所见有建筑、有景致、有绿地、有流水，移步换景，物我相得，动静结合，韵律宜人。由此我们感到，过去有一种认知误区——将城市景观等同于建筑，并以高、大、新、奇作为景观美。其实景观美最基本、最重要的内涵，就是能够给人一种起伏有致、进退有序的律动感知。新加坡给人以强烈的视觉冲击，就在于整个城市弥漫着和谐、美好的城市意象。

　　城市设计是我们比较陌生的领域，也是最薄弱的环节。我们应该学习新加坡经验，在"和、美、特"上下功夫。

　　一是空间设计着重体现整体和谐。空间内的每条道路、每幢建筑，都注重建筑造型、色彩、风格的和谐，注重功能区位、历史文化风貌、自然生态环境的统一；城市水面、绿地以及照明、标识、建筑小品等，都从区域的角度科学设置，追求整体和谐。特别是要注意三维空间反映不同空间尺度和视角变化，注重建筑物背面效果和鸟瞰效果，统一协调建筑物前后上下的景观效果，形成丰富的景观层次。具体地说，城西新区突出开放开发的形象，建筑采用现代风格,集中展示新技术、新材料、新理念,路网水网成棋盘式结构;城南暨阳湖区域突出生态优美形象,建筑和自然环境融为一体,道路可以随暨阳湖滨形成曲线变化,绿色景观冲击眼球;城东注重保留花园浜早期小区质朴平和特点,对外表可以统一改善修整,道路两旁增加绿色停车位;城北要兼顾开发区和大学城的特色,突出科技人文形象,打造我市文化气息浓郁的新兴小区。市中心为我市商业区域,应力求空间尺度宜人、商业轮廓清晰、商业气氛浓厚,绿化均以见缝插针的精致小园林为主。

二是轴线设计着重体现观瞻美感。在天际线的设计上注重韵律美感。新加坡的城市天际线以节奏和韵律的变化取胜。它的高层建筑不是集中出现在某一处,而是成松散带状分布于沿岸地段,并且建筑的高差也较小。我们在城市设计时,也应参照新加坡的经验,巧妙凸显天际线。尤其我市是个平原地形,地形本身缺少高低起伏,我们更应该以天际线的高低起伏来弥补。

三是单体设计着重体现艺术化和人性化的组合。尽可能把建筑语言研究透彻,配好颜色、找准比例、分出几何,做出韵味。绝不可一味贪大求洋、标新立异做太多太花哨的东西。同时,要注重人的主观感受。城市的主题不是建筑,而是生活在城市中的人。在设计的各个环节,都要强调现代建筑的与人为善。比如,无论从节约土地的角度来看还是从老龄化趋势、人性化长远考虑来看,都必须科学确定马路的宽度、建筑的距离,以及人行道和无障碍通道的设置等,切实做到以人为本。当然,合理的设计构想必须与变化的市场相衔接。无论什么风格,大环境与建筑物要生动和谐,在变化中求统一,在统一中求变化,力求尽善尽美。在这个大原则下,可以根据市场变化和客户的需求设计出既符合城市规划又受消费者欢迎的绿色产品。

我为港城献一计 8
学习新加坡：环境优美，功能完备

环境优美固然重要，但是环境优美不能以牺牲各项功能为代价。不具备社会生产生活功能的优美仅仅是美丽图画，中看不中用；只有兼顾生产生活功能的优美，才能实现资源利用效益最大化。新加坡是个"花园城市"，其建设是一个由平面到立面到立体，由面到网到多层次系统的不断完善、追求极致的过程。整个新加坡公园众多，有大大小小 377 个公园（他们规定在每个镇区都应有个 10 公顷的公园，在每个楼房居住区都应有一个 1.5 公顷的公园）。但是大多数公园都赋予各种主题，引入各类健身娱乐设施，经常组织有关社团在公园开展社会公益活动，充分提高公园的综合利用率。同时，建立了数条绿色通道，让人们一走出办公室、居住区或学校，立刻置身于大自然的怀抱，休息、健身、小聚、活动非常方便。

这就告诉我们，在规划设计的时候，既要注重美观，更要加强功能。应从满足人们生产生活需求的基础上来考虑城市的发展，在客观功能条件考虑充分的条件下，再综合美观方面的因素。比如那些投资大、占地面积大的广场、公园建设，要赋予其社会生活的实际功能，增加其利用率。又比如快速路网如何分流交通？工业放在哪里才能减少污染？高层屋顶是否可以安装太阳能？等等。绿化美化不能片面追求眼球效应，房屋建设不能片面追求整齐划一，而应考虑舒适宜居，避免大而无当、华而不实。

规划设计定了后，建设一定要按部就班执行规划设计。新加坡政府十分注重城市基础设施的兴建，他们以超人的气魄，拿出国土面积的 15% 用于道路建设。在这个岛国上，公路密如蛛网，地铁四通八达，铁路贯穿东西南北，并计划一直修建直通邻国，交通十分发达便捷。

借鉴新加坡经验，我市作为一个新兴的发展中城市，我们更要兼顾环境与功能，建设美丽舒适的新城市。

一要建设好张家港快速交通线。土地开发与交通建设一体化实施，规划建设有效的四级交通体系，即城市道路、对外高速路、市域二级路网和城市轻轨系统，方便人们的出行。在道路交通建设中，要处处体现以人为本的理念，推行百年大计的"地下管廊"。管廊的一部分是电力、通信等各种管线，另一部分是雨水和污水的排放系统。各种管线的检查井均应设置在人行道和绿化带内，方便检查、维护。

二要高标准建设好基础设施。老城区严格控制建筑和人口密度，城市新区加快形成整体框架，建设一批重点标志性建筑。推进区域污水处理工程和市区污水管网工程，建设市区公共停车场、城郊大型客货停车场，在居民小区增设停车点（位），合理布局商业、医院、学校、文化和体育等各项设施。

三要结合张家港民风民俗，建设有张家港特色的居住小区。由于张家港市民是离土不离乡的集镇居民演变而来，在思想观念、生活方式、风俗习惯、审美取向、业余文化、行为养成等方面与世代久居城市的居民存在着很大差别，这就要求我市住宅设计的外观造型、空间围合、功能布局、建筑层高、交通组织等方面充分考虑我市居住人群的特定需求，充分考虑我市的特定条件，逐步形成张家港建筑的特色。要围绕建设"优美、生态、安全、舒适"的现代化生活居住环境的要求，引入景观设计理念，高标准推进小区建设，提高小区档次，形成"亲和、互动、公平"的人文社区环境。

我为港城献一计 9

学习新加坡：强化管理，执法如山

新加坡是一个法治国家，其执法之严是世界有名的。如大家闻之色变的鞭刑，虽被国际许多人权组织诟病，但还是严厉执行。新加坡强调：法律面前人人平等，法律之内人人自由，法律之外没有民主，法律之上没有权威。因此，完全法制化的管理，正是新加坡成功的最重要经验。我市城市管理历年来卓有成效，为我市荣膺"联合国人居环境奖""国际卫生港口""中国人居环境范例奖"等荣誉立下了汗马功劳，为"全国文明城市"复查、"三类城市语言"考核提供了良好的环境。但毋庸讳言，我们的管理体制机制还需进一步理顺，管理方式理念还需进一步创新，长效管理措施还需进一步落实，依法行政能力还需进一步增强，城管队伍素质还需进一步提高。在执法程序是否规范，执法依据是否恰当，执法行为是否文明等很多方面，我们都要借鉴新加坡的执法经验。

一要"严"字当头，执法如山。不但要以创新的思维制定出台相关制度，比如机构改革的安排、城市绿化的管理、市容保洁的管理、车流路段的设置、市民行为的养成等，都要有一套方向准、效率高、得人心、易操作的制度安排。健全法规体系，还应当严格执法。要把城市管理作为全市经济社会发展的一个重要内容，作为改善人居环境和提高生活质量的目标要求，将城市管理由单纯的行政推动向互动共建转变、城市管理方式由粗放型管理向精细化管理转变、城市管理重点由巩固市区向提升农村转变、城市管理行为由制度约束向自我规范转变，形成城乡管理一体化、执法一体化、标准一体化、环境一体化"四个一体化"的新格局。

二要加速城市管理信息化进程。充分利用现代科技手段，整合各类资源，着力推进数字化城管工作，建立与便民服务中心、公安110指挥中心的联动体制，拓展城市管理空间，提高城管指挥调动的执行能力。积极探索数字化城市管理新模式，依托信息技术推进城市管理再上新台阶。大力改革现有的管理手段、技术路线、实施策略和管理机制，融入地理信息系统（GIS）、遥感（RS）、全球卫星定位（GPS）和视频监控网络等技术，多层次、全方位地为政府部门、社会公众提供有效的网络化决策与信息服务，为最终建设数字城市打下坚实的基础。

三要建立群众参与城市管理的机制。新加坡城市管理不仅严管重罚，更重视强化教育引导市民自觉参与城市管理。我市应该建立健全与市民保持顺畅沟通的多元渠道。要通过广泛宣传、公益广告、专题橱窗、媒体正面报道等形式，引导群众了解城管法规、支持城管执法，培养群众的城市认同感和归属感，增强集体凝聚力。要定期巡查，超前调研，超前发现，超前解决城市管理中的各种违章行为，为城管工作争得先机，掌握主动权，营造城管执法与市民群众互相了解、彼此支持的良好氛围。比如，可以根据各个政府部门的职责，定期组织召开市民代表见面会，通报职能工作，宣传相关政策，听取合理化建议；可以进一步发挥人大代表、政协委员的作用，通过定点挂钩、定期会见等方式，让代表和委员每周（或每月）深入社区、深入基层，倾听民意，反馈意见；可以调动街道办事处、社区居委会和各个群团单位、社科组织的积极性，充分发挥市级机关和基层社区结对共建的积极作用，通过联合开展文体、咨询、服务等活动，与广大市民达成良性互动。

我为港城献一计10
学习新加坡：以人为本，同建共管

　　新加坡执法虽严，但是其更讲究人性。他们认为，严刑峻法的目的是为了管理畅通、保证秩序，管理的目的是为了发展有序、生活安定，二者是完全一致的。因此，在制定规章制度时要以人为本，在执行规章制度时要以提升人文素质为目的，让老百姓知其然亦知其所以然，自觉遵守规章制度。新加坡城市管理的主要负责机构——市镇理事会，把居民、城市管理中的承包商、基层领袖和政府部门都看作是自己的合作伙伴，始终保持着有效的沟通。市镇理事会定期与建屋局、环境发展部等相关的政府部门举行会谈，定期与基层领袖会面以了解居民的问题和需求，通过各种宣传活动来教育居民。新加坡各部门工作人员还每天早上巡视公园、绿地、街道等，对有损坏或者不合要求的地方及时报告整治。甚至新加坡的总理也经常上街巡视，发现问题马上过问，几天内还要派人再去检查。

　　学习新加坡人性化管理，我们应该以人为本，同建共管。

　　一要建好社区。要突出社区在城市管理中的基础性、主力军和主阵地作用，立足广覆盖、多层次、社会化的服务体系，对现有的社区服务业进行整合和市场化改造，努力实现福利型向经营型、分散型向规模型、事业型向产业型、政府行为向市场行为的转变。围绕当前社区服务需要，重点鼓励发展家庭医疗、家庭教育、清洁卫生、养老托幼等家政类服务，拓展疾病防治、卫生保健、健康教育、文化体育等功能性服务。同时，进一步增强基层组织和社区社会控制力，把全体居民包括外来人员纳入服务与管理，使同一社区的居民，依法享有平等的公共服务的权利，并承担相同的义务。大力推进外来人员集宿管

理,加强私房出租管理,鼓励建办外来人员集宿区,缩小散居率,确保群众安居乐业。

二要教育市民。政府不断以各种形式对市民进行城市管理方面的宣传教育,使他们从思想上认识到遵守各项法律规章、维护城市环境的重要性,增强政策、制度的透明度和渗透力,使严明的制度在实施的多个环节中不出现偏差,真正落到实处,产生预期的绩效和目的。让居民充分了解法律法规的内容,然后再进行严格的执法。这样可以避免居民因为不懂法而违法,也便于进入正常执法阶段后能够高效严格地执法。还可以让具有权威性的居民参与到城市管理中,让比较有威信的居民以朋友的身份出现,协调执法中的"钉子"问题和一些不容易处理的纠纷,从而形成硬性执法中的"润滑剂",使执法工作能够顺利开展。全市各部门工作人员每天路过各个道路、公园、绿地、街道等地段时,对有损坏或者不合要求的地方要及时报告,有关部门更要及时检查整修。同时,促进城市管理相关部门有效沟通,避免交叉管理或相互推诿的现象。

三要以人为本。新加坡以一个弹丸之地,却建成让世人称道的优秀人居环境城市,很少见到交通堵塞和环境脏乱差,以人为本的管理理念、严密精细的规划和完善配套的设施建设是其基本经验。因此,我们要坚持城市建设和管理并重,尤其是要以便利老百姓生活为前提,将农贸市场、垃圾场、公厕、垃圾中转站、城市污水处理厂等城管配套设施纳入建设规划,做到同步规划、同步建设、同步验收、同步管理,并体现以人为本、服务为先的城市管理理念,在城市基础建设中充分注重人性化细节设计,为城市管理创造良好的社会硬件基础,为市民同建共管奠定人文基础。

并非后记

"正在直播长篇连载微博《第三只眼看港城》,以一个外地人的眼光看中国文明城市张家港的发展与人文等方方面面。欢迎朋友们收听加赞多鼓励哦!"这是我微博上的签名。2014-12-21 19:05:15

从2013年6月5日开博,6月21日发布"第三只眼看港城"第一条微博至今,正好是一年半了。长篇连载微博《第三只眼看港城——中国文明城市张家港精彩解读》终于发完了。500多个日日夜夜,30万字还真是不容易呢。起初是因为开博了,不想无病呻吟而开始写一点一个客家人对新城市的看法的,没想到一发不可收拾,越发越有想法,慢慢地就形成了一部"长篇大论"了。2014-12-21 19:26:30

除了新浪微博:寻古探幽163 http://weibo.com/u/1383871 和腾讯微博:寻古探幽@wwwx163 http://t.qq.com/wwwx163 上长篇连载发布外,还在金港热线52KD论坛、天涯论坛城市板块等网站发帖,得到了广大博友和观众的围观和关注。谢谢可爱的亲们。2014-12-21 19:39:25

现在进入编辑出版程序。在编辑成书之际,为了保留原汁原味,开头第一段仍然采取了微博发布形式,时间也保留在该条微博的后面。为了阅读的方便,后面的篇章则不再保留微博形式,而是维持文章的完整性。所以作品形式前后稍有不同。2014-12-21 19:50:12

需要说明的是:由于一些文章写作时间不同,写作人称有第一人称和第三人称,数据也出现了多个写作年份时的数据。这虽然可以从一个侧面体现张家港发展的历史进程,但也出现了部分相关文章内容有所重叠和交叉,为了保持原文的整体性,基本维持原样未做大的删改。同时,书中观点也不尽成熟,疏漏和不当之处,恳请专家和朋友们批评指正。2014-12-21 20:11:08

特别感动的是：作品的创作完成得到了江苏省人大、苏州市相关领导和张家港市有关领导的殷切关心和支持，有的领导甚至还亲自翻阅了样书，提出了鼓励和表扬；儒雅的长者旅美成功人士潘湧先生关爱有加，爽快地答应为我作品作序；八十高龄的老专家秦豪教授仍细心审校文字，写下了热情洋溢的读后感；江苏省社会科学院社会政策研究所副所长、副研究员丁宏博士还百忙之中专门为作品写了跋。2015-03-18 21:20:06

特别感激的是：北京燕山出版社刘少辉责任编辑一丝不苟地审校；张家港暨阳湖开发总公司陆江山总经理热情提供封面照片；日报社的摄影记者庞瑞和、严子洋、肖湘、褚珊珊提供了美丽张家港插页的图片，照排中心丁科娟、蒋静华精心装帧设计，赵倩认真排版核对；还有党校王连生常务副校长和史志办陈稳主任，以及党校和史志办的新老同事、市社科联和公关协会的新老朋友均给予了大力帮助。2015-03-18 21:26:30

特别感谢的是：我的文友缪健佳、褚森萍帮我进行了认真校对；我的客家老乡邹承慧、宋国华、钟海蛟等给予了热情帮助；我的港城朋友赵海石、王珈瑶、苏玲等给予了大力支持；我的兄弟姐妹和家人更是给了我无尽的鼓励和无私的支持。

在此，向诸位亲友们致谢了，感谢众多领导和同事的帮助与支持，感谢众多朋友和博友的鼓励与陪伴。万千感谢尽在不言中……2015-03-18 21:36:01

"第三只眼看港城"还在继续，微博发布仍将持续，这里也就并非后记。

亲们，欢迎继续关注我的微博微信哦！

让我们一起用"第三只眼看港城"吧！！2015-03-18 21:39:59

2015年3月18日晚于楚江书阁

跋

初识魏兄是在21世纪初，我院（江苏省社科院）受中国社科院委托，在张家港市启动《当代中国城市发展》丛书江苏卷的编撰工作。我是项目的联络员，而魏兄当时刚以高分公推公选为张家港市史志办副主任，作为当地的协调员与我对接工作，并由之建交。而魏兄其后在张家港市委研究室、张家港保税区管委会、张家港日报社等多个工作岗位历练时我们也因工作关系而多有来往。魏兄兼有客家人的爽朗热情、重情重义，以及江南人的温文优雅、睿智多才，更常为其全身心融入港城，积极投入张家港城市和文明建设的孜孜热情所折服。

最近魏兄携其新著《第三只眼看港城》嘱我作跋，全书煌煌三十万言，虽是清样仍感墨香扑鼻，令人欣喜之余又倍感诚恐。我的故乡就是港城张家港，只是自高中负笈游学以来已离乡二十余载，其间因探亲访友、课题研究等回港城多次，每每惊叹于家乡在经济社会、城市建设等诸方面的飞跃，常有物是人非、日新月异之感慨。借魏兄嘱托之任务，细细翻阅其大作，对故乡的历史传承、人文精神、风情习俗以及城市发展之新貌又有了更加全面的认识，收益可谓良多。以下就其书及其文对魏兄新著作一回应，分享心得体悟，疏漏及不当之处，望读者海涵。

一是其书。美国著名城市学家刘易斯·芒福德指出，"城市的生命并不在于有多大规模，居民有多少，经济力量有多大，城市要有文化的内涵。"文化是城市的血脉，城市凝聚了文明的力量与文化，保存了多样化的社会遗产并因之区别于其他城市。对于张家港这样的新兴城市来说，对于城市历史的挖掘整理和城市文脉的延续保护更是尤为重要。从魏兄的书中可以看到，当他作为一个外来者初识港城时，给他留下深刻印象的、吸引其生活奋斗于斯的正是根植于吴文化、又有明显长江文化特色的精明勤勉、吃苦耐劳、经世致用、勇于创新的张家港精神。城市文脉的形成既需要城市居民的口耳相传，也需要文人学者的提升凝炼。作为一个新张家港人，又作为一个张家港文明的亲身参与者和建设者，魏兄的《第三只眼看港城》以新颖独特的视角，对张家港文化的形成和特征进行了清晰深入的梳理，读来倍感真实又倍感亲切，相信对于每一个希望多多了解港城文化的读者都会有极大的帮助。同时，这也可以说是张家港市城市文明积淀的又一笔宝贵财富。

二是其文。当今是信息高速发展的时代，电脑、手机等互联网新媒体对传统纸质媒体的冲击越来越大。魏兄写书另辟蹊径，把互联网思维的写作手法引入到文本中，通过微博、QQ等途径使更多的读者参与到写作过程中，高度的开放性和互动性使得本书的主题和内容更为丰满和完美，并在全书完成前就培养了一大批忠实的"粉丝"，本人也是其中之一。在形式上，本书既有活泼自由的微博体、形神俱备的散文、犀利启思的言论和科学严肃的报告，更有作者原创的清新细腻的众多诗词，读来目不暇接却又丝毫不乱。尤其是书中还多有资政参考和建言献策，正是魏兄"爱我港城"思考的升华和奉献的结晶。这些建言献策或见于报刊，或融于规划，或建于城市，其作用亦早已彰显。全书根据作者的心路历程，从《初识港城》启，《再读港城》《途说港城》《深读港城》，最后是《爱我港城》，娓娓道来，引人入胜，令人有手不释卷一气呵成之感，为张家港这座全国闻名的文明城市、书香城市又增添了一部启迪心智开卷有益的妙作。

最后借用魏兄书中的《五言古风·张家港》来祝福我的故乡。

> 百里张家港，千龙卧大江。
> 烟笼香山翠，雾润双沙长。
> 南北江海路，东西集装箱。
> 进出保税区，上下渝申张。
> 川流奔到海，水陆联运忙。
> 内河数第一，极目看东方。

我深信我的故乡张家港定会百尺竿头更进一步，我也相信魏兄定能鲲鹏展翅翱翔九天！

2015年1月15日于南京

（丁宏：张家港市金港镇人。南京大学博士，韩国东亚大学访问学者，江苏省公共文化服务示范区专家委员，江苏省社会科学院社会政策研究所副所长、副研究员。）

长江中央的双山岛高尔夫球场

四通八达的现代化交通